Zum Buch:

Clemens kümmert sich neben dem Eventhof, den er zusammen mit seiner Familie betreibt, liebevoll um seinen kleinen Sohn. Er tut alles, damit Mats nicht mehr unter der Trennung seiner Eltern leidet und seine Mutter vermisst. An eine neue Liebe wagt Clemens nicht mehr zu glauben. Zu tief sind die Wunden, die seine Scheidung bei ihm hinterlassen hat. Doch seit Ella bei ihm auf dem Hof wohnt, fühlt er sich zu ihr hingezogen. Aber Ella bleibt nie lange an einem Ort, sondern reist von Försterrevier zu Försterrevier. Soll er sein Herz für jemanden öffnen, der jederzeit wieder aus seinem und Mats' Leben verschwinden könnte?

Zur Autorin:

Jule Böhm ist ein richtiges Naturkind und hat es als kleines Mädchen geliebt, die Wälder und Felder ihrer Heimat zu durchstreifen. Sie studierte Germanistik und Musik und arbeitete als Kauffrau im Gesundheitswesen. Sie ist verheiratet, hat zwei Kinder und lebt bei Köln. So richtig auftanken kann sie am besten an der Nordsee, wo sie und ihre Familie mindestens einmal im Jahr zu finden sind, bei Ostfriesentee und Rosinenbrötchen.

JULE BÖHM

Das Herz im Wald, die Füße im Sand

ROMAN

HarperCollins

Auch wenn einige Schauplätze real existieren,
sind alle handelnden Personen und die Handlung
in diesem Roman frei erfunden.
Ähnlichkeiten mit lebenden oder verstorbenen Personen
wären rein zufällig.

1. Auflage 2022

Originalausgabe

Dieses Werk wurde vermittelt durch die Literarische Agentur Michael Gaeb.
Kartenillustration von KUZIN & KOLLING, Büro für Gestaltung, Hamburg
Umschlaggestaltung von bürosüd, München
Umschlagabbildung von www.buerosued.de unter Verwendung von jvphoto / Alamy, Beautiful landscape, OLIVER-stockphoto, Ryszard Filipowiczs, Elenamiv, Janny2, Benoit Daoust, UvGroup, canadastock / Shutterstock, Christian Bäck / Mauritius images / Jvphoto / Alamy / Mauritius images
Gesetzt aus der Stempel Garamond
von GGP Media GmbH, Pößneck
Druck und Bindung von GGP Media GmbH, Pößneck
Printed in Germany
ISBN 978-3-7499-0256-9
www.harpercollins.de

Klimaneutral
Druckprodukt
ClimatePartner.com/15109-2009-1001

MIX
Papier
FSC FSC® C014496

Für meine Enkelkinder Sarah, Claas und Merle

Kapitel 1

Wie immer war ihre Anfahrt von Herzklopfen und Glücksgefühlen begleitet. Ella liebte den weiten Blick über die Wiesen und das funkelnde Wasser der unzähligen Schloote, die das Grün durchzogen. Wenn dann noch der Himmel strahlend blau leuchtete, zeigte sich Ostfriesland von seiner schönsten Seite.

Jedoch nicht heute. Gestern hatten sie den Ersten Mai gefeiert, aber das Wetter schien im April stecken geblieben zu sein. Dicke Wolken bedeckten den Himmel und spiegelten Ellas zwiespältige Stimmung wider. Sie parkte ihr Gespann, das aus einem Offroader und ihrem Wohnwagen Karlchen bestand, vor dem gepflegten Einfamilienhaus in Westerholt. Einerseits freute sie sich auf die Wochen, die vor ihr lagen, andererseits hätte sie das anstehende Gespräch mit Connie nur zu gern schon hinter sich gebracht.

Sie zog den Schlüssel aus dem Zündschloss, griff nach den selbst gemachten Pralinen und stieg aus.

Zu Hause. Wärme breitete sich in ihr aus, während sie den Blick über die schmale Dorfstraße schweifen ließ. Hier kannte jeder jeden, und so sehr es Ella als Teenager manches Mal genervt hatte, genoss sie dennoch das Gefühl von Dazugehörigkeit, das damit einherging.

Sie öffnete die Heckklappe und befreite ihre Hündin Paula aus der Hundebox.

»Dass du dich ja gut benimmst«, ermahnte sie die Labradordame, die sie schwanzwedelnd anschaute. »Du weißt, dass Connie keine Hundefreundin ist. Also zeig dich bitte von deiner besten Seite.«

Als würde sie ihr zustimmen wollen, stupste Paula mit der Schnauze gegen ihren Oberschenkel.

Trotz des Regens kraulte sie der Hündin ausgiebig den Nacken. Du bist so ein Feigling, schalt sie sich selbst, du willst bloß Zeit schinden! Bis heute hatte sie es erfolgreich vor sich hergeschoben, Connie zu erzählen, dass sie einen Vertretungsjob in direkter Nachbarschaft angenommen hatte. Sie hatte ihr am Telefon nur gesagt, dass sie in der Gegend sei und bei ihr vorbeischauen würde. Dass sie nicht nur wie üblich auf einen kurzen Besuch käme, hatte sie wohlweislich verschwiegen. Auf die Gefühlsausbrüche ihrer Pflegemutter, wenn sie ihr gestand, dass sie dieses Mal nicht bei ihr wohnte, sondern etwas Eigenes gemietet hatte, konnte sie gut und gerne verzichten.

Laut aufseufzend schloss Ella die Heckklappe. Sie liebte Connie von ganzem Herzen, allerdings fühlte sie sich von ihr manchmal zu sehr unter Druck gesetzt. Oft unterschwellig, doch nicht weniger drängend. Andererseits war Connie das Einzige, was sie noch Familie nennen konnte. Sie war die beste Freundin ihrer Mutter gewesen und hatte nach dem Tod ihrer Eltern die Vormundschaft angetreten. Sie hatte sie wie selbstverständlich bei sich aufgenommen und sich fürsorglich um sie gekümmert, hatte ihr ein Heim gegeben. Das würde sie ihr niemals vergessen.

Kaum hatte Ella die ersten Schritte auf dem sorgfältig gefegten Plattenweg gemacht, flog auch schon die Haustür auf.

»Du bist wieder da!« Ungeachtet des Regens lief Connie, die Arme weit ausgestreckt, auf sie zu. »Dass du wieder da bist, Kind, ich kann es noch gar nicht glauben!«

Trotz aller inneren Widersprüche genoss Ella die liebevolle Umarmung. »Du tust gerade so, als wäre ich zehn Jahre nicht daheim gewesen. Dabei waren es kaum sieben Wochen.«

»Sieben Wochen sind eine lange Zeit, wenn man jemanden vermisst. Komm schnell rein, wir werden ja klitschnass!« Ihre Pflegemutter eilte zurück ins trockene Innere, und Ella, Paula im Schlepptau, folgte ihr.

»Du bist dünn geworden, Kind, das sehe ich sofort«, erklärte Connie streng, während sie ihr ein Handtuch reichte, damit sie Paulas Pfoten sauber machen konnte. »Sicher hast du wieder vor lauter Arbeit das Essen vergessen.«

Kaum dass Ella sich aufrichtete, tätschelte Connie ihr die Wange, als wäre sie wieder vier Jahre alt. »Nun, ich werde dich schon wieder aufpäppeln.«

Eine von Connies Lieblingsbeschäftigungen war, andere Leute zu bekochen. Ella lächelte, während sie die kurvige Figur ihrer Pflegemutter betrachtete. Diäten gab es für Connie nur in Zeitschriften. Für sie sprach nichts dagegen, sich gut zu kleiden und zugleich die Sinnlichkeit guten Essens zu genießen. Als Modefachfrau verstand sie es auch ausgezeichnet, ihre Kurven kleidungstechnisch vorteilhaft in Szene zu setzen.

»Und deine schönen Haare! Kind, warum hast du dir denn deine schönen Haare abgeschnitten?«

Unwillkürlich zupfte Ella an den kurzen blonden Fransen herum, die von ihrem langen Haar geblieben waren. Einen frechen Kurzhaarschnitt hatte es die Friseurin genannt, aber sie selbst hatte sich noch nicht ganz daran gewöhnt.

»Es war Zeit für etwas Neues«, antwortete sie, obwohl sie gar nicht genau benennen konnte, warum genau es Zeit für etwas Neues war. Sie fühlte sich schon seit einigen Monaten rastlos und unzufrieden. Wobei ihr die Arbeit im Wald nach wie vor gefiel und Paula und sie ein wirklich gutes Team waren. Trotzdem, irgendetwas nagte an ihr, sie war nur noch nicht dahintergekommen, was.

»Ihr immer mit euren Neuerungen«, schimpfte Connie. »Dein Haar war so schön, und jetzt schau dich an.«

Ja, auch Neuerungen waren nichts für ihre Pflegemutter, sinnierte Ella, während sie sich die Jacke auszog. Soweit sie sich erinnern konnte, trug Connie das blondierte Haar kinnlang geschnitten. Und auch ihr Kleidungsstil änderte sich nur saisonal in der Auswahl von Stoffen, Farben und Mustern.

»Das wächst wieder nach«, beschwichtigte Ella sie von daher bloß und reichte ihr die Pralinen in der Hoffnung, Connie damit von sich abzulenken. »Hier, die sind für dich.«

»Danke! Die werde ich mir heute Abend beim Fernsehen schmecken lassen.«

»Und du hast gebacken«, stellte Ella fest und sog schnuppernd den betörenden Duft ein, der sich durch die geöffnete Küchentür im Haus entfaltete.

»Ich genieße meine freien Nachmittage. Heute habe ich mich an Brownies versucht, und sie sind tatsächlich so geworden, wie ich sie zuletzt in New York gegessen habe!« Connie lächelte stolz. »Wasch dir rasch die Hände, dann kannst du sie probieren.«

Ella grinste und schaute ihrer Pflegemutter hinterher, die in der Küche verschwand. Nächsten Winter wurde sie zweiunddreißig, aber für Connie blieb sie offenbar zeitlebens die pummelige Fünfzehnjährige, die sie vor gut sechzehn Jahren bei sich aufgenommen hatte.

»Ich habe für Paula eine Decke in den Flur gelegt!«, rief Connie ihr zu.

Ella musste lächeln, während sie sich die Hände abtrocknete. Der Entscheidung, Försterin zu werden, gingen damals unzählige Diskussionen mit Connie voraus. Aber auch wenn ihre Pflegemutter sie letztlich in ihrer Berufswahl unterstützte, war es doch eine ganz andere Sache gewesen, als ihr mit Paulas Einzug bei Ella bewusst wurde, dass ihre Pflegetochter auch einen Arbeitshund brauchte. Da Connie jegliche Art von Schmutz als persönliche Beleidigung empfand, hatten die beiden keinen guten Start. Aber über die Jahre hinweg hatten sie Frieden geschlossen und respektierten einander. Wobei Ella den Eindruck hatte, dass die gegenseitige Zuneigung den Respekt bereits bei Weitem überstieg.

Den Beweis für diese Annahme entdeckte sie, sobald sie wieder den Flur betrat. Ella grinste. Ein großes Stück Ochsenziemer lag auf der beigen Baumwolldecke, und Paula kaute schon begeistert darauf herum.

Ja, so schwierig Connie auch manches Mal war, sie war eine herzensgute Seele.

Als Ella die Küche betrat, dampfte der Tee bereits in den zarten Rosenthaltassen, und ein saftiger Brownie samt einem dicken Klecks Sahne befanden sich auf ihrem Teller. Sie setzte sich und schaute sich um. Wie immer war nirgendwo ein Staubkorn, geschweige denn ein Teigspritzer zu erkennen. In den weißen Oberflächen der Einbauschränke konnte sie sich spiegeln. Doch obwohl Connie ein kleiner Putzteufel war, hatte sie sich immer bei ihr wohlgefühlt. Vom ersten Tag ihres Aufenthalts an war sie umsorgt worden wie das Küken von der Henne. Ähnlich begluckt fühlte sie sich heute noch, wobei sie sich inzwischen manches Mal eingeengt vorkam.

Ella teilte mit der Gabel ein Stück des Küchleins ab und schob es sich in den Mund. »Lecker!«

Besser sie genoss erst einmal das Gebäck, ehe sie Connie reinen Wein einschenkte, was ihren Aufenthalt in Ostfriesland betraf.

»Freut mich, dass es dir schmeckt, mein Schatz. Wenn wir Tee getrunken haben, helfe ich dir beim Auspacken. Dein Zimmer ist schon hergerichtet, und für heute Abend habe ich dir einen deftigen Braune-Bohnen-Eintopf gemacht, den magst du doch so gern. Für Paula habe ich eine dicke Decke neben dein Bett gelegt und auch einen Wassernapf dazugestellt.«

Was Ella ihr hoch anrechnete und weshalb es ihr noch schwerer fiel, diese friedliche Stimmung zu zerstören.

Leise seufzte Ella. Diesen Moment hätte sie am liebsten noch weiter hinausgeschoben, aber nun wurde es Zeit zum Beichten. Sie legte die Gabel beiseite und wandte sich ihrer Pflegemutter zu. »Es tut mir leid, dass ich dir vorher nichts gesagt habe, aber dieses Mal werde ich nicht bei dir wohnen.«

Erstaunt zog Connie die Augenbrauen hoch. »Warum denn nicht? Du wohnst doch immer hier, wenn du zu Besuch kommst.«

»Stimmt, aber dieses Mal bin ich nicht zu Besuch, ich werde etwas länger bleiben.«

»Du bleibst für länger? Wie schön! Wie lang genau?«, stieß Connie fröhlich hervor.

»Erst einmal wurde mir gesagt, für gut zwei Monate. Es könnte jedoch auch länger werden.«

»Zwei Monate? Das ist ja traumhaft!«

Da war sich Ella noch nicht ganz sicher. Dennoch zwang sie sich zu einem Lächeln. »Es ist schön, mal wieder zu Hause zu sein«, meinte sie.

Einen Moment herrschte Stille, so als müsse Connie sich erst sammeln. »Aber wenn das hier dein Zuhause ist, warum willst du nicht hier wohnen?«

»Ich weiß, dass ich immer bei dir willkommen bin, aber ich stehe seit gut zehn Jahren auf eigenen Beinen. Und da ich dieses Mal so lange bleibe, brauche ich meine eigenen vier Wände.«

»Du hast hier doch das ganze Dachgeschoss für dich. Ich verstehe das nicht.« Die Augen ihrer Pflegemutter schimmerten plötzlich feucht.

Ella stand auf, ging hinüber zu ihr und nahm sie in den Arm. »Ich bin dir wirklich sehr dankbar für alles, was du für mich getan hast. Aber inzwischen bin ich erwachsen geworden und habe mir mein eigenes Leben aufgebaut. Zu dem du natürlich dazugehörst«, fügte sie hinzu.

Connie schaute sie mit wässrigen Augen an. Alles entwickelte sich genau so, wie Ella befürchtet hatte.

»Aber du wirst doch wohl nicht in deinem Camper wohnen, was sollen denn die Leute denken?«

Ella atmete tief durch und schluckte eine heftige Erwiderung herunter. Was die Leute von ihr dachten, war ihr schon immer egal gewesen, aber erst ihre Eltern hatten das anders gesehen und anschließend auch Connie.

»Du bist in Aurich Inhaberin eines großen Modegeschäfts. Dass du immer nur in Jeans und Sweatshirts herumläufst, ist ja schon schlimm genug, doch dieser Wohnwagen …«, fuhr Connie fort.

»Für mich ist das praktisch«, wiederholte Ella zum x-ten Male, »sowohl, was die Klamotten angeht, als auch der Camper, da ich ja ständig woanders bin. Wenn ich nur für ein paar Monate in einem Forstrevier eingesetzt werde, lohnt es sich nicht, was anzumieten, und Ferienwohnungen für längere Zeit sind vor allem im Sommer schwer zu kriegen.«

Außerdem liebte sie ihren Wohnwagen, ihr Karlchen. Alles war perfekt für ihre Bedürfnisse eingerichtet, sie vermisste nichts. Dazu wohnte sie immer im Grünen und hatte an jedem neuen Ort rasch Kontakte zu anderen Campern, die ein offenes, hilfsbereites Völkchen waren, aber auch die Privatsphäre des Nachbarn respektierten. Doch all das hatte sie Connie schon hundertmal erklärt.

Und ebenso wenig lohnte es sich, Connie darauf aufmerksam zu machen, dass sie nicht immer nur in Jeans und Shirts rumlief, denn im Hochsommer mochte sie es, in ihrer Freizeit Kleider zu tragen. Wenn auch die meisten nicht so elegant waren, wie Connie es gern an ihr sähe.

»Wenn du woanders bist, mag das egal sein«, insistierte ihre Pflegemutter, »aber hier kennt dich jeder als Eleonora Vanbrecht und bringt dich mit dem Geschäft in Verbindung.«

Das Geschäft, das Geschäft, das Geschäft. Schon bei ihren Eltern gab es kein wichtigeres Thema. Alles musste dahinter zurückstehen. Auch sie. Aber obwohl es ihr auf die Nerven ging, dass sich auch bei Connie immer alles nur um den Laden drehte, konnte sie sich doch nicht dazu durchringen, ihn zu verkaufen. Das Geschäft und das dazugehörige Wohnhaus waren das Lebenswerk ihrer Eltern und ein starkes Band, durch das sie noch immer mit ihnen verbunden sein konnte. Sie war hin- und hergerissen zwischen Pflichtgefühl, Liebe zu ihren Eltern und ihrem angeborenen Freiheitsdrang und hatte keine Ahnung, wie sie sich entscheiden sollte.

»Wenn du die nächsten Wochen hier bist, wirst du dich ja sicher mehr ins Geschäft einbringen können.«

»Das werde ich nicht schaffen«, erwiderte Ella. »Ich sitze jeden Tag mindestens eine Stunde an der Buchhaltung, helfe dir beim Einkauf und nehme mir Zeit für die Messen. Dafür geht fast mein ganzer Urlaub drauf. Mehr kann ich wirklich nicht tun.«

Doch all ihre Argumente wurden von Connie nur mit einer ungeduldigen Handbewegung vom Tisch gewischt. »Du wirst aber auch im Laden gebraucht! Dort lastet alles auf meinen Schultern, ich bin auch nicht mehr die Jüngste.«

Ein Argument, auf das sich kaum etwas erwidern ließ, da Connie die sechzig bereits gut überschritten hatte. Allerdings war sie noch weit davon entfernt, in irgendeiner Weise alt zu wirken – außer in ihren manchmal etwas übertrieben altmodischen Meinungen vielleicht. Trotzdem war es gut, dass sie neben den anderen Mitarbeiterinnen in Astrid, die bereits seit vielen Jahren im Modehaus arbeitete, eine gute Assistentin hatte.

Da Ella sich nicht streiten wollte und sie mit Connie bei diesem Thema sowieso auf keinen grünen Zweig kam, ließ sie den letzten Vorwurf einfach so stehen.

»Dieses Mal habe ich mir ein Ferienhaus gemietet«, sagte sie stattdessen.

»Wo?«

»In Hilgenriedersiel. Auf einem ehemaligen Gutshof.«

»Ach, Kind«, meinte Connie resigniert. »Warum machst du es mir so schwer. Zuerst ein Wohnwagen und jetzt ein Bauernhof? Du könntest dir doch auch ein schönes Hotel leisten.«

Wieder so eine antiquierte Meinung. Was bitte war schlecht daran, auf einem Bauernhof zu wohnen? Und warum sollte sie viel Geld für ein Hotel ausgeben, bloß weil sie es hatte?

»Also zum einen ist Urlaub auf dem Bauernhof äußerst beliebt. Zum anderen handelt es sich hier um einen ehemaligen Gutshof, also ganz sicher nicht so, wie du es dir offenbar vorstellst. Das Häuschen, das ich gemietet habe, wurde wunderschön renoviert. Du wirst begeistert sein, wenn du es siehst. Soll ich dir mal ein paar Bilder zeigen?«

Ella griff nach ihrem Handy und suchte die Website des Hofes heraus. »Schau mal. Sieht das nicht traumhaft aus?«

Widerstrebend nahm Connie das Smartphone entgegen und scrollte durch die Fotos.

»Nun gut. Das ist wirklich sehr hübsch«, gab sie zu.

Dann reichte sie Ella das Handy und stand auf, um das Geschirr abzuräumen. »Trotzdem ist es schade, dass du nicht bei mir wohnen willst.«

Ella seufzte im Stillen, ehe sie sich ebenfalls erhob und die Teller zur Spüle brachte. Es würde nichts nützen, sich weiter zu erklären, und natürlich konnte sie ihre Pflegemutter auch verstehen. Aus deren Sicht wäre es sicher schön, Ella im Haus zu haben. Aber dafür hatte sie einfach schon zu lange allein gelebt. Sie war nicht mehr bereit, sich mehrere Monate lang anzupassen, auch wenn Connie immer nur ihr Bestes wollte.

»Ich würde mich wirklich freuen, wenn du mir etwas von dem Eintopf einpackst. Dann kann ich ihn mir heute Abend warm machen.« Ein Friedensangebot, das ihr nicht schwerfiel, da Connies Kochkünste vorzüglich waren.

Wie erhofft, umspielte ein leichtes Lächeln Connies Lippen. »Natürlich, das tue ich gern. Wann kommst du denn mal zum Mittagessen vorbei? Ich habe da ein paar schöne Rezepte, die ich schon lange ausprobieren wollte.«

»Wie wäre es mit nächster Woche Donnerstag? Könntest du dir da freinehmen?«

Connie nickte. »Ich werde das mit Astrid besprechen, aber das ist sicher kein Problem. Zudem passt es prima, weil ich dann am Mittwoch auf dem Wochenmarkt einkaufen kann.«

Bei der Aussicht, ein leckeres Menü zu planen, schien jeglicher Ärger von ihrer Pflegemutter abzufallen. Sie begann Ella ausführlich von der letzten Woche im Geschäft zu erzählen, von der Kundin, deren Baby seine Milch auf den neuen Teppichboden in den Umkleiden spuckte, und der komplett ruinierten Lieferung von Ballkleidern, die samt und sonders wieder zurückgeschickt werden mussten.

Auch wenn es Ella drängte, ihr neues Zuhause auf Zeit zu begutachten, lauschte sie doch lächelnd Connies Worten. Trotz der Spannungen fühlte es sich gut an, wieder zu Hause zu sein.

Als sie den Theener Oststreek in Richtung Hilgenriedersiel entlangfuhr, spürte sie, wie die Aufregung langsam anstieg. Das Bauernhaus hatte auf der Website ausgesehen wie aus einem Bilderbuch. Roter Backstein, eine breite Freitreppe, die zur doppelflügeligen, grün gestrichenen Haustür führte und weiß blitzende Sprossenfenster, die sich auf der lang gestreckten Fassade verteilten. Aber sie hatte bei der Buchung einer Unterkunft schon oft erlebt, dass die Internetdarstellung und die Wirklichkeit nicht unbedingt übereinstimmten.

Während links immer wieder einzelne Gehöfte auftauchten, lag auf der rechten Seite in einiger Entfernung der Deich. Ein wesentlicher Grund, weshalb sie sich für den Gutshof von Familie Niehus entschieden hatte. Hilgenriedersiel bestand zwar nur aus einer Handvoll Gehöfte, befand sich allerdings unmittelbar an einem atemberaubenden Naturstrand, der weder Kioske noch Strandkörbe bot, dafür aber unberührte Natur in Form von zerklüfteten Salzwiesen und dem Meer.

Sie bog nach rechts in Richtung Deichstraße ab. Dort, etwas abseits von den anderen Häusern, lag ihr Ziel. Zwischen den Bäumen, die den Hof umsäumten, sah sie nur einige Dächer hervorlugen, bis sie schließlich die Einfahrt hinunterfuhr und das Haupthaus vor ihr auftauchte. Auf den ersten

Blick schien es so, als würden die Bilder aus dem Internet der Realität standhalten. Das Kopfsteinpflaster der Hoffläche wirkte ebenso gepflegt wie die Gebäude, die es umgaben. Rechts befand sich die ehemalige Scheune, und links, ein gutes Stück vom Haupthaus entfernt, konnte Ella das Altenteilerhäuschen hinter einer hochgewachsenen Lorbeerhecke erspähen.

Leider konnte sie von hier aus kaum mehr als den Giebel sehen, aber auf der Homepage der Familie Niehus war es, ebenso wie die Scheune, mit vielen Fotos vorgestellt worden.

Voller Vorfreude parkte Ella vor dem Haupthaus, dessen dunkle Rottöne im hellen Licht der Nachmittagssonne gastfreundlich schimmerten. Ein warmes Gefühl durchströmte sie. Obwohl es nur ein Zuhause auf Zeit war, kam es ihr absolut richtig vor.

Während Ella ausstieg, seufzte sie auf, weil sie an Connies Predigt wegen ihrer weiteren Planung dachte. Aber es lohnte nicht, sich jetzt mit solchen Gedanken den weiteren Tag zu verderben, also schob sie sie beiseite. Sie spürte, wie die Anspannung zunehmend von ihr abfiel, und schloss die Augen. Hier würde sie sich wohlfühlen, da war sie sich sicher. Mehr brauchte sie nicht. Nur einen Ort, an den sie sich zurückziehen und ihre Seele baumeln lassen konnte.

Bevor sie hinüber zur Haustür gehen konnte, ertönte hinter ihr eine Stimme. »Hallo?«

Ella drehte sich um und sah eine junge Frau auf sich zukommen. Vielleicht ein paar Jahre älter als sie selbst und um einiges größer, was bei ihren eins vierundsechzig allerdings auch nicht allzu schwer war.

»Hallo, ich bin Ella Vanbrecht«, rief sie ihr zu.

»Frau Vanbrecht, wie schön! Anne Niehus, wir hatten miteinander telefoniert.«

Lächelnd reichte Frau Niehus ihr die Hand. »Herzlich willkommen! Ich habe Ihnen gerade noch frische Handtücher gebracht.«

»Sehr nett, vielen Dank«, sagte Ella. »Sie haben es wirklich wunderschön hier.«

Anne Niehus lachte. »Ja, uns gefällt es auch sehr gut. Soll ich Ihnen direkt Ihre Unterkunft zeigen? Ihren Wohnwagen können Sie erst einmal hier stehen lassen, und den Vertrag unterschreiben wir später.«

Ella nickte und folgte ihrer Vermieterin in Richtung Altenteilerhäuschen. Auf dem Weg dorthin liefen sie an einem großen eingezäunten Gartenstück vorbei.

»Unser Blumengarten«, erklärte Frau Niehus im Vorbeigehen, »meine kleine Oase. Wir richten in unserer Scheune Veranstaltungen aus, also mein Bruder, meine Mutter und ich. Clemens ist ausgebildeter Veranstaltungskaufmann. Da ich gelernte Floristin bin, kümmere ich mich um den Blumenschmuck, für den ich unter anderem auch meine eigenen Pflanzen verwende. Aber ich genieße es auch, dass ich mich ab und zu hierher zurückziehen kann, wenn ich mal Abstand von dem ganzen Rummel brauche. Sie können sich auch gern hierhersetzen, wenn Ihnen danach ist.« Frau Niehus zeigte auf eine rustikal geschreinerte Holzbank, die auf der rechten Seite des Areals inmitten von blühenden Blaukissen stand.

Ella brauchte nicht viel Fantasie, um sich vorzustellen, dort zu sitzen, zu lesen und inmitten der sie umgebenden Düfte einfach nur zu entspannen.

»Wenn der Himmel so grau ist wie heute, wirkt der Garten ja schon mal ein wenig karg, aber selbst zu dieser frühen Jahreszeit trotzen bereits die ersten Pflanzen dem Wetter. Ich liebe ihre bunte Vielfalt«, plauderte Frau Niehus vergnügt weiter und riss sie aus ihren Gedanken. »Warten Sie nur ab, bis die Sonne länger scheint, dann verwandelt sich hier alles in ein kleines Paradies.«

Hinter der Lorbeerhecke tauchte schließlich das Ferienhaus auf, das Ella gemietet hatte. Ebenso wie das Hauptgebäude war es auch aus roten Backsteinen errichtet worden und hatte weiße Sprossenfenster. Üppige Kletterrosen rankten die Hauswand empor und würden in ein paar Wochen unzählige Blüten tragen. Mit seinem niedrigen Dach wirkte es einladend und gemütlich.

»Kommen Sie rein«, forderte Frau Niehus sie auf, während sie die Haustür öffnete. »Wir sind erst vorgestern mit der Renovierung fertig geworden, deshalb war es überhaupt noch frei. Ich hoffe, Sie werden sich bei uns wohlfühlen.«

Ella nickte, folgte ihr in die Unterkunft und stand direkt in einer kleinen Diele, die komplett von einem breiten Garderobenschrank aus dem 19. Jahrhundert dominiert wurde.

»Hier rechts finden Sie die Gästetoilette, und geradeaus kommen wir ins Wohnzimmer«, meinte Frau Niehus.

Neugierig betrat Ella den überraschend großen Raum und war sofort begeistert. Alles wirkte leicht und freundlich, trotz der alten Balken, die die weiß gestrichene Decke zierten. Helle Weichholzmöbel standen auf den alten Landhausdielen, die sicher schon einiges erlebt hatten und auf denen Flickenteppiche in warmen Erdtönen lagen. Vor den hinteren Fenstern stand eine ausladende Sitzlandschaft aus braunem Leder und lud zu entspannten Kuschelstunden ein. Nicht dass sie jemanden zum Kuscheln hätte, aber sie würde es sich schon gemütlich machen.

»Gerade bei einem Wetter wie heute lässt es sich dort hinten am Kamin gut aushalten.«

Ella grinste und betrachtete den schwarzen Schwedenofen, den sie an der rechten Seitenwand erblickte. »Gut aushalten ist wohl ein bisschen untertrieben. Es gefällt mir ausgezeichnet.«

Sie würde hier sicher himmlische Abende verbringen. Dafür brauchte sie nur ihr Strickzeug, ein Feuer im Kamin und dazu eine Tasse Ostfriesentee. Herz, was willst du mehr? Nun gut, der Sommer stand vor der Tür, aber hier oben an der Küste konnte es auch in den warmen Monaten noch ungemütlich werden, sodass sie sicher das Vergnügen hätte, sich in den dunkelroten Ohrensessel gegenüber dem Kamin zu kuscheln.

»Was Sie so an Grundnahrungsmitteln brauchen, finden Sie in den Schränken, Milch und Butter sind im Kühlschrank.«

Ella schaute hinüber zur cremefarbenen Küchenzeile, die direkt neben der Wohnzimmertür eingebaut war. Die chromfunkelnden Küchengeräte machten ihr jetzt schon Lust, sie auszuprobieren.

»Danke, das ist ja ein toller Empfang, sogar mit Lebensmitteln«, sagte sie grinsend.

Anne zwinkerte ihr zu. »Gern geschehen. Sollen wir dann mal oben schauen? Da haben wir noch das Schlafzimmer und das Bad.«

Ella bejahte und stieg hinter Anne Niehus die Holztreppe hinauf. Auch im oberen Stockwerk war alles in hellem Holz und in warmen Erdtönen gehalten. Vom Schlafzimmer aus sah sie direkt in die dichten Baumkronen hinein, die an heißen Sommertagen sicher kühle Schatten warfen.

»Ich lasse Sie dann mal in Ruhe ankommen«, meinte Anne Niehus. »Wenn Sie sich so weit eingerichtet haben, kommen Sie einfach ins Haupthaus, die Tür ist immer offen. Und noch etwas, da Sie so lange hierbleiben und wir uns sicher noch des Öfteren sehen, sollen wir uns nicht duzen?«

»Sehr gern.« Erfreut nahm Ella den Schlüssel entgegen, den Anne ihr hinhielt.

»Trinkst du lieber Kaffee oder Tee?«

»Gerne Tee, danke.«

Sie schaute Anne kurz hinterher und setzte ihre Erkundungstour allein fort. Es war jedes Mal aufs Neue spannend, ein Zuhause auf Zeit zu erkunden, und dieses Haus schien ein wahrer Schatz zu sein. Der Boden im ersten Stock war ebenso wie im Erdgeschoss mit Landhausdielen ausgelegt, was es sehr wohnlich wirken ließ. Das Badezimmer war modern und relativ geräumig für diese kleine Unterkunft. Zu Ellas großer Freude verfügte es sogar über eine Badewanne. Mit einem kleinen Hochgefühl ging sie wieder nach unten. Allein das polierte Treppengeländer an den Fingerspitzen zu spüren, war ein Traum.

Im Wohnzimmer wandte sie sich der Küchenzeile zu, für sie immer das Wichtigste in ihrer festen Unterkunft. Wie Anne schon sagte, war alles nigelnagelneu. Ein kurzer Blick in die Oberschränke machte deutlich, dass sie großzügig mit Gläsern und Geschirr ausgestattet waren. Ausgiebigen Koch- und Backorgien stand demnach nichts im Wege. Weshalb sie sich als Nächstes den Backofen genauer anschaute, der auf Augenhöhe eingebaut war. Liebevoll strich sie über die glänzende Glasfront, das Touchdisplay, öffnete die Klappe und zog nacheinander die Bleche heraus, um sie zu betrachten. Im Geiste sah sie bereits Rhabarberkuchen mit dicken Streuseln darauf liegen und schmeckte schon süßsäuerliche Johannisbeerbaisers.

Bereits seit ihrer Kindheit war Backen ihre Leidenschaft. Ella liebte es, sich in Elektromärkten herumzutreiben und zu schauen, was es so Neues für die Küche gab. Nicht dass sie je in die Verlegenheit kam, sich einen High-End-Backofen zu kaufen, schließlich hatte sie nur eine winzige Wohnung in Oldenburg, in der sie sich kaum aufhielt. Aber falls es doch mal passieren sollte, dass sie einen eigenen brauchte, wollte sie dafür gewappnet sein. Träumen war schließlich erlaubt.

Ihre Passion fürs Backen war einer der wenigen Punkte, der gegen das Campen sprach, aber man konnte eben nicht alles im Leben haben.

Ella spürte ein Kribbeln der Vorfreude in ihrem Bauch. Wäre sie nicht Försterin geworden, weil sie sich einfach nicht vorstellen konnte, ihren kompletten Arbeitstag innerhalb von vier Wänden zu verbringen, hätte sie liebend gern eine Ausbildung zur Bäckerin gemacht. Und dieser Leidenschaft konnte sie in den nächsten beiden Monaten hemmungslos frönen.

Sie konnte sich nicht zurückhalten, klatschte in die Hände und machte ein kleines Tänzchen durchs Zimmer. Sie hatte einen Sechser im Lotto, was diese Ferienwohnung anging!

Ella entschied, erst später auszupacken, dafür hätte sie noch den ganzen Abend Zeit. Sie brannte so darauf, sich auch den Rest des Areals anzusehen, dass sie ganz zappelig wurde. So kannte sie sich gar nicht. Sie joggte zurück zum Auto, um schon ein wenig Energie abzubauen, öffnete die Heckklappe und ließ Paula hinausspringen.

»So, meine Süße, wir beide drehen jetzt eine große Runde um den Gutshof, damit ich wieder ein bisschen runterkomme«, erklärte sie der Hündin, während sie die Fensterscheiben des Jeeps wieder hochfuhr, die sie für sie geöffnet hatte. Um den Vertrag zu unterschreiben, war anschließend noch Zeit genug.

Während Paula neugierig zu schnüffeln begann, atmete Ella die salzige Meeresluft ein und versuchte sich zu beruhigen. Es war nur ein neuer Ort auf einer langen Liste von Plätzen, an denen sie bereits gewohnt hatte. Aber irgendetwas fühlte sich hier anders an. Vielleicht lag es daran, dass sie in der Gegend aufgewachsen war, vielleicht war sie aber auch einfach nur urlaubsreif und könnte hier das Angenehme mit dem Nützlichen verbinden.

Doch auch nachdem sie mit Paula eine Powerrunde um den Hof gedreht hatte, fühlte sie sich nicht wesentlich ruhiger als vorher. Möglicherweise hätte sie besser sagen sollen, dass sie gern einen Kräutertee hätte. Am besten Kamille. Der schmeckte so fürchterlich, dass sie von ganz allein auf andere Gedanken kam.

Ella brachte die Hündin ins Ferienhaus und wartete geduldig, bis sie auch dieses erkundet und es sich in ihrem Körbchen bequem gemacht hatte, das sie immer für Paula dabeihatte und sofort in einer kuschligen Ecke aufgestellt hatte. Erst dann lief sie hinüber zum Haupthaus.

Als sie durch die Haustür trat, stand sie in einer wunderschönen Diele. Links neben der Eingangstür entdeckte sie eine breite Holztreppe hinauf in den ersten Stock. Einige Türen waren zu sehen, aber nur eine stand offen und führte augenscheinlich in die Küche.

»Hallo?«, rief sie.

»Ella!« Anne schritt durch die Tür auf sie zu. »Komm rein, der Tee ist schon fertig.«

Ella folgte ihr in eine große Wohnküche, in der eine ältere Frau vor einem langen Holztisch saß und in einer Kochzeitschrift blätterte.

»Das ist meine Mutter«, stellte Anne sie vor.

Ella reichte ihr die Hand. »Ella Vanbrecht.«

»Nenn mich einfach Femke, wir sind hier gerne per Du.«

»Danke.«

»Such dir einen Platz, ich hole die Tassen.«

Während Anne das Geschirr aus einem alten Vertiko nahm, setzte sich Ella gegenüber Femke hin und schaute sich neugierig um. Die Küche schien auf dem neusten Stand der Technik und mit viel Liebe zum Detail eingerichtet worden zu sein. Terrakottafliesen zierten den Boden, und an den Fenstern hingen Spitzengardinen. Auf der rechten Kopfseite stand ein großer Kamin, in dem ein Feuer brannte. Das blau-weiß karierte Sofa daneben lud zu einem entspannenden Nickerchen ein. Auf den robusten Stühlen lagen blaue Kissen, und obwohl auch hier alles neu aussah, war die Tischplatte eindeutig älteren Datums und über die Jahre blank gescheuert. Mit ihren unzähligen Kratzern und Furchen erzählte sie eine Vielzahl von Geschichten. Sanft strich Ella mit einem Finger über die Unebenheiten und erfreute sich an diesem unvollkommenen Meisterstück. Trotz der modernen Einbauschränke wirkte die Küche warm und gastfreundlich.

»Schön habt ihr es hier«, meinte Ella, als Anne sich zu ihnen an den Tisch gesellte.

»Ja, die Küche meiner Mutter ist das Herzstück des Hofs«, stimmte Anne zu und strich Femke liebevoll über die Hand.

»Papperlapapp«, wehrte Femke ab. »Das Herzstück sind die Menschen, denn ohne die wäre der Hof gar nichts.«

Ella grinste. Die direkte Art von Annes Mutter gefiel ihr gut. Offenbar herrschte hier ein lockerer Umgangston.

»Brauchst du Kandis?« Anne deutete auf eine antike Zuckerdose.

»Ja, bitte. Gerne auch Sahne.« Ella griff nach dem Kandistopf und tat zwei Stücke in die bauchige Tasse.

»Ich weiß, es ist anmaßend, aber wir sind schrecklich neugierig«, setzte Anne an, während sie allen Tee einschenkte. »Normalerweise mieten sich die Leute für zwei, vielleicht drei Wochen irgendwo ein, deshalb fragen wir uns: Wie kommt jemand dazu, sich für volle zwei Monate einzumieten und dann auch noch einen Wohnwagen mitzubringen?«

»Wobei du dazu gar nichts sagen musst«, mischte sich Femke ein, »denn das geht uns wirklich nichts an. Obwohl ich mir deinen Wohnwagen sehr gern einmal von innen anschauen würde.«

Ella grinste. »Kein Problem, es ist kein Geheimnis. Ich bin Försterin und arbeite als Vertretung. Das heißt, ich bin immer nur für ein paar Monate, höchstens ein Jahr, an einem Ort. Es lohnt sich nicht, für diese kurzen Zeiträume eine Wohnung anzumieten, geschweige denn mit Möbeln umzuziehen. Deshalb lebe ich während meiner Aufträge meist in meinem Camper, den ich Karlchen getauft habe. Nur in den Wintermonaten wohne ich lieber in einem Zuhause mit gemauerten Wänden als in meinen Karlchen. Wenn ich eine Vertretungsstelle habe, in einem Ferienapartment vor Ort und ansonsten in meiner kleinen Wohnung in Oldenburg.«

»Also ein richtiges Vagabundenleben, das du da führst«, erwiderte Femke staunend und nippte an ihrem Tee. »Vermisst du dabei nicht dein Zuhause?«

Ein winziger Stich durchfuhr Ella, doch sie ließ sich nichts anmerken. Wenn Femke von ihrem Zuhause sprach, meinte sie sicher ihre Unterkunft in Oldenburg, die sie eben erwähnt hatte. Aber die konnte sie, bei aller Schönheit, die Oldenburg zu bieten hatte, wahrlich kein Heim nennen. Da sie viel unterwegs war, konnte sie keine Pflanzen aufstellen, um eine gemütlichere Atmosphäre zu schaffen. So besaß sie nur einen pflegeleichten Ficus, der von einer älteren Nachbarin gegossen wurde, wenn sie längere Zeit nicht in der Gegend war. Diese sandte ihr auch einmal die Woche die Post an ihre jeweilige Adresse, wofür sich Ella stets mit einer Einladung zum Abendessen bedankte, wenn sie wieder für kürzere Zeit da war. »Manchmal schon, aber eigentlich liebe ich mein Leben, so wie es ist«, erklärte sie deshalb. »Außerdem ist dies hier sozusagen ein Heimaturlaub, ich komme nämlich ursprünglich aus Aurich.«

»Ach!«, rief Anne. »Das ist ja quasi um die Ecke. Hast du dort Familie?«

Ella griff nach ihrer Tasse. »Ja, meine Pflegemutter wohnt noch in der Nähe. Meine Eltern sind leider schon verstorben.«

Anne machte ein betretenes Gesicht. »Das tut mir leid.«

»Ist schon lange her«, erwiderte Ella, obwohl sie unmittelbar ein Gefühl der Sehnsucht nach ihren Eltern beschlich. Sie war ein Einzelkind und hatte weder Großeltern noch Tanten oder Onkel gut gekannt, da alle im Großraum Frankfurt lebten und das Verhältnis zu ihnen nicht wirklich gut gewesen war. Als sie fünfzehn war und ihre Eltern bei einem Autounfall ums Leben kamen, waren ihre Großeltern bereits gestorben. Und zu einer ihrer Tanten nach Hessen zu ziehen, war für sie unvorstellbar gewesen.

Doch auch wenn ihre Eltern gute Geschäftsleute gewesen waren, hatten sie kein Testament gemacht. Dem Erbrecht entsprechend ging das große Modehaus an Ella, die mit ihren fünfzehn Jahren aber natürlich noch überhaupt nicht in der Lage war, es zu führen oder rechtlich dazu befugt gewesen wäre. Und obwohl das Verhältnis zur Verwandtschaft nicht gut gewesen war, bemühten sie sich nun hartnäckig um die Vormundschaft, um ein Stück vom Kuchen abzubekommen. Aber glücklicherweise hatten sie ihre Rechnung ohne Connie gemacht. Sie kämpfte wie eine Löwin um Ella, die sich gleich zu Beginn des Prozesses gegen die Unterbringung bei ihren Tanten ausgesprochen hatte. Connie nahm etliche Anwaltsgespräche beim Vormundschaftsgericht und Besuche vom Jugendamt auf sich, scheute weder Kosten noch Mühen, bis nach Monaten endlich amtlich bestätigt wurde, dass Ella bei ihr bleiben durfte.

Bevor sie noch weiter in der Vergangenheit versank, beschloss Ella das Thema zu wechseln. »Apropos Neugierde: Warum habt ihr einen Drei-Sterne-Backofen in eurem Ferienhaus?«

»Das war die Idee meines Bruders«, antwortete Anne.

»Eine sehr gute Idee!«, warf Femke ein.

»Ja, eine sehr gute Idee«, meinte Anne nickend. »Hier wird viel gekocht und gebacken. Nicht nur für uns selbst, sondern auch für unsere Gäste. Ich hatte ja vorhin schon gesagt, dass wir Veranstaltungen ausrichten, jetzt im Sommer vornehmlich Hochzeiten. Meine Mutter hat sich auf Hochzeitstorten spezialisiert, aber wir bieten auch Fingerfood an, falls das gewünscht wird.«

»Und dafür nutzt ihr den Ofen im Ferienhaus?«

Femke lachte. »Nein, normalerweise reichen uns die Herde hier im Haus. Vom Großhändler gab es ein besonderes Angebot, wenn man gleich zwei Öfen kaufte. Und da Anne gern einen Ofen mit Dampfgarer haben wollte, um selbst Brot zu backen, hat mein Sohn gemeint, wir müssen zuschlagen, und deswegen das Ferienhaus damit ausgestattet.«

»Ich liebe den Duft von frisch gebackenem Brot, von daher kann ich es kaum abwarten, den Herd auszuprobieren«, sagte Ella.

»Kochst du gern?«, wollte Femke von ihr wissen.

»Ja, auch wenn das in den Monaten im Wohnwagen natürlich eher einfache Gerichte sind. Wobei ihr sicher erstaunt wärt, wenn ihr wüsstet, was man alles für leckere Gerichte aus einem Topf zaubern kann. Aber noch lieber als zu kochen, backe ich. Apropos, was sind das für Kekse?«, fragte sie und deutete auf die kugelförmigen Kekse auf dem bunten Teller vor ihnen.

»Das sind Muskatnüsschen«, erklärte Femke. »Eigentlich besonders gut für die dunkle Jahreszeit, doch ich mag sie das ganze Jahr. Hildegard von Bingen hat sie empfohlen gegen die Bitterkeit der Seele und für einen fröhlichen Geist.«

Ella steckte sich einen der Kekse in den Mund und schloss verzückt die Augen. Die würzige Muskatnuss und der samtig-süße Teig schenkten ihr eine völlig neue Geschmackserfahrung.

»Ich bin immer wieder erstaunt«, nuschelte sie mit vollem Mund, »mit welchen Themen sich die Menschen schon vor Hunderten von Jahren beschäftigt haben. Und wie sie mithilfe der Natur Leiden lindern konnten. Und das noch auf so leckere Art und Weise. Die habe ich noch nie gegessen. Kann ich das Rezept haben?«

»Sicher«, antwortete Femke. »Wenn du Lust hast, können wir in den nächsten Wochen auch gern einmal zusammen backen. Vielleicht hast du ja auch Rezepte, die ich noch nicht kenne.«

Begeistert nickte Ella. »Ich komme die nächsten Tage mal vorbei und bringe mein Rezeptbuch mit. Das stammt aus meiner Grundschulzeit, als ich die Rezepte noch mit Zeichnungen und Glanzbildchen verziert habe.« Ella musste lächeln, als sie an ihre ungelenke Schrift aus ihrer Kindheit dachte.

»Also hat die Backleidenschaft dich schon recht früh überfallen«, neckte Anne sie.

»Ja, sobald ich alt genug war, den ersten Teig zu rühren. Und zu probieren«, entgegnete Ella lachend.

»Es geht nichts über rohen Teig«, stimmte Anne ihr zu. »Den nasche ich immer noch gern, wenn wir backen.«

»Ich will ja nicht ungemütlich sein«, meinte Ella, »aber es zieht mich einfach nach draußen. Ich habe vorhin schon eine Runde um den Gutshof gedreht, aber wenn es euch recht ist, würde ich mich noch gern weiter umschauen.«

»Sieh dir einfach alles an«, sagte Anne. »Die Scheune ist jetzt leider abgeschlossen, doch wenn du Lust hast, kannst du gerne zu den Pferden gehen.«

»Ihr habt Pferde?«, fragte Ella.

»Ja, drei Stück und drei Shettys für die Kinder.« Anne schaute auf die Küchenuhr. »Mein Bruder hat sie sicher schon von der Weide geholt und wird sie gleich füttern, der kann dir dann alles zeigen. Ich würde dich auch selbst begleiten, aber ich muss meinen Sohn vom Schwimmen abholen. Neben Leon wird dir übrigens demnächst auch noch Clara über den Weg laufen, das ist meine Tochter, und natürlich mein Mann Stefan. Er ist das schwarze Schaf in der Familie und hat mit dem Hof nicht viel zu tun«, erklärte sie süffisant grinsend.

»Jetzt bist du aber unfair«, mischte Femke sich ein. »Schließlich unterstützt er uns bei den Events, so gut er kann.«

Beschwichtigend hob Anne die Hände. »Schon gut, schon gut, ich habe doch nur ein wenig gefrotzelt. Natürlich weiß ich Stefans Einsatz zu schätzen, und inzwischen kann er immerhin so gut ein Tablett balancieren, dass wir kaum noch neue Gläser brauchen.«

»Was bist du für ein Schofel?« Femke schlug Anne spielerisch gegen den Hinterkopf. »Du hast einen guten Fang mit deinem Mann gemacht. Ganz anders als Clemens bei seiner Frau.« Sie schnaubte verächtlich, sprach aber nicht weiter.

Da Ella nicht nachfragen wollte, wie sie das meinte, stand sie auf. »Dann werde ich mich mal ein wenig umschauen, vielen Dank für den Tee.«

Sie wollte schon gehen, als ihr noch etwas einfiel. »Ach, was ich noch fragen wollte, ich habe bei meiner Nachbarin erst einmal eure Adresse angegeben, weil ich keine andere wusste. Ist das so in Ordnung?«

»Das Altenteilerhäuschen hat noch ein A hinter der Sieben, das kannst du deiner Nachbarin ja mitteilen. Sollte bis dahin etwas bei uns ankommen, ist das kein Problem, das bringen wir dir dann rüber«, erklärte Femke.

Ella verabschiedete sich von den beiden Frauen und freute sich wieder einmal darüber, wie unkompliziert hier der Umgang miteinander schien.

Die herrliche Luft hier oben an der Küste war wirklich etwas, was sie vermisste, wenn sie irgendwo im südlichen Niedersachsen eingesetzt war. Obwohl noch eine frische Brise wehte, zeigten sich am Himmel inzwischen deutliche Wolkenlücken. Ella schlenderte über den Hof, lugte durch die kleinen Scheiben der breiten französischen Flügeltüren in die Scheune und staunte über die Ausmaße, die der Festsaal einnahm. Irgendwann innerhalb der nächsten Tage fand sich sicher einmal die Gelegenheit, das Scheuneninnere näher zu betrachten.

Sie ging um den ausladenden Bau herum und sah hinter einem gepflegten Rasenstück den Pferdestall liegen. Vor der breiten Flügeltür entdeckte sie einen Jungen. Es war noch ein Knirps, vielleicht vier oder fünf Jahre alt.

»Hallo«, rief sie ihm beim Näherkommen zu.

»Hallo.« Mit skeptischem Blick beäugte er sie. »Wer bist du?«

»Ich bin Ella, ich bin heute in euer Ferienhaus gezogen. Und du?«

»Mats. Ich wohne da.« Er zeigte mit dem Finger in Richtung Haupthaus.

Noch ein Familienmitglied?

Ella überlegte, dass Anne von Leon, den sie abholen musste, und Clara als ihren Kindern gesprochen hatte, zu ihr gehörte er demnach nicht. Da fiel ihr ein, dass es ja noch Annes Bruder Clemens gab, der sich um die Pferde kümmerte und laut Femke kein glückliches Händchen bei Frauen hatte. Ob Mats sein Sohn war?

»Gehst du jetzt in den Stall?«, wollte er von ihr wissen.

»Gerne. Willst du ihn mir zeigen?«

»Mmh.« Er nickte schüchtern und folgte ihr.

Der Stall wirkte sehr gepflegt. Auch wenn er nicht neu war, waren die Boxen doch groß, und oben im Dach waren Oberlichter eingelassen, die tagsüber natürliches Licht hereinließen.

Direkt in der ersten Box stand ein wunderschöner Haflinger mit rotbraunem Fell und einer ebensolchen Mähne.

»Das ist Dagobert«, erklärte Mats mit leiser Stimme. »Er gehört Levke.«

Noch ein neuer Name. Nun, mit der Zeit würde sie wohl alle kennenlernen, die hier zur Familie gehörten.

»Reitest du auch schon?«, fragte Ella den Knirps.

Mats zuckte mit den Schultern. »Schon lange, ich bin doch schon vier«, sagte er, wobei er die Hand hob und ihr zum Beweis vier Finger an seiner linken Hand zeigte.

Ella verkniff sich ein Lachen. Da war der kleine Kerl doch tatsächlich für einen Moment über sich selbst hinausgewachsen und hatte seine Schüchternheit überwunden. Wahrscheinlich fühlte er sich zu sehr in seiner Ehre verletzt, sollte sie annehmen, dass er noch nicht reiten konnte.

In der nächsten Box stand ein dunkelbrauner Haflinger mit einer schwarzen Mähne.

Mats streckte die Hand über die Boxentür und streichelte über dessen Nasenrücken. »Das ist Annes Pferd. Er heißt Alvar.«

Bevor Ella in die Verlegenheit kam, etwas Sinnvolles darauf erwidern zu müssen, zog Mats bereits weiter zur nächsten Box. Sie selbst blieb noch einen Augenblick bei Alvar stehen, gönnte sich einen tiefen Blick in seine braunen Augen und streichelte ihm ebenfalls sanft über die Nüstern.

»Shorty, bleib hier!«, hörte sie Mats plötzlich schreien.

Erschrocken wandte sie sich um, als auch schon ein dunkelbraunes Shetlandpony an ihr vorbei und zur Stalltür hinausgaloppierte. Wie paralysiert versuchte sie noch zu verarbeiten, was da gerade geschehen war, da rannte Mats auch schon los. Sie setzte hinterher und sah das Pony gerade noch hinter der Veranstaltungsscheune verschwinden, als sie die Stalltür erreichte.

Das hatte ihr noch gefehlt. Kaum war sie auf dem Gutshof angekommen, brach hier das heillose Chaos aus. Sie ließ Mats hinter sich und spurtete, so schnell sie konnte, um die Scheune herum, wo sie unsanft mit jemandem zusammenprallte und auf ihrem Hintern landete.

Der Schmerz schoss ihre Wirbelsäule hinauf, und einen Moment lang sah sie Sternchen. Autsch, das würde eine fiese Prellung geben.

Das Gesicht schmerzverzerrt schaute sie auf und fand sich einem Mann gegenüber, der das Pony fest im Griff hatte und beruhigend auf es einredete.

»Wolltest du einen kleinen Ausflug machen, meine Kleine?«, sprach er dem Shetty leise ins Ohr. »Hat dir der Weidegang heute noch nicht gereicht?«

Sanft strich er ihm mit einer Hand über den Rücken, während er es mit der anderen am Halfter hielt.

Anstatt mit ihm zu schimpfen, dass er sie zu Fall gebracht hatte, schmolz Ella dahin. Nicht nur, dass die kleine Shettydame den Mann aus verliebten Augen anzuhimmeln schien, sie selbst schien auch nicht ganz unempfänglich für dessen Ausstrahlung zu sein. Er war groß und schlank und hatte doch Muskeln an den richtigen Stellen. Sein haselnussbraunes Haar stand verwuschelt in alle Richtungen ab, als wäre er sich kurz zuvor noch mit beiden Händen hindurchgefahren. Besonders allerdings hatte es ihr sein gepflegter Dreitagebart angetan, der seine markanten Gesichtszüge in einem kräftigen Rot unterstrich.

Mühsam rappelte Ella sich hoch und wollte sich ihm gerade vorstellen, als er seinen Blick auf sie richtete. In Sekundenbruchteilen wechselte der Ausdruck seiner blauen Augen von liebevoll zu zornig.

»Sind Sie eigentlich noch bei Verstand?«, schnauzte er sie an. »Wissen Sie nicht, dass man in fremdem Eigentum nichts zu suchen hat? Wie kommen Sie dazu, einfach in den Stall zu gehen und Boxentüren zu öffnen?«

Ella fühlte sich, als habe ihr jemand einen Eimer kaltes Wasser über den Kopf gegossen. Völlig perplex suchte sie nach Worten und machte sicherheitshalber einen Schritt zurück.

Bevor sie jedoch zu einer Verteidigungsrede ansetzen konnte, stand Mats neben ihr und ergriff ihre Hand.

Verdattert, dass das Kind, das sie ja kaum kannte, ganz offenbar Schutz bei ihr suchte, hielt sie den Mund. Was war das bloß für ein Mann, der liebevoll mit Pferden umging, aber einen kleinen Jungen ängstigte?

»Warst du im Stall?«, fragte er Mats, und Ella hatte den Eindruck, als würden sich seine Zornesfalten ein wenig glätten.

Mats nickte.

»Wie oft habe dir schon gesagt, dass du nicht allein in den Stall gehen sollst?«, fragte der Mann dennoch mit bestimmter Stimme.

»Ich war ja nicht allein, Papa«, erklärte Mats. »Ella war doch dabei.«

»Und wir haben gesehen, was dabei herausgekommen ist«, erwiderte der Mann brummend, der offensichtlich Mats' Vater war – und entweder ein Angestellter oder Annes Bruder, der laut ihr bei den Pferden sein sollte.

Bisher hatte er sie nicht wieder angesehen. Im Gegenteil. Ohne ein weiteres Wort an sie zu richten, führte er das Pony zurück in den Stall.

So langsam löste sich Ella aus ihrer Erstarrung und spürte, wie nun Ärger in ihr hochstieg. *Was für ein ungehobelter Flegel!* Mit keinem Wort hatte er sich nach ihrem Wohlbefinden erkundigt. Sie hätte sich bei dem Sturz sonst was getan haben können!

Zornig stapfte sie mit Mats an ihrer Hand hinterher zurück in den Stall. Dem würde sie jetzt erst einmal kräftig ihre Meinung sagen.

Doch dazu kam sie gar nicht, da Mats sich von ihr löste. »Ella kann nichts dafür, Papa. Ich habe die Box aufgemacht.«

Der Mann schloss die Boxentür hinter dem Shetty und wandte sich an seinen Sohn. »Dann hast du ja jetzt gesehen, wie gefährlich das ist. Vielleicht wirst du ja jetzt endlich auf das hören, was ich dir sage.«

Seine Stimme klang tadelnd, aber Ella sah, dass seine Gesichtszüge weicher wurden. Vielleicht war er doch gar nicht so verkehrt.

Nun richtete er seinen Blick auf Ella, und sie erwartete eine freundliche Entschuldigung.

»Sind Sie ein Gast?«, fragte er stattdessen knapp.

Mit sich kämpfend, dass er immer noch keinerlei Anzeichen machte, sich bei ihr entschuldigen zu wollen, starrte sie ihn an. In Henleyshirt, Jeans und Boots machte er einen zupackenden Eindruck, und unter anderen Umständen hätte sie gesagt, er sei attraktiv, aber leider schien er erhebliche Charakterdefizite zu haben.

»Ja, ich habe das Altenteilerhäuschen gemietet. Ich bin Ella Vanbrecht«, presste sie hervor.

»Clemens Niehus.«

Demnach war er kein Angestellter, sondern Annes Bruder. Das strahlende Blau seiner Augen irritierte sie dermaßen, dass sie sich bemühen musste, ihr Gegenüber nicht weiterhin anzustarren. Auch wenn er nach wie vor kein Quäntchen Freundlichkeit ihr gegenüber bewies, schien ihrem Körper sein Charakter völlig egal zu sein. Im dämmrigen Stalllicht, das die markanten Züge seines Gesichts ein wenig verwischte, wirkte er überaus anziehend. Natürlich verbot sie sich jegliches Interesse an ihm, da Anne und Femke vorhin seine Frau erwähnt hatten und er offensichtlich auch Vater eines kleinen Sohnes war. Zudem war er bisher nicht gerade höflich zu ihr gewesen. Doch sie war Frau genug, um körperlich auf seine männliche Ausstrahlung zu reagieren. Auch wenn er schroff wie ein Reibeisen war, strahlte er dennoch Kraft, Kompetenz und Selbstbewusstsein aus.

Ganz in ihren Gedanken versunken, hatte sie gar nicht mitbekommen, dass er etwas gesagt hatte.

»Wie bitte?« Ella hob den Kopf und schaute ihn wieder an.

»Reiten Sie?«

»Ein bisschen, leider nicht besonders häufig. Ich wohne nicht lange genug an einem Ort, um einem festen Hobby nachzugehen, geschweige denn ein Pferd zu haben.«

»Warum?«

Dass er so wortkarg war, machte das Gespräch nicht gerade einfach, von Freundlichkeit war nach wie vor nichts zu erkennen. Bisher hatte er ihr gegenüber nicht einmal die Andeutung eines Lächelns gezeigt. Im Gegenteil, sein Gesicht wirkte ernst und verschlossen.

»Ich bin Försterin, mache aber bisher nur Vertretungen«, begann sie ihm ihre Situation zu erklären. »Also, ich wechsele alle paar Monate das Revier und ziehe kreuz und quer durch Niedersachsen. Doch ich freue mich immer, wenn sich mal die Möglichkeit zum Reiten ergibt.«

»Der Haflinger-Mix dort vorn gehört Levke, Annes Freundin, und daneben steht Alvar, Annes Wallach«, meinte er zu ihr, ohne auf das Gesagte einzugehen. Dann machte er ihr ein Zeichen, ihm zu folgen, und ging weiter in den Stall hinein. Vor einem Rotfuchs mit lebhaften, freundlichen Augen blieb er stehen. Es war eine Stute. Ihren Kopf, den sie neugierig über das Gatter streckte, schmückte eine breite Blesse.

»Das ist Hazel. Sie gehört mir.«

»Sie ist wunderschön«, erwiderte Ella und streckte die Hand aus, damit Hazel daran schnuppern konnte. Die Stute pustete ihr warme Luft über die Haut, und Ella strich ihr über das samtene weiche Fell über ihren Nüstern.

»Also gut. Ich muss die Pferde jetzt füttern. Man sieht sich.« Clemens wandte sich um und eilte in Richtung Futterkammer davon.

Komischer Kauz, dachte Ella, während sie ihm nachsah.

Erneut wandte sie ihre Aufmerksamkeit der jungen Stute zu, die sie freundlich mit der Nase anstupste und zum Streicheln aufforderte. Sanft strich Ella ihr über den Kopf. Sie liebte Tiere, doch bei ihrem Lebensstil erschien es ihr sinnlos, sich zu sehr an sie zu binden. Außer Paula gab es wenige Konstanten in Ellas Leben, was menschliche oder tierische Begleiter betraf. Das trainierte man automatisch, wenn man sich alle paar Monate von Liebgewonnenem trennen musste.

Rasch wandte sie sich ab und verließ den Stall. Sosehr sie ihr Vagabundendasein auch genoss, es gab leider auch einige Dinge, auf die sie verzichten musste.

Kapitel 2

Auch der Montag brachte keine Wetterbesserung. Es schien, als wolle der April noch nicht loslassen, und so hatten sie einen Mix aus Sonne, Wind und Nieselregen. Selbst wenn die Touristen auf die Sonne warteten, freute sie sich als Försterin über jeden Tropfen Regen, denn der Boden in den tieferen Regionen war durch die Dürre der letzten Jahre noch komplett ausgetrocknet.

Sie wusste schon seit einigen Wochen, dass sie hier die Vertretung übernehmen würde, da der Kollege, für den sie einsprang, bereits seit Längerem erkrankt war und nun noch eine Reha antreten würde. Befürchtend, dass Connie sie sofort bei sich einquartieren würde, sobald sie von ihrem bevorstehenden Aufenthalt in Ostfriesland wüsste, hatte sie sich bei ihren vorbereitenden Besuchen ausschließlich auf das Revier konzentriert und sich nur mit dem Revierförster und seinen Mitarbeitern über die laufenden Aufgaben ausgetauscht. Von daher war sie gut informiert und konnte heute ohne Verzögerung einsteigen. Vorhin hatte sie im Kollrunger Forst begonnen und mit einem Holzrücker den Abtransport von Jungholz besprochen. Danach war sie hierher in den Schafhauser Wald gefahren, um nach den Arbeiten der Forstwirte zu sehen, die damit beschäftigt waren, Brombeerhecken zu entfernen, die auf einer Schonung junger Douglasien wucherten und die jungen Bäume in der Entwicklung behinderten.

Alltägliche Aufgaben, doch im Moment kam für sie erschwerend hinzu, dass ihr die Wälder noch nicht so richtig vertraut waren und sie die Forstwirte und Rücker kaum kannte. Von daher war sie durchweg angespannt und konzentriert, sodass ihr inzwischen der Kopf brummte.

Auf dem Weg zurück zu ihrem Geländewagen zwang sie sich dazu, langsam zu laufen und ihre Umgebung bewusst wahrzunehmen, um den Kopf ein wenig freizukriegen. Die unterschiedlichen Grüntöne des frischen Laubs, das dunkle Grün der Nadelbäume, dazu das hervorblitzende Blau des Himmels, als eine dunkle Regenwolke weiterzog. Sie atmete tief ein und genoss den würzigen Duft des frischen Harzes, der sich mit dem Aroma des feuchten Bodens mischte. Sofort spürte sie, wie die Anspannung nachließ. Für sie ging nichts über einen Gang mit Paula durch den Wald.

Ella bückte sich, griff nach einem abgefallenen Buchenblatt und hielt es in die Sonne. Ähnlich wie in einem Kaleidoskop – durch das Blattskelett in viele kleine Mosaiksteinchen aufgeteilt – präsentierte sich das helle Grün wie ein Kunstwerk von Gerhard Richter. Die Natur brachte eine unglaubliche Schönheit hervor, wenn man sich die Zeit nahm, genau hinzuschauen.

Als sie sich ihrem Wagen und einem Stapel gefällter Baumstämme näherte, die auf der kleinen Lichtung am Waldweg zwischengelagert wurden, sah sie einen Wanderer, der die Stämme nachdenklich betrachtete.

»Guten Tag«, begrüßte sie ihn.

»Hallo«, antwortete er freundlich. »Ist das alles wegen der Borkenkäfer gefällt worden?«

Ella schüttelte den Kopf. »Nein, das ist Durchforstungsholz, das anderen Bäumen das Licht nimmt.«

»Aber in den Medien hört man doch immer von der Borkenkäferplage. Haben Sie die hier nicht auch?«

»Zum Glück nicht so ausgeprägt wie woanders. Hier oben haben wir nicht so viele Fichten und vor allem keine großen reinen Fichtenschläge. Hier mischen sie sich mit Buchen, Eichen, Douglasien und etlichen anderen Baumarten.«

»Ach, der Käfer geht nur in Fichten?«, fragte der Mann nach einem weiteren Blick auf die Bäume.

»Hauptsächlich«, antwortete Ella nickend. »Ein Grund, weshalb inzwischen viele Forstbeamte auf eine Durchmischung der Wälder setzen.«

Fragend schaute der Wanderer sie an. »Und der andere Grund?«

Ella kraulte Paula hinter den Ohren. »Die Windanfälligkeit. Fichten sind nicht sturmsicher, das wäre gerade hier oben ein großes Problem.«

Sie öffnete den Kofferraum und ließ die Hündin in ihre Box springen. »War nett, mit Ihnen zu plaudern, aber jetzt muss ich leider weiter«, sagte sie.

»Na dann. Schönen Tag noch.« Er nickte ihr freundlich zu und setzte seinen Weg fort.

Ella schloss die Heckklappe, setzte sich in den Wagen und fuhr zur nächsten Station an diesem Tag. Im Meerhusener Forst sollte ein Bereich wieder aufgeforstet werden, in dem beim letzten großen Sturm etliche Bäume entwurzelt wurden. Bevor nun junge Eichen gesetzt werden konnten, musste das Gelände umzäunt werden, damit die empfindlichen Pflanzen nicht direkt dem Wildverbiss zum Opfer fielen. Deshalb traf sie sich gleich an Ort und Stelle mit den Forstwirten, um die anliegenden Arbeiten zu besprechen.

Kurz vor fünf lag Paula gefüttert und träge in ihrem Körbchen. Als Ella sie dort so zufrieden liegen sah, musste sie daran denken, wie die Hündin zu ihr gekommen war. Obwohl ihr jeder davon abgeraten hatte, sich von ihren Emotionen leiten zu lassen, eroberte doch gleich eine der kleinen Fellnasen, die sie sich damals ansah, ihr Herz. Bei ihrem ersten Aufeinandertreffen war die Hündin gerade einmal fünf Wochen alt gewesen und stolperte noch über ihre eigenen dicken Pfoten, während sie im Wohnzimmer des Züchters herumtapste. Ein Blick in ihre wachen Augen hatte Ella genügt, um nach vielem Abwägen bei ihrer ersten Meinung zu bleiben: Paula zog fünf Wochen später bei ihr ein. Neben Spielen und Toben hatte Ella gleich mit der Hundeerziehung begonnen. Da sie Paula als ständige Begleiterin im Wald bei sich haben wollte, musste sie sich darauf verlassen können, dass die Hündin auf Zuruf reagierte. Zudem hatte sie natürlich auch eine Ausbildung zum Jagdhund absolviert und Ella inzwischen auf vielen beruflichen Jagden begleitet, um den Tierbestand zu kontrollieren. Sie waren ein eingespieltes Team und Paula von Anfang an eine treue und liebevolle Begleiterin.

Ella musste die Gedanken daran verdrängen, dass die Hündin mit ihren acht Jahren auch nicht mehr die Jüngste war. Deshalb war für sie der Tag für heute auch vorbei. Bis sie heute Abend noch eine kurze Runde drehten, könnte sie noch gemütlich ein kleines Schläfchen machen.

Da Hunde am Naturstrand nicht gestattet waren, war dies eine gute Gelegenheit für Ella, einen kleinen Ausflug dorthin zu unternehmen. Sie hatte ihre Arbeitskleidung gegen Jeans und Sweatshirt getauscht und schlüpfte voller Vorfreude in ihre Gummistiefel, zog noch schnell die Regenjacke über und eilte aus dem Haus. Der Hof grenzte unmittelbar an die ausgedehnten Salzwiesen jenseits des Deichs, durch die ein langer Weg direkt an den Strand führte. Mit ausholenden Schritten folgte sie dem Weg über den alten Deich, vorbei an grasenden Kühen bis über den neuen Deich, auf dem die Schafe blökten. Dort blieb sie stehen und saugte den Anblick der Umgebung in sich auf. Es herrschte Ebbe. Das Wasser hatte sich weit zurückgezogen und das Watt freigelegt. Überall standen große Pfützen. Herrlich! Sie freute sich wie ein kleines Kind darauf, mitten durch sie hindurchzulaufen. Sie schloss mit dem Reißverschluss den Kragen der Jacke und machte sich durch Schlick und Queller auf den Weg in Richtung Norddeich. So hätte sie auf dem Rückweg den Wind im Rücken.

Sie breitete die Arme aus und wandte ihr Gesicht gen Himmel. Trotz grauer Wolken fühlte sie sich pudelwohl. Sie hatte es so gut getroffen. Das Ferienhaus war ein absoluter Glücksgriff, der ganze Gutshof war wunderschön, traumhaft zum Leben. Wenn sie den Gedanken zulassen würde, könnte sie ein wenig Neid auf Anne und Clemens empfinden, die in diesem Idyll wohnen durften. Aber solcherart Gedanken verbat sie sich. Sie war mit ihrem Leben völlig zufrieden und würde das Beste aus den nächsten beiden Monaten herausholen.

Ella bückte sich, um eine Muschelschale aufzuheben und strich sanft über die gewellte Struktur. Die würde sie mitnehmen, entschied sie. Sie würde sich ein schönes Glasgefäß kaufen und in den nächsten Wochen Muscheln sammeln, um sie dort hineinzugeben. Wie ein ganz gewöhnlicher Touri.

Ella musste grinsen. Sie fühlte sich in keiner Weise wie ein Tourist, im Gegenteil. Diese Gegend war ihr so vertraut. Sie gehörte zu ihrer Heimat, zu vielen schönen Erinnerungen ihrer Kindheit.

Nach einer guten Stunde war sie wieder zurück, durchgepustet und wunderbar entspannt. Sie warf noch einen letzten Blick aufs Watt und auf die Insel Norderney, die in der Ferne den Horizont begrenzte und deren Leuchtturm einen herrlichen Blickfang bildete. Dann legte sie den Kopf in den Nacken und beobachtete noch einen wunderbaren Moment die kreischenden Möwen, ehe sie sich wieder den Salzwiesen, die man hier Heller nannte, zuwandte.

Wenn sie heute Abend mit der Buchführung fürs Modehaus fertig war, würde sie im Internet nach Reiterhöfen in der Nähe suchen, damit sie auch wieder in den Genuss des Reitens kam, überlegte sie. Vielleicht hätte sie auch Anne nach einem gemeinsamen Ausritt fragen können; doch Clemens würde sie nach ihrer letzten Begegnung bestimmt nicht darum bitten, und Anne wollte sie nicht in Verlegenheit bringen, ihr abzusagen, falls es ihr nicht recht wäre.

Als sie zurück auf den Hof kam, beschloss sie, zuerst noch einen Abstecher auf die Koppel zu machen. Vielleicht waren die Pferde noch draußen. Besonders Hazel hatte sie ins Herz geschlossen. Während sie hinter dem Pferdestall auf die angrenzenden Wiesen zulief, sah sie bereits Annes Mutter am Koppelzaun stehen.

»Hallo, Femke!«, begrüßte sie sie beim Näherkommen.

Femke wandte sich um und lächelte ihr zu. »Hallo, Ella. Feierabend?«

»Ja, für heute ist so weit alles geschafft.« Ella stellte sich neben Annes Mutter und streichelte Dagobert zärtlich über die Nüstern, sowie er den Kopf neugierig zu ihr herüberstreckte.

»Hättest du Lust, gleich vorbeizuschauen und dein Backbuch mitzubringen? Ich weiß, ich bin schrecklich neugierig. Aber ich freue mich immer so, wenn ich auf Rezepte stoße, die ich noch nicht kenne«, erklärte Femke.

»Sicher. Außer Computerkram habe ich heute nichts mehr vor.«

»Wenn du möchtest, kannst du auch gern in meinen Büchern stöbern. Vielleicht findest du ja neben den Muskatnüsschen noch das eine oder andere, das du ausprobieren möchtest.«

Ella spürte Vorfreude in sich aufsteigen. Die Neugierde von Femke konnte sie nur zu gut verstehen. Ihr selbst ging es nicht anders, wenn sie zum Beispiel eine Buchhandlung betrat. Natürlich konnte man auch im Internet nach Rezepten suchen, doch Bücher zu durchstöbern hatte einen ganz anderen Zauber.

Sie entschied sich dann doch dafür, ihre Buchführungsarbeit noch dazwischenzuschieben, ehe sie schließlich zum Haupthaus hinüberging. Dort schien sich bereits die ganze Familie versammelt zu haben, als sie die Küche betrat. Im Kamin brannte ein Feuer und hüllte den Raum in angenehme Wärme. Die Erwachsenen und ein junges Mädchen, das vermutlich Clara war, saßen um den großen Esstisch herum, während Mats und ein blonder Junge, bei dem es sich dann um Leon handeln musste, über ein Comicheft gebeugt auf dem Sofa saßen. Neben Mats stand Clemens, die Hand auf den Kopf des Jungen gelegt. Sein Haar war genauso verstrubbelt wie bei ihrem ersten Aufeinanderstoßen, aber heute umspielte ein kleines Lächeln seine Lippen. Ein Lächeln, das ihr durch und durch ging, brachte es doch dieses markante Gesicht regelrecht zum Leuchten.

»Ella?«, fragte Anne.

»Oh, entschuldige.« Ella fühlte sich ertappt und spürte,

dass sie rot wurde. »Ich war völlig in Gedanken«, entschuldigte sie sich dafür, dass sie noch niemanden begrüßt und dafür Clemens ungeniert angestarrt hatte. »Guten Abend!«

»Hallo! Hi!«, schallte es ihr entgegen.

»Wir dachten, wir stoßen mal darauf an, dass wir so eine nette Mitbewohnerin bekommen haben.« Anne hielt ihr eine bereits geöffnete Sektflasche entgegen.

»Ach.« Ella machte peinlich berührt eine wegwerfende Geste. »Ich bin froh, dass ich es so gut getroffen habe.«

»Dann passt das doch«, erklärte Anne gut gelaunt. »Setz dich. Kennst du Stefan schon?«

Ella schaute zu dem Mann hinüber, der neben Anne am Esstisch saß. Im Gegensatz zu seiner Frau hatte er dunkles, fast schwarzes Haar, das akkurat gescheitelt war. Er trug eine typische schwarz umrandete Nerdbrille und einen lila-grün karierten Wollpullover.

»Bisher noch nicht«, antwortete sie.

»Schön, dich kennenzulernen«, sagte Stefan mit warmer Stimme und schaute sie mit seinen eisblauen Augen an. »Hast du dich schon ein wenig eingelebt?«

Ella nickte. »Das war kein Problem. Das Haus ist wunderschön, und auch der Hof und die Umgebung lassen nichts zu wünschen übrig.«

»Clemens hat erzählt, du reitest auch?«, fragte Clara, die ihrem Vater Stefan äußerst ähnlich sah. Das dunkle Haar, ebenso exakt gescheitelt, hing in zwei streng geflochtenen Zöpfen rechts und links von ihrem Kopf herab, und eine beinahe identische Brille saß auf ihrer spitzen Nase. Und ihre Augen waren von demselben Eisblau wie die ihres Vaters, weshalb sich Ella, trotz der Freundlichkeit in Claras Stimme, unter deren Blick ein wenig vorkam wie unter einem Mikroskop.

»Ja, ich reite sehr gerne«, erwiderte sie. »Vielleicht könnt ihr mir ja einen Hof in der Nachbarschaft empfehlen, auf dem ich reiten könnte?«

Anne winkte ab. »Das ist gar nicht nötig. Bei uns stehen doch drei Pferde im Stall, und es ist eher selten, dass wir drei zusammen einen Ausritt machen.«

»Oh, das ist aber nett, danke«, antwortete Ella erfreut. »Ich reite schon seit meinem zwölften Lebensjahr, habe also Erfahrung, wenn ich auch bisher leider noch nie ein eigenes Pferd besessen habe«, fügte sie bedauernd hinzu.

Anstatt etwas dazu zu sagen, schaute Clemens, der inzwischen ebenfalls am Tisch Platz genommen hatte, sie unverwandt an. Das Lächeln war verschwunden, die Gesichtszüge angespannt.

»Anne meint, wir sollten uns duzen«, sagte er.

Unbehaglich schaute Ella hinüber zu Clemens' Schwester, die genervt die Augen verdrehte.

»Nun gut«, stimmte Ella widerwillig zu, da sie instinktiv spürte, dass dies Clemens überhaupt nicht recht war. Und aufdrängen wollte sie sich ihm nun wirklich nicht. Aber was blieb ihr in solch einer Situation schon anderes übrig?

Da Anne und Stefan an der einen Längsseite des Tisches saßen und Femke am Kopfende, musste sie sich auch noch direkt neben Clemens setzen. Den wortkargen, wenn auch äußerst attraktiven Clemens. Bloß weil sie keine Beziehung wollte, hatte sie doch Augen im Kopf. Vor allem seitdem sie vorhin das kurze Lächeln aufblitzen sah, hatte er sich noch tiefer in ihre Gedanken geschlichen. Unfair, wenn ausgerechnet die gut aussehenden Männer nicht die umgänglichsten Zeitgenossen waren.

»Erde an Ella? Wir würden jetzt gern anstoßen.« Anne zwinkerte ihr zu.

»Oh, Entschuldigung.« Schon wieder war sie mit ihren Gedanken abgedriftet, und schon wieder hatten sie mit Clemens zu tun. Wenn das so weiterging, würde es noch peinlich werden, denn sie fühlte sich plötzlich wie ein Teenager. Verlegen erhob sie ihr Glas.

»Auf eine gute gemeinsame Zeit hier«, sagte Stefan.

Er reichte ihr ein gefülltes Glas, und alle stießen miteinander an, wobei sich Anne und Clara für Orangensaft entschieden hatten.

»Auf ein harmonisches Miteinander«, meinte Femke.

»Prost!«, stimmten ihr die anderen zu.

Nachdem sie mit Femke in aller Ruhe ihr Rezeptbuch durchgeblättert hatte, verabschiedete sie sich und machte noch einen kurzen Abstecher in den Stall. Die Pferde waren inzwischen von der Weide hereingebracht und gefüttert worden. Die angenehme Stille wurde nur durch gelegentliches Schnauben, Rascheln des Strohs und Mahlgeräusche unterbrochen. Auch Hazel, Clemens' Fuchsstute, war mit ihrem Futter beschäftigt, nahm sich jedoch kurz die Zeit, Ella zu begrüßen.

Die rieb ihr liebevoll über die Stirn, ehe sich das Pferd wegdrehte und weiterfraß. Ella blieb in der Stallgasse stehen und betrachtete die friedlichen Tiere. Am liebsten wäre sie hineingegangen und hätte sich an eines von ihnen geschmiegt, aber es war nicht der richtige Zeitpunkt.

So lehnte sie sich nur ans Boxengitter. Sie sehnte sich nach einem weiteren lebendigen Wesen. Nach Körperkontakt. Sicher, Ella hatte Paula, aber das war es nicht, was ihr in diesem Moment fehlte. Außerdem war Paula absolut kein Kuscheltyp. Dafür war sie zu selbstbewusst und eigenständig, was Ella bei der Arbeit im Wald natürlich sehr gelegen kam. Doch für Paula war, anstatt neben ihr auf das Sofa zu springen und sich ausgiebig das Fell kraulen zu lassen, sich wärmend auf ihre Füße zu legen das höchste der Gefühle.

Wonach sich Ella sehnte, wenn sie ganz ehrlich war, war eine andere Art der Berührung. Sie wünschte sich die Berührung eines anderen Menschen. Einen Mann in ihrem Leben, der ein Kribbeln bei ihr auslöste.

Die lockeren Affären, die sie ab und an hatte, waren einfach nicht dasselbe, wie ein vertrautes Verhältnis zu jemandem zu haben, der einem nicht nur sympathisch war, sondern etwas bedeutete – und zwar wirklich bedeutete.

Sie verließ den Stall, aber ihr war noch nicht danach, zum Altenteilerhäuschen zurückzukehren. Inzwischen hatte es aufgehört zu regnen. Zwischen einzelnen Wolken waren sogar die Sterne zu sehen. Sie beschloss noch ein wenig hinüber zu den Koppeln zu laufen. Selbst hier hatten die Niehusens Laternen aufstellen lassen, sodass die Wiesen in einem warmen Licht vor ihr lagen. Sie stieg über den Weidezaun, marschierte hinüber zum Paddock und lehnte sich an den Zaun. Es roch beruhigend nach Pferd und Holz.

War heute wieder so ein Tag? Sie legte die Wange an die rauen Bretter und schaute über die sich vor ihr erstreckende Koppel hinweg. War heute wieder so ein Tag, an dem sie im Selbstmitleid versank, obwohl sie eigentlich eher einen Grund hatte, dankbar zu sein? War das Glück, für die nächsten Wochen so freundliche Nachbarn zu haben, noch nicht genug? Es gab unzählige Menschen, denen es erheblich schlechter ging als ihr. Die an der Armutsgrenze lebten oder mit schweren Krankheiten zu kämpfen hatten. Warum konnte sie nicht einfach zufrieden sein?

Ella seufzte, obwohl sie sich lieber gekniffen hätte. Wieso war sie bloß so ein Weichei? Sie hatte sich ihr Leben doch so ausgesucht. Hatte selbst entschieden, immer nur Vertretungsjobs anzunehmen, um örtlich nicht wirklich gebunden zu sein, denn die Wohnung in Oldenburg war bloß ein Provisorium. Und hinter dieser Entscheidung stand sie immer noch, denn sollte sie sich richtig niederlassen, musste sie eine endgültige Entscheidung darüber fällen, was mit dem Geschäft passieren sollte. Und das konnte sie nicht.

Sie ließ sich an dem Holzzaun hinuntergleiten und setzte sich im Schneidersitz auf den Boden. Die nette Runde von eben erinnerte sie an frühere Abende mit ihrer Clique. Heute kam es ihr so vor, als sei inzwischen eine Ewigkeit vergangen. Sie vermisste ihre Freunde nach wie vor, vor allem Britta, mit der sie seit der Grundschule all ihre kleinen und großen Geheimnisse geteilt hatte. In der letzten Zeit hatte sie immer wieder an sie denken müssen und war mehr als einmal versucht gewesen, sie einfach anzurufen. Aber damals hatte sie sich geschworen, alle emotionalen Verbindungen hinter sich zu lassen und war bisher gut damit gefahren. Trotzdem rissen solche Abende wie dieser die alten Wunden wieder auf. Ihr Blick fiel hinüber zum Haupthaus, aus dessen Fenstern warmes Licht fiel. Dort wohnten drei Generationen unter einem Dach. Es klang wie im Film, strahlte aber tatsächlich Behaglichkeit und Geborgenheit aus. Und schien zu funktionieren.

Bei diesem Gedanken spürte sie eine heftige Sehnsucht nach ihren Eltern. Obwohl sie inzwischen lange tot waren und sie selbst die meiste Zeit ihres Lebens mit Connie verbracht hatte. Connie Braun hatte ihr damals ein Zuhause gegeben, in dem sie sich geborgen fühlte. Dafür würde sie ihr auf ewig dankbar sein. Aber dennoch vermisste sie ihre Eltern.

Ella dachte daran, wie ihre Pflegemutter sie bei ihrem letzten Besuch aufgefordert hatte, sich die Hände zu waschen. Sie lachte leise auf. Connie war inzwischen dermaßen mit ihrer Mutterrolle verbunden, dass sie einfach nicht akzeptieren wollte, dass Ella seit Langem erwachsen war. Am liebsten würde sie sie immer noch unter ihre Fittiche nehmen, die Ella nach dem Tod ihrer Eltern geschützt und gewärmt hatten.

Bei diesen Gedanken merkte sie, wie die Melancholie verflog. Sie rieb sich übers Gesicht, wischte so die letzten trüben Gedanken beiseite und dachte an die Flasche Rosé, die in ihrem Kühlschrank lag. Die würde sie jetzt öffnen, den Kamin anfeuern und sich einen richtigen schönen Liebesfilm mit Taschentuchalarm anschauen.

Doch gerade als sie gehen wollte, hörte sie eine verärgerte Stimme. »Nein, so einfach ist das nicht!«

Es war Anne, die ins Licht der Laternen am Koppelrand trat. Sie wirkte sauer und schien zu telefonieren. Anstatt sich zu zeigen, rutschte Ella vorsichtig ein Stück tiefer unter den Paddock. Wenn Anne an ihr vorbeiging, könnte sie sich vielleicht unauffällig zurück zum Hof schleichen.

»Ich werde bald siebenunddreißig!«, rief Anne ins Handy. »Was heißt hier ja und? Nein, ich will mich aber nicht abregen, ich bin nämlich echt sauer!«

Mist. Anstatt weiterzulaufen, hatte sich Anne direkt neben ihr auf den Koppelzaun gesetzt. Ella stand auf und klopfte sich den Staub von der Hose. Höchste Zeit sich bemerkbar zu machen.

»Wer ist denn hier schwanger, du oder ich«, fauchte Anne gerade in ihr Smartphone, als Ella drei Schritte nach vorn machte.

Na prima, da war sie ja in was reingeraten.

Anne wandte sich um und starrte sie aus blitzenden Augen an. »Ich muss Schluss machen, Levke, ich melde mich später wieder. Nein. Nein, das hat nichts mit dir zu tun, ich muss hier gerade etwas klären.«

Ella schluckte. »Tut mir leid.«

Anne senkte für einen Moment die Lider, dann steckte sie langsam ihr Handy in die Hosentasche. Als sie Ella wieder anschaute, hatten sich ihre Gesichtszüge entspannt, und der wütende Ausdruck war aus ihren Augen verschwunden.

»Ich habe hier gesessen und in Selbstmitleid geschwelgt«, erklärte Ella. »Als ich dich hörte, habe ich gedacht, du gehst vielleicht vorbei, aber …« Sie hob hilflos die Hände.

»Schon gut«, meinte Anne. »Aber versprich mir, dass du kein Wort darüber verlierst.«

»Keine Sorge, von mir erfährt niemand ein Sterbenswörtchen. Soll ich mich noch zu dir setzen?«

Als Anne mit dem Kopf neben sich wies, stemmte sich Ella ebenfalls auf den Balken des Koppelzauns. »Schwere Entscheidung?«, fragte sie.

Anne stieß den Atem aus. »Entschuldige, dass ich so aufgebracht bin, aber das war nun überhaupt nicht geplant. Ich bin mit Leon gerade aus dem Gröbsten raus. Clara wird bald dreizehn. Die ist jetzt schon heftig in der Pubertät, und das wird in den nächsten Jahren sicher nicht leichter. Mein Mann fängt gerade erst an, sich hier wohlzufühlen, und mein Bruder hat immer neue Wünsche und Vorschläge für unser Eventprogramm.«

»Also nicht geplant.«

Trocken lachte Anne auf. »Ja«, erwiderte sie und strich sich die Haare aus der Stirn. »Das kann man wohl sagen. Bisher habe ich immer nicht so recht glauben wollen, wenn eine Frau erzählte, sie wäre trotz Pille schwanger geworden.

Nun, jetzt habe ich den Beweis, dass es nicht an Dusseligkeit wegen vergessener Einnahme lag. Und nein, es waren auch keine Antibiotika im Spiel.«

»Und jetzt?«

»Ich weiß es nicht.« Anne zuckte mit den Schultern. »Es ist alles noch so neu. Ich habe eben erst den Test gemacht.«

»Was, meinst du, wird Stefan dazu sagen?«

»Stefan?« Anne lachte und hörte sich überhaupt nicht mehr unsicher an. »Ich denke, zuerst wird er einen Termin mit unserem Architekten machen, um zu überlegen, wo er an dieses Monstrum von Haus am besten noch anbauen kann. Zudem wird er gemeinsam mit Clara ein neues Projekt anstoßen, bei dem die beiden über der Konstruktion irgendeiner Maschine brüten, die mir angeblich die Arbeit erleichtern soll.«

Ella grinste. Ja, das konnte sie sich sehr gut vorstellen. »Er ist wohl der absolute Familienmensch.«

»Ja, so sieht es aus. Weißt du, früher wollte ich nie Kinder haben, und nun bekomme ich schon das dritte.«

»Ich wünschte, ich hätte auch welche. Ups …« Ella schlug sich die Hand vor den Mund. »Sorry, das wollte ich jetzt gar nicht sagen.«

Schief grinste Anne sie an. »Kein Problem, das lenkt mich gut von meiner Situation ab.«

»Ist doch klar, dass du dir Gedanken machst. Bei mir besteht da gar kein Anlass«, meinte Ella.

»Gar kein Anlass? Wenn du Kinder möchtest, aber keine hast, ist das für mich sehr wohl ein Anlass, manchmal traurig zu sein.«

Ella spürte, wie ihr die Tränen in die Augen sprangen. Was sollte das denn jetzt? Sie hatte doch eben ihren melancholischen Anfall für beendet erklärt!

»Du bist doch noch jung genug, höchstens Anfang dreißig.« Annes Stimme klang tröstend. »Du hast noch gut zehn Jahre, um den Richtigen zu finden.«

»Damit ist es bei mir nicht getan.«

»Oh, verstehe. Das tut mir leid.«

»Nein, nein«, sagte Ella. »Soweit ich weiß, liegen keine medizinischen Probleme vor.«

»Was steht denn dann im Wege?«

»Ich werde mich nicht wieder binden«, antwortete Ella nach einiger Zeit leise.

»So schlimm?«

»Ja, aber nicht so, wie du vielleicht denkst. Ein Therapeut würde sagen, ich lasse die Männer gar nicht nah genug an mich heran, um schlechte Erfahrungen zu machen.«

»Mhm.«

»Willst du dir das Gejammer wirklich anhören?«

»Klar, du hast mir doch auch zugehört.« Anne schaute sie an, ohne eine Miene zu verziehen.

»Okay, ich mach's kurz. Meine Eltern sind bei einem Autounfall gestorben, da war ich fünfzehn.«

»Wie furchtbar, das ist für ein Kind ja kaum zu verkraften.« Da war echtes Mitgefühl in Annes Augen.

»Ja, es war schrecklich.« Nachdenklich schaute Ella über die Koppel hinweg in Richtung Dornum. »Jedenfalls nahm mich die beste Freundin meiner Mutter bei sich auf, und trotz allem kann ich sagen, dass ich eine wohlbehütete Kindheit hatte. Anfang zwanzig habe ich mich dann über beide Ohren verliebt, mit dreiundzwanzig verlobt. Philipp starb sechs Wochen vor unserer Hochzeit, die wir ganz groß in Aurich feiern wollten. Es war ein plötzlicher Herztod. Wir standen nebeneinander im Badezimmer, er putzte sich die Zähne und ist dann einfach umgekippt.«

»Mein Gott! Und du warst ganz allein mit ihm?«

Ella zuckte die Achseln. »Ich war in dieser Situation komplett überfordert, mir fielen noch nicht einmal die nötigsten Grundkenntnisse aus dem Erste-Hilfe-Kurs ein. Ich habe den Notruf gewählt, die mich dann angeleitet haben und mir erklärt haben, was zu tun sei. Aber als der Notarzt eintraf, hat auch dessen Reanimation nicht mehr geholfen.«

Anne legte Ella einen Arm um die Schultern. »Das tut mir leid.«

Sie schwiegen einen Moment, und Ella war in ihren Gedanken wieder in dem kleinen Badezimmer, ehe Anne zu sprechen begann: »Dann war er deine große Liebe, ja?«

Ella nickte. Die große Liebe. Bei Philipp hatte sie tatsächlich an so etwas wie an Seelenverwandtschaft geglaubt. Sie teilten denselben Musikgeschmack, liebten ausgedehnte Lesenachmittage auf der Couch. Actionkomödien und Filme von Steven Spielberg konnte sie seit damals auch nicht mehr schauen, ohne an ihre gemeinsame Zeit zu denken. Inzwischen war die Trauer nicht mehr so schmerzhaft wie in den ersten Jahren, doch nie wieder wollte sie solch einen Verlust erleben. Was hieß, dass sie ihr Leben allein verbringen würde.

Sie schaute Anne an. »Das Leben geht weiter, und ich erfreue mich daran. Nur manchmal wünschte ich mir, ich könnte über meinen Schatten springen und mich wieder auf jemanden einlassen.«

»Auch wenn es wie eine Plattitüde klingt, doch manchmal birgt das Leben Überraschungen. Ich wünsche dir jedenfalls, dass es für dich ein solche bereithält.«

»Du meinst solche Überraschungen wie bei dir?«, fragte Ella augenzwinkernd.

Anne knuffte sie in die Seite. »Nicht so frech, junge Frau. Ja, auch solche Überraschungen wie bei mir. Auch wenn ich im Moment keine Ahnung habe, was ich tun soll, weil es meine ganze Lebensplanung durcheinanderbringt, weiß ich doch, dass ich dieses kleine Wesen von Herzen lieben werde.«

Natürlich hatte Anne recht. Es war am besten, das Leben so zu nehmen, wie es kam. Was Ella nicht daran hindern würde, auch auf ihrem weiteren Weg äußerst vorsichtig zu sein, vor allem damit, was das Verschenken von Gefühlen anging.

Kapitel 3

Den Rest der Arbeitswoche hatte sie so viel mit Aufforstungsarbeiten im Wald zu tun, dass sie immer erst spät nach Hause kam und zu müde für alles andere als Abendessen, Buchführung und frühes Zubettgehen war. Aber heute war Samstag. Sie hatte Anne gefragt, ob es ihr recht wäre, wenn sie sich eines der Pferde nehmen würde, und die hatte geantwortet, dass sie heute wegen einer Veranstaltung sowieso nicht zum Reiten käme und sie sich entweder Hazel oder Alvar nehmen könnte. Ella hatte sich für Hazel entschieden, die ihr auf den ersten Blick ans Herz gewachsen war. Wenn sie ehrlich mit sich war, hatte es auch ein bisschen mit Hazels Besitzer zu tun, der ihr trotz seiner schroffen Art einfach nicht aus dem Kopf gehen wollte.

Auch wenn die Sonne, die die letzten Tage den ersehnten Frühling gebracht hatte, sich heute wieder hinter einem dichten grauen Wolkenhimmel versteckte, war das für Ella kein Grund, den Ausritt zu verschieben. Anne hatte ihr gezeigt, wo alles hing, ihr beim Fertigmachen der Stute geholfen und ihr Hazels Eigenarten nähergebracht. Nun stand das Pferd gestriegelt und gesattelt vor der Box, sodass es endlich losgehen konnte. Anne hatte sich mit einem letzten Blick davon überzeugt, dass Ella wusste, was sie tat, und war dann zurück ins Haus gegangen.

Ella führte die Stute vor den Stall und kontrollierte noch einmal den Gurt, ehe sie aufstieg. Ihre Beine schmiegten sich fest an den warmen Bauch des Tieres, und der Sattel passte perfekt.

Im Schritt lenkte sie Hazel vom Hof und dann gleich wieder nach rechts, sodass sie die Felder vor sich liegen hatte. Bei ihrem ersten Ausritt wollte sie es noch langsam angehen lassen. Der Strand würde um diese Tageszeit doch einige Touristen anziehen, und auf den Feldwegen konnte sie bei einem ersten Ausritt alles besser überblicken. Hazel reagierte auf den leisesten Schenkeldruck. Umgeben von einer frischen Meeresbrise und dem Stapfen der Pferdehufe über den noch feuchten Sandboden fühlte sie sich wie in einem warmen Kokon. Die Bewegungen des Tieres verschmolzen mit ihren eigenen, und sie wusste keinen Ort, an dem sie jetzt lieber wäre. Daran änderte das triste Grau des Himmels ebenso wenig wie die dicken Regentropfen, die ihr mit schöner Regelmäßigkeit ins Gesicht schlugen. Für sie gab es kein gutes oder schlechtes Wetter, sondern einfach nur die entsprechende Kleidung.

Sie lachte leise, als ihr auffiel, wie sehr ihr Verhalten dem von Connie ähnelte, wenn es darum ging, neue Garderobe auszusuchen. Sie taten das beide mit einer pingeligen Sorgfalt, was Sitz und Struktur betraf, nur waren es bei ihr – in Connies Augen – oft nicht die richtigen Modesachen.

Ella ließ Hazel antraben, und sofort bewegte sich die Stute in einem sauberen Rhythmus. Gab es etwas Schöneres, als sich auf dem Rücken eines Pferdes fortzubewegen? Nun gut, eine Sache fiel ihr ein, und unwillkürlich tauchte das Bild eines attraktiven Eventmanagers vor ihrem geistigen Auge auf. Heute Morgen hatte sie Clemens noch gar nicht zu Gesicht bekommen, aber da einige Lieferwagen im Hof standen, nahm sie an, dass er schon mit den Vorbereitungen für die Feierlichkeiten beschäftigt war. Was sie insgeheim wunderte, war, dass ihr seine Frau bisher noch gar nicht über den Weg gelaufen war. Alle anderen Hofbewohner hatte sie hin und wieder auf dem Gutshof gesehen oder im Haupthaus angetroffen, selbst Stefan, obwohl der ja laut Anne am liebsten vor seinem Computer saß. Anne danach zu fragen, hatte sie sich nicht getraut. Schließlich ging es sie auch nicht das Geringste an. Und außerdem waren solcherart Gedanken völlig überflüssig. Sie war nicht unterwegs, um über Clemens' Familie nachzudenken, sondern um ihren Ausritt zu genießen.

Eine gute Stunde später war Ella wieder zurück. Inzwischen hatte es aufgeklart. Der Wind hatte die Wolken weggeblasen, und die Sonne strahlte in bester Frühlingsmanier vom Himmel. Wer auch immer in der Scheune feiern wollte, würde dafür traumhaftes Wetter haben. Bestens gelaunt saß Ella ab, klopfte Hazel ausgiebig den Hals und führte sie hinüber zum Stall. Inzwischen hatte sich die Hofeinfahrt weiter gefüllt. Ein Getränkelieferant lud Bierfässer ab, und Anne lief mit einem Arm voller Lilien in die Scheune. Clemens führte ein lebhaftes Gespräch mit zwei jungen Frauen. Sie trugen schwarze Röcke und weiße Blusen, waren offensichtlich später für den Service zuständig. In seinem Job schien er völlig anders zu agieren als ihr gegenüber. Ella blieb verwundert stehen, denn erneut fiel ihr auf, wie sehr ein offenes Lächeln ihn veränderte. Seine Augen leuchteten warm, und er wirkte ehrlich interessiert an dem, was die beiden Frauen ihm gestenreich erzählten. In dem Moment, in dem er den Kopf drehte und Ella erblickte, verblasste sein Lächeln jedoch, und die Mimik gefror. Er wandte sich noch kurz an die beiden Frauen, ehe er zu Ella herüberkam.

Unbehaglich trat sie von einem Fuß auf den anderen, bis er schließlich vor ihr stand.

»Morgen«, begrüßte er sie knapp. Heute trug er einen dunkelgrauen Anzug, und seine Haare lagen sorgsam gekämmt um seinen Kopf.

»Hallo«, antwortete Ella. Sie spürte, wie langsam Ärger in ihr hochstieg, obwohl sie doch gerade noch so glücklich gewesen war. Jedes einzelne Endorphin schien sich verkrümelt zu haben, und das nahm sie ihm wirklich übel. Vor allem verstand sie nicht, was sie ihm getan haben sollte. Normalerweise kam sie mit ihren Mitmenschen gut aus, aber auf Clemens musste sie einen nachhaltig negativen Eindruck gemacht haben.

»Hat alles geklappt?«

Ella nickte nur. Wenn er so knapp mit Worten war, konnte sie das ebenso. »Sie ist ein gutes Pferd.«

Ein kaum wahrnehmbares Lächeln umspielte seine Lippen, ehe er sich wegdrehte und Hazel sanft über den Kopf strich. »Sie macht mir auch viel Freude.«

Ohne dem etwas hinzuzufügen, wandte er sich um und ging zu den anderen zurück.

Mehr als stinkig, weil er ihr diesen Glücksmoment komplett verdorben hatte, führte sie Hazel in den Stall. Vielleicht würde es sich nicht so schlimm anfühlen, wenn ihr Herz in seiner Gegenwart nicht unwillkürlich schneller zu schlagen beginnen würde.

»Männer!«, grummelte sie vor sich hin, während sie die Stute absattelte.

Kapitel 4

Obwohl sie mit Paula einen dreistündigen Spaziergang gemacht hatte, blubberte der Frust des gestrigen Tages auch am Sonntagnachmittag noch in ihr. Doch anstatt mit einem Gelage aus Eis und Schokolade ihren Ärger über das männliche Geschlecht zu bekämpfen, verarbeitete sie den Zucker anderweitig. Heute würde sie Erdnusskekse backen, die hatte sie schon in ihrer Kindheit geliebt. Während sie beim Kochen eher chaotisch vorging – freundlich gesinnte Menschen würden vielleicht von kreativ sprechen –, konnte man sie beim Backen als absolut penibel beschreiben. Ihr Arbeitsplatz war bestens organisiert, und bereits im Vorfeld hatte sie alle Zutaten abgewogen, das Mehl durchgesiebt sowie die Eier in ein kleines Schüsselchen geschlagen. Nun füllte sie Eier, Butter, Zucker und selbst gemachten Vanillezucker in die große Rührschüssel und schlug alles schaumig. Dann gab sie nach und nach das Mehl sowie das Backpulver hinzu. Schon der süße Duft des erst entstehenden Plätzchenteigs sorgte bei ihr für gute Laune. Sie nahm den weichen, angenehm kühlen Teig aus der Schüssel, tat die gehackten Erdnüsse darauf und knetete ihn nochmals durch, obwohl er das eigentlich gar nicht brauchte. Aber ihrer Meinung nach gehörte eine gute Portion Herzblut in jedes Gericht, und das funktionierte einfach nicht, wenn man die ganze Arbeit von einer Maschine machen ließ. Als sich die Zutaten zu ihrer Zufriedenheit miteinander verbunden hatten, legte sie den Teig zurück in die

Schale, bedeckte ihn mit einem frischen Geschirrtuch und stellte ihn zum Ruhen in den Kühlschrank.

Gute zwei Stunden später erfüllte der Duft nach glücklicher Kindheit das ganze Haus. Eben hatte sie die letzten Bleche aus dem Ofen geholt und einen großen Teller mit frisch gebackenen Keksen gefüllt. Zu den Keksen hatte sie sich ein großes Glas selbst gemachten Eistee eingeschenkt und sich damit auf ihre kleine Terrasse gesetzt. Das Altenteilerhäuschen grenzte mit der Rückseite an die Baumreihen, die den Gutshof umgaben. Im Sommer wären sie ein grüner Garant für Schatten und hoben sich bereits jetzt in ihrem hellen Grün wohltuend vom klaren Blau des Himmels ab. Davor waren halbkreisförmig Rhododendren gepflanzt worden, die zurzeit große lilafarbene Blüten hatten und so der Terrasse ein gemütliches Flair verliehen. Zusätzlich standen rechts und links zwei große Terrakottakübel, in denen sich eine bunte Ansammlung von Hornveilchen befand. Es war deutlich zu sehen, dass sich hier jemand um die Pflanzen kümmerte, dem sie am Herzen lagen.

Ella seufzte zufrieden auf, ihr Stimmungstief war überwunden. Sie legte den Kopf zurück, schloss die Augen und genoss für einen Moment den Geschmack des feinen Salzes im frischen Wind, der vom Meer kam und mit ihrem Haar spielte.

So ließ es sich leben, dachte sie. Dann sah sie zu Paula, die zu ihren Füßen lag und entspannt vor sich hin schnarchte.

In dem Moment, in dem sie ihr Buch beiseitelegte, um nach ihrem Eistee zu greifen, klingelte es an der Tür. Paula hob nur kurz den Kopf, bevor sie wieder weiterschlief. Als Wachhund war sie wirklich denkbar ungeeignet.

Ella zog ihre Füße unter ihr hervor, stand auf und ging nach vorn. Wer könnte denn hier etwas von ihr wollen?

Connie wollte sie ja erst am kommenden Donnerstag treffen, und wenn sie sich nicht irrte, war ihre Pflegemutter dieses Wochenende bei einer alten Schulfreundin in Emden.

Als sie die Haustür öffnete, musste sie unwillkürlich lächeln. »Hallo, Mats! Was machst du denn hier?«

»Ich wollte dich besuchen«, erklärte der Knirps, wobei er übers ganze Gesicht strahlte.

»Na dann komm rein. Lass die ruhig an«, fügte sie hinzu, als Mats seine Schuhe ausziehen wollte. »Wir gehen auf die Terrasse.«

»Mmh, hier riecht es aber gut, hast du gekocht?«, fragte Mats, während sie den Wohnraum durchquerten.

»Nein, ich habe gebacken. Magst du Kekse?«

»Klar!« Von seiner anfänglichen Schüchternheit im Stall war nichts mehr zu spüren.

»Und einen Orangensaft? Oder Milch?«

»O-Saft, aber nicht so kalt.«

»Alles klar«, meinte Ella lachend.

Inzwischen hatte sich auch Paula bequemt aufzustehen und beschnüffelte ihren jungen Gast. Der zeigte keinerlei Berührungsängste, kraulte sie hinter den Ohren und ging anschließend mit ihr gemeinsam hinüber zum Terrassentisch.

Ella schenkte ihm ein Glas Orangensaft ein und nahm es mit hinüber zur Sitzgruppe. Mats hatte es sich bereits in einem der beiden Gartenstühle bequem gemacht und schaute sie nun erwartungsvoll an.

»Was machst du da?«, fragte er und deutete auf ihr Strickzeug, das neben ihrem Buch lag.

Ella stellte den Orangensaft vor ihm auf den Tisch. »Ich stricke mir neue Socken, zumindest, wenn mich kein gutes Buch davon ablenkt.«

»Oma Femke strickt auch immer. Aber nicht mit so vielen Nadeln. Kannst du mir auch Socken stricken?«

»Sicher. Welche Farben hättest du denn gern?«

»Grün und weiß. Für Werder.«

»Ein kleiner Bremenfan, also gut.«

Ella setzte sich aufs Sofa und sah erst jetzt, dass Mats einen Plastikdinosaurier in der Hand hielt. »Hast du deinen Freund mitgebracht?«

»Das ist doch nicht mein Freund, das ist ein Tyrannosaurus Rex, der Gefährlichste der Gefährlichen!«

»Uih, das klingt wirklich Furcht einflößend. Hat er denn heute schon gefressen, oder braucht er auch ein paar Kekse?«

»Nein, der sitzt neben meinem Saft und passt auf, dass mir niemand was klaut.« Mats lachte, stellte den Dino neben sein Glas und nahm sich einen Keks. »Als wir im Zoo waren, gab es da gar keine Dinos«, nuschelte er mit vollem Mund. »Die sind nämlich schon alle tot. Dazu sagt man ausgestorben.«

»Das ist richtig.« Ella griff nach ihrem Eistee und trank einen Schluck.

»Linus' Opa ist auch ausgestorben.«

Ella hielt sich die Hand vor den Mund und bemühte sich, den Tee nicht prustend auszuspucken.

»Linus' Opa ist gestorben?«, fragte sie schließlich mit krächzender Stimme.

Bedrückt schaute Mats sie an und nickte. »Jetzt kann ihn Linus nur noch auf dem Friedhof besuchen, aber er kann ihn nicht mehr sehen, denn der ist im Himmel, so wie Opa Hein. Vielleicht hat er ihn schon getroffen?« Fragend schaute der Knirps sie an.

»Das kann gut sein«, meinte Ella. »Ist Linus traurig?«

Erneut nickte Mats. »Im Kindergarten hat er geweint, weil sein Opa ihm doch immer Gummibärchen geschenkt hat. Aber später war er nicht mehr traurig. Da haben wir auf der Schaukel gesessen und uns gefreut, dass es nicht mehr regnet, und da hat Linus gesagt, sein Opa hat gemacht, dass es aufgehört hat zu regnen, denn der ist ja jetzt im Himmel.« Mats stopfte sich einen weiteren Keks in den Mund. »Kann Opa Hein auch machen, dass es nicht mehr regnet?«

»Das weiß ich nicht.«

»Ich glaube schon. Wenn Linus' Opa das kann, kann Opa Hein das schon lange.«

Der Kleine war wirklich gewitzt, dachte Ella. »Weiß dein Papa eigentlich, dass du bei mir bist?«, wollte sie von ihm wissen.

Mats schüttelte den Kopf. »Der ist in seinem Büro. Papierkram«, fügte er so altklug hinzu, dass Ella sich bemühen musste, nicht laut aufzulachen.

»Und deine Mama? Hast du der Bescheid gesagt?«

»Meine Mama wohnt nicht mehr hier«, antwortete er. »Die mag keine Kinder.«

Ella war schockiert. Wie konnte ein Vater seinem Kind erzählen, seine Mutter möge keine Kinder, bloß weil sie sich, wie es klang, getrennt hatten? Ärger stieg in ihr hoch. Nicht nur ausgesprochen schroff, wenn ihm danach war, nein, er schien auch unsensibel mit seinem Sohn umzugehen. Doch diese Gefühle musste sie jetzt erst einmal beiseiteschieben, schließlich konnte der süße Junge hier nichts für seinen Vater.

Sie griff nach ihrem Handy und wählte die Nummer des Haupthauses. Irgendjemand würde sich wohl für den Knirps interessieren.

»Eventhof Niehus, Anne Niehus am Apparat?«

»Hallo, Anne, hier ist Ella. Hör mal, ich habe hier sehr netten Herrenbesuch, aber ich weiß nicht, ob er sich bei euch abgemeldet hat.«

»Mats ist bei dir?« Anne wirkte erstaunt. »Ich dachte, der spielt draußen mit Leon?«

Ella schaute hinüber zu Mats, der sie interessiert anschaute. »Nein, der sitzt hier bei mir und lässt sich meine Kekse schmecken. Ist auch total in Ordnung, ich wollte nur Bescheid geben.«

»Wir wollten gleich Pizza machen«, sagte Anne am anderen Ende der Leitung. »Hast du Lust, mit ihm zu uns rüberzukommen?«

»Wenn ich nicht störe?«

»Dann hätte ich dich nicht eingeladen. Kommt rüber. Meine Freundin Levke ist auch hier, wir machen es uns gemütlich.«

»Also gut, danke, dann komme ich gerne.«

Sie beendete das Telefonat und wandte sich wieder an Mats, der sein Glas in einem Zug leerte. »Anne hat etwas von Pizza erzählt, wie sieht es aus, hast du darauf Lust?«

»Pizza!« Den Mund von einem breiten Orangensaftbart verziert, reckte der Kleine die rechte Faust in die Luft.

Ella packte noch rasch das letzte Blech Kekse in eine Dose, klemmte sie sich unter den Arm und lief mit Mats an der Hand hinüber zum Haupthaus.

In Femkes Küche duftete es bereits nach aufgehendem Hefeteig.

»Ich bringe den Ausreißer zurück«, erklärte Ella, während sie den Raum betraten.

Anne begrüßte sie herzlich, ehe sie sich Mats gegenüberstellte und ihn ernst ansah. »Du musst Bescheid sagen, wenn du jemanden besuchen willst.«

»Ich wollte doch nur zu Ella«, murmelte der Knirps verlegen.

»Darfst du ja auch, aber ich muss wissen, wo du bist.«

Anne wuschelte Mats durchs Haar und sofort leuchteten seine braunen Augen wieder auf. »Ella hat Kekse gebacken, die sind so lecker, und sie strickt mir Werder-Socken, und Orangensaft gab es auch.«

»Na, dann hattest du ja einen schönen Nachmittag. Willst du gleich mit Leon die Pizzasoße anrühren?«

Mats nickte enthusiastisch, rannte nach draußen und brüllte aus voller Kehle: »Leon!«

Erst jetzt sah Ella eine atemberaubende Brünette, die an dem lang gestreckten Esstisch saß.

»Das ist meine Freundin Levke«, stellte Anne sie vor.

Levke stand auf und kam auf ihren ellenlangen Beinen auf sie zu. »Hallo«, begrüßte sie sie freundlich, »du musst Ella sein.«

Ella schüttelte Levke die Hand. »Dir gehört Dagobert, richtig?«

»Du kennst mein Pferd?«, fragte Levke erstaunt.

»Mats hat ihn mir vorgestellt.«

»Ach so, möchtest du auch einen Tee?«

Ella nickte und setzte sich gemeinsam mit den anderen beiden Frauen an den Tisch. »Wo ist Femke?«, fragte sie.

»Die ist mit einer Freundin nach Aurich«, erklärte Anne. »Es gibt eine Sonderausstellung im Historischen Museum, und danach wollten sie essen gehen.«

»Und unsere Anne hat diese Woche ihr Badezimmer renoviert«, warf Levke ein.

»Es war super!«, erklärte Anne zufrieden. »Ich habe die Fliesen abgeklopft und anschließend die Wände verputzt. Sieht schon richtig gut aus.«

Missmutig schüttelte Levke den Kopf. »Ich werde nie verstehen, warum es dir Spaß macht, im Dreck zu wühlen.«

Ella betrachtete die Frau, die offenbar in Annes Alter war. Ihre braunen dichten Haare hatte sie sich zu einem französischen Zopf gebunden, und an ihren Ohren baumelten zentimeterlange Ohrgehänge aus Silber. Die meterlangen schlanken Beine steckten in Marlene-Dietrich-Hosen aus pflaumenblauer Wolle, wozu sie einen fliederfarbenen Kaschmirpullover über einem cremeweißen Spitzentop trug. Diese Frau hatte zumindest in letzter Zeit ganz sicher nicht im Dreck gespielt.

Dann riss Annes Stimme sie wieder aus ihren Gedanken. »Ich schätze noch zwei Wochen, dann bin ich mit dem Badezimmer fertig. Die Fliesen in Bahama-Beige waren mir schon ein Dorn im Auge, seitdem wir den Hof übernommen haben.«

»War das nicht schon immer euer Hof?«, fragte Ella erstaunt.

Anne schüttelte den Kopf. »Nein, den haben wir vor fünf Jahren von einem Onkel geerbt.«

»Da war Valerie noch mit an Bord«, erklärte Levke.

Anne musste Ellas verständnislosen Blick bemerkt haben, denn sie fügte hinzu : »Clemens' Ex. Bevor du dir Gedanken machst: Sie hat ihn vor fast vier Jahren verlassen, ist hier also kein Thema mehr.«

Ella rang mit sich, ob sie Mats' Bemerkung ansprechen sollte, hielt dann allerdings den Mund, denn schließlich ging sie diese Geschichte nichts an.

So unterhielten sie sich über das gestrige Event in der Scheune und die Ideen, die Anne für eine weitere Verschönerung des Hauses hatte. Levke, die Immobilienkauffrau war, gab ihr fachliche Tipps und erzählte von einem verrückten Kunden, der für das Anwesen, das er kürzlich gekauft hatte, noch nach vergoldeten Armaturen aus dem 19. Jahrhundert suchte.

Die Zeit verstrich wie im Flug, und Ella stellte fest, wie herrlich unkompliziert Annes Freundin war. Das bestätigte sich auch, als schließlich alle zusammen die Pizza machten und Levke kein Problem damit hatte, trotz ihrer guten Klamotten die beiden Jungs zu beaufsichtigen, die in der Tomatensoße rührten.

Während Ella eine Salami in feine Scheiben schnitt, wanderten ihre Gedanken wieder einmal zu Clemens. Demnach war er tatsächlich geschieden. Was diese Valerie wohl für ein Typ war? Anne hatte nichts weiter von ihr erzählt. Ella rief sich zur Ordnung. Warum interessierte sie das nur, das war ja nun wirklich nicht ihre Angelegenheit. Es tat ihr nur für Mats leid, der offensichtlich die volle Breitseite eines Scheidungskampfs abbekam. Aber so wie sie Anne und Femke kennengelernt hatte, würden die beiden mit ihrer warmherzigen Art sich gut um ihn kümmern.

Wie es wohl war, Fliesen abzuklopfen und Wände zu verputzen, überlegte sie, während sie weiterschnitt. Bisher war sie noch nie in der Situation gewesen, so etwas auszuprobieren.

Ella nippte erneut an ihrem Tee, der neben ihrem Schneidebrett stand. Vielleicht würde es ihr großen Spaß machen, Fliesen zu kleben. Schließlich arbeitete sie auch gern mit ihren Händen. Und dreckig zu werden, schreckte sie nicht.

»Alles klar, Ella?«, fragte Anne. »Du bist heute so ruhig.«

»Alles bestens. Ich genieße meinen Tee und höre euch zu.«

Levke lachte. »Na, wer's glaubt. Du warst eben meilenweit entfernt.«

»Erwischt. Ich habe gerade übers Fliesenlegen nachgedacht und ob es mir nicht Spaß machen würde, in meiner Freizeit noch mehr mit meinen Händen zu arbeiten.«

»Hast du so was denn schon mal gemacht?«, fragte Anne.

»Nein, aber ich hätte Lust ...«

Levke stöhnte auf. »Noch so eine, die gern im Dreck spielt.«

Anne knuffte sie in die Seite. »Jetzt hör mal auf mit dem Meckern, es gibt Dreck, vor dem auch du nicht zurückschreckst, gib es zu.«

Interessiert wandte sich Ella zu Annes Freundin.

»Nun ja.« Levke wandte sich zu ihnen um und schnipste einen imaginären Fussel von ihrem Ärmel. »Heu und Stroh sind kein Dreck, und Pferdeäpfel sind ein hervorragender Dünger.«

Ella prustete los und auch Anne stimmte in ihr Gelächter mit ein.

»Lacht ihr nur, ich weiß genau, wie man ausmistet, auch wenn es nach wie vor nicht meine Lieblingsbeschäftigung ist.«

»Lasst uns doch mal einen gemeinsamen Ausritt machen«, schlug Anne vor.

»Tolle Idee«, rief Ella begeistert aus. »Jederzeit.«

»Müssen wir noch lange rühren?«, fragte Leon und beendete das Gespräch.

»Nein, ihr könnt aufhören«, antwortete Levke, »Anne hat den Teig vorbereitet, jetzt kommt noch die Soße drauf und dann dürft ihr ihn belegen.«

»Du darfst mir helfen, Ella«, krähte Mats in ihre Richtung.

Anne zog erstaunt die Augenbrauen hoch, doch Ella

zuckte nur mit den Schultern, nahm sich das Brett mit den Salamischeiben und ging hinüber zum ausgerollten Pizzateig.

Eine gute halbe Stunde später saßen alle am Tisch, vor sich zwei große Bleche mit Pizza. Ella konnte sich nicht vorstellen, wie sie das alles schaffen sollten.

In dem Moment, als Stefan die erste Pizza zerteilte und auf die von Clara angereichten Teller legte, kam auch Clemens dazu. Er warf ein »Hallo« in die Runde und setzte sich ausgerechnet ihr gegenüber, zwischen Leon und Levke. Mats hatte darauf bestanden, neben Ella zu sitzen, rechts neben ihr hatte Anne Platz genommen.

»Es riecht köstlich«, meinte Clemens, während Anne ihm einen Teller reichte.

»Gemeinschaftsarbeit der Frauen und Kinder«, erklärte Anne.

»Wozu ich nicht gehöre!«, erklärte Clara im Brustton der Überzeugung.

»Weder Kind noch Frau?«, fragte Levke belustigt.

»Genau! Oma Femke hat gesagt, an meinem nächsten Geburtstag werde ich ein Backfisch und das dauert nur noch fünf Wochen.«

»Ein Backfisch, soso. Ich glaube, inzwischen sagt man Pubertier«, meinte Levke.

»Falsch, ein Pubertier bin ich schon lange.«

»Das kann ich nur bestätigen«, warf Anne ein, die dafür von Clara mit einem strafenden Blick bedacht wurde.

»Mädchen durchlaufen die Pubertät zwischen dem 10. und 18. Lebensjahr, während sie bei Jungen erst zwei Jahre später beginnt«, dozierte Clara und streckte anschließend Leon die Zunge heraus.

»Lass das, oder ich komme rüber und boxe dich!«, rief Leon ihr quer über den Tisch entgegen.

»Hier wird weder geboxt, noch werden Zungen herausgestreckt«, ermahnte Stefan. »Jetzt wird erst einmal angestoßen.«

»Angestoßen?«, fragte Clemens irritiert. »Gibt es denn etwas zu feiern?«

Stefan erhob sein Bierglas und stand auf. »Hat Anne noch nichts erzählt?«

»Was erzählt?« Neugierig schaute Clemens seine Schwester an.

»Wir bekommen ein Baby!«, kreischte Leon, bevor Anne antworten konnte.

»So ist es«, bestätigte Stefan und strahlte übers ganze Gesicht.

»Hatte ich es nicht gesagt?«, wandte sich Anne an Ella.

Die grinste nur und nickte. »Und was haben sie sich ausgedacht?«, wollte sie wissen.

»Wir haben vorhin schon damit angefangen eine Maschine zu konstruieren, die die Kinderwiege schaukelt und einen individuellen Rhythmus den Vorlieben des Babys entsprechend entwickelt«, erklärte Clara stolz.

»Na, wenn das kein Grund zum Feiern ist«, erklärte Clemens und erhob auch sein Glas. »Herzlichen Glückwunsch!«

Ganz anders als sonst erhellte ein breites Grinsen sein Gesicht, während er seiner Schwester und seinem Schwager zuprostete. Seine blauen Augen funkelten vor Zuneigung, und die scharfe Falte zwischen den Augenbrauen, die immer dann auftauchte, wenn er mit Ella sprach, war gänzlich verschwunden. Ein sehnsuchtsvolles Ziehen füllte Ellas Bauch.

Sie fühlte sich dermaßen von ihm angezogen, dass sie beinahe vergessen hätte, was er zu seinem Sohn gesagt hatte. Aber eben nur beinah.

Sie griff nach ihrem Glas, trank einen kräftigen Schluck von ihrem Bier und bemühte sich, ihren hüpfenden Herzschlag zu ignorieren. Männer, die Gefühle in ihr wachriefen, würde sie auch weiterhin auf Abstand halten.

Kapitel 5

Die letzten Nächte war es noch einmal richtig kalt geworden, die Eisheiligen zeigten deutlich ihre Präsenz. Über den zarten Raureif auf den Koppeln zogen leichte Nebelschwaden, es sah aus, als hätte sich die Welt um sie herum über Nacht in ein mystisches Märchenland verwandelt.

Ella stand am seitlichen Wohnzimmerfenster und genoss ihre zweite Tasse Ostfriesentee. Sie war bereits früh aufgewacht und hatte mit Paula schon einen Gang bis zum Deich gemacht. Für Ella gab es nichts Schöneres als einen Blick über die gischtschäumenden Wellen hinweg, selbst wenn Nebel den Horizont verhüllte. Die Luft heute war feucht und frisch und schmeckte intensiv nach Meer. Da sie Paula dabeihatte, konnte sie ihren Weg nicht an der Wasserkante fortsetzen, doch auch der Rückweg durch die Salzwiesen hatte etwas ganz Besonderes. Auch hier genoss sie den freien Blick über das hohe grüne Gras, die unzähligen, meist wie mit dem Lineal gezogenen Schloote, die die Wiesen durchzogen und die aufgehende Sonne widerspiegelten. Leider hatte sie nicht genug Zeit gehabt, den Spaziergang weiter auszudehnen, da sie sich dringend an ihre Büroarbeiten setzen musste. Deshalb hatte sie nur Croissants aufgebacken und sich ein kurzes französisches Frühstück mit Butter und Aprikosenmarmelade gegönnt. Die letzten drei Tage war sie fast nur im Wald unterwegs gewesen, sodass sie für die liegen gebliebenen Büroarbeiten den ganzen Tag eingeplant hatte, unterbrochen nur durch eine ausgiebige Mittagspause bei Connie.

Sofort begann ihr Bauch nervös zu grummeln. Am liebsten hätte sie diesen Termin schon hinter sich. Ganz sicher nicht wegen des Essens, das bestimmt wieder köstlich wurde. Ganz im Gegensatz zu ihr kochte Connie ganze Menüs mit der Präzision eines Chirurgen, wobei sie sich am liebsten an Rezepten aus irgendwelchen Feinschmeckerkochbüchern bediente oder auf eines der unzähligen zurückgriff, die sie auf ihren vielen Reisen gesammelt hatte. Ein Essen, zu dem Connie explizit eingeladen hatte, entsprach immer dem Dinner in einem gehobenen Restaurant, selbst wenn es kein Feiertag war. Der Tisch wurde mit viel Liebe zum Detail gedeckt, und neben Silber und Kerzen gab es stets ein Blumengesteck. Zudem waren die Zutaten immer frisch und nach Möglichkeit regional. Tiefkühlkost, geschweige denn industriell verarbeitete Lebensmittel kamen bei Connie nicht ins Haus.

Ella stöhnte. Es könnte so ein nettes Essen werden. Connie wiederzusehen tat ihr auch wirklich gut, solange sie nicht auf ihre Arbeit im Wald zu sprechen kämen. Dann würde Connie nämlich wieder darüber schimpfen, dass Ella sich mehr Zeit fürs Geschäft nehmen sollte. Dabei verbrachte sie so schon etliche Stunden in der Woche mit Buchhaltung und Personalangelegenheiten, die ihre elf Angestellten betrafen. Ganz zu schweigen von den ausufernden Besprechungen, was zu bestellen war, die ganze Nachmittage fraßen. Aber da Connie sich strikt weigerte, die Entscheidungen für die Einkäufe allein zu treffen, blieb ihr nichts anderes übrig. Die Mischung aus Liebe, Verbundenheit, schlechtem Gewissen und Freiheitsdrang, die Connie bei ihr auslöste, überforderte Ella einfach.

Sie trank noch einen Schluck, ehe sie widerstrebend ihren Platz am Fenster verließ und sich neben ihren Laptop auf das Sofa setzte. Sie hatte die Abende dieser Woche lieber am Strand verbracht, mit den nackten Füßen im Sand, den Rhythmus der Wellen im Ohr, während sie dort entlangschlenderte und auf den Sonnenuntergang wartete, der das Wasser rotgolden schimmern ließ.

Auch jetzt wäre sie lieber draußen in der Natur. Sie dachte an den gestrigen Nachmittag zurück, als sie im Schafhauser Wald unterwegs gewesen war, um Bäume auszuzeichnen. Das Markieren der Bäume, die gefällt werden sollten, war trotz jahrelanger Erfahrung immer noch eine Aufgabe, die sie nicht kaltließ. Erst gestern stand sie vor einer über hundert Jahre alten Buche mit ausladender Krone und hatte ihr einen roten Punkt auf die Rinde gesprüht. Ein gutes Stück unterhalb ihrer Krone hatte sich ein starker Schlagschaden gezeigt, der wahrscheinlich durch einen anderen Baum bei dessen Fällung verursacht worden war. Sie nahm an, dass sich darunter Fäulnis befand, was die Krone zunehmend instabil machte. In wenigen Tagen würden die Forstwirte kommen, die Motorsäge ansetzen und den Baum fällen. Mit einem ohrenbetäubenden Krachen würde dieser Riese zu Boden stürzen. Sie hatte darüber nachgedacht, was er wohl alles erlebt hatte in dieser langen Zeit. Wie vielen Stürmen er wohl getrotzt und wie vielen Vögeln Sicherheit für ihre Nester geboten hatte. Auch das Leben der Bäume im Wald war ein ewiger Kreislauf. Ein Leben musste gehen, doch unzählige neue drängten nach. Sie dachte an die jungen Buchen, die bereits im Umfeld des alten Baumes dem Sonnenlicht entgegenstrebten. Dass sie den Platz nutzen würden, um sich weiterzuentwickeln. Außerdem bedeutete Wald eben nicht nur Schönheit der Natur und Erholung, er bedeutete auch Wirtschaft. Was allerdings nicht bedeutete, abzuholzen wegen des reinen Profitgedankens. Es hieß nachhaltig zu wirtschaften, also nur so viele Bäume zu ernten, wie auch nachwuchsen, was sich bei den großen Bäumen über mehrere Förstergenerationen hinweg erstreckte. Es bedeutete, den Wald zu hegen und zu pflegen und ihn – besonders in diesen Zeiten – auch auf die Folgen des Klimawandels vorzubereiten und damit für nachfolgende Generationen zu erhalten.

Ella atmete beseelt ein, als ihr das Trillern des Zaunkönigs in den Sinn kam, der gestern in einer der jungen Buchen saß und just in diesem Augenblick mit seinem Lied begann. Ganz so, als wolle er ihre Überlegungen unterstreichen. Glücklich verzog sie den Mund zu einem Lächeln. Auch dies war einer dieser Momente gewesen, die ihrer Seele Nahrung gaben und beim Nachsinnen solcher Erlebnisse direkt ihre Stimmung hoben.

Gut gelaunt stellte sie die Teetasse auf den Couchtisch, nahm den Laptop auf den Schoß und öffnete zuerst ihren geschäftlichen Posteingang.

Als sie sah, dass einer ihrer Mieter geschrieben hatte, runzelte sie die Stirn und spürte, wie sich ein wohlbekanntes, beklemmendes Gefühl in ihr ausbreitete. Beim Lesen der Nachricht bestätigte sich ihre schlechte Vorahnung: Markus Dettmann hatte gekündigt.

Ella schloss die Augen. Sie würde neue Mieter finden müssen. Vor allem würde sie sich wieder einmal damit auseinandersetzen müssen, ob sie das Geschäftshaus samt Wohnungen überhaupt halten wollte.

Ella klappte den Computer zu, stand auf und lief unruhig im Raum hin und her. Als ihre Eltern vor fast vierzig Jahren von Hessen nach Ostfriesland gezogen waren, hatten sie all ihr Geld in das Modehaus investiert und es von Grund auf aufgebaut. Sie hatten das gesamte Gebäude saniert und schließlich eine der beiden Wohnungen bezogen, die über dem Geschäft lagen. Nicht nur mit dem Laden, mit dem gesamten Haus verband sie ihre Eltern, weshalb sie es als ihre Pflicht ansah, es in deren Sinne weiterzuführen. Aber es war eben nicht nur eine Pflicht, sie fühlte sich ihnen dadurch auch nah.

Und verletzlich. Schließlich ließ sie fremde Menschen in ihre ureigene Welt eindringen, indem sie die Wohnung vermietete, in der sie aufgewachsen war. Die Wohnung, die so viele schöne Erinnerungen enthielt.

Dettmanns hatte sie von Anfang an gemocht. Sie waren eine herzliche, laute und große Familie, die das Apartment mit Leben füllte. Aber nun hatte Frau Dettmann eine Stelle im Ausland angenommen, und sie würden in drei Monaten ausziehen.

Ella blieb stehen und starrte aus dem Fenster. Kein Gedanke mehr an eine mystische Märchenwelt, sie war wieder einmal auf dem harten Boden der Tatsachen gelandet.

Nachdem sie gute drei Stunden mit ihren Schreibarbeiten verbracht hatte, drehte sie noch eine kurze Runde mit Paula und machte sich anschließend auf den Weg nach Westerholt. Ihr Magen grummelte, aber dieses Mal vor Hunger. Was Connie wohl Leckeres gekocht hatte?

Sie parkte den Wagen vor der Garage und stieg aus. Connie hatte den Eisheiligen getrotzt und den Vorgarten bereits bepflanzt. Dieser lag geschützt durch die Nachbarhäuser, sodass den Pflanzen der leichte Frost nicht geschadet hatte. So strahlten bunte Primeln und Stiefmütterchen mit der Sonne um die Wette. Die Sträucher trieben bereits kräftig aus, und die Wildrosen standen kurz vor der Blüte. Auch wenn Connie Ellas Berufswahl nicht gutheißen konnte, teilten sie doch ihre Liebe zur Natur.

Aus dem geöffneten Küchenfenster strömten schon feinste Düfte in Ellas Nase, und ihr Magen hüpfte vor Freude auf das bevorstehende Gourmetessen.

Kaum dass sie geklingelt hatte, wurde die Tür geöffnet, und Connie stand vor ihr, adrett mit gestärkter Schürze und rosig leuchtenden Wangen.

»Kind, wie schön, dass du da bist! Komm rein, komm rein, ich muss schnell zurück an den Herd.« Sie drückte Ella einmal kurz an sich und eilte zurück in die Küche.

»Es riecht köstlich«, sagte Ella, als sie den Flur betrat. »Was gibt es denn Gutes, Snirtjebraten?«

Sie folgte Connie zum Herd und lugte ihr über die Schulter. Die sämige Soße, in der sie rührte, roch zum Niederknien.

»Genau, heute gibt es ein ostfriesisches Menü. Sozusagen zur Begrüßung.« Connie wandte den Kopf und strahlte sie an, bevor sie sich wieder ihrer Soße widmete. »Zuerst ein feines Krabbensüppchen, dann Snirtjebraten mit eingelegtem Kürbis und Roten Beten und zum krönenden Abschluss eine samtige Teecreme mit Rumrosinen.«

»Lecker, das klingt fantastisch. Kann ich dir noch irgendetwas helfen?«

»Nein, nein, es ist alles fertig. Geh nur schon durch, ich bringe dann gleich die Suppe.«

Mit einer ungeduldigen Handbewegung von Connie wurde Ella entlassen und ging hinüber ins Wohnzimmer. Wie erwartet hatte ihre Pflegemutter den Esstisch festlich gedeckt und zu weißer Tischdecke, ebensolchen Kerzen und ihrem geliebten Maria-Weiß-Geschirr den Farbtupfer mit einem Gesteck aus lilablauen Stiefmütterchen gesetzt.

Ella setzte sich auf ihren Platz und schaute Connie entgegen, die gerade mit zwei dampfenden Suppentellern hereinkam. Ella lief das Wasser im Munde zusammen. Obwohl sie jetzt schon fast zwei Wochen hier oben war, hatte sie noch keine Krabben gegessen.

Connie setzte sich ihr gegenüber und tauchte ihren Löffel in die heiße Suppe. »Guten Appetit.«

»Den wünsche ich dir auch«, sagte Ella, probierte und schloss verzückt die Augen. »Lecker!«

»Ja?« Connie lächelte erfreut. »Das Rezept habe ich aus dem Kochbuch, das du mir zum Geburtstag geschenkt hast.«

»Die Suppe macht jedenfalls Lust auf mehr. Ich habe übrigens gelesen, dass in Aurich ein neues Fischrestaurant eröffnet wurde, wo es eine hervorragende Fischsuppe geben soll. Da sollten wir demnächst mal zusammen hingehen. Was meinst du?«

»Ja, davon habe ich auch schon gehört. Klingt verlockend. Wann würde es dir passen?«

»Nächstes Wochenende habe ich bis auf Papierkram nichts weiter vor. Ich könnte dich Samstagabend so gegen sieben Uhr abholen. Kannst du das einrichten?«

»Sicher, dann mache ich etwas früher Schluss, und Astrid kann abschließen. Ich freu mich drauf. Das haben wir wirklich schon lange nicht mehr gemacht.«

Bis zum Dessert unterhielt Connie sie dann über den neusten Promiklatsch, den sie mit großem Interesse verfolgte, und Ella war anschließend äußerst gut darüber informiert, was bei den englischen Royals mal wieder im Busche war. Auch über den jüngsten Nachwuchs irgendwelcher Schlagerstars und Sportasse wurde sie umfangreich aufgeklärt.

»Gestern war Frau Dettmann im Geschäft«, meinte Connie, während sie einvernehmlich ihre Teecreme löffelten.

»Sie hat mir erzählt, dass sie eine neue Stelle in Mailand hat. Hast du die Kündigung schon erhalten?«

Ella seufzte. Bisher war es rundum gemütlich gewesen, aber der Punkt hatte ja kommen müssen. »Ich habe heute Morgen eine Mail bekommen.«

Connie betrachtete sie mit einem mitfühlenden Blick. »Ich weiß, dass es dir schwerfällt, dich von den Dettmanns als Mieter zu trennen, aber vielleicht ist das auch ein Wink des Schicksals.«

»Ein Wink des Schicksals?«, fragte Ella verwundert.

»Nun, die Wohnung wird frei, vielleicht ziehst du selbst ein.«

Ella war verwirrt. »Warum sollte ich in die Wohnung ziehen?«

»Dann wohnst du direkt über dem Laden, und wenn du zukünftig mehr dort arbeitest, wäre das doch ideal!«, erklärte Connie.

Ella war sprachlos und brauchte einen Moment, um sich zu sammeln. »Wie kommst du darauf, dass ich mich hier niederlassen will? Darüber habe ich nie gesprochen.«

»Eleonora«, sagte Connie mit strenger Stimme, »dieses Vagabundenleben muss irgendwann einmal ein Ende haben. Du kannst doch nicht ewig in diesem Wohnwagen hausen.«

»Ich bin Försterin!«, verteidigte sich Ella. »Und das möchte ich auch bleiben. Niederlassen? Vielleicht. Irgendwann. Aber da muss ich dann schauen, wo gerade ein Revier frei wird, und das kann sonst wo sein. So lange reicht mir meine Wohnung in Oldenburg.« Dass es ihr wichtig war, genau wegen dieser Diskussionen eine gewisse Entfernung zwischen sich und Connie einzuhalten, behielt sie wohlweislich für sich.

Nun wirkte ihre Pflegemutter deutlich verärgert. »So geht es auf Dauer jedenfalls nicht weiter! Ich werde nicht jünger.

Überlege dir, was du mit dem Geschäft machen willst, und dann sag mir Bescheid.« Connie stand auf und begann den Tisch abzuräumen.

Das Essen war damit beendet. Selbst nicht wenig angesäuert, erhob Ella sich ebenfalls und nahm die Reste des Geschirrs mit in die Küche. Da Connie ihr unfreundlich den Rücken zuwandte, stellte sie es einfach auf der Arbeitsplatte ab.

»Hör mal«, versuchte sie ihre Pflegemutter zu besänftigen. »Ich weiß, dass du viel für den Laden tust, und dafür bin ich dir auch sehr dankbar, aber ich habe allein in dieser Woche auch schon wieder mehr als vier Stunden an der Buchhaltung gesessen. Den ganzen Kram mache ich noch neben meinem Fulltimejob.«

»Ach, und dafür möchtest du jetzt gelobt werden?« Connie drehte sich um und stemmte die Hände in die Hüften. »Wie schon gesagt, es ist dein Geschäft, also überleg, was du damit machen willst. Astrid hat übrigens angefragt, ob sie wöchentlich ein paar Stunden mehr arbeiten kann. Da ich gern etwas abgeben würde, denke ich nicht, dass das ein Problem sein sollte.« Damit wandte sie sich wieder der Spülmaschine zu.

Ella wusste, dass es wenig sinnvoll war, das Gespräch fortzusetzen, darum schloss sie kurz die Augen und atmete tief durch.

»Okay«, meinte sie schließlich, »ich werde mich darum kümmern. Bleibt es bei Samstagabend?«

»Bevor du nicht vernünftig mit dir reden lässt, verschieben wir das Treffen lieber«, sagte Connie mit bestimmter Stimme.

Ella verdrehte die Augen. Nun gut, dann eben nicht. »Ich melde mich«, meinte sie.

»Tu das«, antwortete Connie spitz, ohne sich noch einmal umzudrehen.

Ella zuckte mit den Schultern und verließ das Haus. Sie kannte diese Art von Streitereien zur Genüge. Wenn nicht alles so lief, wie ihre Pflegemutter es wollte, war es schwierig, einen Kompromiss zu finden. Schwierig, doch nicht unmöglich. Sie würde sie einfach ein bisschen schmoren lassen. Nur das ungute Gefühl in Ellas Magen sprach dagegen. Tief im Inneren tat es ihr weh, Connie zu enttäuschen – immerhin war sie ihre Pflegemutter und hatte einen festen Platz in ihrem Herzen. Aber Ella konnte einfach nicht anders. Das Leben, das Connie sich für sie wünschte, würde sie kreuzunglücklich machen, das wusste sie. Und auch wenn es ihr in der Seele wehtat, mit Connie darüber Mal für Mal aneinanderzugeraten, hatte sie einfach keine Ahnung, was sie anderes tun sollte, als zu hoffen, dass Connie dies irgendwann einsah.

Dass sie selbst nicht von diesem Gedanken überzeugt war, machte ihr das immer stärker werdende Grummeln in ihrer Magengegend deutlich, als sie wieder im Auto saß. Sie wusste, dass sie egoistisch war und dringend über die Zukunft des Modehauses nachdenken musste.

Nachdem sie bis zum späten Nachmittag noch über den Arbeitsplänen der Forstwirte gebrütet hatte, nahm sie Paula mit hinaus zur Koppel, damit sie die Pferde kennenlernen konnte. Zuerst ließ sie sie in Ruhe schnüffeln, damit sie all die neuen Gerüche in sich aufnehmen konnte. Angst kannte die Hündin keine, schließlich kannte sie die großen Vierbeiner bereits seit ihrer Welpenzeit. Trotzdem war es wichtig, dass die Pferde und Paula gut harmonierten, denn nur dann konnte sie die Hündin auf zukünftigen Ausritten mitnehmen. Zuerst kam Hazel zu ihnen hinüber, streckte neugierig den Kopf über das Gatter und beäugte ihren neuen Gast, während Paula den Kopf hob und ausgiebig an Hazels Maul schnüffelte. Dass sie dabei aufgeregt mit dem Schwanz wedelte, war genau die Reaktion, die sich Ella gewünscht hatte. Auch beim anschließenden Besuch bei Alvar, Annes Wallach, gab es eine ähnliche Reaktion. Die erste Chemie stimmte schon mal bei beiden Pferden, das war prima. Da Anne sie gebeten hatte, sich heute um Alvar zu kümmern, nahm sie den Wallach am Halfter und führte ihn in den Stall, um ihn zu satteln. Der anschließende Ritt durch die Wiesen, hinüber nach Neßmersiel und wieder zurück, bestätigte, dass Hund und Pferd keinerlei Berührungsängste hatten. Während Alvar gutmütig die Wege entlangschritt, erfreute sich Paula an den aufregenden Gerüchen der unbekannten Umgebung. Die besten Voraussetzungen, um den Ausritt in vollen Zügen zu genießen.

Erst am späten Nachmittag war sie wieder zurück auf dem Hof. Angenehme Temperaturen und ein frischer Wind vom Meer hatten ihrem Ausflug noch das Sahnehäubchen verliehen. Gut gelaunt versorgte sie Alvar und dachte zum wiederholten Mal darüber nach, ob es nicht doch eine Möglichkeit für sie gab, ein eigenes Pferd zu besitzen. Aber wie jedes Mal kam sie auch heute schweren Herzens zu dem Schluss, dass sie keinem Tier die ewigen Stallwechsel zumuten wollte.

Gedankenverloren schloss sie die Boxentür und brachte anschließend Sattel und Zaumzeug zurück in die Sattelkammer. Wie ein Blitz schoss es ihr durch den Kopf, dass es doch eine ganz einfache Lösung gab: Sie müsste sich nur irgendwo niederlassen. Sofort scheuchte sie den Gedanken zurück in die Ecke, aus der er gekommen war. Damit wollte sie sich gar nicht erst beschäftigen. Dieses Thema war schon seit Jahren gegessen. Es machte ihr Spaß, die unterschiedlichen Reviere kennenzulernen, sich immer neuen Aufgaben zu stellen. Und es gab keinen Grund, etwas daran zu ändern.

»Das kannst du ruhig auch ordentlich aufhängen«, erklang plötzlich eine brummige Stimme hinter ihr.

Erschrocken wandte sie sich um. Clemens stand im Türrahmen der Sattelkammer und runzelte missbilligend die Stirn.

»Wie bitte?«, fragte Ella verwirrt.

»Das Zaumzeug. Häng es bitte ordentlich zurück, wenn du es benutzt hast.«

Völlig konsterniert starrte sie Clemens hinterher, der sich ohne ein weiteres Wort umdrehte und den Stall verließ. Erst Sekunden später drehte sie sich wieder zum Zaumzeug um, das ordentlich über dem Haken hing. Okay, vielleicht könnte sie es ein wenig tiefer auf den Haken schieben, damit auch nicht die geringste Gefahr bestand, dass es jemand beim Vorbeigehen herunterreißen konnte. Allerdings war das mehr ein kosmetischer denn notwendiger Akt der Verbesserung.

Immer noch fassungslos kehrte sie mit Paula ins Ferienhaus zurück. Sie hatte keine Ahnung, weshalb Clemens Niehus so schlecht auf sie zu sprechen war, aber irgendetwas an ihr schien ihn heftig zu ärgern. Sie duschte Paula die Pfoten und trocknete sie mit dem Hundehandtuch ab, ehe sie ihr in der Küche das Trockenfutter in den Napf füllte. Ihre Stimmung schrie nach einem guten Abendessen. Und nach Musik. Vor allem nach Musik. Sie entschied sich rasch für *It's Time*, einem Album von Michael Bublé. Was hatte sie für ihn geschwärmt, als sie noch ein Teenie war. Beim Gedanken daran musste sie unwillkürlich grinsen. In dieser Zeit war die Liebe noch kein Problem gewesen. Sie war intensiv, voller leidenschaftlicher Seufzer und doch absolut ungefährlich, weil unerreichbar.

Das Bild von Clemens Niehus, das unvermittelt vor ihrem geistigen Auge auftauchte, schob sie ebenso schnell wieder beiseite. Sie drehte die Musik lauter und swingte zu den Tönen von *Feeling Good* zurück in den Küchenbereich, um nachzuschauen, was sie alles für ein leckeres, schnelles Essen dahatte. Im Kühlschrank fand sie geräucherten Speck, Emmentaler, Eier und Sahne. Ein Nudelauflauf wäre eine feine Sache. Sie hätte sogar noch frischen Feldsalat, den sie mit einer Balsamico-Vinaigrette und kandierten Walnüssen anrichten könnte.

Sie setzte einen Topf mit Wasser auf und sang lauthals mit. Aus dem Schrank nahm sie eine Packung Penne und gab sie komplett in den Topf. Sie würde die größere Auflaufform füllen, dann hätte sie gleich genug für morgen. Den geräucherten Speck schnitt sie in Würfel und gab ihn in eine Pfanne. Sofort erfüllten würzige Röstaromen den Raum. Ella lief das Wasser im Mund zusammen. Sie stellte die Flamme auf klein und rieb den Emmentaler, wendete den Speck und mischte Käse mit Eiern und Sahne.

Inzwischen waren die Nudeln gar, der Speck gebräunt und knusprig. Sie goss die Nudeln ab und vermischte sie mit dem Speck, gab alles in die gebutterte Auflaufform und goss die Käsesoße darüber. Jetzt nur noch überbacken und fertig. Voller Vorfreude stellte sie die Küchenuhr.

Michael Bublé sang mittlerweile davon, dass er nach Hause wollte. Dass er sich einsam fühlte, auch wenn er von Millionen von Menschen umgeben war. Ein Lied, das ihr schon immer zu Herzen gegangen war. Weniger wegen des Heimwehs als wegen der Einsamkeit. Eigentlich war sie gern allein, aber sie spürte zunehmend, dass ihr etwas fehlte. Wie meinte der alte Goethe noch? Beständigkeit und Veränderung sollten im Leben in der Balance sein. Daran müsste sie arbeiten. Weniger an der Beständigkeit, vielleicht war es Zeit, etwas zu ändern?

Puh. Ella schnaubte. Genug nachgedacht für heute. Sie freute sich bereits auf den luftigen Nudelauflauf. Dazu würde sie sich einen gekühlten Weißwein gönnen und anschließend einen spannenden Thriller ansehen. Ein perfekter Abend.

Sie tat Zucker in eine kleine Pfanne, wartete, bis er schmolz, und gab die gehackten Walnüsse dazu. Gerade als sie diese vom Herd nahm, klingelte es an der Tür.

Besuch? Ella lächelte, während sie hinüber zur Haustür ging. Sie konnte fast die Uhr danach stellen, wann der kleine Mats bei ihr schellte. Auch Paula ahnte, wer der Besucher war, denn sie lief schwanzwedelnd voraus.

»Hallo, Ella«, begrüßte Mats sie und strahlte sie an, sowie sie die Tür öffnete. »Hast du Kekse?«

Ella lachte. »Ich habe immer Kekse, komm rein.«

Obwohl Paulas Schnauze locker sein Gesicht erreichen könnte, zeigte Mats keine Angst, sondern streichelte der Hündin übers Fell, was sich diese geduldig gefallen ließ.

»Bei dir riecht es wieder gut«, erklärte Mats, während er ihr mit Paula in die Küche folgte. »Machst du Pizza?«

»Nein, Nudelauflauf. Magst du das?«

»Mit Nudeln?«

Ella wuschelte ihm durchs Haar. »Ja, mit ganz vielen Nudeln.«

»Das mag ich. Aber noch lieber hätte ich einen Keks.«

»Sollst du haben.« Sie griff nach der Blechdose und nahm zwei Schokosplitterkekse heraus. »Bitte schön.«

»Danke. Mmh, lecker Schoko«, nuschelte er mit vollem Mund.

Noch bevor sie den Auflauf aus dem Ofen nehmen konnte,

klingelte es erneut. »Hier geht es ja zu wie auf dem Bahnhof«, murmelte sie vor sich hin.

Sie stellte den Ofen aus, den Auflauf auf den Herd und lief erneut zur Tür. Dieses Mal stand Clemens davor.

»'n Abend«, grüßte er knapp. »Ist Mats hier?«

»Ja, der isst gerade ein paar Kekse, komm doch rein.«

Unsicher, wie sie auf Clemens reagieren sollte, trat sie einen Schritt zurück und zog die Tür weiter auf, damit er hindurchgehen konnte. Ihr verräterisches Herz begann zu pochen, und die Knie wurden ihr weich. Also atmete sie kurz durch, konzentrierte sich auf die unmögliche Szene vorhin im Stall und folgte ihm in die Küche. Sie wusste auch nicht, woher es kam, dass dieser Mann sie immer so durcheinanderbrachte. Bei der permanent schlechten Laune, die sie offenbar bei ihm erzeugte, sollte sie wahrlich kein Problem mehr mit Distanz zu ihm haben. Aber offenbar waren da biochemische Abläufe im Gange, gegen die sie machtlos war.

»Entschuldige die Unordnung«, meinte sie, wobei sie einen Blick auf das Chaos auf der Arbeitsplatte warf. Wieder einmal wünschte sie sich, dass sie beim Kochen genauso strukturiert wie beim Backen wäre.

»Kein Problem, wir halten dich auch nicht lange auf. Ich wollte nur meinen Sohn wieder einsammeln.«

»Nein!«, verkündete Mats kategorisch. »Ich will bei Ella und Paula essen.«

Als wollte Paula ihm zustimmen, schaute sie ihn an und wedelte mit dem Schwanz.

»Wir können nicht bei Ella essen«, widersprach Clemens energisch. »Ich mache uns etwas, wenn wir gleich zu Hause sind.«

»Das schmeckt mir nicht«, meinte Mats und verzog das Gesicht.

»Dann gibt es eben Pizza«, lenkte Clemens ein.

»Du hast mir aber vorhin versprochen, dass ich mir aussuchen darf, was ich heute Abend essen will, und ich will Nudeln!«

»Dann mache ich dir Nudeln, aber wir können uns nicht einfach irgendwo zum Essen einladen.«

Inzwischen hatte sich bei Clemens wieder die tiefe Stirnfalte herausgebildet, und Ella bekam den Eindruck, dass es besser wäre, kurz einzugreifen, was ganz sicher nichts mit ihrem schnell klopfenden Herzen zu tun hatte. »Von mir aus könnt ihr gern mitessen, ich habe genug für uns drei.«

Herausfordernd schaute Mats seinen Vater an. »Siehst du.«

»Also gut«, gab sich Clemens nach einem kurzen Moment geschlagen und fuhr sich mit einer Hand durchs Haar. »Können wir noch irgendetwas helfen?«

»Setzt euch einfach an den Tisch, ist schon alles fertig.«

Ella nahm drei Teller, kleine Salatschalen und Besteck heraus und brachte es zu ihnen hinüber.

»Lass nur, ich verteile das schon«, sagte Clemens. Die ganze Situation schien ihm wirklich unangenehm.

»Danke. Was möchtet ihr trinken?«, wollte Ella wissen.

»Hast du Limo?«, fragte Mats und setzte sich auf einen Stuhl.

»Nein, aber Apfelsaft.«

Als Mats nickte, wandte sie sich an Clemens. »Und du? Auch ein Glas Weißwein? Ich wollte mir gerade einen aufmachen.«

»Sicher. Gern. Danke.«

Wow, schoss es Ella durch den Kopf, als sie hinüber in die Küchenecke ging, um den Wein zu öffnen, so viele Worte aus seinem Mund.

Nachdem alles auf dem Tisch stand und Paula es sich zu Mats' Füßen bequem gemacht hatte, setzte auch Ella sich dazu und wünschte einen guten Appetit.

»Ebenso«, murmelte Clemens. Dann schaute er sie an. »Vielen Dank für die Einladung«, sagte er etwas freundlicher.

Mats schien für irgendwelche Formalitäten keinen Sinn zu haben, er begann lebhaft zu erzählen: »Eric hat im Kindergarten gesagt, er musste Würmer essen.«

»Da hat sich Eric sicher nur eine tolle Geschichte ausgedacht, er musste sicher keine Würmer essen«, antwortete Clemens sanft.

»Doch, Papa! Der hat ganz wirklich Würmer gegessen!«, beharrte Mats. »Auf der Pizza. Die hat sein Papa selbst gemacht, der kann nämlich richtig gut kochen.«

Ella grinste vor sich hin. Offensichtlich gehörte Kochen nicht zu Clemens' Stärken.

»Das waren Würmer aus Fisch, aber keine Krabben!«, fuhr Mats fort. »Eric hat gesagt, die waren zuerst ganz eklig schwarz und hatten einen dicken Kopf, aber nachher waren die ganz rot und haben richtig gut geschmeckt.«

»Rote Würmer also, ja?«, fragte Clemens.

Mats steckte sich eine Gabel voll Auflauf in den Mund und nickte.

»Diese Würmer nennt man Garnelen. Soll ich dir auch mal welche machen?«, fragte Ella belustigt.

»Kannst du das?«, wollte Mats von ihr wissen.

»Ich denke schon, dass ich das hinkriege.«

»Kannst du auch Tomatensoße? Papas ist wieder angebrannt. Das hat so gestunken.« Theatralisch hielt er sich die Nase zu.

»Ich habe mich bemüht, und das ist doch das Wesentliche«, wandte Clemens gespielt ernst ein. Er schien ein wenig aufzutauen. Raue Schale, weicher Kern? Ella musste aufpassen, nicht sehnsüchtig zu seufzen, und konzentrierte sich auf ein kleines Blättchen Feldsalat.

»Bemühen ist wichtig.« Mats nickte ernsthaft. »Aber dann ist sie dir angebrannt«, fügte er hinzu und schob sich eine weitere Gabel voll Auflauf in den Mund.

»Wie immer«, meinte Clemens und erstach nun seinerseits die zarten Blätter des Feldsalats ruppig mit seiner Gabel.

»Du musst nicht traurig sein, Papa. Ich mag auch Ketchup.«

»Ich auch.« Clemens hob den Kopf und grinste seinen Sohn an.

Ella spürte, wie ihr das Herz aufging. Die beiden schienen einander wirklich gernzuhaben, und tatsächlich schälte sich bei Clemens langsam ein weicher Kern heraus.

Der räusperte sich und wandte sich nun an Ella. »Nochmals herzlichen Dank für die Einladung, es schmeckt wirklich sehr lecker.«

Perplex über Lob in ihre Richtung, ließ Ella die Gabel sinken. »Gern geschehen.«

»Wie klappt es eigentlich mit den Pferden und Paula?«, erkundigte sich nun Clemens. »Ich habe gesehen, dass du vorhin mit ihr an der Koppel warst.«

Er hatte sie gesehen? Das hatte sie gar nicht mitbekommen.

»Das läuft sehr gut. Paula ist ja an Pferde gewöhnt, deshalb hatte ich mir da nicht so große Sorgen gemacht, aber man weiß ja nie. Von daher war ich froh, wie friedlich sie und Alvar während des Ausritts miteinander umgegangen sind.«

»Das vorhin im Stall tut mir leid.«

Jetzt fiel Ella die Gabel beinahe aus der Hand. Auch wenn

er dermaßen genuschelt hatte, dass sie ihn kaum verstand, hatte er sich tatsächlich bei ihr entschuldigt.

»Manchmal kann ich ein richtiger Stinkstiefel sein«, fuhr er fort, ehe sie seine Entschuldigung annehmen konnte. »Ich hatte mich über einen Lieferanten geärgert und diesen Ärger dann an dir ausgelassen. Das war nicht fair.«

Er schaute sie dermaßen zerknirscht an, dass Ella sich kaum noch darauf besinnen konnte, weshalb sie sich über ihn geärgert hatte.

»Okay«, antwortete sie daher vage.

Clemens schenkte ihr ein kleines Lächeln und erzählte ihr anschließend sichtlich entspannt noch einiges über die unterschiedlichen Charaktere der Pferde. Und wenngleich es kaum mehr als oberflächlicher Small Talk war, freute sich Ella, dass nun kein belastendes Schweigen mehr zwischen ihnen herrschte. Als Mats irgendwann anfing, herzhaft zu gähnen, mahnte Clemens zum Aufbruch, worauf der Knirps dieses Mal ohne Widerworte einging.

Nachdem die beiden aufgebrochen waren, lehnte sich Ella nachdenklich an den Rahmen der Wohnzimmertür und betrachtete den voll geräumten Esstisch. Nie wäre sie auf die Idee gekommen, heute gemeinsam mit Clemens und Mats zu Abend zu essen, und wenn sie ehrlich sich selbst gegenüber war, musste sie sich eingestehen, dass sie es sehr genossen hatte. Vor allem mit einer Entschuldigung seinerseits hatte sie überhaupt nicht gerechnet. Obwohl keine tiefgründigen Gespräche geführt worden waren, hatte sie doch gespürt, dass zwischen ihm und Mats ein enges Band bestand. Es schien tatsächlich so, als habe der wortkarge, oft schroffe Eventmanager auch einige nette Seiten. Weshalb aber machte er dann seine Exfrau dermaßen schlecht? Immerhin war sie die Mutter seines Sohnes.

Fragen über Fragen, die sie allein nicht lösen konnte und eigentlich auch gar nicht lösen wollte, denn schließlich war sie an keiner tieferen Beziehung zu Clemens interessiert.

Sagte zumindest ihr Kopf. Ihr Bauch sprach da eine ganz andere Sprache.

Kapitel 6

Den Samstagmorgen verbrachte Ella wieder mit Buchführungsarbeiten für den Modeladen. Nachdem sie das Programm geschlossen hatte, überlegte sie, im Internet nach einem Makler zu suchen, der sie dabei unterstützte, einen neuen Mieter zu finden. Aber dann kam ihr die Idee, dass sie einfach Levke fragen konnte, wenn sie sie das nächste Mal sah. Beschwingt, weil sie eine gute Lösung ihres Problems vor Augen hatte, schloss sie den Laptop und stand auf, reckte und streckte sich und überlegte, was sie als Nächstes machen wollte. Da sie den langen Spaziergang mit Paula bereits erledigt hatte, würde sie jetzt erst einmal eine kurze Mittagsrunde mit ihr drehen und sich anschließend mit ihrem Strickzeug und einem guten Buch an den Strand setzen. Draußen waren gut zwanzig Grad, und nur eine leichte Brise wehte vom Meer, optimale Bedingungen für einen gemütlichen Strandnachmittag. Vielleicht würde sie auch den neuen Krimi von Denzil Meyrick mitnehmen und sich von ihm an die schottische Küste entführen lassen. Es gab doch kaum etwas Schöneres, als in einem Buch zu schmökern, wenn um einen herum nur Möwen und das Rauschen der Brandung zu hören waren, zumal es der authentische Background für ihre Lektüre wäre.

Rund um die Scheune herrschte bereits großer Betrieb. So wie es aussah, wurde hier heute eine Hochzeit gefeiert, denn um die hohen Rundbögen der französischen Flügeltüren schlängelten sich Blumengirlanden aus weißen und rosafarbenen Ranunkeln, und am Scheitelpunkt der Eingangstür prangten zusätzlich zwei ineinanderverschlungene goldene Herzen. Ein bisschen kitschig vielleicht, aber die Blumen waren wunderschön.

Gerade als sie den Hof verlassen wollte, hörte sie jemanden ihren Namen rufen. Sie blieb stehen und wandte sich um, als Anne auch schon auf sie zugestürmt kam. »Hallo, Ella, hast du einen Moment für mich?«

»Klar. Was ist los?«

»Alarmstufe Rot. Mir fehlen drei Servicekräfte für die Hochzeit. Alle drei haben eine heftige Lebensmittelvergiftung, weil sie gestern meinten, der Fisch sei noch gut, der bei einer von ihnen im Kühlschrank lag. Da haben sie sich wohl vertan. Außerdem ist Thees, Clemens' bester Freund und unsere rechte und linke Hand, ausgerechnet heute bei einer privaten Familienfeier.«

»Das tut mir leid. Und was kann ich jetzt für dich tun?«

Annes Augen bekamen einen flehenden Blick. »Könntest du einspringen?«

»Einspringen?«, wiederholte Ella perplex.

»Ich weiß, wahrscheinlich hast du schon etwas Besseres vor, aber du würdest mir wirklich einen Riesengefallen tun. Ich habe mir schon die Finger wund telefoniert, aber wir haben Mai, Touristensaison und Hochzeitsmonat, ich kann so kurzfristig niemanden auftreiben. Bitte«, sagte sie. »Levke kommt auch, obwohl sie eigentlich mit ihrem Freund Ole zum Shoppen nach Emden wollte. Du weißt, dass das einen großen Verzicht für sie bedeutet.«

Ella lachte. »Du musst mich gar nicht überreden. Ich hatte nicht mehr vor, als gemütlich an den Strand zu gehen. Mit Levke gemeinsam Tabletts zu schleppen, hört sich deutlich lustiger an.«

Dass das Schleppen von Tabletts nicht unbedingt als lustig zu bezeichnen ist, merkte Ella spätestens drei Stunden später. Nachdem sie geduscht und ihr schwarzes Cocktailkleid angezogen hatte, blieb ihr kaum mehr Zeit für ein bisschen Lipgloss und Kajal, ehe sie schon in der Scheune sein sollte, um eingewiesen zu werden. Inzwischen war die Feier in vollem Gange, und sie spürte, wie sie langsam lange Arme bekam. Ihr Respekt vor den Servicekräften, die dieses Pensum tagein, tagaus zu bewältigen hatten, war enorm gewachsen. Es sah bei ihnen beinahe schwerelos aus, wenn sie die vollen Tabletts durch die Menge balancierten. Aber um es ihnen gleichzutun, musste Ella sich gut konzentrieren, vor allem wenn das Tablett mit filigranen Sektgläsern beladen war. Vom Gewicht der gefüllten Gläser ganz zu schweigen. Da Levke ebenso wenig geübt war wie sie selbst und zudem eine weitere Kraft fehlte, gab es kaum eine Möglichkeit, Pause zu machen. So viel war sicher: Heute Abend würde sie erstmals die Badewanne im Ferienhaus nutzen.

Doch trotz aller Beschwernisse machte ihr die Arbeit Freude. Um sie herum herrschte eine ausgelassene Stimmung. Das Brautpaar, das an einem der runden Tische saß, die verteilt in der einen Hälfte der Scheune standen, wurde alle paar Minuten lautstark aufgefordert, einander zu küssen, was mit einem allgemeinen Toast und weiterem Getränkenachschub einherging. Mittlerweile hatten bereits alle dem Alkohol gut zugesprochen, obwohl es erst früher Abend war. Aber da entlang der Fenster zum Hof das Buffet aufgebaut wurde, schien es nicht mehr allzu lange, ehe das Essen serviert wurde, damit die Gäste eine gute Grundlage für den weiteren Abend kriegten.

Ella stand an der Bar, die rechts vom Eingang der Scheune eingebaut war, und wartete auf eine Fuhre Softdrinks, die sie unter den jüngeren Gästen verteilen sollte. Ihr Blick wanderte hinauf zum Dach, wo das alte Gebälk zu sehen war, das dem großen Saal eine heimelige Atmosphäre verlieh. Bis auf die eine Wand, hinter der die Waschräume lagen, waren die anderen Wände mit Backsteinen verkleidet. Davon hoben sich die großen Rundbogenfenster und die zweiflügligen Türen mit den weißen Sprossen kontrastreich ab und verteilten das Sonnenlicht im Raum. Ein idealer Ort für eine festliche Veranstaltung. Ella bewunderte Annes Blumenarrangements, die die Tische zierten. Hier hatte sie kunstvoll weiße und rosafarbene Ranunkeln mit weißen Blütenzweigen des Spierstrauchs kombiniert, was der Atmosphäre einen eleganten Touch verlieh. Die Stühle waren mit weißen Hussen bezogen, und den Boden bedeckten große Terrakottafliesen. Die Reste der Hochzeitstorte zeugten von einem Kunstwerk aus weißer Fondantspitze, über die Ella am liebsten mit dem Finger gefahren wäre, um den Feinheiten nachzuspüren. An der mit rauem weißem Putz belegten Wand hingen großformatige Schwarz-Weiß-Fotos, auf denen Wahrzeichen bekannter europäischer Städte zu sehen waren. Neben der Spanischen Treppe prangte die Sagrada Família aus Barcelona, die wiederum von Schloss Sanssouci flankiert wurde. Alles in allem eine Wohltat für die Augen.

Dann fiel ihr Blick auf das Brautpaar, das eben wieder durch die Tür kam. Sie in einem fließenden Kleid aus weißer Seide und zarter Spitze, das mit den filigranen Trägern und den Blumen im Haar lässig und gleichzeitig wunderschön aussah. Der Bräutigam, der über das ganze Gesicht strahlte und seine Braut nicht einen Moment aus den Augen ließ, trug eine schwarze Smokinghose zu einem weißen Stehkragenhemd und schwarz-weißen Hosenträgern. Die beiden schienen das Fest im Kreise ihrer Freunde in vollen Zügen zu genießen, und Ella verspürte einen leichten Stich. Nicht dass sie dem Paar diesen glücklichen Tag neidete, aber ihr wurde mehr als deutlich, dass sie nicht Teil solch eines Gefüges war.

Nachdenklich griff sie nach dem Tablett, wandte sich um und machte einen Schritt nach vorn, als sie hart mit jemandem zusammenstieß. Die gefüllten Gläser zersprangen mit lautem Klirren auf dem Boden, und Wein, Saft und Cola spritzten in alle Richtungen.

Erschrocken starrte sie auf Clemens, dessen weißes Hemd und sein hellgrauer Anzug nasse Flecken in den unterschiedlichsten Farben zierten.

»Es tut mir leid«, stammelte sie.

Langsam richtete er seinen Blick auf sie, und die Falte zwischen seinen Augen bildete einen tiefen Graben. Sie konnte ihm ansehen, wie sehr er sich beherrschen musste, sie nicht anzufahren, aber er hielt sich zurück und ging stattdessen einfach an ihr vorbei, ließ sie inmitten der Scherben wie einen begossenen Pudel stehen.

Das war wieder der Clemens, wie sie ihn von der ersten Begegnung her kannte. Der Clemens, der sich so völlig von jenem unterschied, der erst vorgestern bei ihr zu Abend gegessen hatte. Sie wurde einfach nicht schlau aus ihm. Dann kehrte er schon mit einem Besen zurück und begann ohne ein weiteres Wort, die Scherben zusammenzufegen.

Sie wandte sich um, gab eine erneute Bestellung auf und zählte im Stillen bis zehn. Es war ein Missgeschick, das jedem hätte passieren können. Gut, sie war in Gedanken gewesen, als sie sich von der Theke wegbewegt hatte, aber nichtsdestotrotz war er in sie hineingerannt. Vielleicht sollte er sich zukünftig etwas vorsichtiger durch solch ein Getümmel bewegen.

Doch als hätte sie in den letzten Minuten nicht schon genug Kontakt mit ihm gehabt, stand er plötzlich wieder neben ihr.

»Gleich wird es erst richtig stressig. Wenn die Leute ihr Essen bekommen, verlangen alle gleichzeitig noch einmal nach Getränken. Meinst du, du kriegst das hin?«

Seine Zornesfalte war verschwunden, und sie hörte aus seiner Frage keinerlei Vorwurf heraus. Im Gegenteil. Es wirkte eher so, als wolle er gut Wetter machen.

Daher ging sie auf seinen lockeren Ton ein, bemüht, nicht nachtragend zu sein. »Klar. Wenn mir nicht wieder jemand in mein Tablett hereinrennt«, antwortete sie.

Clemens vollbrachte ein Lächeln, das ihr die Knie weich werden ließ.

»Ich werde mir Mühe geben, dieserart Zusammenstöße mit dir zu vermeiden.«

Damit drehte er sich um und ließ Ella völlig verdattert zurück. Was hatte er denn damit sagen wollen? fragte sie sich, während sie die Getränke unter die Leute brachte.

Dieser Typ kostete sie noch den letzten Nerv, wenngleich sie das überhaupt nicht negativ meinte.

Wie Clemens vorausgesagt hatte, wurde es nach Eröffnung des Buffets noch einmal hektisch. Aber anstatt weiter herumzumeckern, hatte Clemens sein Jackett an die Garderobe gehängt und balancierte nun ebenso Tabletts zu den Tischen wie sie selbst. Auch wenn ihr kaum Zeit zum Denken blieb, schaffte sie es doch, den einen oder anderen Blick zu ihm hinüberzuwerfen, und musste wieder einmal feststellen, wie charmant er sein konnte. Er scherzte und lachte völlig ungezwungen mit den Gästen, als wäre er einer von ihnen.

Als Anne um halb elf sagte, Levke und sie könnten Schluss machen, war sie immer noch verwirrt wegen Clemens' gegensätzlichen Verhaltens. Doch heute hatte sie keine Kraft mehr, um weiter darüber zu grübeln. Ihr Füße fühlten sich an wie aufgeblähte Pfannkuchen, und außerdem klebten die eingetrockneten Säfte auf ihrem Kleid, da keine Zeit gewesen war, sich zwischendurch umzuziehen. Jetzt freute sie sich auf die Badewanne.

Sie legte das Tablett zurück auf die Theke, verabschiedete sich von den beiden Barkeepern und wollte schon gehen, da griff Anne nach ihrem Arm. »Nicht so schnell. Erst einmal möchte ich mich noch ausgiebig bei euch bedanken.«

»Nicht nötig.« Ella zwang sich zu einem Lächeln. »Das habe ich gern gemacht.«

»Lasst uns draußen noch einen Absacker trinken, ich habe schon alles vorbereitet.« Ohne weiter auf Ellas Proteste einzugehen, verließ Anne die Scheune, und Ella folgte ihr widerstrebend.

Unter einer großen Kastanie am Rande des Gutshofs stand eine Gartenbank, auf der es sich Levke bereits bequem gemacht hatte. Die Schuhe ausgezogen, streckte sie die nackten Beine weit von sich, hatte den Kopf zurückgelegt und die Augen geschlossen.

»Du siehst genauso müde aus, wie ich mich fühle«, sagte Ella, als sie bei ihr ankam.

Sie setzte sich neben sie und zog ebenfalls ihre Schuhe aus. »Ooh«, seufzte sie. »Das tut so gut.«

»Ihr beiden wart wirklich klasse, nochmals ganz herzlichen Dank«, sagte Anne und reichte ihnen, obwohl sie sich heftig dagegen wehrten, jeweils einen Umschlag mit dem Geld, das sie ihnen unbedingt für ihre Hilfe geben wollte.

Danach griff sie nach zwei Cocktailgläsern, die sie auf einem Stehtisch neben der Bank abgestellt hatte. »Ich dachte, ein Hugo würde passen, für mich leider nur Zitronenlimo. Lasst uns anstoßen.«

Sie ließen die Gläser klingen und tranken einen großen Schluck.

»Ich habe keine Ahnung, wie du das jedes Wochenende durchstehst«, brachte Levke stöhnend hervor.

»Nicht nur jedes Wochenende. Am Mittwoch haben wir zum Beispiel eine Firmenfeier. Aber das ist alles Gewohnheit, auch wenn ich ehrlich zugeben muss, dass mir die Vorbereitungen mehr Spaß machen als der folgende Trubel. Wobei es sich natürlich gut anfühlt, die Lorbeeren zu ernten, wenn das Brautpaar ein rauschendes Fest gefeiert hat und nachts glückselig den Hof verlässt. Aber dafür ist heute Clemens zuständig, ich habe meinen Part erledigt und freue mich jetzt auch, wenn ich die Füße hochlegen kann.«

Ella spürte, wie das Zusammensein mit den beiden Frauen sie langsam entspannte. Der Hugo tat sicher sein Übriges, aber sie hatte Anne und Levke bereits ins Herz geschlossen und genoss die gemeinsamen Momente mit ihnen.

»Ich fand es gar nicht so schlecht«, hörte sie sich sagen. Und ja, wenn Clemens sich nicht wieder so widersprüchlich verhalten hätte, wäre es ein durchgehend schöner Abend gewesen. Trotz der müden Beine, des an ihr klebenden Kleides und der qualmenden Füße. Die Gäste waren alle in guter Stimmung, und dem Brautpaar strömte das Glück nach wie vor aus allen Poren. Es war wirklich ein rauschendes Fest und für die Feiernden noch nicht zu Ende. Für Clemens würde es wohl eine lange Nacht.

»Ich habe mir etwas überlegt«, meinte Anne und riss sie aus ihren Gedanken. »Was haltet ihr von einem gemeinsamen Ausritt? Am Dienstag? Gleich in der Früh, sagen wir um sieben? Dann könnten wir am Strand entlangreiten, ohne gestört zu werden.« Anne schaute sie erwartungsvoll an.

»Schöne Idee«, antwortete Ella. »Ich schaue in meinen Kalender, ob ich Dienstag etwas später anfangen kann.«

»Um die Zeit kann ich auch«, stimmte Levke nach einem Blick in ihren Terminkalender auf dem Handy zu. »Ich habe Dienstag erst um zehn Uhr einen Termin in Norden, das müsste also klappen.«

Ungeachtet des zwischenzeitlichen Unmuts lag Ella eine gute Stunde später zufrieden in ihrem Bett. Es hatte Spaß gemacht, heute ein Teil des Veranstaltungsteams zu sein, und der anstehende Ausritt am folgenden Dienstag versprach lustig zu werden. Anne und Levke waren offen und unkompliziert, und sie freute sich schon darauf, die beiden noch besser kennenzulernen und mehr Zeit mit ihnen zu verbringen.

Kapitel 7

Sie waren schon gegen sieben Uhr am Morgen mit den Pferden aufgebrochen, um am Wasser entlang in Richtung Norddeich zu reiten. Auch wenn sie sonst gern allein unterwegs war, genoss sie auch diesen Ausritt mit Anne und Levke in vollen Zügen, denn der Strand war zu dieser Tageszeit noch menschenleer und schien mit seiner atemberaubenden Schönheit nur auf sie gewartet zu haben.

Zu Beginn ritten sie schweigend hintereinander her, jede ihren eigenen Gedanken nachhängend. Wobei Ella weniger nachdachte, sondern sich einfach nur an der Natur erfreute, die sie umgab, und den Blick über das graugrüne Meer schweifen ließ, dessen heranrollende Wellen das satte Stampfen der Pferdehufe mit ihrem rhythmischen Rauschen untermalten. Die Flut hatte ihren höchsten Stand erreicht, sodass sie sich schon darauf freute, auf dem Rückweg einen kleinen bewundernden Blick auf das Watt werfen zu können.

Im Laufe der Zeit begannen Anne und Levke sich miteinander zu unterhalten und bezogen Ella wie selbstverständlich in ihre Gespräche mit ein. So lachten sie gemeinsam über lustige Anekdoten von Annes Kindern oder Levkes teils sehr spleenigen Kunden. Auch Ella hatte einige Geschichten beizutragen, die vor allem von Erlebnissen mit Paula aus dem Wald handelten. Es herrschte eine lockere Atmosphäre, in der sich Ella zu keinem Zeitpunkt wie eine Außenstehende fühlte.

Nach einer Pause auf halber Strecke, in der sie sich in aller Ruhe die Sandwiches schmecken ließen, die Femke ihnen liebevoll zubereitet hatte, beobachteten sie eine Herde Schafe, die gemächlich auf dem Deich grasten, und diskutierten das Pro und Kontra einer Hausgeburt. Ohne zu einem Ergebnis gekommen zu sein, ritten sie schließlich zurück. Der Aufenthalt in der Natur hatte schon immer entschleunigend auf Ella gewirkt, doch ganz besonders faszinierte sie auch heute wieder der Blick über das Watt, die Vorstellung darüber, dass es Flora und Fauna gab, die von genau diesen Zyklen abhängig waren und hier sorgsam geachtet wurden. Wo sich eben noch Wellen auf das Ufer zubewegten, zeigten sich mehr und mehr Sand und Schlick. Die Unebenheiten des aufgedeckten Meeresgrunds wirkten vom Pferderücken gesehen geradezu meditativ auf sie, und sie konnte sich gar nicht daran sattsehen.

Völlig erfüllt von ihren Eindrücken kehrte sie mit den anderen auf den Hof zurück, wo sie absaßen und die Pferde am Putzplatz vor dem Stall anbanden.

»Weißt du, was mir aufgefallen ist, Ella?«, fragte Anne und griff nach dem Wasserschlauch.

»Was?« Ella trat einen Schritt zurück, da Anne den Schlauch öffnete und anfing, die Hufe und Beine der Pferde abzuspritzen.

»Dass Mats ganz schön oft bei dir ist.«

»Stimmt«, sagte Ella lachend. »In den letzten Tagen hatte ich ganz schön oft Herrenbesuch. Ich habe mich schon richtig dran gewöhnt, dass der Knirps jeden Abend klingelt.«

»Und das ist es, was mich wundert. Mats ist nämlich eher schüchtern. Er kümmert sich eigentlich überhaupt nicht um unsere Gäste.«

»Oh, dann fühle ich mich umso mehr geschmeichelt. Ich mag es, dass er Zeit mit mir verbringen will. Er ist so herzerfrischend ehrlich.«

»Oh ja!« Levke trat neben sie und zog die Mundwinkel nach unten. »Erst neulich hat er mir gesagt, dass meine neue Jacke von *Golden Goose* hässlich wäre. Dabei hatte ich mich so gut gestylt gefühlt, als ich das Haus verlassen habe.«

Ella und Anne lachten. Levke trug entweder klassisch-elegante oder trendige Klamotten, aber immer stilsicher und mit einem gewissen Chic. Connie hätte ihre wahre Freude an ihr, doch ein kleiner Junge hatte halt seinen eigenen Geschmack.

»Schüchtern kommt Mats mir überhaupt nicht vor«, nahm Ella den Gesprächsfaden wieder auf. »Okay, er war es ein wenig, als wir uns zum ersten Mal getroffen haben, aber inzwischen steht sein Schnabel nicht mehr still, wenn er bei mir ist.«

»Mats hat es nicht einfach«, meinte Anne nachdenklich.

Ella schwieg und musste sofort an Clemens denken. Vielleicht wollte Anne ja andeuten, dass Clemens nicht immer wusste, wie er mit seinem Sohn am besten umging, auch wenn es beim gemeinsamen Abendessen anders ausgesehen hatte. Sie überlegte, ob sie ansprechen sollte, was Mats ihr zu Anfang erzählt hatte, doch da sprach Anne bereits weiter.

»Clemens und Valerie haben sich vor knapp vier Jahren getrennt. Da war Mats vier Monate alt.«

»Das ist sicher nicht leicht für den Kleinen«, stimmte Ella zu. Dann fasste sie sich ein Herz. »Ich weiß, es geht mich überhaupt nichts an, aber stimmt mein Eindruck, dass es eine hässliche Trennung war?«

Anne und Levke sahen sie erstaunt an. »Wie meinst du das?«, wollte Levke wissen.

Unschlüssig zuckte Ella mit den Schultern. »Ähm, tja«, druckste sie herum. »Es scheint, als wäre Clemens noch immer sauer auf seine Ex und findet deshalb vielleicht nicht ganz die richtigen Worte Mats gegenüber.«

Anne machte große Augen. »Wie kommst du denn darauf?«

Ella löste den Sattelgurt und pustete sich die verschwitzten Haare aus der Stirn, um Zeit zu gewinnen. Die Situation war ihr höchst peinlich, schließlich wollte sie Clemens nicht vor seiner Schwester schlechtmachen. Aber nun hatte sie das Fass aufgemacht, jetzt musste sie da durch.

»Mats hat mir erzählt, seine Mama mag ihn nicht«, stieß sie schließlich hervor. »Das kann er doch bloß von Clemens haben.«

Anne verzog die Mundwinkel. »Da irrst du dich aber gewaltig. Valerie hat kein Problem damit, Mats solche Dinge selbst an den Kopf zu werfen.«

Perplex blieb Ella stehen. »Seine eigene Mutter hat das zu ihm gesagt?«

»Valerie ist die egozentrischste Zicke, die ich kenne«, zischte Levke.

Anne nickte, nahm Alvar den Sattel ab und machte sich gemeinsam mit Ella und Levke auf den Weg zur Sattelkammer. »Eigentlich stand die Beziehung zwischen Valerie und Clemens von Beginn an unter einem schlechten Stern. Mutter und ich konnten sie nie besonders gut leiden, doch Clemens war bis über beide Ohren in sie verliebt.«

Ella hob Hazels Sattel auf den Ständer, hängte die Trense daneben und schaute zu Anne hinüber, die mit den Schultern zuckte.

»Was willst du da machen?«, fragte Levke, die Dagoberts Sattel ebenfalls auf einen Ständer legte. »Blind vor Liebe und ohne ein offenes Ohr für die Bedenken seiner Freunde. Da konnte man sich jegliche Spucke sparen.«

»Valerie ist absolut fanatisch, wenn es um Pferde und ums

Reiten geht. Geld war für sie nie ein Problem. Einziges Kind vermögender Eltern«, fügte sie erklärend hinzu. »Jedes Pferd war wieder besser als ihr bisheriges und wurde gekauft. Der teuerste Anhänger, das neuste Auto, die trendigsten Klamotten. Für Valerie ist das Beste gerade gut genug.«

Schweigend liefen sie zurück zum Putzplatz. Ella spürte die Wut, die in Anne kochte, und auch Levkes Gesichtsausdruck sprach Bände.

Während sie den Pferden die Abschwitzdecken überwarfen, brach Anne schließlich das bedrückende Schweigen. »Du hast ja schon mitbekommen, dass wir den Hof erst seit fünf Jahren haben. Ein entfernter Onkel meiner Mutter hat ihn ihr hinterlassen. Als wir hierherzogen, ging es rasant bergab zwischen Clemens und Valerie. Natürlich war die Ausstattung nicht vom Feinsten, und es gab viele dreckige Arbeiten zu verrichten. Wir haben den kompletten Hof renoviert, und die ganze Familie hat mitangepackt. Es stimmt, bei uns sitzt das Geld nicht so locker, aber das Geschäft läuft inzwischen richtig gut, und wir kommen Stück für Stück voran. Anstatt mit einzusteigen, zog Valerie von Turnier zu Turnier, reiste kreuz und quer durch die Welt und interessierte sich nur für ihre Pokale. Sie ist eine sehr erfolgreiche Springreiterin.«

Während sie Anne zuhörte, griff Ella nach dem Hufkratzer und begann Hazels Hufe auf Steine zu kontrollieren.

»Das verwöhnte Modepüppchen machte sich eben nicht gerne dreckig, geschweige denn, dass sie sich überhaupt um etwas anderes als ihre Pferde gekümmert hätte«, unterbrach Levke ihre Freundin.

Ella war froh, dass sie etwas zu tun hatte. So konnte sie das Gesagte erst einmal verdauen, denn solch eine Frau konnte sie sich an Clemens' Seite überhaupt nicht vorstellen. Er wirkte so bodenständig und trotz seiner oft brummigen Art andererseits auch offen, herzlich und zugewandt, zumindest anderen Menschen als ihr gegenüber. Gerade deshalb hatte ihr Mats' Aussage auch so schwer im Magen gelegen.

»Auf jeden Fall wurde Valerie schwanger«, erzählte Anne weiter, während sie sich um Alvars Hufe kümmerte. »Keine Ahnung, was sie sich dabei gedacht hatten, darüber hat Clemens nie gesprochen. In Valeries Lebensstil passte jedenfalls überhaupt kein Kind, was sie aber erst feststellte, als Mats schließlich da war. Sie war nicht bereit, ihr Leben in irgendeiner Weise einzuschränken, sodass Clemens nun nicht nur die Arbeit auf dem Hof hatte, sondern sich auch fast allein um den Säugling kümmern musste.«

Anne seufzte auf und schaute Ella an. »Langer Rede kurzer Sinn: Kurz darauf verließ Valerie den Hof und überließ Clemens Mats und das alleinige Sorgerecht. Sie sieht den Knirps vielleicht zweimal im Jahr, wenn sie einen Termin zwischen ihren Turnieren freischaufeln kann. Ja, es wird Valerie gewesen sein, die Mats offen erklärt hat, dass sie keine Kinder mag.«

»Ich weiß einfach nicht, was ich dazu sagen soll«, meinte Ella ehrlich betroffen. »Ich bin hin- und hergerissen zwischen Mitleid für Mats und Wut auf diese Valerie.« Sie stellte Hazels Hinterhuf ab und richtete sich auf.

»Jedenfalls kommt uns solch eine reiche Tussi nicht mehr hier auf den Hof«, verkündete Anne inbrünstig. »Clemens hat daraus gelernt und riecht Geld bereits zehn Meilen gegen den Wind.«

Levke lachte. »Letztes Frühjahr hatte sich hier so ein Liebchen eingemietet und dachte, sie könnte Clemens schöne Augen machen. Aber der hat sie eiskalt abblitzen lassen.«

Ella musste sich beherrschen, nicht das Gesicht zu verziehen. Das eiskalte Abblitzenlassen konnte sie sich nur zu gut vorstellen, schließlich hatte Clemens sie auch nicht so warmherzig empfangen wie seine Schwester. Aber er konnte doch gar nichts von ihrem Hintergrund wissen. Hätte er sie dann nicht darauf angesprochen? In Aurich wäre vielleicht jemand beim Namen Vanbrecht hellhörig geworden, aber hier oben an der Küste war es ein Name wie jeder andere auch. Nein, es musste einen anderen Grund für sein unfreundliches Verhalten geben, vielleicht würde sie ihn noch eines Tages erfahren.

Anne und Levke schienen ihre Betroffenheit nicht zu bemerken und führten ihre Pferde in den Stall. Ella folgte ihnen nachdenklich.

»Ich wäre dafür, wir wechseln jetzt mal das Thema. Genug von den alten Geschichten«, meinte Levke resolut.

Doch Ella schwirrte noch der Kopf von all den Informationen. Eigentlich hatte sie Levke fragen wollen, ob sie ihr bei der Neuvermietung der Wohnung behilflich wäre, aber das konnte sie sich jetzt abschminken. Wenn die Niehusens allergisch darauf reagierten, wenn Leute mit Geld auf den Hof kamen, war es ihr einfach unangenehm, das anzusprechen. Nicht dass sie bei anderen Aufenthalten damit hausieren ging, wen sollte das auch interessieren? Aber sie müsste bei Anne und Levke keine Überlegungen anstoßen, ob es eventuell irgendwelche Ähnlichkeiten zwischen ihr und der ungeliebten Valerie gäbe, bloß weil sie beide wohlhabend waren. Sie freute sich so sehr, mit den beiden neue Freundinnen gefunden zu haben, das würde sie nicht aufs Spiel setzen. Am besten setzte sie sich heute Nachmittag an ihren Laptop und stellte die Wohnungsanzeige einfach ins Internet. Sie führte Hazel in ihre Box, nahm ihr das Halfter ab und klopfte ihr noch einmal liebevoll den Hals, bevor sie zurück in die Stallgasse trat.

»Hast du Donnerstagabend schon etwas vor, Ella?«, riss

Levke sie aus ihren Gedanken.

»Nein«, antwortete Ella gefasst. »Warum?«

»Wir treffen uns alle in der Fischerkate in Norden, kennst du die? Das ist eine Musikkneipe.«

»Noch nie gehört, aber in Norden kenne ich mich auch nicht so gut aus.«

»Das ist in Norden seit Generationen eine Institution. Richtig schön urig und gemütlich, du wirst es mögen«, erklärte Anne.

»Donnerstagabend ist da Oldieparty«, fuhr Levke fort. »Pop und Rock aus den Siebzigern, Achtzigern und Neunzigern. Ein Freund von uns musste leider absagen, und so haben wir eine Karte übrig. Hast du Lust mitzukommen?«

Da musste Ella nicht lange überlegen. Ein bisschen Abwechslung mit netten Leuten kam ihr gerade recht. »Sehr gern«, stimmte sie von daher zu. »Wie viel Uhr?«

»Du kannst mit uns fahren«, bot Anne ihr an. »Wir wollten um acht los.«

Tanzen und ausgehen, dachte Ella fröhlich, das hatte sie lange nicht mehr getan. Außerdem müsste sie sich dann weder weitere Gedanken um Clemens machen noch darüber grübeln, warum Connie sich bisher noch nicht wieder bei ihr gemeldet hatte. Ganz offensichtlich war ihre übliche Taktik, einfach Abstand zu halten, bis Connie sich wieder beruhigt hatte, dieses Mal nicht aufgegangen.

Kapitel 8

Ella hatte sich wirklich auf den Abend gefreut, aber kaum dass sie zur vereinbarten Zeit zu Annes Auto ging, musste sie mit Schrecken feststellen, dass sie sich verrechnet hatte. Clemens, über den sie eigentlich nicht nachdenken wollte, wartete neben den anderen und schaute ihr entgegen. Sie hätte sich am liebsten in den Hintern getreten, wäre es nicht schwierig und gleichzeitig peinlich gewesen, das vor Augenzeugen zu tun. Wie viel Grips gehörte wohl dazu, im Vorfeld zu bedenken, dass Clemens mit zu Annes und Levkes Freundeskreis zählte? Zumindest mehr, als ihr offensichtlich zur Verfügung stand. Innerlich seufzte sie einmal tief auf, ehe sie die drei begrüßte.

»Schön, dass du dabei bist«, sagte Stefan, während er sich seine Nerdbrille auf der Nase zurechtschob. »So hat Clemens wenigstens auch jemanden zum Tanzen.«

Ella zuckte ebenso zusammen wie Stefan, dem Anne ihren Ellenbogen wenig zartfühlend zwischen die Rippen stieß. Als sie einen kurzen Blick zu Clemens hinüberwarf, wirkte dieser genauso wenig begeistert von der Bemerkung, wie sie vermutet hatte. Das würde ein langer Abend werden.

Zu allem Überfluss fuhren sie mit Annes kleinem Hybrid, und da Anne und Stefan vorn saßen, blieb ihr nur übrig, sich neben Clemens auf die Rückbank zu quetschen. So weit wie möglich rutschte sie an die Tür heran, darum bemüht, Clemens' Beine nicht mit ihren zu berühren. Neben ihm zu sitzen, verursachte solch ein starkes Kribbeln, dass sie fürchtete, dass die Funken stieben, sobald sie ihm noch näher kam. Das Gespräch zwischen Stefan und Clemens, das sich um eine neue Software zur Bewässerung von Pflanzen drehte, ging restlos an ihr vorbei. Sie strengte sich an, gleichmäßig zu atmen, und schaute scheinbar unbeteiligt aus dem Fenster. Wie konnte es sein, dass ein Mann, über den sie sich immer wieder ärgerte, ihre Hormone derart in Wallung brachte? Sie war erleichtert, als Anne den Wagen schließlich parkte, sie aussteigen konnte und sicher war, dass niemand ihr Herzklopfen wahrnahm.

In der Fischerkate schien die Zeit vor vierzig Jahren stehen geblieben zu sein. Möbel und Theke schimmerten in einem dunklen Braun, während die Lampen noch im typisch orangefarbenen Siebziger-Jahre-Look von der Decke baumelten. Die Wände, die in einem dunklen Orangeton gestrichen waren, verzierten Poster von vergangenen Rockkonzerten und etlichen Instrumenten, vom Banjo bis zur E-Gitarre.

Sie eroberten einen Stehtisch in der Nähe der Bar, und kurze Zeit später trank Ella einen ersten langen Schluck von ihrem Pils. Heute musste sie nicht mehr fahren, und sie brauchte dringend alkoholische Unterstützung, um diesen Abend hinter sich zu bringen. Glücklicherweise war Clemens gleich bei ein paar Leuten im vorderen Teil der Kneipe hängen geblieben, sodass ihr ein wenig Zeit zum Verschnaufen blieb.

»Schön hier, oder?«, fragte Anne und deutet mit dem Kopf auf ein Poster von Mick Jagger.

Ella nickte und schaute sich ein weiteres Mal um. »Wirklich urig und so richtig schön aus der Zeit gefallen.«

In diesem Moment stieß auch Levke mit ihrem Freund Ole zu ihnen, und es gab die obligatorische Begrüßungszeremonie. Ole sah mit seinem dichten dunklen Bart auf den ersten Blick wie ein Hipster aus, was allerdings so gar nicht zum Rest seiner eleganten Erscheinung passte. Trotz modischem Outfit mit rot meliertem Jackett zur hellgrauen Hose wirkte er in keiner Weise deplatziert. Als sich die beiden zur Runde gesellten, mussten sie enger am Tisch zusammenrücken, und plötzlich hatte sie wieder den Duft von Clemens' Aftershave in der Nase, da er sich zwischen sie und Ole stellte. Bereits während der Autofahrt hatte sie sich bremsen müssen, nicht immer wieder genussvoll einzuatmen, sondern sich stattdessen auf ihren galoppierenden Herzschlag zu konzentrieren, aber jetzt, mit dem ersten Glas Bier im Bauch, sah die Sache schon anders aus. Auch wenn Clemens eine absolute Tabuzone war, durfte sie doch ein wenig in Gefühlen schwelgen. Wie hieß es so schön? Die Gedanken sind frei. Und solange sie ihre Emotionen für sich behielt, tat sie niemandem weh.

Sie schielte kurz zu ihm hinüber. Die Wärme des Raums hatte ein gesundes Rot auf seine Wangen gezaubert, und sein Haar war wieder so zerzaust, dass sie am liebsten mit beiden Händen hindurchfahren würde. Ella seufzte und nippte bereits an ihrem zweiten Bier. Dieser Mann machte ihr nahezu tagtäglich deutlich, dass er sie nicht leiden konnte, und trotzdem fühlte sie sich wie sechzehn, sobald sie in seiner Nähe war.

Doch offenbar konnte ihr zurzeit niemand etwas recht machen. Hatte sie sich eben noch über zu viel Nähe beklagt, fühlte sie sich eine knappe halbe Stunde später einsam. Sie wusste selbst nicht, was mit ihr los war. Sie hatte sich so auf den Abend gefreut, und jetzt kam sie sich vor wie ein verschüchtertes Mauerblümchen. Anne und Levke tanzten mit ihren Partnern, und Clemens hatte sich an die Bar verkrümelt. So kannte sie sich gar nicht. Sonst war sie immer kontaktfreudig und Frau genug, um die Männer, die sie sympathisch fand, zum Tanzen aufzufordern oder sich an den Tischgesprächen zu beteiligen. Aber heute brachte sie selbst Levke und Anne gegenüber kaum ein Wort über die Lippen. Am besten verabschiedete sie sich, sonst wirkte sie noch als Gute-Laune-Killer. Sie könnte einfach sagen, sie hätte Kopfschmerzen, und sich ein Taxi nehmen.

Doch eigentlich wollte sie gar nicht nach Hause, wo niemand auf sie wartete. Nun gut, Paula war da, in dieser Hinsicht allerdings zählte sie nicht. Erneut nippte sie an ihrem Bier und dachte nach. Wann war sie eigentlich zu solch einer Spielverderberin mutiert? Sie riss sich zusammen und setzte ein Lächeln auf. Egal was ihr Alter Ego meinte, sie würde sich jetzt amüsieren. Die Band spielte *I Wanna Dance with Somebody* von Whitney Houston, und ihr Fuß wippte rhythmisch im Takt der Musik.

Ein Mann tauchte neben ihr auf. »Hi, ich bin David. Möchtest du tanzen?«

Ella zwang sich zu einem Lächeln. »Okay.« Sie reichte ihm die Hand und ließ sich auf die Tanzfläche führen, die den gesamten hinteren Bereich der Kneipe einnahm.

Schnell merkte sie, dass dieser Song genau der richtige für einen Stimmungswechsel war. Zudem war David ein super Tanzpartner. Sie musste sich keine Sorgen um ihre Füße machen und ließ sich dankbar im Discofox über das Parkett führen. Dem Song folgten weitere Discohits, und bis die Band eine kleine Spielpause machte, fühlte Ella sich entspannt und glücklich. Sie verabschiedete sich von David mit dem Versprechen auf eine Wiederholung im Laufe des Abends und schlenderte zurück zum Stehtisch.

»Wenn du wieder bei Kräften bist, würde ich auch gerne mit dir tanzen«, meinte Stefan, der ebenfalls erst von der

Tanzfläche zurückgekehrt war. Im Gegensatz zu seiner Frau, die gierig von ihrer Fassbrause trank, machte er einen ganz relaxten Eindruck.

»Wie kommt's, dass du gar nicht aus der Puste bist?«, fragte sie ihn. »Gehst du heimlich ins Fitnessstudio?«

Stefan lachte. »Auch wenn ich so wirke, als hätte ich zwei linke Füße, gehe ich regelmäßig joggen.«

»Bei deinen Pseudokollegen im Fernsehen würden die linken Füße sämtliche Klischees erfüllen«, erklärte sie lachend.

»Das ist wohl wahr, vor einem PC fühle ich mich am wohlsten. Aber wenn ich erst einmal unterwegs bin, merke ich, wie gut mir die Bewegung tut.«

Die Musik setzte wieder ein, und Ella griff nach Stefans Hand. »Also los, wie sieht's aus?«

»Ich bin dabei«, antwortete Stefan.

Nach dieser zweiten Tanzeinlage hatte Ella das Gefühl, es könnte doch noch ein netter Abend werden. Auch Levke und Ole waren wieder aufgetaucht, und so standen sie zu fünft um den Tisch herum und amüsierten sich köstlich. Stefan zog Grimassen, als Anne lauthals einen Song von Beyoncé begleitete und Levke dazu rhythmisch mit den Händen klatschte.

Sie lachte immer noch, als die Musik wechselte und die ersten Töne von *Imagine* erklangen. Alle fanden sich zu Paaren zusammen, nur sie selbst blieb übrig und …

»Sollen wir?«

Erschrocken wandte sie sich um. Clemens stand plötzlich hinter ihr. Das Prickeln am ganzen Körper breitete sich wie gewohnt in ihr aus, und ihr Herzschlag wurde deutlich schneller. Erst verschlug es ihr ein wenig die Sprache, dann fiel ihr so schnell keine Ausrede ein. Clemens sah sie an, seine Augen wirkten wie tiefe blaue Seen. Ella nickte schließlich einfach und ging mit ihm hinüber zur Tanzfläche. Zögerlich gab sie ihm die Hand, und sie begannen sich gemeinsam zur Musik zu bewegen. Im Gegensatz zu den meisten anderen Paaren, hielten sie einen gebührenden Abstand voneinander, dennoch hatte Ella Schwierigkeiten zu atmen. Clemens neben sich stehen zu haben, ließ sie schon weiche Knie bekommen, aber sich jetzt gemeinsam mit ihm zu bewegen, seine harten Muskeln unter ihrer Hand zu spüren, raubte ihr schier die Luft. Kein Zweifel, ihr Körper befand sich im Ausnahmezustand, obwohl sich ihr Kopf redlich bemühte, ihn vom Gegenteil zu überzeugen.

Wahrscheinlich war es einfach schon zu lange her, dass sie die Arme eines Mannes um sich gespürt hatte. Nicht dass sie im Moment dazu in der Lage wäre, darüber nachzudenken, wann sie ihre letzte körperliche Begegnung hatte. Dazu waren sämtliche ihrer Nervenzellen zu sehr mit Fühlen beschäftigt. Sie musste sich beherrschen, nicht über seine Rückenmuskeln zu streichen, die sich unter ihrer Hand bewegten, oder ihren Kopf an seine breiten Schultern zu schmiegen.

Sie knirschte mit den Zähnen und bemühte sich weiterhin um Abstand. Es wird mal wieder Zeit für einen One-Night-Stand, versuchte sie die Emotionen, die Clemens in ihr auslöste, zu erklären. Nun musste sie sich nur darauf konzentrieren, dass auch das langsamste Lied irgendwann ein Ende hatte.

Doch statt schnellerer Rhythmen erklangen kurz darauf die ersten Takte von *Everybody Hurts*, und sie verlor sich endgültig. Wie oft hatte sie diesen Song gehört? Wie oft hatte sie bei diesem Lied geweint? Sie sah sich wieder auf dem Bett in ihrem Zimmer bei Connie. Zusammengekauert unter ihrer grün gemusterten Lieblingsdecke, wieder und wieder die Returntaste ihres CD-Players drückend. Dieser Song hatte ihr Kraft gegeben in Zeiten, in denen sie kraftlos war. Mutlos. Krank vor Kummer.

Nach dem Tod ihrer Eltern hatte Connie sie unter ihre Fittiche genommen und getröstet, soweit es ihr möglich war. Aber wie sollte man ein fünfzehnjähriges Mädchen trösten, das von heute auf morgen seinen ganzen Halt verloren hatte?

Plötzlich merkte Ella, dass die Musik wieder schneller geworden war. Und nicht nur das, die Distanz zu Clemens hatte sie während des letzten Liedes komplett aufgegeben und stand jetzt eng an ihn geschmiegt, zwischen den um sie herumtanzenden Menschen.

Sie schluckte und trat einen Schritt zurück. »Entschuldige.«

»Dafür nicht. Alles klar?« Das Blau seiner Augen schimmerte dunkel und mitfühlend.

»Ja, ja, geht schon, danke.« Weil sie nicht wusste, wohin damit, steckte sie die Hände in die Hosentaschen.

»Dann lass uns zurück zum Tisch gehen, ich habe Durst.« Er legte ihr die Hand auf den Rücken und führte sie aus der tanzenden Menge hinaus.

Ella erwartete neugierige Blicke, aber Levke und Ole waren noch auf der Tanzfläche, und Anne und Stefan hatten offensichtlich nichts mitbekommen. Gut so. Sie war nicht in der Stimmung für Neckereien oder wissendes Augenzwinkern. Oder gar prüfende Blicke.

Noch während Clemens nach seinem Bierglas griff, nahm sie ihre Tasche und gab vor, ganz plötzlich Kopfschmerzen bekommen zu haben. Annes Angebot, sie nach Hause zu fahren, wies sie, so freundlich sie konnte, zurück und verließ umgehend den Ort des Geschehens.

Sie war zu aufgewühlt, um zu bleiben. Bilder ihrer Mutter schossen ebenso in ihr hoch wie Erinnerungen an ihren Vater.

Die Mutter fröhlich beim Osterfrühstück oder beim Après-Ski in der Ramsau, der Vater grinsend beim Sommerurlaub in den norwegischen Bergen.

Mit zitternden Fingern griff sie nach ihrem Handy, während sie mit schnellen Schritten die Straße hinunterlief. Sie würde sich ein Taxi rufen und zu Hause ein heißes Bad nehmen. Vielleicht würde sie sich auch einfach auf dem Bett zusammenrollen und so lange weinen, bis sie einschlief. Hauptsache, sie musste nicht länger in diese warmen blauen Augen schauen, die mühelos den Grund ihrer Seele zu erreichen schienen.

»Ella?«

Mist! Clemens war ihr gefolgt. Hastig wischte sie sich die Tränen von den Wangen, ehe sie stehen blieb und sich umdrehte.

»Es ist alles in Ordnung«, rief sie ihm zu.

»Das scheint aber nicht so«, sagte er und kam näher. »Soll ich dich nach Hause bringen? Anne und Stefan fahren dann mit Levke und Ole zurück.«

Das wäre wirklich das Letzte, was sie noch brauchte. Sie wollte Abstand zu Clemens und nicht noch eine intime Autofahrt durch dunkle Straßen.

»Vielen Dank«, erklärte sie abwehrend, »ich habe mir schon ein Taxi gerufen, das wird gleich hier sein.«

»Das kannst du doch abbestellen«, wischte er ihren Einwand beiseite. »Ich möchte dich jetzt nicht gern allein lassen. Du wirkst durcheinander.«

Der mitfühlende Gesichtsausdruck ließ ihr wieder die Tränen in die Augen schießen. Warum musste sie ausgerechnet in diesem Moment solch eine emotionale Seite an Clemens kennenlernen? Am liebsten hätte sie sich wieder an ihn geschmiegt, sich von ihm halten und die Tränen laufen lassen.

Stattdessen ballte sie ihre Hände zu Fäusten und drängte sie zurück. Vor Clemens Niehus würde sie keine Schwäche zeigen.

Glücklicherweise bog in diesem Augenblick das Taxi um die Ecke und ersparte ihr eine ausweichende Antwort.

»Vielen Dank für das Angebot«, sagte sie nur und schaffte es sogar, ihm zum Abschied die Hand zu schütteln. »Bis die Tage.«

Dann riss sie die Taxitür auf, sprang hinein und zog die Tür rasch wieder hinter sich zu. Sie schenkte Clemens ein letztes verwackeltes Lächeln, nannte dem Taxifahrer die Adresse und konzentrierte sich auf die vor ihr liegende Straße. Nicht mehr lang, dann wäre sie zu Hause und könnte so lange weinen, wie sie wollte.

Kapitel 9

Ellas bestes Rezept gegen Nervenflattern war Backen. Sie stand mit hochgekrempelten Ärmeln in ihrer Küche und stellte den abgewogenen Zucker neben die Schale mit dem Mehl. Draußen wurde es heute gar nicht richtig hell. Obwohl noch früher Nachmittag war, verdunkelten dichte Wolken den Himmel, während der Regen hinabströmte. Eigentlich eine Stimmung, die beruhigend auf sie wirkte, aber heute Morgen reichte das schlechte Wetter nicht aus. Der Donnerstagabend hatte sie dermaßen aufgewühlt, dass sie die letzten drei Nächte kaum geschlafen hatte.

Wie hatte sie sich nur dermaßen gehen lassen können? Normalerweise war sie stolz auf ihre Fähigkeit, sich zusammenzureißen und ihr Herz hinter einem hohen Schutzwall zu verstecken. Doch Donnerstagabend hatte irgendein Mechanismus in ihrem Hirn versagt. Keinerlei Alarmglocken hatten geklingelt. Sie war blindlings ins Verderben gelaufen.

»Ella Vanbrecht, du bist die größte Dramaqueen nördlich des Äquators«, schalt sie sich selbst und schüttelte den Kopf. Schließlich war niemand zu Schaden gekommen. Zumindest hoffte sie, dass Clemens nicht weiter über ihre Anlehnungsbedürftigkeit nachdachte. Bisher war sie sämtlichen Begegnungen ausgewichen, hatte die Strecke vom Auto zum Haus manches Mal laufend zurückgelegt, um bloß kein Risiko einzugehen, auf Clemens zu treffen.

Immer noch irritierte sie die Erkenntnis, wie mitfühlend Clemens sich gezeigt hatte. Diesen Charakterzug hatte sie bis zu dem Abend in der Fischkate nur in seinem Umgang mit Mats kennengelernt.

Seufzend griff sie nach dem Mixer und verrührte Sahne, Zucker und Eier. Sie hatte sich dermaßen zum Affen gemacht, dass sie sich entschuldigen müsste. Allerdings hatte sie noch keine Ahnung, wie sie das anstellen sollte. Unglücklicherweise fiel ihr ein, dass sie Clemens früher oder später treffen würde. Was sollte sie dann bloß zu ihm sagen? Sie bekam schon Nervenflattern, wenn sie nur an ihn dachte. Wenn sie ihm gegenüberstand, würde sie vor lauter Herzklopfen sicher keinen Ton herausbringen.

Sie hatte sich so sicher gefühlt in seinen Armen, so geborgen. Sie musste nicht lange nachdenken, um zu wissen, wann sie diese Gefühle das letzte Mal gespürt hatte. Mit Philipp.

Fahrig strich sie sich die Haare aus der Stirn und atmete tief durch. Philipp war bisher der einzige Mann gewesen, bei dem sie sich wirklich hatte fallen lassen können. Und bis vor drei Tagen hatte sie noch gedacht, er würde der einzige bleiben.

»So kann man sich irren«, murmelte sie und lachte humorlos auf.

Sie gab Vanillepaste und eine Prise Salz zu ihrem Gemisch und verrührte es sorgfältig. Sofort entwickelte die Vanille ihr sanftes Aroma. Ella schloss die Augen. Für einen Moment genoss sie die unmittelbare Wirkung der wohltuenden Gerüche auf ihre strapazierten Nerven. Dann stellte sie den Mixer aus und begann, langsam Mehl und Backpulver unterzuheben. Mit jedem Handgriff spürte sie, wie sie ruhiger wurde. Als bestände die Magie darin, zuerst allen Stress in den Teig hineinzukneten, damit er während des Backvorgangs wieder entweichen konnte und das Gebäck beim Essen so wiederum für Entspannung sorgte.

Sie merkte, wie die Verspannung in ihrem Nacken nachließ, und atmete tief durch, als sie den Teig für fertig erachtete.

Während der Boden fünfzehn Minuten im Ofen backte, schmolz sie die Butter und gab Mandeln, Sahne und Zucker hinzu. Wenn der Kuchen fertig war, würde sie mit Paula eine Runde um den Hof machen und dabei versuchen, ihre Gedanken zu sortieren. Clemens war nämlich nicht das einzige Problem, mit dem sie sich auseinandersetzen musste. Sie musste auch dringend überlegen, wie sie die Situation mit Connie löste. Seit fast zwei Wochen hatte sich ihre Pflegemutter nicht mehr gemeldet. Es wurde Zeit, dass Ella auf sie zuging, damit sie ihre Differenzen klären konnten.

Erneut seufzte sie. Wenn sie eines hasste, dann war das Unfrieden innerhalb der Familie, und Connie war die einzige Familie, die sie noch hatte.

Nachdem der Kuchen mit der Mandelmasse goldgelb überbacken war, stellte sie ihn auf ein Gitter zum Abkühlen. Ella schaute auf die Uhr. Zehn vor vier. Selbst wenn Connie heute unterwegs war, wäre sie sicher spätestens um halb sechs zu Hause. Sie mochte es, sich einen gemütlichen Abend zu machen, ehe der Trubel der Woche begann.

Ella hatte also noch Zeit für ein paar Schritte an der frischen Luft. Sie schlüpfte in ihre Regenkleidung, pfiff nach Paula und verließ eilig den Gutshof. Auch wenn man es keinen Wald nennen konnte, war der Hof doch von einigen Reihen dicht gewachsener Bäume umgeben. Sie liebte das Blätterdach zu jeder Jahreszeit, aber ganz besonders bei Regen. Genoss das Konzert der Tropfen, wenn sie auf Äste, Zweige und Laub aufschlugen, und zugleich die dumpfe Stille, die alles umrahmte. Rund um den Regen kam dann alles zur Ruhe, und bei diesem Wetter war auch kaum jemand unterwegs. Dann kam sie sich immer vor, als hätte sie die ganze Welt für sich allein, die darauf wartete, von ihr entdeckt zu werden.

Sie schlenderte unter den Bäumen entlang und konzentrierte sich dabei auf ihren Zwist mit Connie. Deren Forderungen konnte sie leider nicht nachgeben, sie war einfach nicht geschaffen für die Modewelt. Es war verzwickt. Eigentlich lief alles gut, und sie würde es am liebsten so lassen wie bisher. Aber sie fürchtete, diese Zeiten neigten sich dem Ende, denn Connie hatte sehr deutlich gemacht, dass es eben so nicht weiterging. Nur, was sollte sie ändern, wenn sie nicht selbst den Laden führen wollte? Eine Geschäftsführerin einstellen? Nein. Sie konnte sich nicht vorstellen, das Geschäft von einer fremden Person leiten zu lassen.

Frustriert kickte sie einen im Weg liegenden Stein zur Seite. Wie sie es auch drehte und wendete, sie bewegte sich immer nur im Kreis.

Ella beobachtete Paula, die völlig unbeeindruckt vom steten Regen irgendwelchen spannenden Düften folgte. In Situationen wie heute wünschte sie sich manches Mal die Gelassenheit ihres Hundes. Einfach im Hier und Jetzt leben zu können, ohne sich den Kopf zu zermartern und darüber nachzudenken, wie die Zukunft gestaltet werden sollte. Den Tag mit Fressen, Schlafen und Spazierengehen zu verbringen und zu genießen, wenn man zudem noch ein freundliches Wesen an seiner Seite hatte. Das war sicher nicht die schlechteste Art zu leben.

Auch wenn sie zu keinem Ergebnis kam, hatten ihre Überlegungen sie nur darin bestärkt, noch bei Connie vorbeizufahren. Sie würde ein paar von den Mandelkeksen einpacken, die sie gestern gebacken hatte, und auf Connies Bereitschaft auf einen gemeinsamen Tee hoffen. Vielleicht kämen sie weiter, wenn sie miteinander sprachen. Bis jetzt hatte das doch auch immer funktioniert.

Eine gute Stunde später parkte sie vor Connies Haus und entdeckte ihre Pflegemutter, die noch im Vorgarten werkelte. Trotz des Nieselregens beschnitt sie einen Buchsbaumstamm, der Ellas Meinung nach bereits bei ihrem letzten Besuch gut in Form gewesen war. Aber sie wusste, dass die Gartenarbeit bei Connie dasselbe bewirkte wie bei ihr das Backen oder das Durch-den-Wald-Streifen. Was sie wohl umtrieb? Auf jeden Fall waren das keine guten Voraussetzungen für ein entspanntes Gespräch.

Ella seufzte, stellte den Motor ab, griff nach der Tüte mit den Keksen und stieg aus.

Entgegen ihren Erwartungen schenkte ihr Connie jedoch ein Lächeln, als sie sie sah. »Ella! Schön, dass du da bist.«

»Hallo, Connie«, antwortete Ella und umarmte ihre Pflegemutter herzlich. »Ich dachte, bei Regen soll man keine Büsche schneiden?«

Connie winkte ab und ging voran zum Haus. »Ich habe nur hier und da ein paar Blättchen abgeknipst, und außerdem kann man das bisschen Nass doch kaum richtigen Regen nennen. Möchtest du einen Tee?«

»Gerne.« Ella folgte ihr hinein, nachdem sie, ebenso wie Connie, ihre Schuhe im Hausflur ausgezogen hatte.

»Du hast ja neu dekoriert.« Ella betrachtete ausgiebig die hübsch verschlungenen Vorhänge, die das Flurfenster schmückten.

»Mir war nach etwas Neuem.« Connie hängte ihre nasse Jacke zum Trocknen in die Dusche des Badezimmers.

Ella hängte ihre Jacke dazu und folgte Connie in die Küche. Auch hier hatte ihre Pflegemutter ihrer Kreativität freien Lauf gelassen. Auf der Fensterbank stand ein Gebinde aus pinkfarbenen und weißen Hortensien.

»Du hast es dir so richtig schön gemacht«, meinte Ella und setzte die Tüte mit den Keksen auf der Arbeitsplatte ab.

»Ich liebe den Mai, wenn draußen alles blüht«, antwortete Connie schlicht und stellte die Milch auf den Tisch.

Ella nahm Teller und Teetassen aus dem Schrank. »Ich auch, das Frühjahr ist einfach die beste Zeit im Jahr, wenn die Natur einen überrascht mit ihren Farben. Eben war noch alles trist, grau und kalt, und kaum strahlt ein paar Tage die Sonne, explodieren die Knospen.«

»Damit scheinen unsere Gemeinsamkeiten aber auch schon erschöpft zu sein«, erwiderte Connie.

Nun, ihre Pflegemutter kam gleich auf den Punkt, das musste Ella ihr lassen. Also hatte sie doch richtig gelegen mit ihrer Vermutung, dass Connie an ihren Büschen Dampf ablassen musste. Die Hoffnung, dass sie nach fast zwei Wochen friedlicher gestimmt wäre, schien sich nicht zu erfüllen.

»Eigentlich wollen wir doch beide dasselbe«, begann Ella vorsichtig und legte die Kekse auf einen Teller. »Uns beiden liegt das Geschäft am Herzen, das ist doch schon mal das Wichtigste.«

»Aber dafür bringst du dich zu wenig ein! Wenn du den Laden halten willst, musst du mehr Präsenz zeigen, auch den Mitarbeitern gegenüber. Das habe ich dir schon so oft gesagt. Aber du hörst ja nicht auf mich.«

»Ich bringe mich so viel ein, wie ich schaffe«, verteidigte

sich Ella. »Ich habe auch nur zwei Hände und vierundzwanzig Stunden am Tag zur Verfügung. Mehr geht nicht.«

Connie gab Kandis in die Tassen und goss den Tee darüber. Dann nahm sie Ella gegenüber Platz. »Dann musst du andere Prioritäten setzen.«

In einer verzweifelten Geste hob Ella die Hände. »Ich kann nicht hauptberuflich im Geschäft arbeiten.«

»Du willst nicht. Das ist etwas völlig anderes.«

Ella nippte an ihrem Tee. Hatte sie vorhin noch gedacht, ihre Gedanken drehten sich im Kreis, wurde sie nun darin bestätigt. »Ich sehe einfach keine Lösung«, sagte sie schließlich. »Du bist einfach die Beste für diesen Posten.«

»Wenn ich nicht wüsste, dass du einfach nur die Verantwortung für eine Entscheidung auf mich abschieben willst, würde ich mich glatt geschmeichelt fühlen. Doch das zieht nicht mehr. Ich brauche mehr Unterstützung von dir.«

Ella raufte sich das Haar. »Liegt es daran, dass ich einen Job hier in der Nähe angenommen habe? Bisher bist du doch auch immer prima klargekommen!«

Sie merkte, dass ihre Stimme lauter wurde, was kein Wunder war, da sie langsam Panik kriegte. Es gab einfach keinen Ausweg, weil der einzige, der sich anbot, nicht infrage kam.

»Entschuldige bitte«, meinte sie schließlich mit gedämpfter Stimme, »aber wir drehen uns nur im Kreis. Vielleicht sollten wir beide noch einmal jede für sich überlegen, ob es keine weiteren Optionen gibt.«

»Es gibt eine weitere Option«, erklärte Connie. »Du stellst einen Geschäftsführer ein.«

»Einen Fremden? In unserem Geschäft? Unmöglich«, wies Ella diesen Vorschlag entschieden zurück.

»Junges Fräulein, du wirst eine Entscheidung treffen müssen. Ich gebe dir noch eine Woche, ansonsten entscheide ich.«

Damit wandte Connie sich von ihr ab, und das Gespräch war beendet.

Sprachlos ob der Deutlichkeit von Connies Ansage stand Ella auf und verließ das Haus. Das war noch schlechter gelaufen, als sie es sich vorgestellt hatte. Eine Woche. Wie sollte sie innerhalb von sieben Tagen den Heiligen Gral finden?

Knappe drei Stunden später war sie noch immer genauso aufgewühlt wie nach dem Besuch bei Connie. Auch eine ausgedehnte Hunderunde hatte nicht zum Erfolg geführt, weshalb sie sich zu einem Sit-in am Strand entschlossen hatte, um sich den Kopf tüchtig durchpusten zu lassen. Zum Abend hin hatte es gut aufgefrischt.

Sie saß im Schneidersitz auf dem feuchten Sand am Rande der Salzwiesen, die Kapuze ihres Ostfriesennerzes tief in die Stirn gezogen, und grübelte vor sich hin. Bisher jedoch ohne größeren Erfolg. Alle möglichen Lösungen, die ihr in den Sinn kamen, waren nicht neu, sondern bereits unzählige Male von allen Seiten beleuchtet worden.

Ella schloss die Augen und dachte an ihre Eltern. Deren Hauptsorge hatte immer dem Geschäft gegolten. Sie hatten Ella geliebt und es ihr immer wieder gezeigt, aber für den Laden hatten sie gebrannt. Sie hatten ihn aus dem Nichts geschaffen, was nicht unwesentlich an der herzlichen und offenen Art ihrer Mutter gelegen hatte. Schon rasch hatte sie einen Stamm von Kundinnen aufgebaut, der zuverlässig seine Oberbekleidung bei Vanbrechts kaufte. Ella war von klein auf mit im Geschäft gewesen, hatte den Beruf der Verkäuferin sozusagen im Vorbeigehen gelernt. Auch wenn es nie das war, was sie ihr Leben lang machen wollte, hatte sie doch fasziniert beobachtet, wie ihre Eltern mit den Kunden umgegangen sind. Auch wenn ihr Vater die Kaufenden mit seinem Charme um den Finger wickeln konnte, war es doch ihre Mutter, die die Kundinnen wirklich an sich band. Ihr schütteten sie ihr Herz aus, wenn sie nach der Schwangerschaft noch ein paar Pfund zu viel auf den Hüften hatten, wenn die Scheidung an ihnen nagte oder bei beruflichem Stress. Auf die Ratschläge ihrer Mutter hörten sie, war sie doch immer ehrlich, ohne dabei schonungslos zu sein. Sie erinnerte sich noch gut daran, wie ihre Mutter weinend im Büro gesessen hatte, nachdem sie gehört hatte, dass eine junge Kundin von ihr an Krebs verstorben war.

Auch wenn sie gern so gewesen wäre wie ihre Mutter, kam sie in den wesentlichen Belangen doch mehr nach ihrem Vater. Mit ihm hatte sie gemeinsam etliche Stunden im Büro verbracht, wenn er über der Buchführung gesessen hatte. Da er sich lange Zeit weigerte, in seinen Augen neumodischen Kram wie elektronische Buchhaltungsprogramme zu nutzen, hatte sie ebenso wie er ein großformatiges Kassenbuch vor sich liegen gehabt und genauso akribisch ihre Einträge gemacht. Sobald sie verstand, wozu man Zahlen nutzen konnte, hatte sie ihre eigenen Listen geführt. Ganz zu Beginn noch mit Fantasiepreisen für ihre Spielzeuge, in der Grundschule dann mit den Preisen aus dem Laden. Ein Tag galt für sie als absolut unübertroffen, wenn ihre Ergebnisse mit denen ihres Vaters übereinstimmten.

Aber ihre Begeisterung für Tabellen schloss nicht die für den Verkauf von Damenmode mit ein. Dafür brannte sie einfach nicht, dafür brannte Connie.

Deshalb kam sie immer wieder zu demselben Schluss: Ohne Connie ging es einfach nicht.

»Mist, verdammter!«, stieß sie hervor und starrte über das aufgewühlte Wasser zum Horizont. Dass die Sonne sich schon den ganzen Tag verkrochen hatte, sah sie als deutliches Zeichen. Wahrscheinlich wollte sie sich das Elend in Ellas Leben lieber nicht weiter anschauen.

Versonnen fuhr sie mit den Fingern der rechten Hand durch den Sand und spürte dem sanften Kribbeln der winzig kleinen Kiesel nach. Sie hätte eine Schaufel mitbringen sollen. Mit dem feuchten Sand ließe sich eine prima Sandburg bauen. Vielleicht sollte sie demnächst einmal mit Mats einen Ausflug an den Strand machen, wenn er bei ihr vorbeischaute. Bestimmt hätte er seine Freude daran, mit ihr gemeinsam etwas zu bauen.

»Ella?«

Erschrocken wandte sie sich um. Clemens! Alles, was ihr jetzt noch fehlte, war ein Gespräch über den Abend bei der Oldieparty.

»Was machst du denn hier, bei dem Wetter?« Besonders freundlich klang ihre Frage nicht.

»Offenbar dasselbe wie du«, gab er zurück. »Mir ein bisschen Wind um die Nase wehen lassen.«

Ohne dass sie ihn dazu aufgefordert hätte, setzte er sich neben sie.

»Der Sand ist nass«, erwiderte sie. Doch auch das war kein Argument, ihn zum Gehen zu bewegen.

Er grinste. »Du sitzt doch auch hier.«

»Aber ich trage wenigstens vernünftige Kleidung.« Sie betrachtete kurz sein Outfit, das aus Jeans, einem gewalkten Troyer und einer oversized Mütze aus dunkelgrauer Wolle bestand.

»Ich auch.« Er schlang die Arme um die aufgestellten Beine und schaute sie an. »Probleme?«

»Wie kommst du darauf?«

»Du wirkst so brummig.«

Trocken lachte Ella auf. »Zur Abwechslung mal ich.«

»Wie meinst du das?«

»Eigentlich bist du ja derjenige, der mir brummig begegnet.«

»Tut mir leid.« Er starrte aufs Meer und sagte eine Zeit lang nichts weiter.

Als sie schon dachte, er würde ihr vielleicht erklären, was seine ablehnende Haltung ihr gegenüber ausgelöst hatte, fragte er: »Was ist dir denn über die Leber gelaufen?«

»Berufliches«, erklärte sie vage.

»Noch keine neue Vertretungsstelle in Sicht?«

»Genau«, stimmte sie ihm erleichtert zu, da sie so nicht gezwungen war, irgendwelche Ausflüchte zu erfinden. Auch wenn es sie nicht sonderlich belastete, dass sie noch kein weiteres Vertretungsangebot bekommen hatte, wäre das für ihn sicher ein verständliches Problem. Trotzdem fühlte sie sich nicht ganz wohl dabei, ihm nicht die Wahrheit zu sagen.

»Es muss schwer sein, wenn man nie weiß, wo und wann man als Nächstes arbeitet.«

»Nein«, antwortete sie dann offen. »Das ist es eigentlich nicht. Ich liebe diese Unabhängigkeit.«

»Aber du hast nie die Möglichkeit, Wurzeln zu schlagen. Vermisst du das nicht?«

»Das habe ich mir ja so ausgesucht. Natürlich ist es schwierig, ein eigenes Revier zu bekommen, doch nicht unmöglich. Ich wollte mich damals aber gar nicht festlegen. Mich reizte der Gedanke, immer umherzuziehen. Neue Leute und neue Reviere kennenzulernen.«

»Für mich wäre das nichts. Damals war das Verlassen des elterlichen Hofs, um meine Ausbildung zu machen, schon ein großer Schritt für mich gewesen. Später der Umzug hierher ein weiterer. Dabei bin ich immer in der Region geblieben, habe Ostfriesland nie verlassen.« Er fuhr sich mit einer Hand durchs Haar und lächelte sie schief an.

Ella fiel siedend heiß ein, dass sie damals womöglich zur selben Schule gegangen sein könnten. Doch glücklicherweise lagen ein paar Jahre zwischen Clemens und ihr, und Anne war sogar schon sechsunddreißig. Es hätte keinerlei Berührungspunkte gegeben.

»Du kommst doch aus Aurich. Da musst du noch etliche Leute von früher kennen, oder? Trefft ihr euch noch?«, wollte er wissen.

Ella schüttelte den Kopf. »Nein. Wahrscheinlich bin ich kein Typ, der gut darin ist, engere Freundschaften über Distanzen hinweg zu pflegen. Natürlich hatte ich auch Freunde während der Schulzeit, doch das hat sich über die Jahre auseinandergelebt«, erklärte sie vage.

Wäre sie ehrlich gewesen, hätte sie zugeben müssen, dass sie selbst den Löwenanteil daran trug, dass all diese Kontakte im Sande verlaufen waren. Vor allem Britta hatte sich redlich bemüht, ihre Freundschaft auch nach Philipps Tod aufrechtzuerhalten. Aber Ella wollte mit niemandem mehr zu tun haben, der Philipp gekannt hatte. Anders als andere Trauernde, denen es guttat, über ihre Zeit mit dem Verstorbenen zu sprechen, hatte sie das nicht gemocht. Sie hatte alles mit sich selbst ausgemacht und schließlich nicht mal mehr auf Brittas Anrufe reagiert.

»Ich kann mir gar nicht vorstellen, wie es sein muss, nur auf sich allein gestellt zu sein«, sagte Clemens leise. »Dadurch, dass der Hof meines Vaters außerhalb des Dorfes stand, hielt unsere Familie schon immer gut zusammen. Auch in der Zeit, in der Anne und ich unsere Ausbildungen in Leer und Emden machten, haben wir uns regelmäßig bei meinen Eltern gesehen. Trotzdem haben wir uns gut überlegt, ob wir die Sache mit dem Eventhof wirklich gemeinsam angehen können. Aber bisher hat das gut funktioniert.«

Bis auf die Sache mit deiner Frau, dachte Ella, sprach es aber nicht laut aus. Sie kannten sich nicht gut genug, um über solch intime Details zu sprechen, deshalb würde sie sich auch hüten, ihre wahren Probleme vor ihm auszubreiten.

»Mats war gestern Abend gar nicht da«, lenkte sie das Gespräch in eine unverfängliche Richtung.

Clemens lachte, und sofort rieselte ein wohliger Schauer über ihren Rücken.

»Es fällt dir schon auf, wenn er mal nicht kommt? Nervt er dich nicht inzwischen?«, fragte er schließlich.

Ella bemühte sich, das Kribbeln in ihrem Körper zu ignorieren. »Überhaupt nicht. Ich freue mich, wenn er mich besuchen kommt.«

»Gestern hat er bei seinem Freund Levi übernachtet. Sein erster Übernachtungsbesuch. Levis Mutter hat mir beim Abholen erzählt, dass die beiden schon um halb sechs wach waren und durch die Betten geturnt sind. Mir graut schon davor, wenn die nächste Übernachtung bei uns stattfindet«, meinte Clemens grinsend.

So unterhielten sie sich weiterhin über unverfängliche Themen: Mats, die verschiedenen Veranstaltungen, die Clemens ausrichtete, und ihre Arbeit in den Wäldern. Keiner von beiden verlor ein Wort über das, was am Abend der Oldieparty passiert war.

Kapitel 10

Am nächsten Tag war sie mit ihren Überlegungen immer noch keinen Schritt weiter. Sie musste sich bemühen, in Gedanken nicht immer zum gestrigen Abend abzuschweifen, den sie trotz aller Bedenken sehr genossen hatte. Obwohl mit keinem Wort ausgesprochen, schienen Clemens und sie Frieden geschlossen zu haben. Nachdem sie vom Regen endgültig durchnässt waren, hatten sie sich gemeinsam auf den Heimweg gemacht, auf dem Clemens ihr von früher erzählte, als er noch auf dem Hof der Eltern mitgearbeitet hatte. Bei ihm war es damals kein Problem gewesen, seinem Vater zu erklären, dass er sich nicht als Landwirt sah, sondern eine Ausbildung zum Eventkaufmann machen wollte. Im Gegenteil: Seine Eltern hatten ihn finanziell unterstützt, als er wegen seiner Ausbildung nach Emden ging. Warum nur konnte Connie das nicht auch einsehen?

Ella seufzte. Gleich traf sie sich mit dem Einkäufer eines Sägewerks. Im Kollrunger Forst lagen einige Hundert Raummeter Fichtenholz, die gemeinsam begutachtet und vermessen werden mussten. Eine Arbeit, bei der sie glücklicherweise keinerlei Muße hatte, ihren Gedanken nachzuhängen, die sich immer noch um Connie drehten. Seit ihrem letzten Aufeinandertreffen wirbelten die Pro- und Kontraargumente durch ihren Kopf wie Tumbleweeds durch die amerikanische Wüste. Ihre einzigen Lichtblicke waren Mats' Besuche gewesen. Inzwischen hatte sie sich ein paar

Kinderbücher zugelegt, aus denen sie ihm vorlas. Besonders Geschichten mit Rittern oder Dinosauriern weckten sein Interesse. Außerdem besaß sie bereits ein breites Equipment an Malstiften und Papier, Kleber, Kinderscheren und Stickern. So waren sie abends oft eine gute Stunde miteinander beschäftigt, ehe Mats zum Abendessen nach Hause ging. Aber leider konnte der Knirps sie nicht dauernd ablenken, weshalb sie jetzt zum tausendsten Mal überlegte, wie sie ihre verzwickte Lage klären könnte. Allerdings wieder einmal ohne Ergebnis.

Sie schaute auf ihr Handy. Der Einkäufer hatte geschrieben, dass er sich um ein paar Minuten verspäten würde. Nun gut. Es gab Schlimmeres, als kurzzeitig auf jemanden zu warten. Sie lehnte sich mit dem Rücken an den rauen Stamm einer Eiche und schaute nach oben in das grüne Blätterdach. Genauso wie am Strand, wo die Weite des Horizonts, der Geruch nach Tang und Salzwasser ihren Kopf frei machte, gelang es ihr im Wald. Die verschiedenen Grüntöne wirkten wie Balsam auf ihrer Seele, und das Zwitschern der Vögel, das trotz seiner Mehrstimmigkeit auf sie wie der Singsang eines Schlafliedes wirkte, war beruhigender als Lavendelkissen im Schlafzimmer.

Ella schaute nach Paula, die um sie herumlief und einer interessanten Spur zu folgen schien. Bei ihren Eltern hatte es leider keinen Platz für Haustiere gegeben. Selbst den kleinen Hamster, den sie sich so sehnsüchtig gewünscht hatte, bekam sie nicht. Natürlich hatten ihre Eltern recht gehabt, ihr Leben spielte sich die überwiegende Zeit im Laden ab. Und selbst nach ihrem Tod hatte Ella die meiste Zeit dort verbracht. Connie wohnte außerhalb von Aurich, sodass das Geschäft immer der Treffpunkt nach der Schule war, bevor sie abends gemeinsam nach Westerholt fuhren. Sie hatte im Büro ihre Hausaufgaben erledigt, mit Freundinnen die neusten Kollektionen bestaunt und schon als kleines Mädchen ihre erste Modemesse besucht.

Connie hatte alles im Sinne ihrer Eltern fortgeführt. Eine fremde Person an der Spitze würde sicher eine ganz andere Atmosphäre reinbringen, vielleicht mehr auf den Ertrag als auf die persönliche Bedienung achten.

Resigniert nahm sie den scharfen Stich wahr, den dieser Gedanke prompt in ihr auslöste. Mit einem Geschäftsführer würde sie sich selbst ad acta legen, und sämtlicher Bezug zum Laden wäre dahin. Etwas, was sie auf keinen Fall wollte. Aber selbst Geschäftsführerin werden konnte sie auch nicht. Denn so sehr sie diese Gedanken auch zu verdrängen versuchte: Immer wenn sie im Laden war, spürte sie die Anwesenheit ihrer Eltern wie Geister, die sie begleiteten. Und die schwere Melancholie, die sie dann mit der Zeit befiel, war einfach kein Zustand, in dem sie leben konnte. Sie brauchte ihre Freiheit, die Natur um sich herum, das hautnahe Erleben der verschiedenen Jahreszeiten.

Ella spürte Paulas Nase an ihrem Bein, wandte sich ihr zu und strich ihr über den Kopf. »Du hast recht, ich drehe mich nur im Kreis.«

Als sie einen Motor hörte, schaute sie auf und sah einen blauen SUV auf sich zukommen. Der Einkäufer war da. Endlich konnte sie sich mit Sinnvollerem beschäftigen, als diesen fruchtlosen Gedanken zu folgen.

Als sie wieder auf dem Hof ankam, war es schon nach fünf. Clemens und Femke standen vor der Scheune und unterhielten sich, während Leon und Mats wieder einmal mit ihren

Rollern herumkurvten. Sie parkte den Offroader, öffnete die Heckklappe und ließ Paula hinausspringen. Am liebsten hätte sie sich wortlos verkrümelt, aber das wäre unhöflich gewesen.

Deshalb schlenderte sie hinüber zur Scheune und begrüßte Clemens und seine Mutter.

»Hallo, Ella, langen Tag gehabt?«, fragte Femke.

»Ist im Moment der Normalfall«, antwortete sie. »Zudem könnten wir noch mehr Regen gebrauchen.«

»Da treffen verschiedene Interessen aufeinander«, erwiderte Femke. »Unsere Gäste lieben den Sonnenschein, und die nächsten Tage soll das Wetter auch so bleiben.«

»Ich mag es auch, wenn die Sonne scheint, aber die letzten Sommer waren schon viel zu trocken, und inzwischen stehen auch bei uns die Bäume kurz vor dem Kollaps. Wir brauchen dringend Regen, damit der Boden auch in tieferen Regionen wieder Wasser …«

»Was ist denn mit Paula los?«, unterbrach Clemens sie plötzlich.

Er rannte bereits quer über den Hof, als Ella sich nach ihrem Hund umdrehte. »Mein Gott!«

Paula lag ausgestreckt neben der Kirschlorbeerhecke und ruderte mit den Beinen.

Sie sprintete hinter Clemens her, der bereits neben ihr hockte und ihr sanft über das Fell strich.

»Paula?« Sie hockte sich ebenfalls neben die Hündin, die offenbar bewusstlos war. Den Kopf nach hinten überstreckt, schien sie einen Krampfanfall zu haben.

Ellas Herz zog sich zusammen. Paula durfte nicht sterben, sie durfte sie nicht auch noch verlassen. Ihre Hände zitterten, während sie sanft über das raue Fell strichen.

»Hat sie das öfters?«, fragte Clemens.

»Nein, noch nie, eben ging es ihr noch gut, wir waren den ganzen Tag im Wald zusammen, und sie hat keinerlei Anzeichen gezeigt, dass es ihr schlecht geht«, sprudelte es aus ihr hervor. Ihr Puls hämmerte bis in ihren Hals, sie konnte keinen vernünftigen Gedanken fassen.

»Wo ist der nächste Tierarzt?«, fragte sie Clemens.

»In Dornum, ich zeig es dir.«

Gerade als Clemens den Hund hochheben wollte, ließ der Krampfanfall nach, und Paula öffnete langsam die Augen.

»Mäuschen!« Ella strich der Labradordame über den Kopf. »Was machst du bloß für Sachen?«

Paula bewegte zwar den Kopf hin und her, zeigte jedoch keinerlei Reaktion auf ihre Ansprache.

»Mach das Auto auf«, wies Clemens sie an.

Wie ferngesteuert stand Ella auf, lief hinüber zum Offroader und öffnete die hintere Tür.

»Leg sie bitte hier hinten hin, dann kann ich mich zu ihr setzen. Würdest du uns fahren?«

Clemens nickte und legte Paula vorsichtig auf die Rückbank.

Ella schnallte erst die Hündin mit der speziellen Vorrichtung an, ehe sie selbst den Gurt umlegte. Noch immer wirkte Paula wie weggetreten.

»Wir fahren zu Rieke Everts. Die kümmert sich auch um unsere Pferde. Kannst du sie bitte anrufen?« Clemens drückte ihr sein Handy in die Hand, ehe er einstieg und losfuhr.

Sie hörte Clemens noch Femke vom Fenster aus zuschreien, dass sie bitte auf die Kinder achten solle, als sie auch schon die eingespeicherte Nummer der Tierärztin wählte.

»Ich habe keine Ahnung, was sie haben könnte«, stammelte Ella vor sich hin, während das Handy die Verbindung aufbaute. »Sie war den ganzen Tag quietschfidel und hat sich im Wald amüsiert. Sie hat gut gefressen, und ich habe ihr auch genug zu trinken gegeben.«

Ihre Hände zitterten wie Espenlaub. Paula durfte nichts passieren. Sie musste einfach wieder gesund werden. Sie war zwar schon acht, aber selbst wenn sie theoretisch als Seniorin galt, war das nun wahrlich noch kein Greisenalter.

»Da wir beide keine Tierärzte sind, nutzt jetzt auch kein Spekulieren«, sagte Clemens. »Rieke ist richtig gut in ihrem Fach, bei ihr ist Paula in den besten Händen.«

Endlich hörte Ella ein Freizeichen und kurz darauf die Stimme einer älteren Frau.

»Tierarztpraxis Everts, Kostmann am Apparat.«

»Hallo, hier ist Vanbrecht«, antwortete Ella auf die Begrüßung. »Mein Hund hat wahrscheinlich gerade einen Krampfanfall. Wir sind auf dem Weg zu Ihnen.«

»Ist der Hund bei Bewusstsein?«, fragte die Helferin.

»Ich bin mir nicht sicher«, antwortete Ella und schaute besorgt hinüber zu Paula. »Der Anfall ist zwar vorbei, doch sie wirkt noch völlig desorientiert.«

»Behalten Sie sie bitte gut im Blick, damit sie sich während eines weiteren Anfalls nicht verletzen kann«, erklärte Frau Kostmann. »Wir bereiten direkt einen Behandlungsraum für Sie vor.«

»Vielen Dank.« Ella beendete das Gespräch. Dann strich sie Paula sanft übers Fell. »Sie bereiten schon alles für uns vor«, erklärte sie Clemens.

Der brummte zustimmend und fuhr zügig weiter. In dem Moment, in dem Clemens auf den Parkplatz der Tierarztpraxis einbog, streckte Paula alle Glieder von sich, gähnte ausgiebig und schaute Ella mit großen Augen an.

»Ich fasse es nicht«, stieß Ella verwundert hervor. »Sie sieht so aus, als wäre gar nichts passiert.«

Erleichtert schloss sie ihre Hündin in die Arme und drückte sie fest an sich.

Obwohl Paula wieder quietschfidel wirkte, hob Clemens sie aus dem Wagen und setzte sie vorsichtig auf dem Parkplatz ab, was Paula mit einem ekstatischen Schwanzwedeln kommentierte.

Ohne sich die Zeit zu nehmen, den Wagen abzuschließen, lief Ella voraus, öffnete für Clemens die Tür, der Paula an der Leine führte, und folgte ihm zur Anmeldung.

»Sie sieht so aus, als wenn ihr überhaupt nichts fehlt, ich verstehe das nicht«, sprudelte es an der Anmeldung aus Ella hervor.

»Ja, Hunde sind da hart im Nehmen«, erklärte Frau Kostmann und schenkte ihr ein aufmunterndes Lächeln. »Gehen Sie ruhig schon durch, zweite Tür rechts.«

Im Behandlungsraum angekommen, hob Clemens die Hündin auf den Untersuchungstisch. Ella trat neben sie und streichelte ihr zärtlich über das helle Fell.

»Alles wird gut«, murmelte sie mehr zu sich selbst als zu dem Hund.

Ella wollte schon ungeduldig nachfragen, wann die Ärztin Zeit für sie hätte, da kam diese ins Untersuchungszimmer.

»Hallo, Clemens«, begrüßte sie Ellas Begleiter. »Wen hast du mir denn dieses Mal mitgebracht?«

»Das sind Ella Vanbrecht und ihre Hündin Paula. Paula ist einfach umgekippt. Sah für uns nach einem Krampfanfall aus.«

»Sie war bewusstlos und hat mit den Beinen gerudert«, fügte Ella hinzu.

»Liegen irgendwelche chronischen Erkrankungen vor?«, fragte die Ärztin, während sie Paula ausgiebig an ihren Händen schnuppern ließ.

»Nein«, antwortete Ella, »bisher war sie kerngesund.«

»Ist Ihnen sonst irgendetwas Ungewöhnliches aufgefallen? Hat sie zum Beispiel mehr getrunken in der letzten Zeit?«

»Nein, nicht dass ich wüsste. Mir ist nichts an ihr aufgefallen.«

»Als Erstes werde ich eine ganz normale Untersuchung bei ihr machen und dann nehmen wir Blut ab. Damit können wir schon einige Tests durchführen und manche Erkrankungen ausschließen.«

Während die Ärztin sich um Paula kümmerte, stand Ella daneben und hielt sie fest. So unterstützte sie nicht nur die Ärztin bei ihrer Arbeit, sondern hatte vor allem das Gefühl, mit Paula verbunden zu sein und ihr gleichzeitig Trost zu spenden. Dicht neben ihr war Clemens. Und auch wenn er sie nicht berührte, strahlte einfach seine Nähe eine gewisse Sicherheit auf sie aus.

»Es war auf jeden Fall kein Zuckerschock«, erklärte Rieke Everts, als sie einige Zeit später aus dem Nebenraum wieder hereinkam. »Auch einige andere Dinge konnten wir schon ausschließen. Trotzdem werden wir noch weitere Untersuchungen machen müssen.«

»Was vermuten Sie denn, was sie hat?«, wollte Ella wissen.

»Es deutet alles auf einen epileptischen Anfall hin. Was die genaue Ursache dafür ist, löst sich nur nach dem Ausschlussprinzip.«

»Wird sie weitere dieser Anfälle haben?«, fragte Ella voller Sorge.

Die Ärztin zuckte mit den Schultern. »Das kann ich Ihnen nicht sagen. Es kommt darauf an, ob es eine krankhafte Ursache für diesen Anfall gibt. Wir sollten auf jeden Fall noch ein CT vom Kopf machen.«

Ellas Magen verkrampfte sich. Sie wollte sich einfach nicht vorstellen, dass Paula vielleicht einen Hirntumor hatte. Das durfte nicht sein.

Um nicht länger darüber nachzudenken, konzentrierte sie sich auf das Wesentliche.

»Wie läuft das denn in Zukunft ab?«, wandte sie sich an die Ärztin. »Ich bin Försterin, und Paula begleitet mich in den Wald und auf die Jagd. Wird sie das in Zukunft noch machen können?«

»Ein Arbeitshund?« Die Ärztin betrachtete Paula, die völlig entspannt auf dem Untersuchungstisch lag. »Die nächsten zwei Tage sollten Sie ihr etwas Ruhe gönnen, damit sie sich von dem Anfall erholen kann, danach können Sie sie wieder mit rausnehmen. Es kann gut sein, dass das ihr einziger Anfall bleibt und sie Sie die nächsten Jahre noch begleiten kann. Warten wir erst die folgenden Untersuchungen ab, und den Rest wird die Zeit zeigen.«

Erleichtert über die rasche Hilfe, aber dennoch beunruhigt, dass Paula eventuell ernsthaft krank sein könnte, verabschiedete sie sich von der Ärztin und ging zurück zum Auto.

»Ich kann dir gar nicht sagen, wie dankbar ich dir bin, dass du das alles für mich tust«, meinte Ella zu Clemens, während die Hündin in ihre Box sprang.

»Wie gesagt, das ist kein großes Ding«, erwiderte er ruhig, ohne sie dabei anzusehen.

Erst als sie schon losgefahren waren und sie kurz zu ihm hinüberschaute, fiel ihr auf, dass er einen dunkelblauen Leinenanzug trug, der inzwischen von hellen Hundehaaren übersät war.

»Du siehst aus, als wäre ein Staubsauger explodiert, das tut mir leid«, brachte sie nervös lächelnd hervor. »Bring mir den Anzug morgen einfach vorbei, ich werde ihn reinigen lassen.«

Aus dem Augenwinkel bemerkte sie, wie er an sich hinunterschaute und ein paar Haare abpflückte. »Quatsch, das erledige ich selbst. Sind doch bloß ein paar Hundehaare.«

»Ein paar?« Nun musste Ella richtig lachen und spürte die abfallende Anspannung durch sich hindurchfließen. »Das ist mindestens eine Million!«

Er blickte zu ihr hinüber, und sie musste sich zusammenreißen, wieder auf den Straßenverkehr zu achten. »Kann es sein, dass du ein wenig zum Übertreiben neigst?«

»Sicher einfach nur, weil ich so erleichtert bin.« Sie bog auf den Hof der Familie Niehus und parkte neben Annes kleinem Hybrid.

Nachdem sie den Motor abgestellt hatte, wandte sie sich ihm zu. »Ich möchte dir noch einmal dafür danken, dass du mich begleitet hast. Ich weiß gar nicht, wie ich das wiedergutmachen kann.«

»Ich bin mir sicher, dass du das auch allein geschafft hättest, doch wie schon gesagt, gern geschehen, du musst da überhaupt nichts wiedergutmachen. Und wenn wir bedenken, wie viele Stunden Mats inzwischen bei dir verbracht hat, könnte man sicher sagen, wir sind quitt.«

Bei dem Gedanken an Mats musste sie grinsen. »Die Zeit mit Mats ist mir wirklich eine Freude, darüber haben wir doch schon gesprochen.«

»Na dann«, meinte er und schnallte sich ab.

Schweigend standen sie nebeneinander, als Paula mit einem großen Satz aus dem Kofferraum sprang und entspannt in Richtung Altenteilerhäuschen lief.

»Als wäre nichts gewesen«, murmelte Ella und schüttelte den Kopf.

»Noch zwei Tage Ruhe, dann geht es ihr sicher wieder richtig gut«, erwiderte Clemens. Dann nickte er ihr zu und verschwand kurz darauf hinter der grün gestrichenen Flügeltür des Haupthauses.

***

Gut zwei Stunden später saß Ella immer noch auf dem Boden neben Paulas Körbchen, wo sie sich hingesetzt hatte, nachdem sie dem Hund noch etwas zu trinken angeboten hatte. Der Anfall hatte die Labradordame doch so erschöpft, dass sie jetzt tief und fest schlief. Ella hatte ihr eine Hand auf den Bauch gelegt, so als wollte sie sich permanent vergewissern, dass sie immer noch da war. Trotz der raschen Besserung sorgte sie sich darum, was bei den folgenden Untersuchungen herauskommen würde. Schließlich könnte sie auch unter einer manifesten Epilepsie leiden, und was dann? Was sollte sie bloß tun, wenn Paula zu krank wäre, um sie weiterhin bei ihrer Arbeit im Wald zu begleiten? Wie sollte sie sie dann weiterhin versorgen und ihr ein schönes Leben bieten? Sicher, irgendwie würde sie es möglich machen, Paula neben dem Job zu versorgen. Aber dann müsste sie sie etliche Stunden am Tag allein lassen, und das wäre für den Hund nicht erstrebenswert. Sie war schließlich noch nicht so alt, dass sie den Großteil des Tages mit Schlafen verbrachte.

Als es plötzlich an der geöffneten Terrassentür klopfte, schreckte Ella hoch.

»Abendessen?« Clemens deutete auf einen Weidenkorb, den er in der rechten Hand hielt.

Ella hätte sich am liebsten die Hände vors Gesicht geschlagen, wie es kleine Kinder machten, die dachten, sie seien dann verschwunden. Sie war total verheult, ihre Haare waren komplett zerzaust, und sicher hätte ihr eine Dusche auch nicht geschadet. Außerdem fühlte sie sich ausgelaugt und leer, immer noch voller Ängste um ihre Hündin.

Trotz allen Widerwillens rappelte sie sich auf und ging zu ihm hinüber. Schließlich war es wirklich nett von ihm, nach ihr zu sehen. »Entschuldige bitte, ich freue mich wirklich darüber, dass du nach mir schaust, aber mir steht heute nicht der Sinn nach Besuch.«

»Besuch?« Clemens zog die linke Augenbraue hoch. »Ich komme nicht als Besuch, ich komme als Freund. Wir sind doch Freunde, oder?«

Da sie trotz ihrer Erschöpfung ein wohlbekanntes Kribbeln und Ziehen in ihrem Bauch verspürte, während er sie mit freundlichen Augen betrachtete, schoss ihr spontan der Begriff »Liebhaber« durch den Kopf. Doch so weit waren sie nun tatsächlich noch nicht. Aber er hatte recht. Seit dem Abend der Oldieparty hatte sich etwas zwischen ihnen verändert, weshalb sie nickte und zu ihrem Platz neben Paulas Körbchen zurückkehrte.

»Hast du schon etwas gegessen?«, fragte er.

Ella schüttelte den Kopf.

»Getrunken?«

Sie verneinte ebenfalls.

»Dachte ich es mir doch.« Er lief hinüber zur Küchenzeile, nahm ein Glas aus dem Schrank und füllte es mit frischem Wasser. Dann brachte er es zu ihr hinüber. »Bevor ich den Wein aufmache, trinkst du am besten erst einmal das. Und keine Angst, ich habe uns nichts gekocht. Ich bin wirklich nicht gut, wenn es darum geht, am Herd zu stehen, doch ich kann hervorragend Kühlschranktüren öffnen und leckere Dinge herausnehmen.«

Er ging wieder zurück zur Küchenzeile, und Ella leerte das Glas Wasser in einem Zug. Sie hatte gar nicht gemerkt, wie durstig sie war.

»Ich habe uns Käse und Oliven, frisches Brot und Salami mitgebracht. Zum Nachtisch gibt es Erdbeeren und Schokolade.«

Ella lachte. »Erdbeeren und Schokolade?«

»Ich lebe mit drei Frauen im Haus, ich weiß, wann es Zeit für Erdbeeren und Schokolade ist.« Er nahm den niedrigen Beistelltisch, der neben dem Sofa stand, und platzierte ihn genau vor Ella. Danach stellte er die Leckereien auf den Tisch, brachte noch Butter und Besteck dazu und setzte sich neben sie auf den Boden.

Sofort verstärkte sich der Aufruhr in Ellas Bauch. Er hatte frisch geduscht, seine Haare waren noch feucht, und sein Aftershave verströmte seinen herben Duft. Sie hatte wenig Hoffnung, dass ein wenig Käse und Brot sie so weit ablenken würden, dass sie sich wenigstens neben ihm entspannen könnte.

»Woher wusstest du, dass ich noch nichts gegessen habe?«, fragte sie in das unangenehme Schweigen hinein.

»Paula ist krank«, antwortete er knapp. »Außerdem war das ein Riesenschreck für dich, sie da bewusstlos liegen zu sehen. Sie gehört zu deiner Familie.«

Er schenkte ihnen einen gut gekühlten Riesling in die Gläser. »Wenn damals ein Tier auf unserem Hof krank wurde, haben wir uns auch gesorgt und manche Nacht im Stall verbracht. Aber bei einem Haustier ist es noch einmal etwas ganz anderes. Es wird zu einem Teil der Familie.«

Nachdenklich kaute Ella auf ihrem Brot herum. Er hatte recht. Paula war nicht nur ein Teil ihrer Familie, sie war neben Connie die einzige Familie, die sie hatte. Allein der kurze

Gedanke daran, dass Paula sterben könnte, hatte sie völlig aus der Fassung gebracht.

Clemens hielt ihr die Schüssel mit den Oliven hin. »Hast du jemanden, der dich in den nächsten Tagen unterstützen könnte? Anne hat erzählt, dass deine Pflegemutter in der Gegend wohnt.«

»Nein, Connie mag keine Hunde. Zumindest nicht so sehr, dass sie sich um Paula kümmern könnte«, relativierte sie und nahm sich eine Olive. Sie riskierte einen Blick in seine wachen blauen Augen und wünschte sich, sie könnte sich jetzt an ihn kuscheln und ihre Sorgen um Paula vergessen.

»Auch wenn sie keine Hunde mag, könnte sie dich doch unterstützen. Sie muss ja nicht auf Paula aufpassen.«

»Wir haben zurzeit keinen so guten Kontakt«, antwortete sie vage und schämte sich ein bisschen, wie sie Connie eben bei Clemens dargestellt hatte. »Außerdem komme ich sehr gut allein zurecht. Das mache ich seit Jahren.«

»Das meine ich nicht, natürlich kommst du allein zurecht. Aber manchmal kann etwas Hilfe auch nicht schaden. Wir könnten dich auch gern unterstützen«, sagte Clemens sanft.

Ella bemühte sich, in seinen freundlichen Tonfall nicht mehr hineinzuinterpretieren, als gut für sie war. »Ich habe vorhin telefonisch einiges organisiert und mir die nächsten beiden Tage freigenommen. Dr. Everts meinte, Paula würde sich wohl rasch erholen. Morgen fahre ich noch zu weiteren Tests in die Praxis, und dann sehen wir weiter. Falls ich sie Donnerstag noch nicht weiter belasten darf, werde ich einen weiteren Bürotag einschieben, auch wenn das im Moment vom Arbeitsaufwand im Wald so gar nicht passt«, entgegnete Ella. Es war ihr unangenehm, dass er ihr Hilfe anbot. Sie kam allein zurecht, das hatte sie immer schon getan, und sie hatte es ihm auch bereits erklärt.

Es entstand eine kleine Pause, in der Ella einen Schluck von dem Weißwein trank. Er schmeckte trocken und fruchtig, ein wenig nach Grapefruit, und sie begann, sich ein klein wenig zu entspannen.

»Viel los im Wald?«, fragte Clemens schließlich. »Ich kann mir gar nicht vorstellen, was du da zu tun hast. In meiner Vorstellung gehen die Förster dort mit ihrem treuen Hund spazieren und kehren irgendwann entspannt wieder zurück nach Hause.«

Ella lachte. »Nun, das mit dem treuen Hund stimmt schon, aber wir haben auch die eine oder andere Kleinigkeit zu tun.«

Sie erzählte ihm von einem Rehunfall am frühen Morgen, nach dem sie noch mit Paulas Hilfe nach dem Kitz suchen mussten, bis sie es in fachliche Obhut bringen konnten.

»Und dann gibt es noch so echte Highlights.« Ella merkte, dass sich ihre Stimmung deutlich hob, als sie an ihren Ausflug vor einigen Tagen zurückdachte. »Neulich habe ich beim Training von zwei Rückepferden zugeschaut.«

Fragend schaute Clemens sie an. »Rückepferde?«

»Zu rücken bedeutet bei uns im Wald, gefälltes Holz aus dem Wald hinaus zu den Waldwegen zu transportieren. Das machen die Rücker. Sie bedienen die Forwarder, also die Tragschlepper, mit denen sie vom Waldweg aus in die Rückegassen hineinfahren und dann das Holz mit Winden aus dem Wald ziehen und zum Weg transportieren, wo es dann später auf Lkws geladen wird.«

Clemens grinste. »Stimmt. So ein Teil habe ich schon einmal bei einem Spaziergang mit Mats gesehen. Wir waren beide schwer begeistert.«

Ella lachte. »Das kann ich mir vorstellen. Allerdings sind die Maschinen im wahrsten Sinne des Wortes sehr schwer und nicht gut für den Waldboden. Deshalb überlegen wir

Förster zunehmend, wo wir die Arbeit auch von Rückepferden machen lassen können, um den Waldboden zu schonen.«

»Das heißt, Rückepferde befördern Holz aus dem Wald wie die Tragschlepper.«

»Genau. Und neulich war ich dabei, als zwei Forstwirte mit ihren Pferden trainiert haben. Du kannst dir gar nicht vorstellen, wie geduldig die beiden mit ihren Tieren umgegangen sind. Ich bin wirklich begeistert, dass sie zukünftig hier eingesetzt werden. Früher wurde ja hauptsächlich mit Pferden gerückt, das wäre heute nicht mehr wirtschaftlich. Doch für besonders empfindliche Stellen wird wieder zunehmend auf Rückepferde gesetzt. Manchmal bedeutet Fortschritt eben auch, einen Schritt zurück zu machen.«

Clemens war ein guter Zuhörer, stellte weitere interessierte Fragen und lenkte Ella so noch eine ganze Weile von ihren Ängsten um Paula ab.

Gegen elf stand er auf und streckte ihr seine Hand entgegen. »Es wird Zeit, schlafen zu gehen.«

Er hatte recht. Sie war todmüde. Dieser Tag hatte ihr wirklich alles abverlangt. Paula hatte sich kaum mehr gemuckst, nur dass sie ab und an die Schlafposition verändert hatte. Das Schlimmste schien erst mal überstanden zu sein.

»Ich nehme an, du machst dir das Sofa zurecht. Soll ich dir helfen?«, fragte Clemens.

»Nein, danke, du hast für heute genug getan.« Erschöpft rieb sie sich übers Gesicht, um ihren Kreislauf ein wenig anzukurbeln. »Es war wirklich nett von dir, dass du dich heute Abend so um mich gekümmert hast, vielen Dank.«

»Ich habe doch schon vorhin gesagt, dass du dich inzwischen oft genug bei mir bedankt hast. Wir sind Freunde, und die tun so etwas füreinander. Außerdem hätte mir Anne ansonsten morgen die Hölle heißgemacht.«

Trotz ihrer Müdigkeit musste Ella lachen, da er bei dieser Aussage eine Grimasse zog. »Ältere Schwestern, was?«

»Da kann ich ein Lied von singen.« Er packte die Essensreste zurück in den Korb und trug ihn hinüber zur Haustür. »Danke für den schönen Abend. Es gefällt mir, mich mit dir zu unterhalten.«

Und damit war er verschwunden.

Ella blieb noch eine Weile im Türrahmen stehen und schaute auf die Lorbeerhecke, hinter der er verschwunden war. Er hatte recht, es war wirklich ein schöner Abend gewesen. Die Zeit war vergangen wie im Flug. Hätte ihr noch vor Kurzem jemand gesagt, sie würde ein paar Stunden in lockerer Unterhaltung mit Clemens Niehus verbringen, hätte sie ihm einen Vogel gezeigt.

Und da war noch mehr gewesen. Normalerweise ertrug sie niemanden um sich, wenn sie wirklich Angst hatte oder unglücklich war. Dann wollte sie allein sein. Oft schlitterte sie dann in eine tiefe Traurigkeit, ausgelöst von ihrer tief sitzenden Angst, verlassen zu werden. Und genau diese Furcht war vorhin in ihr aufgeflammt, während Paula ihren Anfall hatte. Clemens' Anwesenheit, seine Nähe, seine warme tiefe Stimme und die aufmerksamen blauen Augen hatten ihr diese Angst jedoch genommen. Es war seltsam, aber so etwas war ihr noch nie passiert.

Nachdenklich schloss sie die Haustür und schleppte sich nach oben, um ihr Bettzeug zu holen. Clemens war nicht nur ein attraktiver Mann, ganz offenbar konnte er auch freundlich und fürsorglich sein. Attribute, die er vorher gut zu verstecken wusste, wobei sie keine Ahnung hatte, warum. Männer, die so ihre Stimmungen wechselten, waren jedenfalls etwas, wovon sich Ella fernzuhalten wusste – gäbe es da nicht diese unwiderstehliche gravitätische Anziehung, die von Clemens ausging.

Kapitel 11

Zwei Tage später war Paula schon wieder ganz die Alte. Dr. Everts hatte noch einige Tests gemacht, die alle keine besorgniserregenden Ergebnisse aufwiesen. Auch hatte das CT keinen auffälligen Befund gezeigt. Die Tierärztin hatte ihr erklärt, dass sie gute Chancen hätte, dass dies der einzige Anfall bliebe. Die nächsten Monate würden dann Gewissheit bringen.

Ella war so glücklich, dass sie Paula am liebsten bei den Vorderpfoten gepackt und mit ihr durch die Praxis getanzt wäre. Die Angst, ihren geliebten Hund zu verlieren, lastete seit dem Anfall wie ein Mühlstein auf ihrer Seele. Aber nun fasste sie Zuversicht. Vorhin hatte sie mit Paula bereits eine etwas größere Runde als gestern gedreht und dem Hund besonders viel Zeit beim Schnüffeln gelassen. Jetzt lag die Hündin zufrieden zu ihren Füßen und schnarchte vor sich hin.

Ella saß vor ihrem Laptop und schaute nach unten. Sofort verzog sich ihr Mund zu einem breiten Lächeln, und ein warmes Glücksgefühl durchströmte ihren Körper. Sie war unendlich froh, dass es Paula wieder so weit gut ging. Das einzige Problem an der Genesung ihrer Hündin war nur, dass Ella nicht mehr abgelenkt war und ihr dadurch viel mehr Zeit blieb, über den Abend mit Clemens nachzudenken.

Seither hatte sie ihn nicht mehr gesehen. Dem vernünftigen Teil von ihr war das egal, da sie schließlich nur freundschaftlich miteinander verbunden waren und sich nicht jeden Tag treffen mussten. Der unvernünftige Teil aber sehnte sich nach einer Begegnung mit ihm, einer eingehenderen. Auch wenn ihre Ängste um Paula viel zu groß gewesen waren, um an dem Abend auf breite Schultern oder dichte Wimpern zu achten, hatte sie doch das Gefühl von Geborgenheit genossen, das sie in seiner Gegenwart empfand. Es war lange her, dass ihr jemand so beigestanden hatte. Sie war es so gewohnt, ihr Leben selbstständig zu meistern, dass sie gar nicht mehr gewusst hatte, wie gut es tat, wenn man seine Sorgen mit jemandem teilen konnte.

Ella seufzte. Eigentlich hatte sie sich vorgenommen, ein wenig Buchhaltung für den Laden aufzuarbeiten, doch das Gesicht eines gewissen Mannes tauchte immer wieder vor ihr auf. Der Blick aus seinen warmen blauen Augen, der Duft nach Rasierwasser und dem ganz eigenen, der ihm anhaftete. Die sonore Stimme, die ihr Herz flattern ließ, wenn er sie einmal nicht zum Brummen benutzte …

Gerade als sie sich wieder dem Programm auf ihrem Laptop zuwenden wollte, klingelte es an der Haustür. Froh über jedwede Form der Ablenkung lief sie, dicht gefolgt von Paula, nach vorn.

»Femke, schön, dich zu sehen«, begrüßte sie Annes Mutter, nachdem sie die Tür geöffnet hatte.

»Hallo, Ella, darf ich dich kurz stören?«

»Sicher, komm rein. Einen Tee?« Ella trat einen Schritt zurück und ließ Femke herein, die ausgiebig von Paula begrüßt wurde.

»Nein, danke.« Femke kraulte Paula noch kurz hinter den Ohren, bevor sie sich Ella zuwandte. »Ich wollte dich etwas fragen: Hast du ein Stündchen Zeit? Oder zwei? Du hattest doch gesagt, du wolltest gern einmal dabei sein, wenn ich die Torten verziere. Und da du heute freihast und ich noch gut siebzig Rosen aus Fondant formen muss, dachte ich, du hättest vielleicht Lust, mit rüberzukommen.«

»Du musst Gedanken lesen können«, erwiderte Ella freudig. »Ich sitze über der Buchhaltung und kann mich eigentlich gar nicht konzentrieren. Da wäre ein wenig Beschäftigung meiner Hände genau das Richtige.«

»Kannst du Paula denn allein lassen? Die darf leider nicht mit in meinen Arbeitsraum.«

»Sicher. Wir waren eben spazieren, und ihr Zustand ist wieder stabil. Ein Stündchen kann sie gut allein bleiben, ohne dass ich ein schlechtes Gewissen habe.«

Ella schickte Paula in ihr Körbchen, griff sich die Schlüssel und folgte Femke hinüber ins Haupthaus.

»So, das ist mein Allerheiligstes«, erklärte Femke, als sie eine Tür rechts vom Eingang öffnete. »Kinder- und störungsfreie Zone. Komm rein.«

Ella staunte, während sie den Raum betrat. Er war zwar deutlich kleiner als die Küche, aber effizient eingerichtet. In der Mitte stand ein großer Arbeitstisch aus Edelstahl, auf dem eine dreistöckige Torte thronte. Die Schichten waren bereits mit weißem Fondant bedeckt, die Ränder im unteren Drittel jeweils pinkfarben abgesetzt.

»Eine Hochzeitstorte?«, fragte sie.

»Nein. Heute Abend gibt es eine Überraschungsparty für die Ehefrau eines Kunden. Sie wird vierzig, und ihr Mann will das ganz groß aufziehen. Deshalb muss ich für die Torte noch die Rosen machen, die sie von oben bis unten verzieren sollen.«

»Rundherum?«

Femke schüttelte den Kopf. »Nein, eher wie ein Wasserfall. Wir beginnen hier unten und ziehen sie dann seitlich immer schmaler werdend nach oben. Dann ist es dekorativ, aber nicht zu überladen.«

»So einen Arbeitsraum hätte ich auch gern«, entfuhr es Ella. Fasziniert betrachtete sie die Profiöfen und Rührschüsseln, dazu eine ganze Batterie von Schneebesen, Teigrollern und Messern. Die praktischen Hängeschränke rundum waren mit Glastüren bestückt, die Einblicke darauf zuließen, was sich hinter ihnen befand. Der Raum war der wahr gewordene Traum eines jeden Bäckers.

»Dann lass uns anfangen«, meinte Femke und reichte ihr eine Schürze.

Nachdem sie sich gründlich die Hände gewaschen hatten, zogen sie sich Latexhandschuhe über und stellten sich an den Arbeitstisch. Femke hatte bereits etliche schmale Rollen Fondant in Weiß und Pink vorbereitet, und Ella war neugierig, wie man daraus Rosen zaubern konnte.

»Zuerst nimmst du dir eine von den vorbereiteten Rollen und schneidest acht schmale Stücke ab.«

Ella beobachtete genau, wie Femke das Messer ansetzte.

»Dann formst du aus den einzelnen Stücken kleine Kugeln, platzierst sie mit ausreichendem Abstand hier auf dem aufgeschnittenen Gefrierbeutel und deckst sie anschließend damit zu.«

Femke griff nach einem Glas und drückte es auf die erste der kleinen Kugeln.

»Ein Minipfannkuchen«, sagte Ella lachend.

»Sieht so aus, oder? Das werden unsere Blütenblätter. Du löst also die Minipfannkuchen nacheinander von der Folie und rollst den ersten einfach auf. Das wird der Blütenstempel. Dann legst du die anderen Blätter nur noch Stück für Stück drum herum, und fertig ist die Rose.«

Geschickt dekorierte Femke Blättchen für Blättchen und

griff anschließend nach einem Modellierstäbchen, um den Blütenblättern den letzten Schwung zu geben. Schwupps war die erste Blüte hergestellt.

»Ganz einfach, oder?« Erwartungsvoll schaute sie zu Ella hinüber.

»Das ist wohl Ansichtssache, aber ich werde es versuchen.«

Wie sich rasch herausstellte, war die ganze Sache längst nicht so einfach, wie sie bei Femke aussah, und Ellas erste drei Blüten waren mehr bemüht als schön. Aber ab der vierten hatte sie den Dreh langsam raus und war mit sich zufrieden.

»Du bist wirklich geschickt mit den Händen«, lobte Femke.

»Wäre ich nicht Försterin geworden, hätte ich vielleicht eine Ausbildung zur Bäckerin gemacht. Oder Konditorin. Vielleicht auch beides«, erwiderte Ella grinsend. »Wobei, wahrscheinlich hätte mir dann doch der Bezug zur Natur gefehlt. Aber als Hobby ist es für mich eine feine Sache. Hast du auch eine richtige Ausbildung gemacht, oder bist du so ins Metier reingerutscht?«

»Nein, von der Pike auf gelernt.« In rascher Folge formte Femke die nächste Blüte. »Meine Eltern hatten eine eigene Bäckerei. Ich bin also quasi mit Eiern und Mehl aufgewachsen. Die Ausbildung zur Konditorin habe ich dann in einem Café in Emden gemacht.«

»Und hast du die Bäckerei anschließend übernommen?«, wollte Ella wissen.

Femke lachte. »Nein, ich habe einen Landwirt geheiratet. Anstatt Torten zu dekorieren, habe ich Kühe gemolken.«

Augenblicklich wanderten Ellas Gedanken zu Clemens, den sie sich überhaupt nicht in einem Kuhstall vorstellen konnte.

»Als mein Mann Hein vor acht Jahren starb, habe ich den

Betrieb verkauft«, fuhr Femke fort, die glücklicherweise keine Ahnung von Ellas abschweifenden Gedanken hatte. »Danach habe ich mir eine kleine Wohnung in Aurich gesucht und endlich wieder in einer Backstube gearbeitet.«

»Aber ist es dir gar nicht schwergefallen, dich von dem Hof zu trennen? Da hingen doch sicher auch viele Erinnerungen dran.«

Femke seufzte und griff nach einer weiteren Rolle Fondant. »Manchmal muss man schwere Entscheidungen treffen. Das Leben geht weiter. Und es ist ja nicht so, dass die Erinnerungen an meinen Mann verblassen, bloß weil ich nicht mehr auf dem Hof wohne. Natürlich habe ich auch meine nostalgischen Anwandlungen. Dann fahre ich rüber, die neuen Besitzer besuchen, und freue mich darüber, dass der Hof so gut läuft. Dass er wieder mit Leben gefüllt ist. Ich allein hätte die Tiere nicht versorgen können, und auf einem unbewirtschafteten Hof zu leben, irgendwo im Nirgendwo, ist auch kein Zuckerschlecken.«

Sie zuckte mit den Schultern, als wäre damit alles gesagt. Bei ihr klang es so einfach, sich zu solch einer Entscheidung durchzuringen, dachte Ella, aber Femkes Leben war natürlich auch ein ganz anderes als ihres gewesen. Das Geschäft lief schon seit Jahren weiter, obwohl ihre Eltern es nicht mehr führten. Eine Situation, mit der Ella aufgewachsen war und die bisher immer reibungslos funktioniert hatte. Blieb nur zu hoffen, dass Connie sich endlich wieder beruhigte und sie den Streit beilegen konnten.

Als sie spürte, wie sich der Kloß in ihrem Hals immer weiter ausbreitete, wechselte sie rasch das Thema. »Und heute steigt demnach eine große Überraschungsparty?«

»Ja, das ist wirklich ein Liebesbeweis, oder? Die beiden sind so ein schönes Paar.« Femke lächelte versonnen.

»Kennst du sie schon länger?«

»Ja, sie waren eines der ersten Paare, die hier auf dem Eventhof ihre Hochzeit gefeiert haben.«

»Wow, das spricht ja dafür, dass ihr damals ein tolles Fest ausgerichtet habt«, meinte Ella staunend, während sie die nächste Ladung Kügelchen zu Minipfannkuchen drückte.

»Es war wirklich ein schönes Fest, aber die beiden waren auch ein völlig unkompliziertes Paar. Keine überkandidelten Sonderwünsche oder Zickereien. Eine entspannte Vorbereitung und ein rundum schöner Tag. Den hatten sie sich aber auch verdient.«

»Klingt, als würdest du es den beiden besonders wünschen, dass sie gemeinsam glücklich werden«, sagte Ella.

Femke nickte. »Für beide ist es die zweite Ehe. Sie haben ihre ersten Partner durch Krebserkrankungen verloren und sich danach über eine Selbsthilfegruppe im Internet kennengelernt. Sie gehen so achtsam miteinander um, dass es eine Freude ist, mit ihnen zusammen zu sein.«

»Du schwärmst ja regelrecht.«

Laut seufzte Femke. »Ich bin eben hoffnungslos romantisch, und die beiden zeigen so deutlich, was das Leben einem alles schenken kann, wenn man es mit offenen Augen und Ohren lebt.«

Femkes Worte weckten ein wenig Unbehagen in Ella. Lebte sie ihr Leben auch mit offenen Augen und Ohren? überlegte sie, während sie die dünnen Fondantblättchen sorgsam um den nächsten Blütenstempel legte. Sie war immer offen für Neues, sonst könnte sie diese ständigen Vertretungsjobs gar nicht länger machen. Das sprach eindeutig dafür. Nur wusste sie, wenn sie ehrlich war, nicht ganz genau, ob diese Ortwechsel nicht auch jedes Mal eine Flucht waren. Eine Flucht davor, zu enge Bindungen einzugehen.

Wobei, manches Mal innerhalb der letzten paar Wochen hatte Ella sich anders gefühlt als in den Jahren zuvor. Wenn sie ehrlich war, musste sie zugeben, dass sich der kleine Mats bereits in ihr Herz geschlichen hatte, und auch der Kontakt zu den anderen Bewohnern des Hofs entwickelte sich intensiver, als sie es bisher bei anderen Vertretungsjobs zugelassen hatte. Sie wusste jetzt schon, dass es ihr dieses Mal schwererfallen würde, Abschied zu nehmen, aber sie war im Augenblick auch noch nicht bereit, sich wieder zurückzuziehen.

Nachdem sie mit den Rosenblüten fertig waren, schaute Ella noch dabei zu, wie Femke ihre kleinen Kunstwerke auf der Torte drapierte. Als sie schließlich einen Schritt zurücktrat und das Gebilde aus der Entfernung betrachtete, konnte sie nur sagen, dass es prächtig aussah. Es wirkte wirklich so, als würde eine Fülle von Blüten aus der Torte heraussprudeln.

»Wenn ich von deiner Arbeit ausgehe, wird das heute auch wieder ein wunderschönes Fest«, meinte Ella ehrfürchtig.

»Wir werden auf jeden Fall wieder unser Bestes geben, damit es gelingt. Wenn du Lust hast, kannst du nachher vorbeischauen und dir das Endergebnis ansehen. Helfende Hände können wir immer gut gebrauchen.«

»Vielleicht mache ich das tatsächlich. Mal sehen, wie weit ich bis dahin mit meiner Buchhaltung bin. Jetzt muss ich aber wirklich zurück zu Paula. Bevor ich mit dem Papierkram anfangen kann, bekommt sie nämlich erst noch einen ausgiebigen Spaziergang. Vielen Dank, dass du mich in dein Allerheiligstes gelassen hast.«

Gegen halb sechs war sie schließlich mit allem fertig. Paula lag gefüttert in ihrem Körbchen. Ella hockte sich daneben und streichelte ihr über das raue Fell. Es war unübersehbar, dass sich der Hund wohlfühlte, und doch überlegte sie ständig, womit sie der Hundedame noch eine weitere Freude machen konnte.

»Für heute ist es genug«, raunte sie und kraulte Paula noch einmal kurz hinter dem linken Ohr. »Nachher drehen wir noch unsere Abendrunde, und morgen früh geht es wieder in den Wald. Die Arbeit ruft.«

Als hätte sie Ella genau verstanden, seufzte Paula entspannt auf und streckte alle viere von sich, bevor sie sich wieder zusammenrollte.

Lächelnd ging Ella nach oben, um sich umzuziehen. Sie würde Femkes Angebot annehmen und kurz auf der Feier vorbeischauen. Natürlich nur, um sich für Clemens' Unterstützung zu revanchieren. Ihr Angebot hatte rein gar nichts damit zu tun, dass sie ihn seit vorgestern Abend nicht gesehen hatte und sie ein aufregendes Kribbeln im Bauch hatte, wenn sie an ihn dachte.

Ella seufzte auf und strich sich über das Kleid. Durch die geöffnete Terrassentür hatte sie schon seit Stunden das Stimmengewirr von Erwachsenen und wildes Kreischen von spielenden Kindern gehört. Sie hätte zu gern die Augen des Geburtstagskinds gesehen, als es die Scheune betrat. Auch wenn sie die Dekoration von heute noch nicht kannte, wusste sie doch, dass Anne wieder etwas Wundervolles gezaubert hatte.

Rasch schlüpfte sie in ein Paar bequeme Pumps. Wer weiß, vielleicht konnte sie Clemens und Anne ein wenig helfen, dann käme sie sich nicht so eigennützig vor.

Dem Geräuschpegel entsprechend standen etliche Leute in kleinen Gruppen vor der Scheune und unterhielten sich angeregt. Clemens und Anne hatten dort Stehtische aufgestellt, die mit langen weißen Decken bedeckt waren, die unterhalb der Tischplatte mit einem breiten weißen Satinband zusammengehalten wurden. Einzelne rosafarbene Pfingstrosen standen mit ein wenig Grün in schlanken Glasvasen darauf und verliehen dem Ganzen eine elegante Note. Um die Erwachsenen tobten Kinder jeden Alters herum, völlig unbeeindruckt davon, dass alle ihre gute Kleidung trugen. Eine ausgelassene Gesellschaft, die das schöne Ambiente in strahlendem Sonnenschein genoss.

Ella musste sich beherrschen, nicht nach dichten Regenwolken zu schauen, die ihrem Wald endlich das dringend benötigte Wasser versprachen. Es war weder Regen gemeldet, noch hätte er zu dieser fröhlichen Gesellschaft gepasst.

Da sie hier draußen auch nicht Clemens und Anne entdecken konnte, ging sie in die Scheune hinein. Die beiden hatten eine Trennwand geschlossen, auf die über die ganze Breite ein weiter Blick über die Salzwiesen gemalt worden war, und den Raum dadurch um die Hälfte verkleinert. So passte es besser für die relativ kleine Gesellschaft, die Ella auf knapp sechzig Personen schätzte. Die Tische hatte Anne mit kunstvollen Gestecken aus Pfingstrosen, Hortensien und pinkfarbenen Teeröschen geschmückt. Eines stand neben dem Kuchenbuffet, auf dem neben anderem Gebäck auch die Reste der Rosentorte zu sehen waren. Hier drinnen waren nur wenige Tische besetzt. Eine Gruppe älterer Gäste nahe der Theke lauschte einem stattlichen Herrn, der mit dröhnender Stimme von einer Afrikareise erzählte.

Clemens spülte Gläser. »Hallo, Ella!«, begrüßte er sie, wobei seine Augen funkelten. Ella musste rasch auf seine schlanken Hände schauen, damit ihr Herz nicht zu schnell zu schlagen begann.

»Hallo, Clemens.« Sie ging zu ihm hinüber und lehnte sich an den Tresen. »Ist Anne gar nicht da?«

»Die hat sich etwas hingelegt. Kreislauf.«

»Oh, das tut mir leid. Kann ich dir helfen?«

Das Lächeln, das auf seinem Gesicht erschien, ließ ihre Knie weich werden, sodass sie sich zusätzlich mit den Ellbogen abstützte.

»Gern, aber nur, wenn du Lust hast. Prinzipiell kommen das Team und ich heute auch allein klar. Doch gleich wird das Buffet aufgebaut, und da würde ich möglichst gern dabei sein, damit alles klargeht. Wenn du Lust hättest, während dieser Zeit die Gläser zu füllen?«

»Na klar. Wie es hier abläuft, habe ich ja schon neulich gesehen. Bietet ihr heute irgendetwas Besonderes an?«

»Erdbeer-Campari-Cocktail. Kennst du den?«

»Bisher noch nicht, aber klingt lecker und erfrischend.«

»Der wird dir leicht von der Hand gehen, denn wir haben schon alles vorbereitet. Die Erdbeeren sind püriert und mit dem Campari vermischt, du brauchst also nur noch einen Teil Erdbeer-Campari-Mus und einen Teil Rosésekt ins Glas zu geben. Eis dazu und eine Scheibe von den Orangen obendrauf, fertig. Die Orangen stehen übrigens ebenfalls schon aufgeschnitten im Kühlschrank. Ansonsten gibt es zwei Rot- und zwei Weißweine, die üblichen Softgetränke und Pils vom Fass.«

»Das hört sich machbar an.« Sie stellte sich neben ihn hinter die Theke, ignorierte standhaft das Kribbeln in ihrem Körper und griff nach einem frischen Geschirrhandtuch. Um die Anspannung in Grenzen zu halten, hielt sie so viel Abstand wie möglich.

»Wie geht es Paula?«, fragte Clemens und musterte sie.

»Bestens.« Sie griff nach einem Weinglas und trocknete es ab. »Heute haben wir schon wieder einen langen Spaziergang gemacht, und sie hat sich benommen, als wäre nichts gewesen. Morgen werden wir wieder in den Wald fahren, wenn auch nur einen halben Tag. Ab Freitag, denke ich, können wir dann wieder unser gewohntes Pensum schaffen.«

»Das klingt doch gut.« Sie spürte, dass Clemens zögerte, und riskierte einen Blick zur Seite. Er sah sie an. »Ich wollte dich fragen, ob du vielleicht Lust hättest, mit Mats und mir zu einem Oldtimertreffen zu fahren«, sagte er endlich.

»Ein Oldtimertreffen?« Ella hielt im Abtrocknen inne. »So was habe ich seit Jahren nicht mehr besucht.«

Clemens zwinkerte ihr zu. »Dann wird es mal wieder Zeit, was meinst du? Blitzender Chrom und nostalgischer Charme?«

Ella lachte. »Du meinst, das wäre genau das Richtige für die romantische Ader einer Frau? Woher willst du wissen, dass ich die habe?«

»Stimmt, ich habe keine Ahnung. Hast du?«

Sofort hatte sie die Melodie von *True Love* aus dem Film *Die oberen Zehntausend* im Kopf und summte sie vor sich hin. Erst gestern Abend hatte sie ihn gesehen, wobei sie statt Bing Crosby immer wieder Clemens' Gesicht vor Augen hatte. Doch das würde sie ihm ganz bestimmt nicht verraten.

»Natürlich«, antwortete sie daher betont nüchtern. »Was meinst du, warum ich euer Häuschen gemietet habe?« Sie stellte das Weinglas ins Regal. »Wann wollt ihr denn los?«

»Sonntagmittag«, antwortete Clemens. »Wenn wir nach der Hochzeit am Samstag wieder klar Schiff gemacht haben.«

Ein Oldtimertreffen. Ella dachte an die Sonntage, die sie mit ihren Eltern verbracht hatte. Der Sonntag war bei ihnen immer ein Familientag gewesen, an dem sie gemeinsam etwas unternahmen. Gerade im Sommer wurde in ganz Ostfriesland einiges an Programm geboten, sodass meist irgendwo ein Fest gefeiert wurde, bei dem sie mitmachen oder Stände auf irgendwelchen Märkten bestaunen konnten. Ob in jungen Jahren Kasperletheater oder Ritterfeste, Drachenfeste im Herbst oder Weihnachtsmärkte im Winter. Der Sonntag war für sie immer das Highlight der Woche gewesen, selbst wenn sie mit ihren Eltern einfach nur einen ausgedehnten Spaziergang durch die Natur unternahm.

»Ich würde sehr gern mitfahren, danke für die Einladung.« Sie sah Clemens an und suchte unwillkürlich nach Spuren dessen in seinem Gesicht, was dieses Angebot für ihn bedeutete.

»Es war Mats' Idee«, erklärte er lapidar und legte das Spültuch beiseite.

Da in diesem Moment einige Gäste kamen und neue Getränke bestellten und zudem der Caterer mit dem Buffet, hatte sie keine Zeit, sich über diese Bemerkung weitere Gedanken zu machen.

Kapitel 12

Sonntagmittag sah das Ganze ganz anders aus. Keine Gäste, die sie ablenkten, dafür Wartezeit auf die Abfahrt, die sich wie Kaugummi zog. Was hatte ihr Clemens mit dieser Bemerkung, dass es Mats' Idee gewesen sei, sagen wollen? Wollte er ganz deutlich machen, dass er keinerlei Interesse an ihr hatte? Und wenn schon. Sie war schließlich selbst nicht auf der Suche nach einer Beziehung. Und eine kurze Affäre mit dem Vater eines vierjährigen Jungen stand gewiss nicht ganz oben auf ihrer Wunschliste. Dadurch dass sie Mats jetzt schon ins Herz geschlossen hatte, war es irgendwie nicht ganz so unverbindlich, wie sie es normalerweise mochte. Außerdem war ihr das Risiko mit Clemens zu groß – sein Verhalten war zu unberechenbar, und insgeheim fürchtete sie auch, mehr von ihrem Herzen an ihn zu verlieren, als sie wollte.

Ella rieb sich die Hände und marschierte in ihrem Wohnzimmer auf und ab, während Paula an der Terrassentür saß und ihre Wanderung interessiert verfolgte.

»Du hast es gut, du musst dir über solch komplizierte Dinge nicht den Kopf zerbrechen. Manchmal wünschte ich, wir könnten tauschen. Aber dafür sind die menschlichen Versuchungen dann doch einfach zu groß.«

Sie musste wieder daran denken, wie Clemens ihr zugezwinkert hatte. Es wirkte so locker – und sexy. Ella spürte, wie ihr Herz einen Satz machte. Die Chemie zwischen ihnen beiden war wirklich ein explosives Gemisch, zumindest von ihrer Seite. Die Frage war nur, ob er genauso fühlte. Bisher hatte es keinerlei Anzeichen gegeben, dass dem so war. Rein freundschaftlich hatte er sich zuletzt verhalten. Und das war schließlich genau das, was sie wollte. Oder nicht?

Ella stöhnte auf und ließ sich aufs Sofa fallen. Sie fühlte sich sehr zu ihm hingezogen und fürchtete, sobald Clemens signalisierte, mehr von ihr zu wollen, würde er auf offene Arme treffen. Aber diese Entscheidung stand noch nicht an, wenn sie denn überhaupt jemals zur Debatte stand.

Als es klingelte, sprang sie erleichtert über diese Erlösung aus ihren Gedanken auf. Doch die Erlösung dauerte nur kurz, denn ihr Bauch zog sich gleich sehnsuchtsvoll zusammen, als sie die Tür öffnete und Clemens sah.

»Hallo, ihr beiden, ich bin fertig«, begrüßte sie Vater und Sohn betont fröhlich.

»Schau mal, Ella, ich habe meinen Rucksack dabei.« Mats zeigte ihr einen dunkelblauen Rucksack mit einem Aufdruck von Spiderman. »Hast du auch einen?«

»Ja, nur nicht so einen schönen wie deinen.« Sie zeigte ihm ihren weinroten Wanderrucksack. »Aber er hat ganz viel Platz für meine Schätze«, fügte sie hinzu.

Mats bekam große Augen. »Was für Schätze?«

»Ja, was für Schätze?«, fragte auch Clemens. »Möchtest du vielleicht einen alten Benz da hineinstopfen?«

»Ihr werdet schon sehen. Es gibt überall Schätze zu finden, auch bei einem Oldtimertreffen.«

»Ich will auch welche«, erklärte Mats inbrünstig.

»Na, dann lasst uns mal schauen, ob wir welche finden«, sagte Clemens lachend und wuschelte seinem Sohn durchs Haar.

Bisher hatte er sie nur flüchtig angeschaut, aber nun schenkte er ihr doch einen Blick, und wie immer traf sie das

Verlangen wie ein Blitz. Sie war froh, dass sie sich damit beschäftigen konnte, die Haustür zu schließen. Als sie sich wieder umdrehte, waren Clemens und Mats bereits auf dem Weg zum Auto. Eine gute Gelegenheit, ihn genauer zu betrachten. Die eng geschnittenen Jeans betonten seine muskulöse Figur, und das rostrote Henleyshirt sowie die dunkelbraune Lederjacke verliehen ihm etwas Lässiges.

Sie eilte ihnen hinterher und hoffte inständig, dass sie die Fahrt nicht in verlegenem Schweigen verbringen müssten.

Das Gegenteil war der Fall. Die Zeit im Auto verging wie im Flug, da Mats sie gut gelaunt unterhielt. Es fühlte sich sehr vertraut an, erinnerte es Ella doch an die vielen Abende, die sie bereits miteinander im Altenteilerhäuschen verbracht hatten. Auch Paula und er waren ein Herz und eine Seele. Die Hündin teilte seit vorletzter Woche sogar ihr Körbchen mit dem Knirps. Mats hatte ihr erklärt, das sei jetzt sein Lieblingsplatz. Dort saß er mit Vorliebe, wenn Ella ihm Geschichten vorlas, damit Paula mit ihm gemeinsam die Bilder anschauen konnte. Die wiederum machte es sich dann neben ihm bequem, legte ihren Kopf auf seine Beine und öffnete tatsächlich ein Auge, wenn Mats ihr das Buch davorhielt, ehe Ella wieder weiterlesen durfte.

»Benno hat erzählt, dass er eine Schwester bekommt«, erzählte er nun. »Woher wissen die, dass das ein Mädchen wird, wenn man doch noch gar nicht sehen kann, ob sie Ohrringe trägt?«

Ella musste ein Lachen unterdrücken. Clemens, dem es offenbar genauso ging, grinste sie an, bevor er fragte: »Ohrringe?«

»Ja. Ganz viele Mädchen haben Ohrringe mit so Marienkäfern dran. Aber Jungs haben manchmal auch einen Ohrring. Kann ich auch einen haben?«

»Nein«, entgegnete Clemens, »jetzt noch nicht.«

»Warum nicht? Der Alexander hat auch einen. Mit Glitzer!«

»Wenn du älter bist, können wir noch einmal darüber reden«, erwiderte Clemens und grinste noch immer.

»Immer, wenn ich älter bin«, maulte Mats. »Ich bin aber jetzt auch schon älter.«

Clemens nahm über den Rückspiegel Blickkontakt mit seinem Sohn auf. »Okay, dann machen wir es genauer. Wir können wieder darüber sprechen, wenn du zwölf bist.«

»Wie lange dauert das?«, wollte Mats wissen. »Wie viel Mal schlafen?«

»Noch einige Male. Dann gehst du schon zur Schule«, antwortete Clemens seufzend.

»Ella, weißt du was?« Plötzlich klang Mats wieder gut gelaunt. »Bald bin ich ein Vorschulkind!«

Ella schaute über die Schulter nach hinten. »Toll! Freust du dich schon darauf?«

Mats nickte und zeigte ihr alle zehn Finger. »Noch so oft schlafen.«

»Und ein bisschen mehr«, erklärte Clemens. »Nächstes Jahr im Sommer darfst du auch zu den Vorschulkindern.«

»Genau«, pflichtete Mats ihm fröhlich bei, dem offensichtlich nicht bewusst war, dass ein ganzes Jahr ein anderes Größenverhältnis als seine zehn Finger bedeutete.

Sowie Ella sich wieder auf die Straße konzentrierte, keuchte sie erschrocken auf, als sie auf einer großen Wiese kurz vor Westerholt Dutzende Oldtimer entdeckte.

»Alles in Ordnung?«, fragte Clemens und schaute sie irritiert an.

»Klar.« Ella rang sich ein Lächeln ab, ehe sie überlegte, wie sie mit der Situation umgehen sollte. Am liebsten hätte sie sich mit der Hand gegen den Kopf geschlagen, dass sie sich überhaupt keinen einzigen Gedanken darüber gemacht hatte, wo dieses Treffen stattfinden sollte. Dass es nun ausgerechnet in Westerholt war, dem Ort, in dem Connie seit Jahrzehnten zu Hause war, kam einer Katastrophe nahe.

Clemens fand noch einen Parkplatz auf der benachbarten Wiese, und sie stiegen aus. Obwohl es heute bedeckt und das Thermometer kaum über fünfzehn Grad gestiegen war, setzte sich Ella ihre Sonnenbrille und den breitkrempigen Hut auf, den sie in den Tiefen ihres Rucksacks gefunden hatte.

Den fragenden Blick von Clemens ignorierte sie, auch wenn das schlechte Gewissen an ihr nagte. Aber schließlich konnte sie ihm schlecht sagen, dass sie auf keinen Fall von irgendjemandem erkannt werden wollte. Das Risiko, dass sie jemand auf Connie, geschweige denn auf das Modehaus in Aurich ansprach, wollte sie auf keinen Fall eingehen. Zum einen, weil sie keine Lust hatte, neugierige Fragen von Leuten zu beantworten, die sie damit in Verbindung brachten. Zum anderen hatte sie die Geschichte über das Vermögen von Clemens' Exfrau so besorgt, dass sie froh war, wenn die Verbindung zwischen ihr und dem Namen Vanbrecht aus Aurich zumindest vorläufig noch nicht offenkundig wurde.

Etliche herausgeputzte Oldtimer, die von ganzen Menschentrauben belagert wurden, reihten sich aneinander. Zum Glück schienen Clemens und Mats nichts von ihren Sorgen zu bemerken. Die beiden blödelten ausgelassen herum, Clemens schnitt Mats komische Grimassen und setzte sich den lachenden Knirps schließlich schwungvoll auf die Schultern. Von seinem Aussichtsplatz dort oben dirigierte er sie fröhlich zu den Wagen, die er sich näher anschauen wollte. Rasch ließ Ella sich wieder von der guten Laune der beiden anstecken und betrachtete vergnügt die alten Automobile.

Oldtimer hatten für sie schon immer ihren Reiz gehabt. Sprach es für ihre romantische Ader, dass sofort Bilder zu Geschichten wurden, sobald sie solch einem Fahrzeug gegenüberstand? In dem Mercedes-Cabrio aus den fünfziger Jahren zum Beispiel sah sie Grace Kelly sitzen, wunderschön, die seidige Kapuze elegant den Hinterkopf bedeckend. Oder der braun-weiße Chevrolet aus den vierziger Jahren. Er hätte eine weitere Requisite in einem ihrer heiß geliebten Spielfilmklassiker sein können. Zum Beispiel mit Katharine Hepburn am Lenkrad, natürlich mit Hut und in einem todschicken Kleid.

So ging sie verträumt von Auto zu Auto, immer darauf bedacht, zugleich genug Abstand zu halten, damit sie nicht mit Clemens in Berührung kam, die beiden in dem Getümmel um sie herum aber auch nicht zu verlieren.

Als sie sich nach der Besichtigung eines Studebaker Dictator aus den Dreißigern umwandte, um weiterzugehen, passte sie einen Moment nicht richtig auf und berührte Clemens' Hand. Der heftige Stromschlag, der sie daraufhin durchfuhr, ließ sie erschrocken zurückspringen, weshalb sie so heftig gegen eine weitere Person prallte, dass ihr fast die Sonnenbrille von der Nase gerutscht wäre.

»Es tut mir so leid«, stammelte sie und drehte sich um.

Wie vom Donner gerührt, erstarrte sie zur Salzsäule. Vor ihr stand niemand anders als Vicky, Connies Nachbarin.

Doch die schien sie mit Hut und Sonnenbrille nicht zu erkennen, denn sie lächelte ihr nur freundlich zu. »Kein Problem, es ist nichts passiert.«

Ellas Herz klopfte heftig, während sie mit gesenktem Kopf eilig an Vickys Ehemann und ihren beiden Söhnen vorüberlief. Doch auch diese drei nahmen keine weitere Notiz von ihr.

»Alles gut?«, fragte Clemens, nachdem er sie wieder eingeholt hatte.

»Ja, alles gut«, bestätigte sie ein wenig atemlos. »Ich habe einfach nicht aufgepasst.«

Clemens musterte sie mit einem fragenden Blick, aber glücklicherweise verlangte Mats in diesem Moment, dass sie sich einen Oldtimerbus am Rande der Wiese anschauten.

Auf halber Strecke entdeckte er eine Möwenfeder auf dem Gras. Triumphierend streckte er sie ihr entgegen. »Schau mal, Ella, schon wieder ein Schatz.«

Umständlich nahm er seinen kleinen Rucksack vom Rücken, öffnete ihn und ließ die Feder vorsichtig hineingleiten. Die Schatzsuche hatte sich für ihn bisher als sehr erfolgreich erwiesen. Zuerst hatte er einen Kieselstein entdeckt, der seiner Meinung nach aussah wie der Mond. Dann kaufte ihm Clemens an einem der Stände einen farbigen Karabinerhaken, den seiner Meinung nach jeder kleine Junge unbedingt besitzen musste. Schließlich fand er noch eine Schraube, die ihre besten Tage bereits seit Langem hinter sich hatte, und eine alte Einkaufsquittung. Nun also noch eine Möwenfeder.

Nachdem Mats seinen Rucksack wieder geschultert hatte, setzten sie den Weg zu dem Bus aus den fünfziger Jahren fort. Nach Vater und Sohn erklomm auch Ella die Stufen zu dem kompakten Gefährt und wunderte sich wieder einmal darüber, mit wie wenig Platz die Menschen in der Mitte des vorigen Jahrhunderts ausgekommen waren, während sie die recht schmalen Sitzbänke betrachtete.

Mats setzte sich gleich in die zweite Reihe ans Fenster und drückte neugierig seine Nase dagegen, als Clemens neben ihn rutschte. Ein wenig unschlüssig blieb sie stehen, da die Bank neben den beiden belegt war, und suchte sich schließlich einen Platz weiter hinten.

»Ella, komm doch zu uns!«, rief Mats durch den halben Bus, nachdem er sich nach ihr umgeschaut hatte.

»Der Platz reicht nur für euch zwei«, antwortete Ella etwas leiser. »Hier ist es auch sehr schön.«

»Ich setz mich auf Papas Schoß, dann hast du auch Platz«, verkündete er mit unverändert lauter Stimme.

Also griff Ella nach ihrem Rucksack und ging unter den Blicken etlicher Besucher durch den schmalen Gang wieder nach vorn. Clemens hatte inzwischen Mats auf den Schoß genommen und war hinüber ans Fenster gerutscht, sodass sie sich auf den Platz am Gang setzen konnte.

»Ist es nicht schön hier?«, fragte Mats sie begeistert.

Sie zwang sich zu einem Lächeln. »Ja, ganz toll.«

Wie befürchtet, bot der Sitz nicht ausreichend Platz, um Abstand zu halten. Obwohl sie sich bemühte, berührte sie Clemens von der Schulter bis zu den Zehen. Ein Zustand, der ihr eine Hitzewelle nach der anderen und heftiges Herzklopfen bescherte. Höchste Zeit, sich auf andere Gedanken zu bringen.

»Wo sollen wir denn hinfahren, wenn wir schon in solch einem schönen Bus sind?«, versuchte sie Mats zu einer Fantasiereise anzuregen.

»Zu Leopeule in den Wald. Du weißt schon, die kleine Eule aus dem Buch«, kam es wie aus der Pistole geschossen.

»Dann fahr mal los, du bist der Chef«, ermunterte Ella ihn.

Sofort ahmte der Knirps einen Motor nach und legte sich wie ein Rennfahrer in die Kurven. »Alles aussteigen! Wir sind da!«, erklärte er dann.

Ungeduldig krabbelte er über Ellas Schoß hinweg und flitzte durch den Gang zur Tür.

»Bekomme ich eine Bratwurst?«, rief er von dort, während Ella und Clemens einander ansahen und plötzlich laut loslachten.

»Ein kleiner Temperamentsbolzen«, brachte Clemens mühsam hervor.

»Ja.« Ella wischte sich eine Lachträne aus dem Augenwinkel. »An seiner Aufmerksamkeitsspanne solltest du noch arbeiten.«

Gemeinsam folgten sie Mats aus dem Bus und überquerten die Wiese hinüber zu den Imbisswagen. Nachdem sie eben so herzhaft über Mats lachen konnte, fühlte sie sich endlich entspannt. Dann ließ sie sich die Bratwurst schmecken und amüsierte sich köstlich über die wenig hilfreichen Bemerkungen des Kleinen, als Clemens versuchte, einen dicken Klecks Senf, der auf seine Hose getropft war, mit einem Taschentuch zu entfernen. Natürlich half das Reiben in keiner Weise, doch Mats fand überaus bildhafte Vergleiche, welchen menschlichen Ausscheidungen dieser Fleck nun ähnlich sei.

Trotz aller anfänglichen Widrigkeiten hatte sie diesen Ausflug mit Vater und Sohn doch noch sehr genossen. Für die beiden, die sehr locker und harmonisch miteinander umgingen, schien es selbstverständlich zu sein, sie mit in ihren Kreis aufzunehmen, sodass sie letztlich wie eine kleine Familie gemeinsam über die große Wiese schlenderten.

Als sie schließlich wieder am Auto ankamen, spürte Ella einen Stich des Bedauerns, dass dieser schöne Nachmittag schon bald endete. Sie hatte Clemens noch nie so entspannt und fröhlich erlebt, was ihre Empfindungen für ihn auf Hochtouren laufen ließ. Aber heute Nachmittag wehrte sie sich nicht dagegen. Sie genoss das Kribbeln in ihrem Körper, gönnte sich von Zeit zu Zeit sogar ein sehnsuchtsvolles Seufzen, wenn sie sicher war, dass Mats und Clemens es nicht hören konnten.

Doch alles Schöne hat ein Ende, und schließlich parkte Clemens den Wagen wieder auf dem Hof.

»Es war wirklich schön«, sagte sie, während sie ihre Sachen zusammensuchte. »Vielen Dank, dass ihr mich mitgenommen habt.«

»Wir bringen dich noch nach Hause, wie es sich für zwei Gentlemen gehört«, erwiderte Clemens und stieg aus.

»Was sind Dschännelmän?«, fragte Mats, wobei er sich abschnallte.

Clemens öffnete die hintere Tür und ließ ihn hinaus. »Das sind Männer, die wissen, wie man sich einer Dame gegenüber verhält.«

»Und Ella ist eine Dame?«

Ella lachte. »Siehst du das nicht?«

Mats schüttelte den Kopf. »Du hast doch gar kein Kleid an. Und außerdem will ich heute kein Dschännelmän sein, ich will Oma meine Schätze zeigen. Tschüss, Ella!« Er drückte Ella noch kurz und düste dann ab in Richtung Haupthaus.

Wieder lachte Ella. »Er ist einfach zu süß.«

»Ja«, stimmte Clemens ihr zu. »Ich kann mich nicht beschweren.«

Der Blick, den er ihr zuwarf, hatte offensichtlich nichts mit seinen Gefühlen für Mats zu tun, denn er ging Ella durch und durch. Ob ihre Gefühle doch auf Erwiderung stießen?

Tatsächlich begleitete er sie noch zu dem kleinen Altenteilerhäuschen. Die Rosen standen inzwischen in voller Blüte und verströmten ihren betörenden Duft.

Da das Schweigen zwischen ihnen förmlich mit Händen greifbar war, versuchte sie die Anspannung mit ein wenig Small Talk zu durchbrechen. »Es ist wirklich wunderschön bei euch.«

Doch Clemens ging überhaupt nicht darauf ein. Vor der Haustür blieb er einfach neben ihr stehen und wartete, bis sie sich zu ihm umwandte. Dann strich er ihr zärtlich über die Wange. Es war, als würde ein Blitz durch ihren Körper zucken, und sie blieb stocksteif stehen. Clemens sah sie fragend an, und sie gab ihrem Wunsch, ihre Wange in seine Hand zu drücken, nach. Langsam beugte er sich vor und küsste sie sanft auf den Mund.

War sie zuerst noch überrascht, löste dieser Gefühlsansturm sofort jegliche Zurückhaltung, und sie schlang ihm beide Arme um den Nacken, um sich fest an ihn zu schmiegen. Als habe ihr Körper seit Wochen auf diesen Moment gewartet, wurde aus dem sanften Kuss schnell mehr. Ihre Zungen umtanzten einander, und sie wollte mehr. Seine kräftigen Arme umschlossen sie fest und hielten sie in einem Kokon gegenseitigen Begehrens, das sie schon viel zu lang nicht mehr erlebt hatte. Erregt gab sie sich ihm völlig hin und ließ sich in diesen Kuss fallen wie seit Ewigkeiten nicht. Ihr Gehirn war wie abgestellt. Kein Gedanke, ob es irgendwelche Gründe gab, die gegen diesen Kuss sprachen, durchdrang ihr Hirn, all ihr Denken fokussierte sich darauf, ihm so nah wie möglich zu sein. Sie wollte so viel mehr von ihm, doch plötzlich zog er sich zurück.

»Ich muss mich um Mats kümmern«, sagte er mit rauer Stimme.

Sie sah Verlangen in seinen Augen und gleichzeitig das Bedauern, diesen Moment beenden zu müssen.

»Wie wäre es mit einem Treffen am Strand? Wenn du Mats ins Bett gebracht hast?«, fragte sie hoffnungsvoll.

Bedauernd schüttelte er den Kopf. »Ich muss für morgen früh noch ein Konzept ausarbeiten, heute klappt es nicht mehr. Wie wäre es mit morgen?«

Sie schluckte ihre Enttäuschung herunter und lächelte ihn an. »Morgen, okay.«

Am liebsten hätte sie sich fest an ihn gepresst, um weiterhin seine Wärme zu spüren. Aber wie so vieles im Leben war es nicht möglich, deshalb ließ sie ihn widerstrebend los, und er ging davon.

Als sie es schließlich mit weichen Knien in ihr Wohnzimmer geschafft hatte, sank sie sofort aufs Sofa. Sie war hin- und hergerissen. Einerseits schwelgte sie noch in dem Kuss und den Gefühlen, die die Nähe zu Clemens in ihr ausgelöst hatten, doch andererseits hatte sich leider ihr Gehirn wieder eingeschaltet und schimpfte mit ihr wegen ihrer Dummheit, Clemens überhaupt erst geküsst zu haben. Und dann auch noch anzudeuten, dass sie nur zu gern weitergehen, die Beziehung vertiefen würde. Das passte doch überhaupt nicht in ihr Konzept. In ihr Leben.

Aber es war einfach zu schön, um es aufzugeben, dachte sie und genoss die sehnsüchtige Welle der Erregung, die unmittelbar auf diesen Gedanken folgte.

Ella seufzte. Wenn es nicht so schnell kompliziert werden würde, würde sie mit Sicherheit schwach werden. Ihr blieben noch gut vier Wochen hier oben an der Küste, und ihre Fantasie hatte keine Schwierigkeiten damit, sich auszumalen, wie sie diese Zeit am sinnvollsten mit Clemens nutzen könnte. Aber er schien ihr nicht der Typ für eine flüchtige Affäre zu sein, oder doch? Nun, so wie es aussah, blieb ihr noch ein wenig Zeit, darüber nachzudenken, was sie wollte.

Sie stand auf, lief hinüber zum Kühlschrank und schenkte sich ein Glas von dem leckeren Weißwein ein. Für heute standen keinerlei Pflichten mehr auf dem Plan, sie könnte einen ganz entspannten Abend auf der Couch verbringen und in frischen Erinnerungen schwelgen.

Gerade als sie überlegte, ob sie sich noch zum Kochen aufraffen könnte, klopfte es an der Tür. Verwundert stellte sie das Glas auf den Tisch und ging nach vorn zum Öffnen.

»Connie!«, rief sie erfreut, als sie ihre Pflegemutter draußen stehen sah. »Komm rein!«

Connies Gesichtsausdruck war ernst, sie hielt ihre Handtasche wie schützend vor sich. Ella trat einen Schritt zurück und ließ sie ins Haus, in ihrem Magen ein unruhiges Gefühl.

»Möchtest du auch ein Glas Wein? Ich habe mir eben eins eingeschenkt.«

»Nein, danke, ein Wasser reicht, ich muss ja noch fahren.«

Als Connie ins Wohnzimmer kam, wurde sie von Paula mit der gebührenden Zurückhaltung, aber freundlich begrüßt. Es war schön zu sehen, wie sie sich gegenseitig mit Respekt behandelten.

»Setz dich doch«, bat Ella ihre Pflegemutter. »Wasser kommt sofort.«

»Wirklich schön hier«, erklärte Connie, die aus dem Terrassenfenster schaute. »Vor allem der Blumengarten, an dem ich eben vorbeigekommen bin. Aber auch die Pflanzen auf deiner Terrasse sind eine wahre Pracht.«

Ella nahm Connies Wasser und ihren Wein hinüber zur Sitzecke. »Ja, Anne hat wirklich ein Händchen für Blumen. Du solltest mal ihre Gestecke für die Veranstaltungen sehen, das sind wahre Kunstwerke.«

Connie nahm auf der Couch Platz und fuhr dabei einmal wie zufällig mit der Hand über die Sofalehne.

Ella beobachtete es mit verhaltenem Grinsen. Solche kleinen Marotten nahm sie Connie schon lange nicht mehr übel.

Jeder hatte so seine Macken, und eine ihrer Pflegemutter war nun einmal die Sauberkeit.

Nachdem sie sich bequem zurückgelehnt hatte, schaute Connie Ella erwartungsvoll an.

»Was ist?«, fragte diese irritiert und stellte das Glas vor ihr ab.

»Hast du dich entschieden?«

Laut seufzend stellte Ella ihr Weinglas ebenfalls auf den Tisch. Leider war Connies Besuch wohl nicht deren Interesse an Ellas Unterkunft geschuldet, sie wollte wissen, was Ellas Pläne für das Geschäft waren. Aber das hätte sie sich auch denken können. »Nein«, antwortete sie daher. »Ich habe nichts entschieden. Ich denke, so wie es bisher läuft, läuft es gut. Wir beide sind doch ein gutes Team«, schob sie rasch hinterher.

»Ella, das hatten wir doch alles schon. Es ist nicht entscheidend, ob wir beide ein gutes Team sind. Entscheidend ist, dass ich diesen Job nicht länger machen will. Die Arbeit, und vor allem auch die Verantwortung, wird mir zu viel«, sagte Connie ernst.

»Ich kann mir einfach nicht vorstellen, dass jemand Fremdes unser Geschäft führen soll«, erwiderte Ella beunruhigt. Sie hatte es bisher – trotz Connies letzter Ansage – nicht so ernst genommen, dass ihre Pflegemutter sich aus dem Laden zurückziehen wollte, da sie dachte, dies sei nur eine weitere Masche, um sie enger an das Modehaus zu binden. Langsam stellte sich das unangenehme Gefühl ein, das dies jedoch nicht alles war.

»Dann musst du es eben selbst machen«, erwiderte Connie. »Du hast durch den betriebswirtschaftlichen Teil deines Studiums und deine jahrzehntelangen Erfahrungen im Laden alle Voraussetzungen dafür.«

»Aber ich liebe die Forstwirtschaft. Ich möchte nicht den ganzen Tag im Geschäft stehen und Kleidung verkaufen.«

Ellas Hand krampfte sich um ihr Weinglas. Darüber, wie sehr sie jeder Aufenthalt im Laden verunsicherte, wie sehr sie jedes Mal von alten belastenden Gefühlen übermannt wurde, sagte sie nichts.

»Ich kann das auch nicht mehr«, erklärte Connie und stand auf. Sie griff in ihre Handtasche und nahm einen weißen Briefumschlag heraus.

»Was ist das?«, fragte Ella, ihr Herz klopfte plötzlich schneller.

»Meine fristlose Kündigung.« Connie reichte ihr das Kuvert und kam um den Tisch herum auf sie zu. »Ich hatte schon vermutet, dass du dich weiterhin um eine Entscheidung herumdrücken würdest, aber so geht es nicht weiter. Ich hatte dir auch gesagt, dass ich, wenn du es nicht kannst, es für dich entscheiden würde. Die Jahre, die noch vor mir liegen, möchte ich nach Herzenslust genießen. Ich bin gern bereit, weiterhin ein oder zwei Tage in der Woche zu arbeiten, wenn du weißt, was du machen möchtest. Aber ohne die Verantwortung für die Geschäftsführung. Nur noch im Verkauf.«

Ella war entsetzt. »Aber das kannst du doch nicht machen. Fristlos?« Sie spürte, wie sich ein Kloß in ihrem Hals bildete. Das hätte sie niemals erwartet.

»Eleonora, Kind, ich muss«, meinte Connie plötzlich erstaunlich sanft. »Ich habe die letzten fünfzehn Jahre alles zurückgestellt, um dich zu unterstützen. Aber damit muss irgendwann einmal Schluss sein. Du musst dir endlich überlegen, was aus dem Geschäft werden soll. Solange alles so weiterläuft wie bisher, wirst du nie eine Entscheidung treffen. Ich bin ab heute raus, das heißt, du musst dich dringend um den Personalplan kümmern. Vor allem nächste Woche wird es eng, weil neben Astrid noch zwei weitere Kräfte ausfallen.«

Connie drückte sie kurz an sich, doch Ella war zu perplex, um darauf zu reagieren.

»Du weißt ja, wie du mich erreichen kannst, Kind. Wenn du dich entschieden hast.«

Ohne ein weiteres Wort verließ Connie das Altenteilerhäuschen und ließ Ella fassungslos zurück. In ihrem Herzen das bedrückende Gefühl, auf gewisse Weise schon wieder verlassen worden zu sein. Als würde die Kündigung nicht nur Connies Arbeit, sondern auch ihr gemeinsames Verhältnis betreffen.

Kapitel 13

In der Nacht hatte Ella nur wenig Schlaf gefunden. Kaum wanderten ihre Gedanken zu Clemens und dem überraschenden Kuss, verfiel sie kurz darauf wieder in Grübeleien über Connie und das Geschäft. Natürlich war sie bezüglich ihrer Entscheidung nicht einen Schritt weitergekommen. Wie sollte sie auch, der Sachverhalt hatte sich ja nicht verändert. Nur insofern als Connie alles hingeworfen hatte und sie nun dastand und schauen musste, wie sie es wieder zu einem Ganzen zusammenfügen konnte.

Missmutig kickte Ella einen kleinen Stein zur Seite, der auf der Mitte des Waldweges lag. Der Tag hatte ebenso schlecht begonnen, wie der vorherige aufgehört hatte. Da sie sowieso nicht schlafen konnte, war sie schon kurz nach sechs unterwegs zum Forsthaus gewesen, als sie am Straßenrand einen Mäusebussard liegen sah. Ganz offensichtlich war er mit einem Auto kollidiert und hatte sich dabei den Flügel gebrochen. Es machte Ella immer noch wütend, wenn sie daran dachte, dass es Menschen gab, die verletzte Lebewesen einfach sich selbst überließen, obwohl Hilfe heutzutage so einfach zu finden war.

Sie hatte angehalten, Paula aus ihrer Box genommen und auf den Rücksitz geschnallt, bevor sie das verletzte Tier vorsichtig in die Hundebox setzte. Dann war sie nach einem Anruf im Waloseum auf dem Gelände der Seehundstation in Norddeich mit ihm zur dortigen Vogelstation gefahren und hatte ihn in fachkundige Hände übergeben. Im Laufe des Tages würde sie mehr darüber wissen, ob der Vogel tatsächlich nur einen gebrochenen Flügel hatte und überleben würde. Er war ein wunderschönes Tier, und sie hoffte, dass er bald wieder in den Wald zurückkehren und von dort aus über den angrenzenden Wiesen und Weiden seine Freiheit genießen und auf Jagd gehen konnte.

Sie öffnete die Heckklappe des Offroaders und ließ Paula hineinspringen. Gerade hatte sie damit beginnen wollen, die Rückegassen in diesem Revierabschnitt neu zu markieren, da erhielt sie einen Anruf, dass ein Harvester, mit dem das Jungholz geerntet wurde, ausgefallen war. Probleme mit der Hydraulik. Das hatte ihr gerade noch gefehlt, um ihre Stimmung völlig zu vermiesen. Sie war sowieso schon knapp dran, weil sie nachher noch einen Termin zur Wohnungsbesichtigung hatte, der ihr bereits schwer im Magen lag. Da konnte sie diese weitere Verzögerung überhaupt nicht gebrauchen.

Als sie endlich, wenn auch mit leichter Verspätung vor dem Geschäftshaus ankam, waren die potenziellen Mieter noch nicht da. Ein wenig atemlos blieb sie in einiger Entfernung vor dem Gebäude stehen und sah sich um. Dicht an dicht standen die eher kleinen Häuser mit roten Schieferdächern, jedes einzigartig in seiner Bauart, und doch verschmolzen sie zu einem harmonischen Ganzen. Dann wanderte ihr Blick an der Fassade ihres Elternhauses entlang. Es war ein altes, für Auricher Verhältnisse relativ großes Gebäude aus dem Beginn des 20. Jahrhunderts. Modehaus Vanbrecht stand in geschwungenen Buchstaben über der weißen Doppelflügeltür. Im Erdgeschoss und im ersten Stock befand sich das Geschäft, darüber lagen eine gemütliche Zweizimmerwohnung, in der zurzeit ein junges Pärchen lebte, und das große Lager. Im Dachgeschoss befand sich die ehemalige Wohnung ihrer Eltern. Wieder überfielen sie Erinnerungen an früher. Erinnerungen an ihr eigenes Hochbeet auf der großen Dachterrasse, aus dem mit den Jahren drei Hochbeete wurden. Sie pflanzte Kräuter und Tomaten, später auch Sonnenblumen und Tulpen, ihre Lieblingsblumen. Da ihre Eltern nicht unbedingt einen grünen Daumen hatten, übernahm sie schon früh selbst die Verantwortung für die Pflege ihrer Pflanzen und erfreute sich jedes Jahr an der Farbenpracht in den großen Kästen.

Aus dem Augenwinkel sah sie ein Ehepaar in den Dreißigern auf den Eingang des Hauses zueilen und schloss daraus, dass es wohl die potenziellen Mieter waren.

Ella ging auf sie zu. »Herr und Frau Klinge?«

Der Mann reichte ihr die Hand. »Frau Vanbrecht?«

»Ganz genau«, stimmte Ella ihm zu und gab auch seiner Frau die Hand. »Dann lassen Sie uns mal hochfahren.«

Da Dettmanns bei der Besichtigung nicht dabei sein wollten, schloss sie die Tür mit ihrem Zweitschlüssel auf, nachdem sie aus dem Fahrstuhl ausgestiegen waren.

Bereits in der Diele schauten sich Klinges neugierig um. Es traf Ella hart, fremden Menschen einen Einblick in Dettmanns Privatsphäre gestatten zu müssen. Die Familie, die ihr so ans Herz gewachsen war, wohnte bereits seit mehr als neun Jahren in dieser Wohnung. Als sie damals den Mietvertrag unterschrieben hatten, waren die beiden Jüngsten noch gar nicht geboren. Nur Annika, mit zwölf Jahren die Älteste der Dettmann-Riege, war damals schon mit dabei gewesen.

Mit einem Räuspern riss Herr Klinge sie aus ihren Gedanken. »Sollen wir dann mal schauen?«, fragte er.

»Natürlich. Verzeihung.« Ella wandte sich nach rechts. »Hier vorn ist direkt eines der Kinderzimmer.«

Frau Klinge trat durch die Tür und sah sich kritisch um. »Sind die Fenster auch dicht?«

Ella schaute hinüber zu dem zweiflügligen Sprossenfenster. Dettmanns hatten feine Spitzengardinen davorgehängt, sodass es sehr gut mit Annikas Mädchentraum aus Lavendel und Weiß harmonierte. Natürlich war das Fenster dicht. Nur weil es sich um eine Altbauwohnung handelte, hieß es noch lange nicht, dass sie nicht stets in Schuss gehalten wurde. Andere würden sich danach die Finger lecken, aber Ella hatte das Gefühl, dass Familie Klinge nicht dazu gehörte.

Vom Kinderzimmer aus liefen sie hinüber in die Küche und anschließend in das große Wohnzimmer, das einen herrlichen Blick auf die Dachterrasse freigab.

»Schade, dass hier keine Fliesen liegen, Dielenboden ist so pflegeaufwendig«, bemängelte Frau Klinge prompt.

»Wird er nach dem Auszug noch abgeschliffen?«, wollte Herr Klinge wissen.

Nachdenklich betrachtete Ella den Boden, der tadellos war und nur mit normalen Gebrauchsspuren davon zeugte, dass es sich um kein Ausstellungsstück handelte, sondern sich darauf Menschen bewegten.

»Nein«, erklärte sie mit fester Stimme, »der bleibt so, wie er ist.«

Dass den Klinges dies nicht behagte, konnte sie an ihren abschätzigen Gesichtern ablesen. Aber das störte sie nicht. Gedanklich hatte sie diese Besichtigung bereits abgehakt.

»Hier hinten ist dann noch ein weiteres Kinderzimmer, ein zweites Bad und das Elternschlafzimmer«, erklärte sie und schritt voran in den hinteren Flur, von dem aus die drei restlichen Räume abgingen.

Herr Klinge packte ein Zentimetermaß aus und begann die Längswand des Schlafzimmers auszumessen. »Der Kleiderschrank müsste passen«, sagte er zu seiner Frau.

Die nickte nur, lief hinüber zum Fenster und schaute hinaus. Auch dieser Raum grenzte an die Dachterrasse und bot zurzeit einen schönen Blick auf die mit allerlei Büschen bepflanzten Hochbeete, die hier immer noch standen. Dazu blühten Blumen in bunten Farben in etlichen Kübeln, die verteilt zwischen den Hochbeeten standen und Ellas Herz höherschlagen ließen.

»Sehr hübsch«, meinte auch Frau Klinge, als sie sich wieder umdrehte.

Doch es war Ella egal, was Frau Klinge von der Terrasse hielt, sie hatte bereits entschieden, dass diese beiden ihre Wohnung nicht bekommen würden. Es passte einfach nicht. Sie wollte sich dieses Ehepaar nicht in ihren ehemaligen vier Wänden vorstellen.

Deshalb verabschiedete sie sich, nachdem sie auch die anderen Räume besichtigt hatten, freundlich aber knapp, und war erleichtert, als sie die beiden nur noch von hinten sah. Sie waren überhaupt kein Vergleich zu den sympathischen Dettmanns, mit denen es bereits bei ihrem ersten Aufeinandertreffen zu lustigen Situationen gekommen war. Das mochte daran gelegen haben, dass sie damals Annika bei der Besichtigung dabeihatten, die wie ein kleiner Wirbelwind fröhlich durch die Räume tanzte. Woran es auch immer gelegen hatte, die Sympathie war direkt übergesprungen. Mit Klinges dagegen hatte sie sich in der Wohnung äußerst unwohl gefühlt.

Als ihr Blick, nachdem sie wieder unten angekommen war, auf die Doppelflügeltür zum Geschäft fiel, war es mit der Erleichterung auch schon wieder vorbei. Jetzt hatte sie nämlich noch ein Gespräch mit Astrid vor sich, um die

Personaleinsätze der nächsten Tage zu planen. Sie musste keine Hellseherin sein, um zu wissen, dass sie selbst auch von dieser Planung betroffen wäre. Doch es nutzte nichts, da musste sie durch.

Entschlossen drückte sie die Türe auf, zauberte sich ein Lächeln aufs Gesicht und stellte sich den Anforderungen, die da auf sie zukamen.

Als sie eine gute Stunde später wieder zu Hause war, fühlte sie sich wie durch die Mangel gedreht. Dieser Tag war bisher alles andere als gut verlaufen.

Sie ging zum Kühlschrank, nahm die Flasche mit Orangensaft heraus und goss sich ein großes Glas voll ein. Sie trank einen Schluck und genoss die süße Säure, die erfrischend ihre Kehle hinabrann.

»Du hast Hunger, stimmt's?«, fragte sie Paula, die mit hoffnungsvollem Blick neben ihr stand.

Sie stellte das Glas auf die Arbeitsplatte, gab Hundefutter in den Napf und stellte ihn auf den Boden.

So schlimm war der Tag doch nicht gewesen, sinnierte sie, während sie Paula beim Fressen zusah. Kurz bevor sie aus Aurich losgefahren war, hatte sie eine Textnachricht bekommen, dass der Mäusebussard tatsächlich nur einen gebrochenen Flügel hatte. In ein paar Wochen würde er schon wieder über den ausgedehnten Wiesenflächen seine Runden drehen.

Außerdem hatte sie ein effektives Gespräch mit Astrid gehabt, der Arbeitsplan für die nächsten zwei Wochen stand, denn Astrid hatte alles gut vorbereitet. Sie hoffte ja immer noch inständig, dass Connie innerhalb dieser Zeit wieder zur Besinnung kam, denn sonst würde es langsam eng. Noch zeichnete sich zwar nicht ab, dass sie direkt im Anschluss an diese Stelle in ein neues Revier wechseln würde, aber das änderte sich manchmal innerhalb von ein paar Tagen. Sie müsste also wohl oder übel überlegen, was sie machen sollte, wenn Connie nicht von ihrem Plan abzubringen war.

Ella griff nach ihrem Glas und setzte sich damit hinaus auf ihre Terrasse. Darüber, was sie zwischen den ganzen Aufgaben des heutigen Tages immer wieder beschäftigt hatte, wollte sie endlich ganz in Ruhe nachdenken: Clemens.

Wann immer ihr Kopf ihr einen Moment der Ruhe gegönnt hatte, war dort sein Gesicht aufgetaucht. Das schiefe Lächeln, das kurz vor dem denkwürdigen Kuss aufgeblitzt war, die zerzausten Haare, die ihm immer den Ausdruck eines zerstreuten Professors gaben.

Bei den Gedanken an den bevorstehenden Abend zog sich ihr Bauch sehnsuchtsvoll zusammen, und sie schwelgte erneut in den Erinnerungen an den Kuss, die sie heute Abend aufzufrischen gedachte. Voller Vorfreude lachte sie auf und griff gerade nach ihrem Orangensaft, als das Handy klingelte.

Eine ihr unbekannte Nummer erschien auf ihrem Display.

»Hallo?«, meldete sie sich zögernd.

»Hi, Ella, hier ist Clemens.«

»Clemens?« Ihr Herz machte einen Hüpfer. »Woher hast du meine Nummer?«

»Aus unserem Mietvertrag.«

Allein das Hören seiner volltönenden Stimme jagte einen wohligen Schauer lustvoller Vorfreude durch ihren Körper.

»Leider muss ich dir absagen für heute Abend«, fuhr Clemens fort.

Ein Eimer kaltes Wasser hätte das Feuer in ihr nicht schneller löschen können.

Enttäuscht sackte sie zusammen. »Schade, ich hatte mich schon so auf dich gefreut.«

»Ich mich auch«, antwortete er. »Ich hatte uns sogar schon ein paar Leckereien für nachher zusammengestellt. Aber so wie es aussieht, werde ich den Abend mit Wäschewechseln und Teekochen verbringen. Mats hat gespuckt.«

Sofort erfasste sie Mitleid für ihren kleinen Freund. »Ach, das tut mir leid, das arme Kerlchen. Kann ich euch irgendwie helfen?«

»Nein, danke, wir sind ein eingespieltes Team. Er liegt hier neben mir im Bett und wartet darauf, dass ich ihm etwas von den Kindern aus Bullerbü vorlese. Sehen wir uns morgen?«

»Meinst du, Mats ist bis dahin wieder fit?«

»Ich hoffe es sehr. Es gibt Dinge, auf die warte ich nicht gern«, antwortete Clemens vieldeutig.

Sofort setzte sich ihr Gefühlskarussell wieder in Bewegung. »Ich auch nicht. Dann drücke ich euch beiden die Daumen, dass ihr eine ruhige Nacht habt. Grüß Mats von mir.«

»Mache ich. Bis morgen. Ich freu mich drauf«, schob er hinterher und wartete einen vielsagenden Moment, ehe er auflegte.

Mit einem wohligen Gefühl bei dem Gedanken an den morgigen Abend legte sie das Handy zurück auf den Terrassentisch. Es war ihr schon lange nicht mehr passiert, dass sie ausgiebig über einen Mann nachdachte. Die Begegnungen der letzten Jahre waren eher flüchtig gewesen, basierten auf Sympathie, aber wurden nie von tieferen Gefühlen getragen. Dieses Mal fühlte es sich jedoch anders an. Clemens und Mats waren ihr unter die Haut gegangen. Es stimmte, was Clemens eben gesagt hatte, die beiden waren ein Team. Und genau dieses Team weckte Emotionen in ihr. Emotionen wie gestern bei der Oldtimerausstellung, als sie sich in manchen

Momenten vorgestellt hatte, sie wären eine kleine Familie, so wie etliche andere auch, die dort gemeinsam über die Wiese schlenderten.

Aber solche Überlegungen wollte sie gar nicht weiter vertiefen. Morgen war bereits der erste Juni, ihr blieben kaum mehr vier Wochen, bis ihr Kollege Olthoff, der Revierleiter, wieder zurückkehrte. Sie würde mit Clemens darüber sprechen müssen, dass es hierbei um nicht mehr als einen kurzen Flirt gehen konnte.

Plötzlich hatte sie das Bedürfnis, sich mit jemandem auszutauschen. Im Gespräch die vielen verschiedenen Gedanken zu sortieren, die ihr schon seit Tagen durch den Kopf gingen. Aber mit wem? Sie konnte sich ja schlecht mit Anne treffen, um mit ihr über ihre Gefühle für deren Bruder zu reden.

Innerhalb weniger Tage kam ihr wieder einmal ihre Schulfreundin Britta in den Sinn. Damals hatten sie ganze Abende mit Quatschen verbracht. Über jede noch so kleine Nichtigkeit hatten sie sich ausgetauscht, über peinliche Momente gelacht, gemeinsam für ihre Teenie-Idole geschwärmt.

Unwillkürlich griff sie nach ihrem Handy und scrollte durch ihre Kontakte. Ob Britta wohl noch dieselbe Handynummer hatte? Ob sie überhaupt noch mit ihr sprechen würde? Vielleicht war sie ja noch sauer, weil Ella damals den Kontakt abgebrochen hatte. Sie selbst hatte Brittas Nummer jedenfalls nie gelöscht. Auch wenn sie damals den Wunsch nach Kontakt unterdrückte, konnte sie sich dazu einfach nicht durchringen. Dadurch dass Brittas Name samt Telefonnummer in ihrem Handy gespeichert war, hatte sie stets das Gefühl, ihre Freundin trotz allem bei sich zu haben.

Ihr Finger verharrte noch einen Moment über der angezeigten Nummer, bis sie entschlossen darauf drückte. Ella brach der kalte Schweiß aus, während sich die Verbindung aufbaute. Was, wenn sich jetzt jemand Fremdes meldete? Oder, noch schlimmer, wenn Britta direkt wieder auflegte?

Ihr Herz pochte schmerzhaft gegen ihre Brust, als sie den ersten Verbindungston hörte.

»Ella?«, meldete sich Britta atemlos.

»Hi«, war alles, was Ella herausbrachte.

»Mein Gott, du bist es wirklich.«

Einen Moment herrschte Stille, und sie hörte nur Brittas raschen Atem.

»Ist es in Ordnung, dass ich dich anrufe?«, fragte sie vorsichtig.

»Natürlich! Wo bist du?«

»In Hilgenriedersiel.«

»In Hilgenriedersiel? Ich fass es nicht! Das ist ja gleich um die Ecke! Bei wem bist du dort?«, sprudelte es aus ihrer Freundin hervor. Das war immer noch die energiegeladene Britta, die sie kannte.

Ella entspannte sich. »Auf dem Eventhof Niehus, in einem Ferienhaus.«

»In zehn Minuten bin ich da!«

Und damit hatte Britta aufgelegt.

Sie musste grinsen. Typisch Britta. Keine Frage, ob es passte oder warum Ella überhaupt anrief. Britta handelte impulsiv.

Ella sprang auf, lief ins Wohnzimmer und knuddelte Paula ordentlich durch, die verschlafen in ihrem Körbchen lag. »Wir bekommen Besuch!«

Paula stand auf, schüttelte sich und lief schwanzwedelnd um Ella herum.

»Wie schön, dass du dich mit mir freust.« Ella lachte laut auf. »Ich bin gespannt, ob du Britta noch erkennst. Damals habt ihr zwei viel Zeit miteinander verbracht.«

Sie nahm ein weiteres Glas aus dem Schrank und stellte

zudem Orangensaft und Wasser neben die inzwischen mit vielen Muscheln gefüllte Glasvase auf den Terrassentisch. Ella war nervös. Britta schien ihr nicht böse zu sein, aber sie hatte keine Ahnung, ob ihr Verhältnis zueinander nicht trotzdem Schaden genommen hatte. Immerhin waren sechs Jahre vergangen. Sie hatten sich sicher beide verändert. Vielleicht hatten sie sich gar nichts mehr zu sagen?

Bevor sie sich weiter in ihre Befürchtungen hineinsteigern konnte, klingelte es bereits an der Tür. Ella verharrte einen Moment, ehe sie tief durchatmete und öffnete.

»Mein Gott, Ella, du hast dich ja überhaupt nicht verändert!«, war das Erste, was ihr entgegenschallte.

»Das würde ich ja gerne zurückgeben«, antwortete Ella, »doch angesichts der Umstände ...«

Britta streichelte über ihren ausgewachsenen Schwangerschaftsbauch und lachte. »Ja, im wahrsten Sinne des Wortes.«

Dann beugte sie sich vor und nahm Ella in den Arm. »Ich habe dich so sehr vermisst.«

»Ich dich auch«, nuschelte Ella an Brittas Schulter. »Aber ... ich brauchte damals einfach meine Zeit für mich. Ich konnte nicht reden.« Ella schluckte und sah Britta in der Hoffnung an, dass sie Verständnis dafür hatte.

»Auch wenn ich das nicht verstehen konnte, habe ich es verstanden«, sagte Britta und ließ Ella los. »Doch ich habe die Hoffnung nie aufgegeben, dass du dich irgendwann wieder meldest.«

»Komm rein«, meinte Ella und führte ihre Freundin nach hinten auf die Terrasse, gefolgt von einer schwanzwedelnden Paula, die Britta immer wieder mit der Nase anstupste.

»Möchtest du etwas trinken?«

Britta setzte sich umständlich auf einen der Gartenstühle, ehe sie Paula ausgiebig knuddelte. »Ja, gern einen Saft. Es kann übrigens sein, dass du nachher Verstärkung holen musst, um mich hier wieder hochzuhieven«, witzelte sie lächelnd.

Ella lachte mit. »Keine Sorge, ich bin gut trainiert. Wann ist es denn so weit?«

Britta griff nach dem Glas, das Ella ihr reichte. »Noch gut vier Wochen, aber ich fürchte, dass ich schon vorher platze.« Mit der anderen Hand kraulte sie Paula, die sich neben sie gesetzt hatte, hinter dem Ohr.

»Weißt du schon, was es wird?«

Brittas Blick wurde weich, und sie strich sich erneut über ihren gewaltigen Bauch. »Ein Mädchen.«

»Wie schön. Hast du schon einen Namen?«

»Sie wird Elisa heißen. Zuerst wollte ich sie Joni nennen, nach ihrem Vater, aber dann dachten wir, dass zwei so ähnliche Namen im Alltag zu schwierig sind.« Britta bedachte sie mit einem verträumten Blick.

»Du und Jon seid immer noch richtig glücklich, wie schön«, sagte Ella mit schlechtem Gewissen.

Britta tätschelte ihr den Arm. »Du musst dich nicht furchtbar fühlen. Es ist ja nicht so, als hättest du mich damals in einer schwierigen Situation mir selbst überlassen. Aber trotzdem habe ich dich schmerzlich vermisst. Du hast eine große Lücke hinterlassen, und ich hoffe sehr, dass sie sich jetzt endlich wieder schließt.«

Ella nickte. »Ganz bestimmt. Ich habe immer mal daran gedacht, dich anzurufen, aber dann hat mir jedes Mal der Mut dazu gefehlt. Ich war so eine schlechte Freundin.«

»Schluss jetzt mit diesen Selbstvorwürfen. Du hattest eine schwere Zeit, und jeder Mensch geht anders mit der Trauer um. Du warst schon immer jemand, der alles mit sich selbst ausgemacht hat, von daher kam deine Reaktion nach Philipps Tod für mich nicht überraschend. Umso mehr freue ich mich, dass es dir offenbar wieder besser geht und du dich bei mir gemeldet hast.«

»Und wo wohnt ihr jetzt? Was macht ihr so?« Ella wollte alles über Britta wissen.

»In Neßmersiel, im Haus meiner Großmutter. Hauptberuflich verwalte ich Ferienhäuser in der Umgebung. Außerdem hat Jon seine Leidenschaft fürs Watt zum Beruf gemacht und arbeitet als Wattführer.«

»Neßmersiel ist wirklich gleich um die Ecke«, bestätigte Ella Brittas Aussage vorhin am Telefon.

Ihre Freundin strahlte. »Ich kann es immer noch kaum glauben, dass es uns so gut geht. Wir haben ein altes Häuschen direkt hinterm Deich. Für die einen sicher spießig, aber für uns einfach ein Traum. Und wie ist es bei dir? Bleibst du jetzt auch in der Gegend?«

Nachdenklich schaute Ella in ihr Glas. »Nein«, antwortete sie schließlich. »Ich bin nur noch für knapp vier Wochen hier, dann kommt der Revierleiter zurück.«

»Fällt es dir nicht schwer, immer wieder herumzureisen? Kein richtiges Zuhause zu haben?«

Ella zuckte mit den Schultern, sie kannte diese Frage nur zu gut – jeder fragte danach. »Eigentlich nicht«, antwortete sie das, was sie immer antwortete, war sich aber zum ersten Mal nicht sicher, ob es wirklich noch stimmte.

»Wenn man ›eigentlich‹ sagt, folgt immer ein Aber«, stellte Britta scharfsinnig fest.

»Ich weiß auch nicht. Bisher bin ich immer ganz gern in der Welt herumgezogen. Neue Umgebung, neue Menschen, neue Herausforderungen.«

»Aber?«, bohrte Britta nach.

»Im Moment herrscht in meinem Kopf ein einziges Durcheinander.«

Ella stellte ihr Glas zurück auf den Tisch. »Ich hatte mich wirklich darauf gefreut, mal wieder für eine längere Zeit zu Hause zu sein. Doch jetzt dreht Connie völlig durch und versucht mich zu zwingen, das Geschäft zu übernehmen.«

»Wie will sie dich denn dazu zwingen?« Nachdem Paula es sich auf ihren Füßen bequem gemacht hatte, lehnte Britta sich behaglich auf dem Stuhl zurück.

»Sie hat fristlos gekündigt. Und nun stehe ich da, organisiere mir die Finger wund und stehe ab morgen Nachmittag selbst mit im Laden, um ihre Lücke ein wenig zu füllen. Aber die ganzen Aufgaben, die Connie erledigt hat, kann ich neben meinem Beruf überhaupt nicht alle schaffen. Wenn sie nicht rasch einlenkt, werde ich entweder jemanden für die Geschäftsführung einstellen oder verkaufen müssen.«

Brittas Augen weiteten sich entsetzt. »Was? Den Laden verkaufen? Der gehört doch zu deinem Leben, das geht überhaupt nicht.«

»Du kennst mich einfach zu gut. Genauso ist es, und das ist mein Problem.«

»Was ich sehr gut verstehen kann. Allerdings war doch auch zu erwarten, dass Connie eines Tages im Geschäft aufhören wird. Sie wird schließlich auch nicht jünger. Hast du dir darüber noch nie Gedanken gemacht?«

Betroffen lehnte Ella sich zurück. »Nein. Noch nie«, antwortete sie knapp. »Ich habe es immer weit von mir weggeschoben.«

Sie verweigerte sich von jeher jeglichen Gedanken, dass auch ihre Pflegemutter irgendwann alt sein würde. Dass sie irgendwann starb. Connie durfte sie einfach nicht verlassen.

Ella fuhr mit ihren Händen über ihr Gesicht. Dann schaute sie zu Britta hinüber. »Wie ein kleines Kind, das die Augen schließt und denkt, nun sei es nicht mehr zu sehen. Aber inzwischen hat mich das Undenkbare eingeholt, und ich werde mich wohl oder übel damit auseinandersetzen müssen. Bisher habe ich nur keine Ahnung, wie.«

»Wow. So wie es aussieht, scheinen wir uns gerade beide an einer Weggabelung zu befinden. Spannend.«

»Spannend?« Ella lachte trocken auf. »Wohl eher beängstigend.«

»Ja, du hast recht, beängstigend. Ich habe auch überhaupt keinen Schimmer, was auf mich zukommen wird, wenn Elisa erst geboren ist. Ob sich die Beziehung zwischen Jon und mir verändert? Wie werde ich das mit meiner Arbeit geregelt kriegen? Werde ich meiner Rolle als Mutter überhaupt gerecht werden können? Lauter Fragen und keine Antworten.«

»Das ist wohl wahr«, stimmte Ella ihr zu. »Aber deine Fragen lassen sich auch noch nicht klären. Du wirst schlicht abwarten müssen. Ich dagegen muss jetzt aktiv werden, sonst bricht um mich herum alles zusammen.«

»Im Prinzip musst du dir nur eine Frage beantworten«, wandte Britta ein. »Was ist dir wichtiger, dein Beruf oder das Geschäft?«

»Wenn ich das beantworten könnte, wäre ich einen gewaltigen Schritt weiter. Ich will alles.«

Britta lachte und hob ihr Glas. »Alles ist heute aus.«

Der Abend verging wie im Flug. Sie sprachen über ehemalige Schulkameraden, Studienfreunde und Nachbarn, ihre Jobs und ihre gemeinsame Liebe zu Hunden und Pferden. Sie redeten aber auch über ihre Zeit mit Philipp, und Ella hatte erstmals das Gefühl, ohne Schwere darüber sprechen zu können. Sie lachten über seine pedantische Art, seine Schallplatten zu sortieren, und erinnerten sich an gemeinsame Unternehmungen, bei denen auch Jon mit dabei gewesen war. Es war eine erfüllte Zeit gewesen. Eine Zeit, in der Ella sich leicht und beschwingt gefühlt hatte. Emotionen, die auch heute Abend wieder leise in ihr hochstiegen.

Nachdem sie sich an Käse und frischem Baguette gestärkt und große Portionen selbst gemachtes Erdbeereis verschlungen hatten, fühlte sich Ella so entspannt wie lange nicht mehr.

»Es geht doch nichts über eine beste Freundin«, verkündete sie.

»Da hast du recht«, stimmte Britta ihr zu. »Weshalb wir uns dringend über ein weiteres Thema unterhalten müssen.«

Ella zog fragend die Augenbrauen hoch.

Britta lachte. »Männer!«

»Ich dachte, du lebst in einer monogamen Beziehung?«, witzelte Ella.

»Eben. Und das schon seit Jahren. Deshalb ist es für mich ja auch immer so interessant, Geschichten aus dem Leben von Singlefrauen zu hören. Also, wie sieht es aus?«

Ella zuckte mit den Schultern. »Ich bin noch unentschlossen.«

»Du bist noch unentschlossen? Was gibt es denn zu entschließen?«

»Was ich zu Clemens sagen soll, wenn wir uns morgen sehen.«

»Clemens also, ja? Und wie ist er so?«

Nur bei dem Gedanken an ihn begann Ellas Herz schneller zu klopfen. »Ein ganz normaler Mann eben«, antwortete sie ausweichend.

»Ha! Von wegen. Du bist ganz rot geworden«, entgegnete Britta voller Schadenfreude.

»Ich habe ihn erst vor ein paar Wochen kennengelernt«, wiegelte Ella ab. »Ihm und seiner Familie gehört dieser Gutshof. Er ist Eventplaner …«

»… und sieht sehr gut aus«, fiel Britta ihr ins Wort.

Ella konnte ein Grinsen nicht unterdrücken. »Ja, das kann man nicht anders sagen.«

»Hast du ein Foto?«

»Klar.« Ella nahm ihr Handy und scrollte nach dem Bild, das sie von Clemens und Mats während des Oldtimertreffens gemacht hatte.

»Wow, ein echter McDreamy. Sein Sohn?« Britta deutete auf Mats.

Ella nickte. »Mats ist vier und absolut süß.«

»Demnach ist Clemens geschieden?«

»Ja, schon seit ein paar Jahren. Mats lebt bei ihm. Die beiden sind ein gutes Gespann.«

»Und wie ernst ist es mit euch?«

»Ach, Britta«, setzte Ella an, »seit Philipps Tod gibt es nichts Ernstes mehr bei mir. Ich bin alle paar Monate woanders und möchte auch nichts daran ändern. Eine kurze Affäre, ein bisschen Spaß, aber nicht zu viel Nähe, damit beide wieder ohne Blessuren da rauskommen.«

»Den Eindruck machst du gerade aber überhaupt nicht auf mich.«

»Was? Wieso?«, fragte Ella irritiert.

»Du hättest dich mal sehen sollen, während du dir eben das Foto angeschaut hast. Du sahst aus, als wärst du über beide Ohren verliebt.«

»Ach Quatsch, ich bin nicht verliebt«, winkte Ella ab, obwohl sie plötzlich ein merkwürdiges Gefühl im Magen hatte.

»Ich kann ja verstehen, wenn du es locker halten willst. Aber bei mir weckt es den Anschein, als wäre das dieses Mal nicht der Fall. Versprich mir, dass du gut auf dich aufpasst.«

»Ich passe immer gut auf mich auf«, versicherte Ella ihrer Freundin. »Aber lieb von dir, dass du dich um mich sorgst. Das hatte ich lange nicht mehr.«

Kapitel 14

Es wurde ein langer Abend. Sie hatten sich noch so viel zu erzählen gehabt, dass sie sich am liebsten überhaupt nicht getrennt hätten. Doch da Ella heute einen anstrengenden Tag vor sich hatte, siegte schließlich die Vernunft.

Ella lächelte glücklich vor sich hin, als sie an die Verabschiedung dachte, als jede von ihnen immer wieder etwas einfiel, was sie noch ganz kurz loswerden musste. Dann hatten sie sich verabredet, sich ganz bald wiederzutreffen, denn Britta wollte unbedingt davon hören, wie Ellas nächstes Treffen mit Clemens verlaufen war.

Aber Gedanken daran durfte sie sich vorläufig nicht gestatten, denn jetzt standen ihr erst einmal drei Stunden im Laden bevor. Sie hatte im Büro ihre Waldkluft gegen ein leichtes Sommerkleid getauscht, ein wenig Mascara aufgetragen und sogar ein Lipgloss benutzt. Nun fühlte sie sich bestens gerüstet, sich ihren neuen Aufgaben zu stellen. Sie versicherte sich noch einmal, dass Paula friedlich in ihrem Körbchen lag und dass die Wasserschüssel gut gefüllt war. Dann atmete sie tief durch und ging hinaus in den Verkaufsraum.

Sie konnte nicht einmal sagen, dass sie sich unwohl fühlte. Sie mochte es, sich auch einmal ein wenig aufzubrezeln, liebte es, ein Kleid zu tragen, wenn die Gegebenheiten passten. Was sie sich allerdings überhaupt nicht vorstellen konnte, war, ihr ganzes Leben innerhalb eines Gebäudes zu verbringen. Sie liebte die Vielfalt ihrer Tätigkeiten als Försterin. Die Arbeiten in der Natur, aber auch die Herausforderungen in Organisation und Wirtschaft.

Sie hatte gern modische Kleidung an, jedoch wollte sie sich nicht jeden Tag damit beschäftigen müssen. Vor allem nicht als Geschäftsinhaberin, wenn freie Zeit rar war, denn sie brauchte neben ausgiebigen Aufenthalten in der Natur auch Raum für ihre Kreativität, die sie am liebsten beim Backen auslebte. Kurz, mit ihren Überlegungen, was aus dem Laden werden sollte, war sie noch keinen Schritt weiter.

Gerade als sie sich um das Wegsortieren der T-Shirts kümmern wollte, die am Vormittag geliefert worden waren, kam eine junge Frau Anfang zwanzig auf sie zugestürmt.

»Sie müssen mir helfen!«, rief sie Ella zu.

Alarmiert betrachtete Ella das hübsche Gesicht, dessen Wangen bereits eine bedrohlich rote Farbe angenommen hatten.

»Was ist passiert?«, fragte sie angespannt.

»Ich habe in einer knappen halben Stunde ein Vorstellungsgespräch«, brach es aus der jungen Frau hervor. »Ich war schon knapp dran, wegen eines kilometerlangen Staus kurz vor Oldenburg, obwohl ich extra einen großen Puffer eingeplant hatte. Und als ich mich im Hotel umziehen wollte, habe ich festgestellt, dass ich mein gutes Kleid vergessen habe!«

Zum Ende ihres Ausbruchs war ihre Stimme immer schriller geworden, bis sie sich letztlich überschlug. »Jetzt habe ich aber nur noch eine Viertelstunde Zeit, wenn ich nicht zu spät kommen will«, fügte sie kläglich hinzu.

Ella betrachtete sie kurz von oben bis unten. Sie war mittelgroß und schlank, Konfektionsgröße 38. Ihr blondes Haar fiel lockig, wenn im Moment auch etwas wirr über ihre Schultern. Die blauen Augen hatten einen leicht panischen Ausdruck.

»Was haben Sie sich denn vorgestellt?«, fragte Ella.

»Es geht um einen Job bei einem Immobilienmakler. Meine erste Stelle nach der Ausbildung.« Nervös unterstrich sie jede Aussage mit einer großen Geste. »Ich hatte eigentlich mein gutes Kleid mitbringen wollen, mit Schwarz sei man immer gut angezogen, meint meine Mutter.«

Mit langen Schritten eilte sie hinüber zu den klassisch geschnittenen Kleidern und zog ein schwarzes Etuikleid hervor, das Ella eher einer eleganten Mittvierzigerin zu einem offiziellen Empfang empfohlen hätte.

»Was meinen Sie dazu?«, fragte die junge Frau unsicher.

»Ich denke, da finden wir etwas Besseres«, erwiderte Ella und hängte das Kleid zurück auf den Ständer. Dabei fiel ihr plötzlich eine weitere wichtige Frage ein: »Was für Schuhe werden Sie denn tragen?«

»Die liegen ebenfalls zu Hause, ich habe nur diese hier mit, und es bleibt auch keine Zeit mehr, neue zu kaufen.«

Ellas Blick fiel auf die cremefarbenen Espadrilles, die ihre besten Zeiten bereits hinter sich hatten.

»Jetzt atmen Sie erst einmal tief durch«, beruhigte Ella ihre junge Kundin, die kurz davor stand, in Tränen auszubrechen. »Ich bin mir ganz sicher, dass wir etwas Hübsches für Sie finden werden.« Sie brauchten auf jeden Fall ein Kleid, das den Blick von den Schuhen ablenken würde und die Lebendigkeit ihrer Kundin unterstrich. Und sie wusste auch schon genau, welches sie zuerst anprobieren sollte. Ella kehrte den klassischen Kleidern den Rücken und ging hinüber in die Abteilung mit nachhaltig hergestellter Kleidung. Gezielt griff sie nach einem Modell aus einem fließenden Jersey. »Probieren Sie das doch mal«, sagte sie und drückte ihrer Kundin das Kleid in die Hand.

»Blau? Meinen Sie nicht, Schwarz wäre besser? Oder Grau?«, fragte diese zweifelnd.

»Das ist nicht einfach Blau, das ist Lichtblau und passt hervorragend zu Ihren Augen, vertrauen Sie mir.«

Mit unsicherem Blick zog sich die junge Frau in eine der Umkleiden zurück. »Wow!«, hörte Ella kaum eine Minute später.

»Darf ich mal sehen?«, fragte sie, und kurz darauf öffnete sich der Vorhang der Umkleide, und ihre Kundin kam heraus.

»Es ist fantastisch!«, rief sie ausgelassen. »Viel schöner als mein Schwarzes!«

Aber sofort stellten sich wieder Zweifel ein. »Meinen Sie, das geht auch für ein Vorstellungsgespräch?«

»Ganz bestimmt«, erwiderte Ella. »Die Farbe strahlt Fröhlichkeit aus wie der blaue Himmel an einem Sommermorgen. Und der Rock unterstreicht mit seinem Schwung Ihre Energie. Das Oberteil mit dem leichten Stehkragen ist dagegen ganz klassisch geschnitten, sodass sich das Kleid auch prima für ein Vorstellungsgespräch eignet.«

Und vor allem passten zu diesem trotz allem eher lockeren Auftritt auch die Espadrilles, ohne negativ aufzufallen. Doch diesen Gedanken behielt sie für sich.

Die Kundin behielt das Kleid gleich an, richtete noch kurz ihre Frisur und eilte nach dem Bezahlen zu ihrem Vorstellungsgespräch davon. Ella drückte ihr beide Daumen, dass es mit dem Job auch klappte, denn offensichtlich hatte die Frau dafür einen weiten Weg auf sich genommen.

Eine gute Stunde später, eben als sie hinüber ins Büro gehen wollte, um nach Paula zu sehen, kam die junge Kundin in dem lichtblauen Kleid wieder auf sie zugeeilt. Im Gegensatz zu vorhin strahlte sie übers ganze Gesicht.

»Ich hab den Job!«, rief sie Ella zu. »Dank Ihnen habe ich die Stelle gekriegt.«

Überschwänglich wurde Ella umarmt, und es hätte nicht viel gefehlt, da hätte die Kundin auch noch angefangen zu tanzen.

»Das ist wirklich ein Grund zum Feiern, aber das lag bestimmt nicht an mir, sondern an Ihnen selbst«, meinte Ella, als sie sich voneinander lösten.

»Danke, danke, danke! Und feiern werde ich jetzt auch«, erwiderte ihre Kundin. »Ich werde ganz stilvoll essen gehen, mir ein Glas Sekt gönnen und dabei davon träumen, wie schön es werden wird, wenn ich erst in Aurich wohne. Und ab sofort werde ich immer zuerst hier nach neuer Kleidung schauen!«

Nachdem Ella sich für dieses Vorhaben bedankt hatte, eilte die Frau aus dem Laden.

Ella musste lächeln. Da zählte ja demnächst ein wahres Energiebündel zu den Aurichern. Sie wünschte ihr von Herzen, dass sie sich rasch zu Hause fühlen und viel Freude an ihrem neuen Job haben würde. Offenbar hatte sie mit dem Umzug nach Ostfriesland einen großen Schritt vor sich.

Einen ebensolchen Schritt verlangte Connie von ihr. Nachdenklich schaute sie sich um. Könnte sie sich hier nicht doch wohlfühlen, wenn sie es nur genug wollte? Die Arbeit heute Nachmittag hatte ihr wider Erwarten viel Spaß gemacht. Sie mochte den Kundenkontakt und kannte sich aus in der Modewelt. Wenn sie es nur genug wollte, vielleicht wäre es dann gar nicht so schlimm, das Geschäft zu übernehmen. Während sie noch darüber sinnierte, klopfte ihr plötzlich jemand auf die Schulter.

»Ella?«

Als sie sich umwandte, standen Anne und Clemens vor ihr. Schlagartig wurde ihr bewusst, dass sie bisher noch mit keinem der Hofbewohner über den Laden gesprochen hatte.

Ihr Herz schlug wie wild. Wie würden sie reagieren, wenn sie erfuhren, dass Ella eine von denen war, die sich keine Sorgen ums Geld zu machen brauchten? Würden sie ihr die Freundschaft kündigen? Würde Clemens den Kontakt abbrechen? Bei dem Gedanken brachte sie keinen Ton heraus.

»Was machst du denn hier«, fragte Anne. »Einkaufsbummel?«

Diese Frage bot ihr einen Ausweg aus dieser verfahrenen Situation. Aber was wäre, wenn in den nächsten zwei Wochen noch einmal jemand von ihnen hier auftauchen würde? Sie wäre ständig auf der Hut und hätte keinen Moment der Entspannung. Außerdem war es albern. Sie war, wer sie war, und wer das nicht zu schätzen wusste, der war eben auch kein Mensch, den sie an ihrer Seite wissen wollte.

Also schüttelte sie den Kopf. »Ich arbeite hier.«

Verwirrt schaute Clemens sie an. »Hier? Ich dachte, du bist Försterin?«

»Ich arbeite hier nur zur Aushilfe«, erklärte sie.

Dann atmete sie einmal kurz durch, ehe sie fortfuhr: »Das hier ist mein Geschäft.«

Die Geschwister sahen sie an, als seien ihr plötzlich zwei Köpfe gewachsen.

Dann lachte Anne plötzlich auf. »Klar, ich Dussel, Ella Vanbrecht. Die Verbindung hätte ich ja schon mal eher ziehen können. So häufig ist der Name hier ja weiß Gott nicht.« Neugierig sah sie sie an. »Und warum arbeitest du jetzt auch hier? Du bist doch normalerweise in ganz Niedersachsen unterwegs. Da hast du doch gar keine Zeit für solch ein Geschäft.«

Unsicher, weil sie beobachten konnte, wie Clemens' Mundwinkel zuckten, er aber nach wie vor nichts sagte, wandte Ella sich seiner Schwester zu. »Die Geschäftsführerin ist ausgefallen. Lange Geschichte.«

»Die ich gerne mal hören würde«, meinte Anne und betrachtete sie interessiert. »Aber jetzt haben wir leider nicht die Zeit dafür. Wir sind nämlich eigentlich schon auf dem Heimweg, möchten aber noch eine Kleinigkeit für meine Mutter mitnehmen. Sie kümmert sich so viel um die Kinder, wenn wir beide arbeiten, dass wir uns zumindest zwischendurch mit solchen Aufmerksamkeiten bei ihr bedanken möchten. Jegliche Art von Bezahlung lehnt sie nämlich ab«, fügte sie erklärend hinzu.

»Wie wäre es mit einem Halstuch?«, schlug Ella vor.

»Daran hatten wir auch schon gedacht«, antwortete Anne.

Nach einem weiteren kurzen Blick auf Clemens, dessen Gesichtsausdruck sie nach wie vor nicht deuten konnte, führte Ella die beiden hinüber zu der umfangreichen Auslage von Halstüchern, dankbar, dass Anne die angespannte Stimmung zwischen ihrem Bruder und ihr nicht wahrzunehmen schien. Im Gegenteil, Anne plauderte locker über die letzte Hochzeitstorte, die Femke gebacken hatte, während Ella das Herz bis zum Hals schlug. Mit dem wenigen an Konzentration, was ihr geblieben war, beriet sie ihre Freundin, die sich nach einigem Hin und Her für ein hochwertiges Seidentuch mit einem zarten Veilchenmuster entschied. Clemens nickte die Entscheidung nur ab, ohne Ella nochmals anzuschauen, sodass sie froh war, als die Geschwister bald darauf das Geschäft verließen.

Trotz aller Vernunft lag ihr die Aussicht auf den Abend auf dem Magen. Nachdem sie sich bei Heike, die heute verantwortlich fürs Zuschließen war, abgemeldet hatte, ging sie grübelnd ins Büro, um ihre Sachen zusammenzusuchen. Anne schien den Besitz des Modehauses einfach als Tatsache hinzunehmen, bei Clemens war Ella sich da aber überhaupt nicht sicher.

Obwohl sie sich schon den ganzen Tag auf das Treffen am Abend gefreut hatte, hätte sie es jetzt am liebsten abgesagt. Wenn Clemens tatsächlich sauer war, könnte sie dann überhaupt noch weiter auf dem Hof wohnen, ohne dass es zu unangenehm für sie beide wurde? Auch wenn sie ihr Karlchen, ihr Zuhause auf vier Rädern, liebte, fühlte sie sich in dem gemütlich eingerichteten Altenteilerhäuschen doch ausgesprochen wohl. Vor allem waren ihr auch Anne und Femke, aber besonders Mats ans Herz gewachsen. Sie mochte sich nicht vorstellen, den Kontakt abbrechen zu müssen.

Du katastrophisierst mal wieder, mein Liebe, schalt sie sich selbst. Abwarten hieß die Parole.

Wie so oft hinderte Paula sie an weiterem Grübeln. Sie sprang auf, wedelte aufgeregt mit dem Schwanz und erwartete offensichtlich von ihr, gemeinsam das Büro zu verlassen und nach Hause zu kommen. Schließlich war es höchste Zeit für ihr Abendessen.

Wieder einmal wünschte sich Ella, ihr Leben wäre so einfach wie das ihrer Hündin. Sie selbst dagegen musste sich mit immer wieder neuen Entscheidungen herumschlagen.

Aber für heute war damit Schluss. Sie befestigte die Leine an Paulas Halsband und führte sie nach draußen.

Während des Essens versuchte sie sich mit dem Lesen eines Liebesromans von Anne Barns auf die Insel Juist entführen zu lassen, um ihre Gedanken auf etwas anderes als ihr baldiges Treffen mit Clemens zu fokussieren. Sie liebte die Romane um die Bäckerin Merle und ihre Freundinnen, in denen natürlich auch die Liebe nicht zu kurz kam. Auch heute dauerte es nicht lang, und im Kopf befand sie sich auf

Juist, hörte das Rauschen der Wellen, atmete die salzhaltige Luft und träumte gemeinsam mit Merle von Jannes, der in ihrer Vorstellung natürlich das Aussehen von Clemens Niehus hatte.

In dem Moment, als Merle ihre Apfelrosentorte backte, klingelte es. Ella zuckte erschreckt zusammen und brauchte einen Moment, um wieder ins Hier und Jetzt zurückzukehren. Wie immer hatte sie sich festgelesen und überhaupt nicht mehr auf die Zeit geachtet. Ob das schon Clemens war?

Sie hatte sich noch nicht einen Blick in den Spiegel gegönnt, seitdem sie zu Hause war. Energisch strich sie sich die Haare aus dem Gesicht und eilte zur Haustür. Völlig egal, ob die Haare gekämmt waren oder nicht, sie hatte einen langen Tag hinter sich und sah eben aus, wie sie aussah.

Doch ihr Herz strafte diesen Gedanken Lügen, denn es pochte so aufgeregt in ihrer Brust, dass es ihr schwerfiel, auch nur ein Wort herauszubringen, während sie die Haustür öffnete.

»Hallo, Ella.«

Am liebsten hätte sie sich ihm in die Arme geworfen, machte allerdings, da Clemens einen ernsten Gesichtsausdruck aufgesetzt hatte, nur einen Schritt zurück und ließ ihn herein.

»Hallo, Clemens, wie geht es Mats?« Vorhin im Laden war sie so perplex gewesen, Anne und Clemens plötzlich gegenüberzustehen, dass sie sich bisher noch gar nicht nach dem kleinen Mann erkundigt hatte.

»Der war heute Morgen schon wieder fit und schläft bereits«, antwortete er knapp.

Merkwürdig förmlich fühlte sie sich, als sie ihm ins Wohnzimmer folgte.

Mitten im Raum blieb er stehen und sah sie fragend an.

Zunächst verwirrt, weil sie nicht wusste, was er eigentlich von ihr wollte, besann sie sich dann aber auf ihre Gastgeberpflichten. »Sollen wir uns nach draußen setzen? Es ist so herrliche Luft. Möchtest du etwas trinken?«

»Nein, danke, erst einmal gar nichts«, antwortete er und ging nach draußen.

Ella fürchtete, dass dieser Abend schnell wieder vorbei wäre. Offenbar nahm Clemens ihr das Geheimnis um das Modehaus tatsächlich übel, denn gefühlsmäßig waren sie von dem Kuss vor zwei Tagen meilenweit entfernt.

»Es tut mir leid«, erklärte sie deshalb, nachdem sie sich zu ihm an den Tisch gesetzt hatte.

Stirnrunzelnd schaute Clemens sie an. »Was tut dir leid?«

»Die Sache mit dem Modehaus. Ich wollte da eigentlich gar kein großes Geheimnis drum machen, es war nur wegen Valerie.«

Nun wirkte Clemens tatsächlich irritiert. »Wegen Valerie? Was hat Valerie mit diesem Modehaus zu tun?«

»Na, wegen des Geldes.« Unbehaglich rutschte sie auf ihrem Stuhl herum. Am liebsten hätte sie dieses Gespräch schon hinter sich gehabt, dann könnte sie sich in aller Ruhe auf der Couch zusammenrollen und ihre Wunden lecken.

»Welches Geld?« Ganz offensichtlich stand Clemens auf dem Schlauch.

Ella riss sich zusammen und zwang sich, in ganzen Sätzen zu sprechen. »Anne hat mir von Valerie erzählt und davon, dass ihr nie wieder mit jemandem befreundet sein wollt, der vermögend ist. Aber eure Freundschaft ist mir wichtig, und deshalb habe ich euch nichts von meinem Geschäft erzählt.«

Clemens Züge glätteten sich, und sein umwerfendes Lächeln erschien auf seinem Gesicht. »Du hast tatsächlich gedacht, ich wäre dermaßen oberflächlich? Ich weiß nicht, ob ich das als Beleidigung empfinden soll.«

»Also nimmst du es mir nicht übel?«, fragte sie erleichtert.

»Ich bin schon für Ehrlichkeit unter Freunden, doch du hast mich ja nicht direkt belogen, und wir kennen uns noch gar nicht gut genug, um alles über den anderen zu wissen.«

»Aber warum bist du dann heute so reserviert?«

»Weil wir reden müssen. Über uns. Nicht wegen des Geschäfts. Ich finde es bewundernswert, dass du das neben deinem Job auch noch irgendwie hinkriegst, so einen großen Laden zu führen. Darüber musst du mir auf jeden Fall mehr erzählen. Doch zuerst einmal sollten wir klären, wie es mit uns weitergeht.«

Erleichtert, dass er ihr nichts übelnahm, lehnte sie sich zurück. »Danke, dass du das ansprichst, das lag mir nämlich schwer im Magen. Und in dieser Beziehung war ich auch immer ganz ehrlich zu dir. Ich bleibe nur noch gut drei Wochen, vielleicht ein wenig länger, je nachdem wann ich einen neuen Job angeboten bekomme.«

Clemens nickte ihr zu. »Und ich muss an Mats denken. Ich möchte nicht, dass er sich falsche Vorstellungen macht.« Er spreizte abwehrend die Hände, ehe er sie wieder auf die Oberschenkel legte. »Ich bin ein gebranntes Kind. So etwas wie mit Valerie möchte ich nicht noch einmal erleben – und vor allem Mats nicht noch einmal zumuten. Ich möchte keine Beziehung. Aber ich fühle mich sehr zu dir hingezogen«, fügte er nach einer kurzen Pause hinzu.

Kam sie sich eben noch vor wie in einer nüchtern ablaufenden Geschäftsbesprechung, änderte das Aufleuchten in Clemens' Augen alles. Sofort setzte das wohlbekannte Kribbeln ein, das bereits seit einigen Wochen ihr ständiger Begleiter war, sobald sie an Clemens dachte.

Ella stand auf, und ohne ein weiteres Wort der Erklärung erhob sich auch Clemens und trat auf sie zu. Sie verschränkte ihre Finger mit seinen und schaute zu ihm auf. »Ich möchte auch keine Beziehung, die mich an einen Ort fesseln würde, aber ich kann ebenfalls nicht leugnen, dass ich mich sehr von dir angezogen fühle. Wie wäre es, wenn wir die nächsten Wochen einfach gemeinsam genießen, ohne irgendetwas offiziell zu machen. Mats und den anderen gegenüber bleiben wir schlicht Freunde, und alles, was darüber hinausgeht, bleibt unter uns beiden.«

»Klingt nach einem guten Plan«, raunte er. »Und wer weiß, vielleicht werden wir auch später mal den einen oder anderen freien Tag herausschlagen. Wir könnten uns auf halber Strecke treffen …«

Ella stellte sich auf die Zehenspitzen und verschloss seine Lippen mit ihren. Was später war, würden sie später sehen. Jetzt hatten sie erst einmal genug gesprochen, es wurde Zeit zum Handeln.

Clemens schien keine weitere Aufforderung gebraucht zu haben. Er zog sie fest an sich und erwiderte ihren Kuss mit wachsender Leidenschaft. Hastig zog sie ihm das Hemd aus der Jeans und seufzte erleichtert auf. Endlich konnte sie über seinen nackten Rücken streichen, seine Muskeln spüren und gleichzeitig seine glatte, weiche Haut erforschen. Sie genoss den Schauer, der sie erfüllte, als Clemens ihren Po umschloss. Dann ließ er die Finger immer weiter nach oben gleiten. Erwartungsvoll stockte ihr Atem, als er schließlich zärtlich an ihren Brüsten entlangstrich. Aber anstatt sich ihnen ausgiebig zu widmen, wanderte er mit den Händen wieder ihren Rücken hinab, bis sie erneut ihren Po umfassten.

Doch bevor sie enttäuscht aufstöhnen konnte, hob er sie hoch und trug sie nach oben. Zufrieden mit seiner Entscheidung schlang sie ihre Beine um seine Hüften und schmiegte sich an ihn, um jeden Zentimeter ihres Körpers mit seinem zu verbinden. Zärtlich küsste sie seinen Hals, atmete seinen männlichen Duft und zitterte vor freudiger Erregung, als er sich gemeinsam mit ihr aufs Bett legte und sie auf sich zog. Sie genoss es, seinen kräftigen Körper unter sich zu fühlen, genoss seine Begierde, die er mit heißen Küssen unterstrich, und seine Hände, die gleichsam ruhelos und doch liebevoll über sie hinwegglitten. Sie spürte, dass dieses Mal irgendetwas anders war, als bei den Begegnungen mit den Männern zuvor. Aber da sich ihr Hirn in eine Masse aus Gummi verwandelt zu haben schien und sich kein einziger vernünftiger Gedanke greifen ließ, überließ sie sich ihren Instinkten und tauchte ein in eine Welt, die nur noch aus ihren fünf Sinnen bestand.

Kapitel 15

Bereits den dritten Tag in Folge schwebte Ella mehr über den Boden, als dass sie ging. Jeder Schritt, den sie tat, wirkte weich und schwerelos. Ihr Körper kam ihr vor wie in Watte gepackt, zugleich jedoch elastisch und energiegeladen. Dass sie heute bereits um kurz nach vier aufgewacht war, hatte sie überhaupt nicht gestört. Im Gegenteil, sie fühlte sich ausgeschlafen und fit und hatte so viele Ideen im Kopf, dass sie gar nicht wusste, womit sie den neuen Tag begrüßen sollte.

Auch gestern Abend hatte Clemens bei ihr vorbeigeschaut. Zumindest hatte er es so genannt, als er gegen halb elf plötzlich bei ihr auf der Terrasse stand. Als hätten ihn ihre Gedanken, die sich permanent um ihn zu drehen schienen, telepathisch zu ihr herübergezogen. Das *Vorbeischauen* entwickelte sich stürmisch zu einem weiteren leidenschaftlichen Tanz ihrer Körper, die sich perfekt zu ergänzen schienen. Leider musste er sie immer viel zu früh wieder verlassen, um bei Mats zu sein, doch sie wollte sich nicht beschweren. Auch wenn sie liebend gern auch die restlichen Nachtstunden mit ihm verbracht hätte, war sie schon glücklich über die Situation, wie sie jetzt war.

Und um ihrem Glücksgefühl heute Morgen ein Ventil zu geben, hatte sie sich für das Backen eines Krintstuuts entschieden. Das sinnliche Hindurchfahren ihrer Fingerspitzen durch das frisch gesiebte Mehl ließ ihren Körper prickeln und an Clemens' Berührungen vor ein paar Stunden zurückdenken. Verträumt vor sich hin summend, ließ sie genau dieses Prickeln anschließend in das rhythmische Kneten des Teiges fließen, bevor sie die Rosinen unterhob und den Stuten ihn in den Ofen schob.

Der perfekte Morgen nach einem perfekten Abend, dachte sie, nachdem sie ein gemütliches Frühstück mit gebuttertem Krintstuut und einem großen Becher Ostfriesentee genossen hatte. Während sie in eine ihrer Arbeitshosen schlüpfte, reichte schon ein kurzer Blick aufs Bett, dass ihre Gedanken erneut zum gestrigen Abend wanderten. Clemens war erst gegen zwölf wieder gegangen, und die Zeit bis dahin hatten sie wirklich kreativ zu nutzen gewusst. Augenblicklich schoss eine Hitzeflut durch ihren Körper. Sie stemmte die Hände in die Hüften und atmete tief durch, was durch das breite Grinsen, das ihr ständig auf den Lippen lag, nicht gerade vereinfacht wurde.

»Paula, komm! Arbeiten!«, rief sie der Hündin fröhlich zu, als sie wieder hinunter in die Küche kam.

Wie erwartet, sprang Paula auf und tapste schwanzwedelnd auf sie zu. Sie schien sich genauso auf den Tag zu freuen wie Ella, die sie kurz hinterm Ohr kraulte. Sie freute sich auch schon darauf, bei einem arbeitsreichen Tag im Wald zumindest einen Teil ihrer Energien abbauen zu können.

Da sie noch reichlich Zeit hatte, schenkte sie draußen erst einmal ausgiebig den Rosen ihre Aufmerksamkeit, die die Hauswand emporrankten und ihren honigsüßen Duft verströmten. Sie nahm eine der Blüten zwischen die Finger, senkte ihren Kopf und nahm sich noch einen sanften Atemzug davon mit auf den Weg.

Paula war bereits vorausgelaufen, an der Lorbeerhecke stehen geblieben und schenkte ihr nun einen Blick, der besagte, sie möge doch endlich in die Hufe kommen. Also hängte sie sich ihren Rucksack über einen Arm und machte sich auf den Weg zum Auto. Als sie jedoch am Blumengarten vorbeiging, sah sie Anne auf der Bank sitzen, in der Hand einen Becher, die Augen geschlossen.

»Guten Morgen!«, rief sie zu ihr hinüber. »Alles gut?«

»Alles bestens«, antwortete Anne, hob die Lider und wandte sich ihr zu. »So früh schon unterwegs?«

»Ich liebe die Morgenstunden im Wald, vor allem bei diesem Wetter.«

»Noch Zeit, dich ein wenig zu mir zu gesellen?«

»Gern, wenn ich dich nicht störe?«

Ella pfiff nach Paula, öffnete das kleine Tor und betrat den Garten, der von blühenden Pflanzen geradezu überfloss. Sie setzte sich neben Anne, die ihre Augen wieder geschlossen hatte und das Gesicht der Morgensonne entgegenhielt. Sie war blass und wirkte abgespannt.

»Leider habe ich keinen Tee für dich«, sagte sie zu Ella.

»Kein Problem, den hatte ich bereits und dazu frisch gebackenen Krintstuut. Möchtest du was davon? Ich könnte dir etwas holen.«

»Oh nein!« Anne verzog das Gesicht. »Bitte nicht vom Essen reden.«

»Tut mir leid. Immer noch Morgenübelkeit?«

»Morgens, mittags, abends. Es kommt und geht. Gestern war alles gut, und ich dachte, ich wäre darüber hinweg. Falsch gedacht.«

»Schwanger zu sein scheint schon die erste große Probe zu sein, auf die Kinder einen stellen, was?«

»Von Clara und Leon kenne ich das gar nicht. Müdigkeit? Ja. Vergesslichkeit? Nicht zu knapp. Doch Übelkeit hatte ich bisher keine.«

Ella beugte sich hinunter zu Paula, die sich neben die Bank

gelegt hatte, und strich ihr übers Fell. »Jetzt also die volle Dröhnung?«

Anne lachte und schaute Ella an. »Ja, das kann man wohl sagen.«

»Und deshalb sitzt du schon um kurz nach sechs hier draußen?«

»Hach«, seufzte Anne zufrieden auf. »Ich genieße genau wie du diese ruhige Stunde, bevor der Tag so richtig losgeht. Nur ich, mein Tee, die Sonne und das Baby. Da kann ich die Übelkeit glatt ignorieren.«

»Meine beste Freundin ist auch gerade schwanger.«

»Du hast eine beste Freundin?«, fragte Anne erstaunt.

Ella runzelte die Stirn. »Natürlich, warum denn nicht?«

»Entschuldige, du hast völlig recht. Es liegt einfach daran, dass ich so wenig von dir weiß. Das Einzige ist, dass du eine Vagabundin bist, und da passen beste Freunde einfach nicht ins Bild.«

Ella machte es Anne nach, lehnte sich an die Rückenlehne der Bank und streckte die Beine weit von sich. »Du hast völlig recht. Zu meinem Leben passen eigentlich gar keine besten Freunde. Und wenn ich ehrlich bin«, fügte sie hinzu, »hatte ich mit Britta in den letzten Jahren auch gar keinen Kontakt mehr. Nach Philipps Tod habe ich alle Brücken hinter mir abgebrochen, außer der zu meiner Pflegemutter. Aber dadurch dass ich nun wieder in meiner alten Heimat bin, kommen ganz viele Gefühle in mir hoch, unter anderem die Sehnsucht nach Britta.«

»Und diese Britta war dir nicht böse?«

Ella lachte auf. »Merkwürdigerweise überhaupt nicht. Nach unserem Telefonat kam sie sofort angedüst. Sie wohnt in Neßmersiel, war also keine Weltreise. Aber trotzdem. Ich habe mich so gefreut, sie zu sehen. Und umgekehrt war es genauso. Der Abend verlief, als hätten wir uns zuletzt erst vorige Woche gesehen und nicht vor sechs Jahren. Kannst du dir das vorstellen?«

Sie schaute zu Anne hinüber, deren Hand schützend auf ihrem Bauch lag. »Ja, das kann ich mir sehr gut vorstellen. Sollten Levke und ich aus unerfindlichen Gründen jemals voneinander getrennt werden, könnte ich mir ein Wiedersehen genauso vorstellen wie bei dir und Britta. Levke ist die Patin von Clara und Leon und wird ebenso die Patin von diesem kleinen Muckel werden. Wir haben schon vor Leons Geburt abgesprochen, dass sie die Kinder nimmt, sollte Stefan und mir etwas zustoßen.«

»Oh. Da habt ihr aber schon früh sehr weit gedacht.«

Anne zuckte mit den Schultern. »Nun, wenn du Kinder hast, trägst du viel Verantwortung und willst sie gut versorgt wissen.«

»Und Clemens war keine Option?«, wollte Ella wissen.

Anne wandte sich ihr zu und schnitt eine Grimasse. »Als ich mit Leon schwanger war, war Clemens mit Valerie zusammen, und, glaub mir, der würde niemand ihr Kind anvertrauen wollen.«

Einen Moment hingen sie beide ihren Gedanken nach, ehe Anne sagte: »Du wolltest mir doch noch erzählen, was es mit deiner Arbeit im Modehaus auf sich hat.«

»Ach, das ist eine lange Geschichte«, wehrte Ella ab.

»Ich hätte Zeit, würde aber auch die Kurzfassung nehmen.«

Tief atmete Ella durch. »Nun, ich bin praktisch inmitten von Kleidern aufgewachsen.«

»Das stelle ich mir spannend vor«, erklärte Anne, wobei ihre Augen leuchteten.

»Das war es auch.«

Sie erzählte Anne von ihren Eltern. Wie sie nach Aurich kamen und das Geschäft aufbauten, wie sie selbst schon während ihrer Schulzeit erste Pflichten übernahm und jetzt bereits seit gut zehn Jahren gemeinsam mit Connie das Modehaus führte.

»Mit fünf bekam ich bereits mein erstes eigenes Kassenbuch, in das ich sorgfältig Zahlenkolonnen eintrug. Da ich noch nicht schreiben konnte, malte ich die Gegenstände daneben, die ich abrechnen wollte.«

»Kreativ bist du also auch noch.« Anne nippte an ihrem Tee.

»Einfach Kind eben. Wenn ich jetzt mit Mats zusammen bin, erinnert er mich in seinem Wissensdrang an meine eigene Kindheit.«

»Oh ja. Vom Wissensdrang der Kinder kann ich dir ganze Romane erzählen. Aber ich wollte dich nicht unterbrechen. Warum bist du Försterin geworden, wo du doch ein Modehaus hattest?«

»Das Geschäft birgt für mich einfach zu viele Erinnerungen.«

Nachdenklich betrachtete sie eine Amsel, die unweit von ihnen auf dem Rasen pickte. »Vielleicht müsste ich mich ihnen irgendwann einmal stellen. Aber bisher hat sich dafür noch nie der rechte Zeitpunkt ergeben. Oder ich wollte ihn nicht erkennen«, ergänzte sie und grinste Anne schief an. »Den Wald habe ich schon immer geliebt. Das unterschiedliche Licht, das durch die Bäume fällt und immer wieder andere Stimmungen erzeugt. Die Stille, die Einsamkeit und auf der anderen Seite das turbulente Leben um einen herum, wenn man ihm Beachtung schenkt. Ich genieße es, viel an der frischen Luft und viel unterwegs zu sein. Gemeinsam mit anderen oder für mich allein, nur mit Paula an meiner Seite.«

»Und deine Kassenbücher kannst du weiterführen«, neckte Anne sie.

Ella lachte. »Genau! Wenn auch heutzutage am Computer – ich liebe auch den betriebswirtschaftlichen Teil meiner Arbeit.«

»Für ein junges Mädchen hattest du neben den Anforderungen für die Schule aber ein ganz schön volles Programm«, bemerkte Anne ernst.

»So habe ich es nie empfunden. Meine Pflegemutter hat mich nach dem Tod meiner Eltern aufgefangen und mir all die Zeit gelassen, die ich für mich und meine Trauer brauchte. Nein, die Arbeit im Laden ist mir nicht schwergefallen, sie hat mich ein Stück weit abgelenkt, während ich in gewohnten Strukturen weiterleben konnte, auch wenn ich das Vakuum durch den Verlust meiner Eltern bei all dem heftig gespürt habe.«

Mitfühlend schaute Anne sie an. »Und diesen Zwiespalt spürst du immer noch?«

Ella nickte. »Ja, und ich denke, das wird sich auch nie ändern.« Sie ließ ihren Blick über die blühenden Stiefmütterchen schweifen, die Anne in einen großen Weidenkorb gepflanzt hatte, an dem bereits der Zahn der Zeit nagte.

Die Zeit heilt alle Wunden, sagte man, aber für manche brauchte sie offenbar Jahrzehnte.

Ella schaute wieder hinüber zu Clemens' Schwester. »Und so war es letztlich gar nicht so sehr dieser Zwiespalt, der mich einen anderen Weg einschlagen ließ. Ich spürte zunehmend, dass der Wald mir mehr Freiheit bot. Nicht dauerhaft eingesperrt sein, nicht den ganzen Tag bei künstlichem Licht verbringen müssen, nicht immer offen sein müssen für Gespräche mit fremden Menschen. Ich wollte es ruhiger, wollte mehr für mich sein.«

»Was du jetzt ja nahezu im Extrem lebst.«

»Stimmt«, sagte Ella nachdenklich. »Zumindest in meinem Privatleben.«

»Und warum arbeitest du jetzt auch noch im Geschäft?«

»Meine Pflegemutter Connie setzt mich unter Druck. Sie möchte in den Ruhestand gehen. Ich will aber weder selbst die Leitung übernehmen noch verkaufen. Es ist das Lebenswerk meiner Eltern. Dort fühle ich mich mit ihnen verbunden.«

»Und wenn du jemanden einstellst?«

»Das will ich auch nicht.« Ella stöhnte. »Oh Mann, ich höre mich an wie ein Kind in der Trotzphase.«

»Ist doch gut, wenn es dir auffällt.« Anne lachte, wurde aber gleich wieder ernst. »Ich kann dich gut verstehen. Da geht es um tiefe Gefühle. Das muss wohl überlegt sein. Hast du eigentlich jemals ganz aufgehört, für euer Geschäft zu arbeiten?«

»Nein. Buchhaltung und Einkauf sind schon seit Langem mein Part, wobei Connie mich beim Einkauf unterstützt und zum Beispiel internationale Messen besucht, die nicht in meinen Zeitplan passen. Und obwohl es mir manchmal zu viel ist, diese Pflichten neben meinem Beruf als Försterin zu erfüllen, ist mir dieser Bezug zum Laden auch sehr wichtig. Ich fürchte, wenn ich jemand anderen für die Leitung einstelle, werde ich nur noch Außenstehende sein. Aber ein großer Teil der Belegschaft fühlt sich für mich an wie Familie. Einige unserer Angestellten begleiten mich schon seit meiner Kindheit.«

Anne nippte erneut an ihrem Tee. Inzwischen hatte ihr Gesicht wieder ein wenig Farbe bekommen, sie wirkte entspannter. Schwanger zu sein war offensichtlich auch kein leichter Job.

»Puh, da steckst du ja ganz schön in der Zwickmühle«, meinte sie zu Ella. »Leider kann ich dir da überhaupt keinen Rat zu geben, das kannst nur du selbst entscheiden. Das Einzige, was ich dir dazu sagen kann, ist, lass dir all die Zeit, die du brauchst, aber schiebe es nicht vor dir her. Denn auf der einen Seite muss ich deiner Pflegemutter zustimmen: Sie wird nicht ewig da sein.«

Ella schluckte den Kloß im Hals, der sich automatisch bildete, hinunter. »Auch da würde ich am liebsten nicht drüber nachdenken. Aber du hast natürlich recht. Ich schiebe diese Entscheidung bereits seit mehr als zehn Jahren vor mir her. Es wird Zeit, Lösungen zu finden.«

Ella schaute auf ihre Armbanduhr. »Ich muss jetzt leider los.« Sie stand auf und griff nach ihrem Rucksack. »Heute Morgen wird im Schafhauser Wald unter anderem eine alte Buche gefällt, da muss ich dabei sein. Außerdem ist heute Nachmittag noch einiges an Bürokram zu erledigen.«

Anne schüttelte angewidert den Kopf. »Bürokram klingt gar nicht gut.«

»Für mich schon«, erwiderte Ella lachend. »Ich liebe auch diesen Bürokram. Das ist ja gerade das Abwechslungsreiche an meinem Beruf.«

»Da lobe ich mir den kaufmännischen Einsatz meines Bruders. Dem muss ich meine Quittungen immer nur chronologisch abgeheftet ins Büro bringen, und damit ist der Buchhaltungsteil für mich erledigt.«

Allein bei Clemens' Erwähnung blitzten erneut Bilder des gestrigen Abends vor ihr auf, und Ella musste sich beherrschen, nicht sehnsuchtsvoll aufzuseufzen. Bis heute Abend würde sie sich wohl oder übel gedulden müssen.

Am liebsten hätte sie den Klönschnack mit Anne noch fortgeführt, aber die Pflicht rief, und die alte Buche wartete. Bei solch großen alten Bäumen war das Fällen noch gefährlicher als sowieso schon. Von daher war es sicherer, wenn sie mindestens zu dritt vor Ort waren, damit sich im Ernstfall einer um den Verletzten kümmern und der andere Hilfe herbeirufen konnte. Außerdem konnten sie zu zweit während des Fällens besser das Gelände im Blick behalten, um zu verhindern, dass trotz des gespannten Flatterbandes kein zufällig auftauchender Spaziergänger in Gefahr geriet.

Sie begrüßte die Forstwirte Finn und Bastian, die sie beim Training der Rückepferde schon ein wenig kennengelernt hatte. Finn hatte bereits das Flatterband in der Hand, aber noch diskutierten die beiden gerade die Fallrichtung. Nicht nur die eventuelle Neigung des Bodens war hier zu berücksichtigen. Sie mussten auch beachten, so wenige Bäume wie möglich beim Fällen zu beschädigen.

Nachdem sie sich geeinigt hatten, half sie Finn beim Spannen des Absperrbandes, ehe Bastian die Motorsäge ansetzte. Zuerst kappte er mit senkrechten Schnitten die Wurzelanläufe am Fuß des Baumes, erst danach erfolgte der erste horizontale Schnitt.

Das Dröhnen der Säge ging ihr immer durch und durch. Dem ersten Aufheulen folgte einige Zeit später ein erstes prägnantes Knacksen und schließlich das laute Krachen, als die alte Buche fiel.

Nun galt es, das Ausschwingen der getroffenen Bäume im Auge zu behalten, da noch Minuten später herunterfallende Äste zu Verletzungen führen konnten. Erst nachdem alle Bäume zur Ruhe gekommen waren und die Gefahr gebannt war, bewegten sie sich wieder von der Stelle. Ihr schien immer, als habe die Welt in dieser Zeit die Luft angehalten.

Während Bastian danach damit begann, die Buche zu entasten, begradigte Finn die Bruchfläche und schlug anschließend S-Haken ein, die verhindern sollten, dass der Stamm aufriss. Währenddessen nahm sich Ella die Kluppe, einen Messschieber, und maß damit den mittleren Durchmesser des Stammes aus. Imposante siebenundsechzig Zentimeter errechnete sie. Sie markierte die Stammmitte, wo sie gemessen hatte, und notierte Länge und Durchmesser des Stammes an der Bruchfläche. Finn und Bastian wären noch einige Zeit damit beschäftigt, den Baum transportfähig zu machen, doch ihre Arbeit hier war jetzt getan.

Sie machte sich gerade auf den Weg zurück zu ihrem Offroader, da klingelte ihr Handy. Kurz beschleunigte sich ihr Puls in der Hoffnung, dass Clemens sich bei ihr meldete, aber nach einem Blick aufs Display sah sie, dass es Britta war, die anrief.

»Hi!«, begrüßte sie ihre Freundin gut gelaunt.

»Hallo, Ella! Hast du heute Nachmittag Zeit?« Brittas Stimme klang, als hätte sie gerade einen Hundertmetersprint hinter sich.

»Was ist los?«, fragte Ella besorgt. »Geht es dir gut?«

»Natürlich, warum fragst du?«

»Du klingst so außer Atem.«

»Wuchte du mal einen ausgewachsenen Schwangerschaftsbauch samt einem Korb Wäsche die Treppe hoch, dann bist du auch außer Atem. Also, hast du heute Nachmittag Zeit?«

»Ich bin auf dem Weg ins Büro.« Ella schaute kurz auf die Uhr. »Gegen vier müsste ich da fertig sein, wenn ich nur eine kurze Mittagspause mache. Warum?«

»Ich muss dringend nach Aurich.«

»Dringend? Also ist doch etwas nicht in Ordnung? Soll ich sofort kommen?«

»Du hörst dich an wie meine Mutter«, entgegnete Britta lachend. »Es ist alles in Ordnung, ich muss nur nach Aurich in den Babyladen und möchte, dass du mitkommst.«

»Ach so.« Ella atmete erleichtert aus. Das war so typisch Britta. Wenn sie eine Idee im Kopf hatte, konnte es nicht schnell genug gehen, sie umzusetzen.

»Soll ich dich abholen kommen, oder treffen wir uns in Aurich?«, fragte sie ihre Freundin.

»Nein, nein, wir treffen uns in Aurich. Sollte ich wider Erwarten nicht mehr hinters Lenkrad passen, rufe ich dich an.«

»Du dumme Nuss«, stieß Ella grinsend hervor, aber da hatte Britta schon aufgelegt.

Kopfschüttelnd steckte Ella ihr Handy wieder in die Jackentasche und setzte ihren Weg fort. Britta wehte immer wie ein frischer Wind durch den Raum, sobald sie ihn betrat. Außerdem war sie eine gute Zuhörerin und immer zur Stelle, wenn man sie brauchte, dachte Ella, als sie auf den zum Forstbüro führenden Waldweg abbog. Nachdem sie vom Unfalltod ihrer Eltern erfahren hatte, dauerte es keine halbe Stunde, bis Britta bei ihr vor der Tür stand und sie in eine innige Umarmung zog. Sie hatte diese erste schwere Nacht bei ihr verbracht, ohne viel zu sagen. Sie war einfach nur da gewesen.

Die erste von vielen Nächten, schoss es ihr durch den Kopf, und ihre Gedanken wanderten wie von selbst zu Connie, die den beiden Freundinnen damals jegliche Freiheiten gab. Heute schienen die Freiheiten, die sie ihr zugestand, eher beschränkt, dachte sie trotzig, obwohl sie genau wusste, dass es nicht stimmte.

Ella seufzte, während sie das Forstbüro betrat. Sie hatte schon mehrfach versucht, Connie telefonisch zu erreichen. War sogar einmal bei ihr vorbeigefahren. Hatte sie aber nicht angetroffen. Es schien, als habe sie sich tatsächlich eine Auszeit genommen und war in Urlaub gefahren. Sie hoffte nur, dass sie mit ihrer Entscheidungsfindung weiter war, wenn Connie zurückkehrte.

Sie stellte ihren Rucksack ab, hängte ihre Jacke über die Lehne des Bürostuhls und fuhr den PC hoch, während Paula lautstark Wasser aus ihrem Trinknapf schlabberte. Bevor sie sich jedoch an den Computer setzte, holte sie zuerst ihr Handy aus der Jackentasche. Bisher hatte Clemens sich nicht gemeldet. Was natürlich völlig in Ordnung war, beschwor sie sich selbst, da sie beide nichts Festes wollten. Weder er noch sie hatten irgendein Interesse an Liebesschwüren oder romantischem Gesäusel.

Warum also hatte sie schon seit heute Morgen das Bedürfnis, ihn anzurufen, um seine Stimme zu hören? Gehörte sie plötzlich zu den Frauen, die ihre selbst aufgestellten Regeln brachen?

Auf keinen Fall, entschied Ella und steckte das Smartphone, ohne einen Blick darauf zu werfen, wieder in ihre Jackentasche. Sie hatte noch nie Probleme damit gehabt, sich abzugrenzen, und würde ganz sicher auch jetzt nicht damit anfangen, ihre Mauern einzureißen. Lieben war viel zu gefährlich.

Mein Gott! Ella fuhr sich mit den Händen durchs Gesicht. Woher kam das denn? Lieben? Sie hatte geliebt, und Philipps Tod hatte ihr Herz zum zweiten Mal gebrochen. Noch einmal würde sie dieses Risiko nicht eingehen.

Energisch schob sie den Schreibtischstuhl zurück, ließ sich darauf fallen und konzentrierte sich auf den Verkauf von etlichen Festmetern Fichtenholz.

Als sie gegen halb fünf im Babyladen ankam, war Britta bereits da und begutachtete Strampler.

»Rosa? Bist du dir sicher?«, fragte Ella nach einer kurzen Begrüßung. »Ist das nicht voll das Klischee?«

»Das ist es ja gerade«, erwiderte Britta. »Weil ich genauso gedacht habe, existiert kein einziges rosafarbenes Kleidungsstück in Elisas Kommode. Und jetzt schau dir mal diesen süßen Strampler an.«

Britta hielt ihr einen rosafarbenen Strampler mit einem applizierten weißen Mäuschen und kleinen pinken Herzchen vors Gesicht.

»Schon süß«, musste Ella zugeben.

»Eben. Und deshalb werde ich ihn kaufen.«

»Und das war alles?«, fragte Ella perplex. »Deshalb musste ich dringend nach Aurich kommen?«

Britta fuchtelte mit dem Strampler hin und her. »Das war eine wichtige Entscheidung!«

Bevor sie sich darüber empören konnte, lachte Britta auf und nahm sie in den Arm, was in Anbetracht ihres voluminösen Bauchumfangs gar nicht so einfach war.

»Nein. Quatsch. Natürlich war das nicht alles. Ich brauche noch deinen Rat. Ich habe nämlich keine Ahnung, was für ein Tragesystem ich aussuchen soll.«

Bevor Ella reagieren konnte, zog Britta sie schon quer durch den Laden hinüber in die Abteilung, in der die Tragehilfen auslagen. Sie hatte überhaupt nicht gewusst, dass es so viele verschiedene Möglichkeiten gab, einen Säugling von A nach B zu transportieren. Wobei, wenn sie ehrlich war, hatte sie überhaupt null Ahnung davon, was ein Säugling alles brauchte. Bisher dachte sie, für die ersten Monate reichten ein paar Klamotten, jede Menge Windeln und ein Schnuller. Wenn sie sich jetzt jedoch umschaute, schien sie damit völlig danebenzuliegen.

»Und du meinst wirklich, ich könnte dich da beraten?«, fragte sie skeptisch. »Ich könnte dir doch höchstens sagen, welche Farbe mir gefällt.«

Ernst schaute Britta sie an. »Nun mach dich mal nicht so klein. Du bist doch ein praktisch denkender Mensch, zumindest war das früher so. Gab es irgendein Problem technischer Art, hattest du ruckzuck eine Lösung dafür. Bei diesen Babytragen ist das nichts anderes. Da geht es auch darum, ob die Technik für Elisa und mich die richtige ist. Und dazu brauche ich deinen Rat. Außerdem müssen wir die Tragen an dir ausprobieren. Mit meinem dicken Bauch funktioniert das doch gar nicht mehr. Und Jon kann ich dafür vergessen. Der würde ein Teil ausprobieren, sagen ›Passt!‹ und wäre wieder verschwunden.«

Das wäre Ella am liebsten auch, als sie sah, wie groß das Angebot zu diesen Tragehilfen war. Da ging es wahrlich nicht nur um die Auswahl der richtigen Farbe. Ein ganzer Gang des Babyladens war mit den verschiedensten Modellen bestückt.

»Denkst du, wir sind vor morgen früh hier wieder raus?«, fragte sie ihre Freundin zweifelnd.

»Klar, wir gehen da ganz methodisch vor.«

Ella lachte. »Weil du ja genau der Typ für ein methodisches Vorgehen bist.«

»Dafür habe ich doch dich dabei!«

Britta grinste und griff nach einer großen Babypuppe, die offensichtlich als Dummy für die verschiedenen Tragen bereitlag. »Ich nehme das Baby, und du suchst dir einfach schon einmal ein Modell heraus.«

»Hast du dir denn noch überhaupt keine Gedanken darüber gemacht, welche für dich infrage kämen?«, stieß Ella fassungslos hervor.

»Doch, natürlich«, winkte Britta ab. »Aber ich möchte gern eine unvoreingenommene Meinung von dir hören. Ich vertraue da völlig auf dein Gefühl. Vielleicht passen ja meine Überlegungen und dein Gefühl letztlich sogar zusammen.«

Ella spürte, dass sie anfing zu schwitzen. Aber gekniffen hatte sie noch nie, weshalb sie beherzt zu der Tragehilfe griff, die ihren Händen am nächsten war.

Zuerst betrachtete sie sie von allen Seiten, befühlte den Stoff und sah sich den Mechanismus an.

»Du musst sie anziehen«, drängelte Britta.

Misstrauisch schaute Ella zu ihr hinüber und wunderte sich kein bisschen über das belustigte Funkeln in ihren Augen.

»Du findest das also witzig, ja?«

»Jaa!«, prustete Britta los und hielt sich mitsamt Babypuppe den Bauch. »Du solltest dich mal sehen. Man könnte meinen, du müsstest eine Bombe entschärfen.«

»Das ist gar nicht lustig, denn genauso fühle ich mich auch. Was ist denn, wenn ich das falsche System aussuche und Elisa sich darin nicht wohlfühlt?«

»Ach, komm, lass dich nicht ärgern.« Britta legte ihr den Arm um die Schultern. »Wir machen das ganz entspannt. Probier das Teil doch einfach mal an, und dann sehen wir weiter.«

»Du wirst die Tragen aber trotz Bauch auch anprobieren müssen«, erklärte Ella, während sie sich die Tragegurte einer Hilfe über die Schultern streifte. »Schließlich müssen wir sehen, wie du mit der Technik zurechtkommst.«

»Siehst du? Ich wusste doch, warum ich dich mitnehmen wollte.«

Nachdem Ella auch den Verschluss im Rücken zugeklickt

hatte, setzte sie sich den Babydummy in den Tragesack und schaute Britta fragend an. »Und jetzt?«

»Wie fühlt es sich an?«

»Irgendwie unbequem. Und die Gurte drücken auf den Schultern.«

Britta betrachtete eingehend die große Puppe.

»Wonach suchst du?«, wollte Ella wissen.

»Ich schaue mir an, wie das Baby da drinsitzt. Die Beinchen werden nicht gut gestützt. Und wenn du auch noch sagst, dass die Gurte drücken, kann dieses Modell direkt wieder weg, das brauche ich gar nicht erst zu probieren.«

Sie probierten noch verschiedene Modelle an, amüsierten sich prächtig, wenn Britta sich an dem einen oder anderen versuchte, wegen ihres voluminösen Bauchs aber ungefähr so gelenkig war wie ein Elefant. Doch letztlich fanden sie tatsächlich eine Trage, die ihnen vom Aussehen her gefiel und zugleich all die Anforderungen erfüllte, die Britta während des Aussuchens aufgestellt hatte.

Gerade als Ella ihrer Freundin dabei half, sie wieder abzunehmen, legte diese ihr die Hand auf den Arm und schaute sie aus tränenfeuchten Augen an.

»Was ist los?«, fragte Ella alarmiert.

Britta winkte ab. »Ach, das sind nur die Hormone. Aber ich fühlte mich gerade so wie damals, wenn wir zusammen shoppen waren. Weißt du noch? Wir konnten uns immer darauf verlassen, dass die eine der anderen klipp und klar sagt, was ihr gefällt und was nicht. Und wir hatten immer so viel Spaß dabei. Haben rumgealbert und gelacht. So wie eben.«

Jetzt wurde auch Ella wehmütig. Ja, genauso hatten sie damals viele Nachmittage miteinander verbracht. Waren durch die vielen kleinen Läden der Auricher Innenstadt gestreift und hatten geschaut, was es Neues gab. Hatten anprobiert und verworfen, mit großen Augen gewagte Schuhmodelle bewundert oder sich anhand der neuen Abendmode in einen festlichen Ballsaal geträumt.

Sie drückte Britta ein wenig fester an sich, ehe sie wieder einen Schritt zurücktrat. »Wir hatten wirklich viel Spaß.«

»Best friends forever! Weißt du noch?«

Ella nickte. »Das waren wir wirklich. Und für mich bist du das auch immer noch.«

Britta zog langsam die Gurte von ihren Schultern und legte die Tragehilfe zurück ins Regal.

»Für mich auch«, sagte sie und wandte sich wieder Ella zu. »Deshalb wollte ich dich fragen, ob du dir vorstellen könntest, die Patenschaft für Elisa zu übernehmen.«

Ella war einen Moment sprachlos. Dann schossen auch ihr die Tränen in die Augen.

»Gern.« Sie nickte wild mit dem Kopf, weil sie einfach kein weiteres Wort hervorbrachte. So viele Gedanken und Gefühle stürmten auf sie ein. Die vielen Jahre der Freundschaft mit Britta. Die Liebe zu Philipp, mit dem sie bereits von einer eigenen Familie geträumt hatte. Dann die Jahre, die sie mit ihrem unsteten Wanderleben verbracht hatte, ohne sich Gedanken an eine Heimat, Freunde und Familie zuzugestehen. Und jetzt machte ihr Leben plötzlich einen Schlenker, der sie regelrecht ins Schleudern brachte. Der ihr deutlich machte, dass es einen Fixpunkt in ihrem Leben geben könnte, wenn sie es nur wollte.

Und sie wollte. Sie würde die kleine Elisa mit offenen Armen empfangen und ihr den Rest ihres Lebens verlässlich zur Seite stehen. Schützend ihre Hände über ihr halten, soweit es in ihrer Macht stand.

»Ich werde Patentante! Ich kann es noch gar nicht fassen!« Erneut schlang sie die Arme um Britta und tanzte mit ihr durch den Gang. Auch wenn es wegen Brittas Behäbigkeit eher ein Stehblues wurde.

Kapitel 16

Erst als sie wenig später im Modehaus ankam, wo Paula im Büro auf sie gewartet hatte, fiel ihr ein, dass sie während der letzten Stunde kein einziges Mal an Clemens gedacht hatte. Es waren einfach zu viele Erinnerungen und Gefühle in ihrem Kopf unterwegs, als dass sie auch noch Platz für Gedanken an den gestrigen Abend gehabt hätte. Aber jetzt, als sie trunken vor Freude über die wiederaufgelebte Freundschaft mit Britta ihre Hündin begrüßte, merkte sie, dass sie fast platzte in dem Bedürfnis, jemandem von diesem schönen Nachmittag zu erzählen. Und erstmals seit langer Zeit reichte ihr dafür Paulas Anwesenheit nicht aus. Sie wünschte sich, Clemens wäre hier und würde diese Freude mit ihr teilen.

»Was nicht ist, kann ja noch werden«, sagte sie zu Paula, während sie ihr die Leine anlegte.

Dann zog sie ihr Handy aus der Hosentasche, musste aber enttäuscht feststellen, dass sie immer noch keine Nachricht von Clemens hatte.

Als sie das Smartphone schon wieder wegpacken wollte, schalt sie sich selbst: »In welcher Zeit lebst du eigentlich? Warum wartest du sehnsüchtig auf Nachricht, wenn du doch einfach selbst eine schreiben könntest?«

Der Abend mit dir war wunderschön. Ich hoffe, du hast heute Zeit für eine Fortsetzung? tippte sie in ihr Handy. Dann las sie sich die zwei Sätze noch einmal durch und löschte den ersten wieder. *Der Abend mit dir war wunderschön.* Das klang so gar nicht nach unkomplizierter Affäre. Schließlich löschte sie auch noch den Satz mit der Frage nach der Fortsetzung und schrieb einfach: *Hi, hast du heute Abend Zeit?*

Ja, das war neutral. Einfach eine Frage unter Freunden. Sie drückte auf Senden und steckte das Handy zurück in ihre Hosentasche.

»Dann wollen wir doch mal abwarten, ob sich der Herr endlich rührt«, sagte sie zu Paula und verließ mit ihr zusammen das Büro.

Nachdem sie noch kurz mit Astrid darüber gesprochen hatte, dass sie am nächsten Tag die Nachmittagsschicht übernehmen würde, kam sie eine gute halbe Stunde später wieder auf dem Hof der Niehusens an. Erst beim Anblick des vollen Parkplatzes jenseits des Hofes wurde ihr wieder bewusst, dass Clemens ihr gestern Abend noch davon erzählt hatte, dass heute in der Scheune eine große Hochzeit gefeiert wurde und er daher erst spät am Abend Zeit für sie hätte. Wenn überhaupt.

Kopfschüttelnd lenkte sie den Land Rover auf ihren Stellplatz. Während die Besucher auf dem Parkplatz jenseits des Hofs parken mussten, hatte das Auto der jeweiligen Gastgeber seinen Parkplatz direkt neben ihrem vor dem Haupthaus. Heute prangte dort ein auf Hochglanz polierter dunkelgrüner Jaguar, der sicher aus den fünfziger Jahren stammte, mit einem Blumengesteck aus weißen Rosen auf der Kühlerhaube. Erinnerungen an die Oldtimerausstellung, die sie mit Clemens und Mats besucht hatte, schossen ihr durch den Kopf und beschleunigten ihren Puls: Clemens, der einen fröhlich lachenden Mats auf den Schultern trug, Tagträume über Familie und Kinder, erotische Gefühle, die ihren Körper überfielen, sobald sie Clemens auch nur lächeln sah.

Da sich ein Großteil der Gäste auf der weitläufigen Terrasse vor der Scheune aufhielt, bremste sie ihren Impuls, weiter ihren Tagträumen nachzuhängen, und stieg aus. Andererseits sprach nichts dagegen, kurz nach Clemens Ausschau zu halten. Sie entdeckte ihn am anderen Ende der Terrasse im Gespräch mit einem der Servicemitarbeiter.

Seit wann stand sie eigentlich auf Männer in Anzügen? dachte sie, als sich augenblicklich eine Hitzewelle in ihrem Körper ausbreitete. Philipp war der typische Outdoorfan gewesen und entsprechend locker gekleidet. Auch ihre anderen eher flüchtigen Freunde gehörten in die Kategorie lässiger Jeansträger.

Wobei Clemens tatsächlich der Erste außer Philipp war, den sie auch während seiner Arbeitszeiten erlebte, revidierte sie ihre Überlegungen.

Aber so wie Clemens dort auf der Terrasse stand, mit jedem Zentimeter Selbstbewusstsein und Kompetenz ausstrahlend, wirkte er äußerst attraktiv auf sie.

Und nicht nur auf mich, schoss es Ella durch den Kopf, als sie den Blick einer Frau bemerkte, die unweit der beiden Männer stand und Clemens ebenfalls beobachtete. Auch wenn sie keinerlei Anspruch auf ihn hatte, spürte sie dennoch eine kleine Spitze der Eifersucht in ihrer Brust.

Zeit, sich umzudrehen und nach Hause zu gehen, ermahnte sie sich. Doch in diesem Moment schaute er zu ihr herüber, und das Lächeln, das sich unmittelbar auf seinem Gesicht ausbreitete, bescherte ihr ganz weiche Knie. Sie erwiderte es, weil sich ihre Mundwinkel unwillkürlich in Bewegung setzten, wandte sich dann aber schnell ab, holte Paula aus ihrer Box und eilte mit ihr davon.

Fahrig wusch sie sich die Hände, gab der Hündin ihr Futter und schenkte sich selbst ein Glas Wasser ein. Doch bereits bevor sie einen Schluck trinken und darüber nachdenken konnte, ob sie das Kribbeln in ihrem Körper am besten mit Buchhaltungsarbeiten abbauen sollte, klopfte es an der Tür.

Clemens war alles, was ihr durch den Kopf schoss! Während Paula sich in keiner Weise beim Fressen stören ließ, eilte sie nach vorn und öffnete.

»Warum hast du nicht auf mich gewartet?«

Mit einem Schritt war er bei ihr, schlang seine Arme um sie und küsste sie, dass ihr Sehen und Hören verging.

»Was für eine nette Begrüßung«, brachte sie hervor, als sie sich atemlos wieder voneinander lösten.

»Nett?«, brummelte Clemens und zog die Augenbrauen zusammen. »Soll ich dir mal zeigen, wie sich ein netter Kuss anfühlt?«

»Nein danke.« Ella schmiegte sich an ihn. »Lass uns lieber diesen hier wiederholen.«

»Das müssen wir leider verschieben. Ich muss zurück. Heute feiert unsere Zicke Nr. 6, da kann ich Anne nicht allein lassen.«

»Zicke Nr. 6?«

»Frag bloß nicht. Jedes noch so kleine Detail der Vorbereitungen wurde akribisch per Foto festgehalten und warf mindestens fünfzehn weitere Fragen auf, die am besten auch noch zu nachtschlafenden Zeiten von uns beantwortet werden sollten.«

»Und warum Nr. 6?«

»Wir haben die nervigsten unserer Kunden durchnummeriert. Du siehst, in all den Jahren sind wir noch gut weggekommen.«

Ella lachte. »Und du meinst, dieses Rumgezicke setzt sich heute fort? Sollte sie nicht lieber feiern?«

Er zuckte mit den Schultern. »Lassen wir uns überraschen. Aber manchen Leuten sind Äußerlichkeiten wichtiger als alles andere. Da kommt das Feiern und Loslassen erst ziemlich weit unten auf der Liste. Doch ich gebe die Hoffnung niemals auf.«

»Wie wäre es, wenn ich mit rüberkomme und euch unterstütze?«

Clemens zog sie wieder an sich und wiederholte nun doch noch den Kuss von eben. »Das ist eine tolle Idee und würde mir helfen, die Stunden, bis wir diese Küsse fortsetzen können, mit guter Laune zu überstehen.«

»Also gut.« Ella gab ihm noch einen kurzen Kuss auf den Mund. »Dann ziehe ich mich rasch um und bin gleich drüben.«

Während sie in andere Sachen schlüpfte, freute sie sich wieder einmal darüber, dass Clemens und seine Mutter die Abmachung hatten, dass Femke sich meistens abends um Mats kümmerte, sobald Clemens ihn ins Bett gebracht hatte. So war es überhaupt nur möglich, dass niemand mitbekam, dass Clemens sich Abend für Abend zu ihr rüberschlich.

Sie schlüpfte in ein petrolblaues Cocktailkleid mit schwingendem Rock, einem Gürtel aus Satin und einem Oberteil aus floraler Spitze. Dass sie in letzter Zeit bereits des Öfteren ausgeholfen hatte, machte sich so langsam auch in ihrem Kleiderschrank bemerkbar. Ihr gefiel's.

Auf der Terrasse vor der Scheune herrschte weiterhin ausgelassene Stimmung. In Anbetracht des herrlichen Wetters hatten Niehusens die breiten Flügeltüren des Eventgebäudes geöffnet und so eine luftige Verbindung zwischen Terrasse und Scheuneninnerem geschaffen.

Diese Braut hatte offenbar Lila und Weiß zu ihren Hochzeitsfarben erkoren, und Anne hatte deren Wunsch auf den weiß eingedeckten Tischen mit üppigen Levkojengestecken umgesetzt. Auf den Stehtischen auf der Terrasse und im Bereich der Theke standen kurz gehaltene lilafarbene Levkojen in ebenfalls weißen Vasen. Auch der Buffetbereich war auf diese beiden Farben reduziert. Ein breites Satinband in Lila schmückte die weiße Tischdecke, auf der in diesem Moment das Essen angerichtet wurde.

Gerade richtig angekommen, dachte Ella und ging hinüber zur Theke. Inzwischen wusste sie ja, dass zur Essenszeit viele Getränke gleichzeitig geordert wurden und sich der Service über jede weitere Hilfe freute.

Clemens hatte bereits etliche Gläser mit Softgetränken gefüllt, als er sie entdeckte und ihr eins seiner sexy Lächeln schenkte. Ihr Körper reagierte sofort und verstärkte ihre Vorfreude auf den zweiten Teil des Abends.

Anne kam auf sie zu und zog sie ein Stück zur Seite. »Gut, dass du da bist«, raunte sie ihr zu. »Ich werde mich hier nach dem Essen rausziehen, und Clemens kann bei unserer Zickenbraut sicher jede Art moralischer Unterstützung gebrauchen.«

»Was ist denn an ihr so schlimm?«, fragte Ella, die Anne gegenüber ja schlecht zugeben konnte, dass Clemens ihr bereits von Brautzilla erzählt hatte.

»Die ist der absolute Kontrollfreak. Alles muss bis aufs Kleinste so ablaufen, wie sie es geplant hat. Siehst du sie dahinten?« Anne nickte dezent in Richtung Terrasse.

Die Braut in einem bauschigen Prinzessinnenkleid sprach energisch auf einen Mann mit Kamera ein. Ganz offensichtlich der Hochzeitsfotograf.

»Sie gibt ihm Anweisungen, wen er wie zu fotografieren hat«, erklärte Anne genervt. »Man sollte doch meinen, dass eine Braut, die einen Eventservice in Anspruch nimmt, ihr

Fest zu organisieren, dieses auch entspannt genießen möchte. Nicht unsere Oberzicke. Seitdem sie hier angekommen ist, ist sie permanent unterwegs und kontrolliert, ob auch jeder seine Aufgabe richtig macht. Richtig in ihrem Sinne natürlich.« Anne schnaubte. »Der arme Fotograf tut mir leid. Der Mann ist wirklich gut, deshalb haben wir ihn ja empfohlen. Er hat ein Gefühl dafür, im richtigen Moment am rechten Ort zu sein, wo er eindrucksvolle Schnappschüsse schießt, die Porträtqualität haben. Madame aber stellt immer ein paar ihrer Gäste zusammen, die er dann ablichten soll. So wird sie im Endeffekt hauptsächlich gestellte Aufnahmen haben und sich sehr wahrscheinlich anschließend bei uns darüber beschweren, dass auf den Bildern so wenig Stimmung rüberkommt.«

Da Clemens ihnen zuwinkte, dass die Tabletts bestückt waren, machten sie sich auf den Weg, die Gäste zu bedienen.

Während des Essens kam Ella nicht dazu, mehr Worte mit Clemens zu wechseln, als die verschiedenen Bestellungen anzusagen. Erst später zum Dessert wurde es deutlich ruhiger, sodass sich Ella unweit der Theke an einen der Stehtische stellte, in der Hoffnung, sich ein wenig mit Clemens unterhalten zu können. Falls es dabei zu zufälligen Berührungen kommen sollte, hätte sie nichts dagegen.

Allein der Gedanke daran ließ ihr Herz schneller schlagen. Sie musste dringend lernen, cooler mit der gesamten Situation umzugehen. Dies war nur ein kurzer Sommerflirt. Eine kurze Affäre, bevor sie Hilgenriedersiel wieder verließ. Eine Affäre, wie sie bereits einige vor ihm hatte. Was, also bitte, war dieses Mal anders? Denn dass etwas anders war, spürte sie spätestens seit der ersten Nacht, die sie mit ihm verbracht hatte.

»Ella?« Clemens Stimme riss sie aus ihren Gedanken.

Sie hob den Kopf und sah ihn mit seinem Freund Thees auf sie zukommen. Thees hatte sie bereits auf einem früheren Event kurz kennengelernt. Er stand Clemens und Anne bei den Planungen und Durchführungen der Veranstaltungen zur Seite, half heute Abend ebenfalls im Service und hinter der Theke.

Thees machte mit seinen schwarzen Locken und den schokoladenbraunen Augen den Wurzeln seiner italienischen Familie alle Ehre. Er war ebenso groß wie Clemens, wenn auch von schmalerer Statur. Dass die Damen dahinschmolzen, wenn er beim Lächeln seine Grübchen zeigte, hatte sie schon mehrfach miterlebt, doch löste es bei ihr überhaupt nichts aus. Ganz im Gegensatz zu Clemens, der ihr in diesem Moment den Atem raubte, obwohl er sich nur neben sie stellte.

Um sie beide nicht in eine unangenehme Situation zu bringen, musste sie sich dazu zwingen, ihren Blick abwechselnd auf ihn und seinen Freund zu richten statt auf Clemens allein. Denn ansonsten schweiften ihre Gedanken direkt zu den Fantasien, die sich am späteren Abend hoffentlich erfüllen würden.

»Alles gut?«, fragte Thees in neutralem Ton. Es wirkte nicht so, als ob Clemens ihm von ihrem Arrangement erzählt hätte.

»Ja, danke. Es macht Spaß auszuhelfen. Wie es scheint, ist die Braut inzwischen etwas entspannter.«

»Was ein paar Gläser Wein doch ausmachen«, brummte Clemens.

Thees lachte. »Sie hat mir sogar gesagt, es ginge ihr gut. Man höre und staune nach dem, was sie uns in den letzten Monaten alles an den Kopf geworfen hat. Als wir ihr gesagt haben, dass wir am Strand kein Feuerwerk veranstalten dürfen, meinte sie doch tatsächlich, sie wisse gar nicht mehr, warum sie sich für ihre Hochzeit überhaupt so eine kleine Klitsche von Eventagentur ausgesucht habe«, erklärte er Ella. »Nicht gerade motivierend, mit so jemandem zusammenzuarbeiten. Aber zu diesem Zeitpunkt steckten bereits zig Arbeitsstunden in dem Projekt, die schießt man nicht mal so eben in den Wind.«

»Mir war gar nicht klar, dass man für diesen Job so starke Nerven braucht.« Ella musste sich beherrschen, die letzten Worte gelassen auszusprechen, da Clemens ein Stück näher an sie herangetreten war und ihr mit seiner Hand spielerisch über den Rücken fuhr. Sie spürte, wie ihr die Hitze ins Gesicht schoss, und hoffte, dass es nicht die Farbe einer reifen Tomate annahm.

Als wäre er nicht gerade damit beschäftigt, mit den Fingerspitzen über die freien Hautstellen zwischen der Spitze ihres Oberteils zu streichen, erklärte Clemens: »Natürlich beschäftigen wir uns auch mit schönen Dingen, aber Events zu veranstalten bedeutet vor allem viel Arbeit. Es gehören viele Kleinigkeiten, die bedacht werden müssen, dazu, damit daraus ein gelungenes Fest wird. Doch wie du siehst, scheint es unsere Zickenbraut inzwischen tatsächlich zu genießen.«

Er wies mit der freien Hand hinüber zum Buffet, wo Braut und Bräutigam vor der fliederfarbenen Hochzeitstorte standen und sich, unter verliebtem Kichern der Braut, gegenseitig fütterten.

»Offenbar hat auch hier wieder ein Topf sein Deckelchen gefunden«, sagte Thees und schaute Ella so bedeutungsschwer an, dass sie wusste, dass sich dieser Kommentar nicht nur auf das heutige Brautpaar bezog. Wenn es überhaupt möglich war, wurde ihr Gesicht noch heißer, und sie war froh, dass einer der Servicemitarbeiter deutlich machte, dass er Clemens gern gesprochen hätte.

Ella bedauerte, dass er sich von ihr lösen musste, um zu dem Mann hinüberzugehen. Doch bevor sie sich durch ein Aufseufzen in Verlegenheit bringen konnte, verabschiedete sich auch Thees von ihr und eilte zurück hinter die Theke. Ella blieb aufgewühlt zurück. Ganz offensichtlich war Clemens' Freund nicht entgangen, dass ihn mehr mit ihr verband als reine Freundschaft. Doch Clemens schien das nicht zu stören. Ob es ihm egal war, dass sein Freund eventuell mit Anne darüber sprach? Oder konnte er sich sicher sein, dass ihre Männerfreundschaft für solche Situationen einen Kodex hatte? Die nächsten Tage wären jedenfalls ein kleiner Eiertanz, sollte sie Anne über den Weg laufen.

Ella seufzte. Das Leben war wirklich nicht langweilig.

Sie schaute hinüber zur Theke und sah, dass einige Servicekräfte herumstanden und miteinander im Gespräch waren. Im Moment herrschte also immer noch ein wenig Flaute, sodass sie getrost kurz verschwinden und sich ein wenig auf der Bank unter der Kastanie niederlassen konnte. Allerdings nicht, ohne noch einen ausgiebigen Blick auf Clemens' knackigen Po zu werfen, der in diesem dunkelblauen Anzug wirklich ausgesprochen gut zur Geltung kam.

Am liebsten hätte sie vor sich hin gesummt, während sie sich an den Gästen vorbeischlängelnd ihren Weg nach draußen suchte. Da die Bank ein wenig abseits des Geschehens stand, wurde sie im Moment glücklicherweise nicht von den Gästen genutzt. Sie machte es sich darauf bequem und schaute nach oben ins Geäst des alten Baumes. Er strotzte vor Gesundheit, und seine ausladende Krone mit unzähligen Blättern bot heute reichlich Schutz vor der Sonne. Dies war ihr absoluter Lieblingsplatz auf dem Hof. Auch Annes Garten hatte seinen Reiz und prunkte zurzeit mit seiner blühenden Pracht, aber ihr war es dort zu laut. Nicht zu laut im eigentlichen Sinn, da der Geräuschpegel hier wie dort derselbe war. Nein, es war ihr zu unruhig fürs Auge. Sie fand dort keine Entspannung. Ganz anders als hier unter dem alten Baum. Auch heute Abend verharrte Ella in ihrer Position, genoss das Spiel des Lichts, das durch die leichte Brise, die vom Meer herwehte, hervorgerufen wurde, und fühlte sich davon wohlig eingelullt.

So mussten sich Babys fühlen, wenn sie in ihren Bettchen lagen und ein Mobile beobachteten, das sich über ihrem Gesicht bewegte, dachte sie. Was sie auf den Gedanken brachte, demnächst noch einmal in den Babyladen zu fahren und sich nach Mobiles zu erkundigen. Das wäre doch ein schönes Taufgeschenk für die kleine Elisa.

Sie spürte liebevolle Wärme in ihrem Bauch, während sie sich an den Nachmittag mit Britta erinnerte. Es stimmte, es war so gewesen wie früher. Sie hatte sich Britta so nahe gefühlt, war überhaupt völlig ungezwungen und sie selbst gewesen, wie schon seit ewigen Zeiten nicht mehr. Wie seit sechs Jahren nicht mehr.

Vor einigen Monaten schon hatte Ella bemerkt, dass sie die Sehnsucht nicht mehr so heftig überkam, wenn sie an Philipp dachte. Die schmerzliche Sehnsucht, die früher unweigerlich folgte, wenn Erinnerungen an ihn in ihr aufstiegen oder sie das Bild von ihnen beiden auf dem Kutter sah, das auf der Kommode im Wohnzimmer stand. So horchte sie auch jetzt tief in sich hinein, doch da war nichts als liebevolle Erinnerungen mit einem wehmütigen Gefühl der Trauer, was sie wohl auch für immer begleiten würde. Der tiefe Schmerz, der über so lange Zeit ihr Leben dominierte, hatte sich deutlich abgeschwächt. Es fühlte sich tatsächlich so an, als wäre sie endlich wieder in ihrem Leben angekommen.

Nachdem sie noch ein Weilchen sitzen geblieben war und die Ruhe genossen hatte, stürzte sie sich zurück ins Gewimmel. Die Gäste waren inzwischen in ausgelassener Stimmung. Der DJ spielte gerade *Atemlos* von Helene Fischer, und die Tanzfläche war gerammelt voll. Lauthals grölten alle mit, wenn es zum Refrain kam.

Ella grinste. Wer hätte gedacht, dass Zicke Nr. 6 so einen feierfreudigen Freundeskreis hatte? Und selbst mitten im Getümmel zu finden war?

Mit schwingenden Hüften tänzelte Ella hinüber zur Theke. Eigentlich doch ein toller Job, als Eventplaner ständig mit gut gelaunten Leuten zu tun zu haben. Wobei man die vielen Stunden der Planung, die harte Arbeit bei der Vorbereitung und Durchführung bei solchen Überlegungen wohl nicht bedenken durfte.

So lief der Abend dahin. Die Trauzeugen hatten sich einige schöne Brautspiele ausgedacht, und auch die Familie und die anderen Freunde gaben lustige Einlagen zum Besten. Als schließlich mit dem Beamer Fotos von Braut und Bräutigam an die Wand geworfen wurden, lehnte Ella sich entspannt an den Rahmen einer der Flügeltüren und folgte gerührt den Lebensgeschichten der Brautleute. Als der Mutter des Bräutigams gedacht wurde, die dieses Fest leider nicht mehr miterleben konnte, kamen nicht nur ihr die Tränen.

Nach der Fotoshow begann der DJ wieder Musik aufzulegen, und die Gäste strömten zurück auf die Tanzfläche. Andere zog es wieder nach draußen, um sich miteinander zu unterhalten oder eine zu rauchen. Es war bereits dunkel, und die vielen Lichterketten und Blumen, die Anne und Clemens mit ihren Helfern arrangiert hatten, verwandelten die Terrasse in ein lauschiges Plätzchen.

Ein rundum gelungenes Fest, das dem Brautpaar sicher sein Leben lang in guter Erinnerung bleiben würde, dachte Ella gerade, als von der Straße her lautes Rufen zu hören war.

Neugierig wandte sie sich um und sah fünf Männer auf den Hof kommen.

»Chrissi! Komm raus«, brüllte einer von ihnen.

»Wo bist du, du Weichei von Bräutigam?«, schrie ein anderer.

Wobei er schon erheblich lallte. Die fünf hatten wohl bereits einiges gebechert. Da ihr Auftauchen offenbar der Braut galt, die Christiane hieß, entschied sich Ella, rasch nach Clemens zu suchen. Dieser Auftritt verhieß nichts Gutes.

Sie fand ihn am anderen Ende des Saals im Gespräch mit Thees. »Ich denke, ihr solltet draußen nach dem Rechten sehen. Da sind irgendwelche Typen angekommen, die einen auf dicke Hose machen.«

Ohne weiter nachzufragen, eilten die beiden hinaus. Ella folgte ihnen erst, nachdem sie sich davon überzeugt hatte, dass die Brautleute bis jetzt nichts von dem Geschehen bemerkt hatten.

Sobald sie sich wieder der Terrasse näherte, hörte sie schon, dass sich die Stimmungslage nicht gebessert hatte. Noch immer grölten die Kerle durcheinander, schubsten Gäste beiseite und griffen nach deren Biergläsern. Clemens und Thees versuchten die Situation mit ruhiger Ansprache zu deeskalieren, bisher jedoch ohne Erfolg. Ella sah, dass sich einige Männer neben die beiden gestellt hatten und nun mit ihnen gemeinsam signalisierten, die unerwünschten Besucher nicht in die Scheune vordringen zu lassen. Die meisten Gäste dagegen hatten sich bereits ans andere Ende der Terrasse verzogen und beobachteten angespannt das Geschehen.

»Haut ab! Geht aus dem Weg!«, stänkerte erneut einer der

fünf Typen und machte einen drohenden Schritt auf Clemens zu.

Ella zuckte zusammen. Der Kerl war offenbar der Anführer und wirkte äußerst aggressiv.

»Los, kommt! Wir crashen jetzt die Hochzeit!«, forderte dieser seine Begleiter auf.

Clemens hob erneut die Hände. »Lassen Sie uns doch vernünftig miteinander reden!«

»Wir wollen nicht mit dir reden. Ich will meine Freundin zurück!« Der aggressive Typ stieß Clemens seinen Zeigefinger in die Brust.

Langsam wurde es Ella mulmig. Die Situation spitzte sich immer weiter zu. Zu allem Überfluss hörte sie nun hinter sich die Braut aufkreischen: »Maarten!«

Na wunderbar! Ella spürte, wie sich ihre Nackenhaare hochstellten. Das würde die Lage mit Sicherheit nicht entspannen.

»Du kommst jetzt sofort zu mir!«, herrschte besagter Maarten sie an.

»Spinnst du? Ich feiere hier meine Hochzeit«, schrie die Zickenbraut und machte ihrem Spitznamen alle Ehre. Nichts war mehr zu erkennen von der verträumten frischgebackenen Ehefrau, die eben noch über die Tanzfläche glitt.

»Deine Hochzeit, pah! Du gehörst zu mir!« Maarten schnaubte lautstark und versuchte sich zwischen den Männern hindurchzuzwängen, um zu ihr zu gelangen.

Doch Clemens und seine Mitstreiter stellten sich eng nebeneinander und bildeten eine Front, was die Angreifer jedoch nur noch mehr aufbrachte.

»Jetzt habe ich aber die Schnauze voll«, brüllte Maarten und versetzte Clemens einen Schwinger, der ihn nach hinten taumeln ließ.

Ella brach der kalte Schweiß aus, aber sie beherrschte sich, nicht nach vorn zu stürmen und nach Clemens zu sehen. Damit wäre niemandem geholfen. Im Gegenteil. Allerdings fühlte sich die Atmosphäre inzwischen dermaßen aufgeladen an, dass nur noch der berühmte Funke fehlte, um hier eine Schlägerei auszulösen. Hektisch griff Ella nach ihrem Handy und wählte die 110. Noch während sie mit dem Beamten telefonierte, der ihr versprach mehrere Einheiten zu ihnen rauszuschicken, sah sie plötzlich einen der Gäste zu Boden gehen. Der Funke war geflogen, nun gab es kein Halten mehr.

Ella wünschte, sie könnte noch irgendetwas tun, als neben ihr der Bräutigam vorbeirannte und sich mitten ins Gewühle stürzte. Die Braut untermalte die dumpfen Treffer der Fäuste und das Aufstöhnen derjenigen, die getroffen wurden, mit weiterem hysterischem Gekreische.

Da Clemens und Thees in die Schlägerei verwickelt waren, fühlte sich Ella zunehmend in der Verantwortung. Deshalb packte sie die Braut resolut beim Ellbogen und drückte sie der nächstbesten Frau in die Arme.

»Bitte nehmen Sie sie mit rein und versuchen Sie, sie zu beruhigen«, sagte sie zu ihr.

Als sie sich wieder umwandte, sah sie Thees umkippen. Langsam verwandelte sich ihre Angst in Entsetzen. Wann kam denn bloß die Polizei?

»Passt auf!«, brüllte sie die Meute an, die sich nun rund um Thees prügelte. Clemens' Freund schien ordentlich was abbekommen zu haben. Er war bewusstlos und blutete heftig am linken Auge.

Sie bemühte sich zwar, einen klaren Kopf zu behalten, doch fiel es ihr immer schwerer, ihren hämmernden Puls zu ignorieren.

»Sie und Sie!« Sie zeigte mit dem Finger auf zwei Männer,

die mit den anderen Gästen die Schlägerei in sicherem Abstand beobachteten. »Kommen Sie her und helfen Sie mir, ihn hier wegzubringen.« Gemeinsam zogen sie Clemens' Freund aus der Gefahrenzone.

Inzwischen hatte die Panik Ella völlig in ihren Krallen. Übelkeit wallte in ihr hoch, und das Atmen fiel ihr schwer. Doch irgendjemand musste sich um Thees kümmern, und wie es schien, würde sie selbst diejenige sein, da die beiden Männer sie nur erwartungsvoll anstarrten. Also versuchte sie, sich darauf zu konzentrieren, was sie im Erst-Hilfe-Kurs gelernt hatte. Sie kniete sich neben Thees, fasste ihn an den Schultern und sprach ihn an. Es kam nach wie vor keinerlei Reaktion. Sie kontrollierte seine Atmung und brachte ihn in die stabile Seitenlage. Mehr konnte sie nicht für ihn tun. Als sie kurz darauf ein herannahendes Martinshorn vernahm, hätte sie vor Erleichterung am liebsten geweint. Verstohlen wischte sie sich eine Träne aus dem Augenwinkel. Einer der beiden Männer, die ihr mit Thees geholfen hatten, war hinüber zur Straße gelaufen und wies die Helfer ein. Ihr blieb nicht mehr zu tun, als weiter neben Clemens' Freund zu hocken, während dieser langsam zu sich kam.

»Was ist passiert?«

»Es gab eine Schlägerei. Du wurdest verletzt.« Ella sprach bewusst in der Vergangenheit, um ihn nicht weiter zu beunruhigen. In dieser Verfassung konnte er sowieso nicht helfen.

Der Rettungswagen fuhr auf den Hof, gefolgt von drei Einsatzwagen der Polizei. Während die Sanitäter direkt zu ihnen herüberrannten, wandten sich die Polizeibeamten an die Schläger.

»Auseinander!«, brüllte einer sie an. Seine Aufforderung schien jedoch niemanden zu interessieren. »Auseinander oder wir setzen Pfefferspray ein!«, versuchte er es erneut.

Als die Männer wiederum keine Anstalten machten, die Schlägerei zu beenden, zog der Beamte eine Dose hervor und sprühte damit großzügig um die Gruppe herum.

Dies geschah alles so schnell, dass Ella nicht mehr blieb, als instinktiv ihr Gesicht mit den Händen zu bedecken und zu hoffen, dass die Sanitäter Thees entsprechend schützten, denn die Brise, die von der See her kam, würde die Chiliwolke unweigerlich in ihre Richtung blasen.

Nur aufgrund der Geräusche um sie herum nahm sie wahr, dass durch diese Aktion der Prügelei Einhalt geboten worden war. Die Polizisten gaben deutliche Anweisungen, wo sich wer hinzubegeben hatte. Sie hörte sie die Männer ermahnen, endlich Ruhe zu geben, da sie ihnen ansonsten Handschellen anlegen und in Gewahrsam nehmen müssten. Mindestens zwei der Angreifer schienen jedoch auch diese Drohungen nicht auszureichen, denn sie hörte weiteres Gerangel und schließlich das Klappen von zwei Autotüren.

Als sie die Augen wieder öffnete, hatte sich die Chiliwolke aufgelöst, und sie sah, dass die Sanitäter gerade damit begannen, Thees die stark blutende Wunde über der Augenbraue zu verbinden.

»Wir werden ihn mitnehmen«, sagte jetzt einer von ihnen zu ihr.

Ella nickte nur erschöpft.

»Sollen wir jemanden für dich anrufen?«, fragte sie Thees, der immer noch mit geschlossenen Augen dalag.

»Annika. Meine Freundin. Clemens hat ihre Nummer«, antwortete er müde.

»Ich sage ihm direkt Bescheid.« Sie drückte ihm noch einmal aufmunternd den Arm, ehe er auf der Trage in den Rettungswagen geschoben wurde. Dann schlossen sich die Türen mit einem lauten Knall, und Ella blieb allein zurück.

Nun wirklich allein war sie wahrlich nicht. Noch immer standen die Menschen dicht an dicht und beobachteten die Polizisten, die offensichtlich mit der Aufnahme der Personalien begonnen hatten. Sie ließ ihren Blick über die Menge schweifen und entdeckte Clemens schließlich neben einem der Polizeiwagen, wo er mit einer Beamtin sprach.

Als sie sich ihm näherte, bekam sie einen Schreck. Er sah ziemlich ramponiert aus. Seinen Anzug jedenfalls müsste er nicht mehr reinigen lassen, der konnte, so wie er war, direkt in die Tonne. Die Hose war an den Knien gerissen, ein Ärmel hing in Fetzen. Clemens hatte ein hochrotes Gesicht, und an seinem Kiefer erkannte sie eine deutliche Schwellung. Am liebsten hätte sie ihn in den Arm genommen, aber das passte natürlich nicht zu ihrem offiziellen Verhältnis. Daher hielt sie sich zurück und wartete den Moment ab, in dem er nicht weiter befragt wurde.

»Kannst du bitte Thees' Freundin anrufen?«, fragte sie ihn, als sich die Beamtin jemand anderem zuwandte. »Sie fahren ihn in die Klinik nach Aurich.«

Clemens fuhr sich durch sein verschwitztes Haar. »Wie schlimm ist es?«

Ella spürte seine Anspannung in jeder Faser ihres Körpers. »Er hat ganz schön was abgekriegt, war einige Minuten bewusstlos. Im Krankenhaus werden sie ihn weiter untersuchen. Ach, und die Wunde über seinem linken Auge wird genäht werden müssen.«

Clemens zog sein Handy aus der Brusttasche seines Jacketts, drückte ein paarmal darauf und hielt es sich ans Ohr. »Hallo, Annika. Hör mal, ich muss dir etwas sagen.« Damit entfernte er sich von ihr.

Zum ersten Mal, seitdem sie die fünf Kerle hatte auf den Gutshof kommen sehen, musste sie nicht unmittelbar handeln. Sie fühlte sich wie ein Luftballon, bei dem jemand den Knoten gelöst hatte. Leider hatte sie nicht das berauschende Gefühl, durch die Luft zu fliegen. Sie fühlte sich eher wie der schlaffe Gummikörper, der am Ende des Flugs allein auf dem Boden zurückblieb.

Erschöpft ging sie Richtung Kastanie und setzte sich auf die Bank. Sobald sie saß und das Gesicht der ausladenden Krone zuwandte, verspürte sie Sicherheit. Mit Bäumen kannte sie sich aus, ganz im Gegensatz zu dem Szenarium, das nun hinter ihr lag.

Ella schloss die Augen und atmete tief durch. Sie wusste, dass dies hier nur eine kurze Pause war, schließlich befanden sich noch knapp hundertfünfzig Hochzeitsgäste auf dem Hof, und Clemens' Aufgabe war deren Betreuung. Obwohl er eigentlich selbst einiger Fürsorge bedurfte. Wenn sie auch das im Moment nicht umsetzen konnte, konnte sie ihn zumindest für den Rest des Abends unterstützen. Auch wenn sie sich nicht vorstellen konnte, dass hier heute noch viel gefeiert wurde.

Tatsächlich war die Feier nach diesem Zwischenfall vorbei. Die Gäste hatten noch eine Weile in Grüppchen herumgestanden und über das Erlebte gesprochen, aber dann nach und nach den Hof verlassen.

Verständlich. Die Stimmung war im Keller, der DJ hatte direkt eingepackt. Niemandem mehr war nach Tanzen gewesen. Der Bräutigam hielt seine weinende Braut im Arm und verabschiedete auf der Terrasse noch Freunde und Familie. Die beiden taten Ella leid, denn es war wider Erwarten ein fröhliches Fest geworden – solch ein Ende wünschte man niemandem.

Nachdem das Servicepersonal die Tische abgeräumt hatte und ebenfalls abgezogen war, stand sie allein mit Clemens und Stefan auf der Terrasse vor der Scheune, jeweils einen

Kräuterschnaps in der Hand.

»Hiervon wünsche ich mir keine Wiederholung«, sagte Stefan und prostete ihnen zu.

Clemens befühlte vorsichtig seinen Kiefer. »Das kommt auf die Liste: einmal und nie wieder.«

Kapitel 17

Nachdem auch Stefan gegangen war, löschten sie die Lichter, verschlossen die Tür zur Scheune und machten sich auf den kurzen Weg hinüber zum Altenteilerhäuschen.

»Du zitterst«, stellte Clemens fest.

»Ich weiß auch nicht, warum. So kalt ist es doch gar nicht.«

»Das liegt am Adrenalin. Du hattest bisher noch keine Möglichkeit, es wieder abzubauen. Lass uns noch einen Spaziergang machen.«

»Jetzt? Es ist fast halb zwölf.«

»Na und? Am besten wäre es zu joggen, aber das kann ich meinem Kopf nun wahrlich nicht zumuten. Doch ein ausgiebiger Spaziergang wird dir und mir sicher auch ein Stück weit helfen.« Er zog sein Jackett aus, das er trotz des traurigen Zustands immer noch trug, und half Ella, es anzuziehen.

»Besser als nichts«, stellte er lakonisch fest.

Viel besser als nichts, dachte Ella, als seine wohlige Wärme ihren Körper umhüllte. Sie hatte das Gefühl, dass das Zittern unmittelbar nachließ. Clemens nahm ihre Hand, und dann marschierte er los. Überrascht stolperte sie die ersten Schritte hinter ihm her, bis sie einen gemeinsamen Rhythmus gefunden hatten. So liefen sie schweigend nebeneinander, bis sie nach einiger Zeit spürte, dass dieser Spaziergang wirklich eine gute Idee gewesen war. Das Zittern ließ tatsächlich nach, und sie entspannte sich. Genoss die Nähe zu Clemens unter einem Himmel, an dem Tausende Sterne leuchteten. Clemens hatte den Weg zum Strand eingeschlagen, der vom vollen Mond beleuchtet wurde.

Wann war sie das letzte Mal nachts am Strand gewesen? Allein noch nie. Früher hatten sie so manche Nacht gemeinsam mit der Clique am Strand von Neßmersiel verbracht. Philipp hatte stets seine Gitarre dabei. Er konnte wirklich gut spielen, hatte alle aktuellen Songs im Kopf.

Ella spürte, wie sich ein Lächeln auf ihrem Gesicht ausbreitete, da sie sich an Philipps Gesichtsausdruck erinnerte, wenn er völlig in sich versunken an den Saiten zupfte.

»Woran denkst du?«, fragte Clemens.

»An Philipp.«

»Wer ist das?«, fragte Clemens.

»Wir waren verlobt. Wollten heiraten.«

»Aber etwas ist dazwischengekommen?«

»Er ist gestorben.«

Clemens blieb ruckartig stehen und schaute sie entsetzt an. »Tut mir leid, das hätte ich nicht sagen sollen.«

»Warum denn nicht?« Ella schaute ihn an. »Du wusstest ja nicht, dass ich ihn auf diese Weise verloren habe. Zudem ist es schon sechs Jahre her.«

»Es muss schrecklich sein, jemanden, den man liebt, auf diese Weise zu verlieren.«

»Ja«, antwortete sie schlicht. Sie wandte sich ab und ging weiter über den schmalen Weg in Richtung Strand.

Clemens folgte ihr, sprach jedoch kein Wort, bis sie nebeneinander auf dem feuchten Sand standen und aufs Meer blickten. Sie lauschte dem gleichmäßigen Rhythmus der Wellen, betrachtete die Strahlen des Leuchtfeuers des Norderneyer Leuchtturms, die Fühlern gleich über den dunklen Himmel wanderten; Ella spürte eine tiefe Zufriedenheit in sich aufsteigen.

»Ich habe ihn wirklich sehr geliebt«, meinte sie schließlich. »Wir haben uns während des Studiums kennengelernt, gleich im ersten Semester. Haben von einem gemeinsamen Revier geträumt, in dem wir uns neben der Wirtschaftlichkeit vor allem für Erholungswerte und Umweltschutz einsetzen wollten. Aber vorher wollten wir uns noch in der Welt umschauen, in Nationalparks hospitieren und unterschiedliche Herangehensweisen in der Pflege und Nutzung kennenlernen. Drei Wochen im Isle-Royale-Nationalpark in Michigan waren als Hochzeitsreise geplant.«

»Es tut mir so leid.« Clemens drückte ihre Hand.

Sie wandte sich zu ihm um und schaute ihn an. »Das muss es nicht. Wir hatten eine wunderbare Zeit zusammen, Erinnerungen, die mir niemand nehmen kann.«

»Hast du die Nationalparks noch bereist?«

Ella schüttelte den Kopf. »Nein. Das habe ich nicht gekonnt. Ich habe lange gebraucht, um wieder halbwegs ins Gleichgewicht zu kommen. Doch langsam habe ich das Gefühl, dass der Schmerz des Verlusts nachlässt. Und wer weiß? Vielleicht werde ich eines Tages wirklich noch einmal aufbrechen und die Welt bereisen.«

»Mit deinem Wohnwagen?«, fragte Clemens grinsend.

Ella lachte auf. »Den werde ich wohl kaum mit auf die andere Seite des Atlantiks nehmen. Aber ein Wohnmobil zu leihen, wäre eine prima Alternative.«

Versonnen schaute Clemens hinaus aufs Meer. »Eine schöne Vorstellung.«

»Warst du schon einmal in den Staaten? Oder auf Neuseeland? Afrika?«

»Nein. Tatsächlich war ich in den letzten Jahren überhaupt nicht unterwegs. Mats, der Umbau der Scheune und anschließend der Aufbau des Geschäfts. Da war weder Zeit noch Geld für Fernreisen. Davor war ich aber auch nur in Europa unterwegs. Nach dem Abitur bin ich ein halbes Jahr mit Thees und einem alten Bulli durch die Lande gezuckelt. Das war eine tolle Zeit. Völlig unbeschwert, ohne jegliche Verantwortung. Hauptsache, wir hatten noch genug Geld für Sprit. Mann, was haben wir uns erwachsen gefühlt.« Clemens lachte. Er setzte sich an den Rand der Salzwiesen und streckte die Beine aus.

Ella ließ sich neben ihm nieder, zog ihre Schuhe aus und wackelte entspannt mit den Zehen. »Ja, an dieses Gefühl kann ich mich auch noch gut erinnern. Wenn ich heute daran zurückdenke, kann ich nur mit dem Kopf schütteln.«

Clemens legte ihr einen Arm um die Schultern und zog sie an sich. »Hast du damals auch eine große Reise unternommen und die Freiheit genossen?«

»Große Reise nein, aber Freiheit? Auf jeden Fall.«

»Das klingt ja fast nach Rebellion.«

»Nur eine ganz kleine, die keine großen Wellen geschlagen hat. Aber bis zum Beginn meines Studiums hatte mein Leben eigentlich nur aus Schule und Modehaus bestanden. Die Reisen, die Connie und ich unternommen haben, führten uns in die Städte der Modemessen. Daher hatte ich damals prinzipiell schon einiges von der Welt gesehen, aber immer nur unter diesem einen Motto. So richtig viel Zeit für Sightseeing blieb da nicht.«

»Und wo hast du dann deine Freiheit gefunden?«

»Im beschaulichen Rottenburg am Neckar während des Studiums.« Sie lehnte ihren Kopf an seine Schulter und blickte verträumt hinauf zum Mond. »Ich habe mich kopfüber in diese neue Studentenwelt gestürzt und jede Party mitgenommen, die meines Wissens irgendwo stattfand. Wir waren auch eine sehr feierlustige WG von vier Mädels, sodass ich mich über Langeweile wirklich nicht beklagen konnte. Als allerdings die Klausuren losgingen, merkte ich, dass es einen weiteren Grund für mich gab, in Rottenburg zu leben, als nur zu feiern, da ich wusste, dass es heftigen Ärger mit Connie geben würde, sollte ich die Klausuren vermasseln.« Sie schaute ihn an. »Du siehst also, es war wirklich nur eine ganz kleine Rebellion, von der meine Pflegemutter überhaupt nichts mitbekommen hat.«

»Demnach bist du ein Partygirl?« Er zwinkerte ihr zu.

»Kann schon sein.« Nachdenklich wandte sie sich von ihm ab. »Die Zeit in Rottenburg mit Philipp war wirklich turbulent, und ich habe jede einzelne Minute davon genossen. Seit Philipps Tod habe ich eigentlich gedacht, dieses Kapitel sei für mich abgeschlossen. Aber seitdem ich bei euch auf dem Hof bin, merke ich, wie sehr ich dieses Partyfeeling mag, obwohl ich nicht zu den Feiernden gehöre.«

»Ein gutes Gefühl?«

Sie sah ihn wieder an. »Ja, ein gutes Gefühl.«

»Dem kann ich nur zustimmen«, bestätigte er. »Obwohl ich die letzten Jahre keinen wirklichen Urlaub hatte, fühle ich mich nicht ausgelaugt. Klar, der Sommer ist hart mit den vielen Veranstaltungen. Aber im Herbst und Winter wird es ruhiger, und ich spüre deutlich, wie sehr mich meine Arbeit auch erfüllt. Allerdings werde ich zukünftig wohl trotzdem intensiver darüber nachdenken, wieder einmal einen längeren Urlaub zu machen. Schließlich hat mir gerade jemand den Floh ins Ohr gesetzt, sich mal weltweit Nationalparks anzuschauen.«

»Einen Floh, ja?« Ella grinste.

»Ganz ehrlich. Das klingt wirklich spannend. Bisher habe ich mit Nationalpark natürlich hauptsächlich den vor unserer Haustür liegenden verbunden. Ich müsste mich erst einmal schlau machen, welche Nationalparks es überhaupt in Deutschland gibt, geschweige denn weltweit. Bevor ich dich kennengelernt habe, habe ich mir nie Gedanken über den Beruf des Försters gemacht. Für mich war der Wald bisher nur ein Ort, an dem man im Sommer herrlich im Schatten spazieren gehen kann oder wo ich im Herbst mit meiner Großmutter Pilze gesammelt habe. Dass auch viel Arbeit dahintersteckt, einen Wald nicht nur zu bewirtschaften, sondern auch für Erholungssuchende nutzbar zu machen, hatte ich nicht im Kopf.«

»Und so ein bisschen für den Klimaschutz fühlen wir uns auch verantwortlich«, antwortete sie augenzwinkernd.

»Stimmt. Wenn mich jemand gefragt hätte, hätte ich den Beruf des Försters wohl als ziemlich langweilig beschrieben. Aber nach dem, was du mir alles erzählt hast, ist er doch sehr vielseitig. Und vor allem wichtig für unser aller Wohlergehen, wenn man an die Entwicklung des Klimas denkt.«

»Dann habe ich also Aufklärungsarbeit bei dir geleistet?«

»Sieht ganz so aus.«

»Und für nächstes Jahr planst du einen langen Urlaub in einem der Nationalparks?«

»So weit würde ich dann doch nicht gehen.«

Als sie über seine deutliche Antwort lachen musste, umfasste er ihren Hinterkopf und zog sie zu sich heran.

»Ich liebe dein Lachen«, raunte er. »Dann blitzen deine Augen, und deine Nase kräuselt sich so süß.«

Sobald seine Lippen ihre berührten, tanzten Ellas Gefühle Tango. Sie griff nach Clemens, als hänge ihr Leben davon ab, Halt zu finden. Da er nur noch sein Oberhemd trug, fühlte sie seine harten Muskeln unter ihren Händen. Ihr Puls jagte, während ihre Zunge die seine umtanzte. Beherzt griff sie nach oben, um seinen Kopf noch näher an sich heranzuziehen, doch da atmete er zischend ein und zog sich von ihr zurück.

Es dauerte einen Moment, bis sie sich gesammelt hatte, dann sah sie sein schmerzverzerrtes Gesicht.

»Oh Gott! Es tut mir leid. Bin ich an deinen Kiefer gekommen?«

Clemens nickte vorsichtig. »Ich fürchte, heute müssen wir uns in Enthaltsamkeit üben.«

Ella lachte. »Kein Problem. Ich genieße es, einfach mit dir zusammen zu sein.«

So schmiegte sie sich wieder an ihn und schaute hinaus aufs Meer. So könnte sie stundenlang sitzen bleiben. Seinen kräftigen Körper an ihrem zu spüren, seine Wärme aufzunehmen. Dazu das Licht des Mondes, das im Wasser zu baden schien. Die Anspannung von vorhin war endgültig verschwunden.

Ella seufzte zufrieden auf.

»Alles gut?«, wollte Clemens wissen.

»Alles bestens. Und bei dir?«

»Im Moment fühle ich mich rundum wohl.« Er drückte sanft ihre Schulter. »Allerdings liegt mir der morgige Tag ein wenig im Magen. Da eigentlich Thees mit Anne die Aufräumarbeiten beaufsichtigen sollte, hatte ich Mats versprochen, mit ihm zu den Heulern zu fahren. Das wird nun leider nicht klappen. Es tut mir immer so leid, wenn ich ihn enttäuschen muss.«

»Ja, an das Gefühl als Kind kann ich mich auch noch gut erinnern. Doch bei Eltern, die selbstständig sind, kommen solche Dinge leider immer wieder vor. Aber morgen müssen wir ihn nicht enttäuschen. Ich kann mit ihm fahren. Ich hatte einen Besuch der Seehundstation sowieso noch auf dem Plan, solange ich hier oben bin, und würde mich freuen, Mats zu begleiten.«

»Bringt das nicht deine Pläne für deinen freien Tag durcheinander?«

»Freier Tag?« Ella lachte erneut. »Ich verschiebe die Buchführung, die ich eigentlich machen müsste, auf Sonntag, und morgen Nachmittag muss ich ins Geschäft. Du siehst, ein Besuch bei den Heulern wird mir den Tag versüßen.«

»Danke.«

Clemens zog sie liebevoll an sich, während Ella ihren Kopf gegen seine Schulter lehnte, die Augen schloss und einfach diesen perfekten Augenblick des Lebens genoss.

Nach der eher kurzen Nacht fühlte sich Ella wieder wie der abgestürzte Luftballon. Sie hatte lange nicht einschlafen können und auch die kleine Joggingrunde mit Paula hatte ihr nicht den erhofften Energieschub verschafft. Sie hoffte, dass sie Mats eine aufmerksame Begleitung sein würde. Sie trank einen letzten Schluck Tee, bevor sie den leeren Becher in die Spülmaschine stellte. Trotz aller Widrigkeiten freute sie sich auf den Besuch bei den Heulern. Sie war schon seit Jahren nicht mehr dort gewesen. Als sie den verletzten Mäusebussard ins Waloseum gebracht hatte, war es noch früh am Morgen und die Rettungsstation nicht für Besucher geöffnet gewesen. Seitdem war ihr Arbeitsplan dermaßen gefüllt, dass sie sich nicht die Zeit genommen hatte, nach Norddeich zu fahren. Deshalb war sie froh, dass sie sozusagen vor vollendete Tatsachen gestellt wurde.

Sie griff nach ihrem Schlüsselbund und ging zur Haustür. Die letzten Tage hatte sie überhaupt nicht nach der Post geschaut. Vielleicht hatte sich Connie ja auf diesem Weg bei ihr gemeldet. Ella gab die Hoffnung nicht auf, dass ihre Pflegemutter bald zur Vernunft kommen und nach Hause zurückkehren würde. Dieses war schließlich nicht das erste Mal, dass sie über Ellas beruflichen Weg gestritten hatten. Und bisher hatten sie sich doch immer wieder vertragen.

Tatsächlich lag oben auf dem kleinen Häuflein Briefe eine bunte Postkarte. Lilafarbene Reihen von Lavendel zogen sich bis zum Horizont, wo ein paar Bäume standen und mit ihrem grünen Laub in einen wolkenlosen Himmel ragten. Das perfekte Urlaubsfeeling. Demnach hatte es Connie in die Provence gezogen. Gespannt darauf, was sie Ella mitzuteilen hatte, drehte sie die Karte um.

Ein einziger Satz stand quer zum Adressfeld geschrieben:

Denn es ist nicht genug, einen guten Kopf zu haben;
die Hauptsache ist, ihn richtig anzuwenden.
Descartes

Ein Satz in Connies typisch energischer Handschrift. Keine Grüße, keine Umarmung, nichts.

Ja, wenn es nach Connie ginge, sollte sie das Geschäft übernehmen, das war ja nun wahrlich nichts Neues. Warum musste sie ihr das noch einmal mithilfe einer Postkarte unter die Nase reiben?

Ella spürte Ärger in sich aufsteigen. Und sie hatte gerade noch darüber nachgedacht, dass Connie vielleicht bald einlenken würde. Danach sah es jetzt aber gar nicht mehr aus.

Sie pfefferte die Post auf den Esstisch und hätte am liebsten auch noch mit dem Fuß aufgestampft. Warum konnte ihre Pflegemutter nicht verstehen, dass sie die Arbeit im Wald brauchte? Dass sie sie liebte. Sie wollte einfach nicht den ganzen Tag im Laden stehen!

Aber nun hatte sie keine Zeit zu lamentieren. Mats wartete auf sie und freute sich schon auf den Ausflug nach Norddeich. Und auch sie selbst würde sich diesen Vormittag nicht von Connie madig machen lassen.

»Du kannst leider nicht mitkommen«, verabschiedete sie sich von Paula, die vor der Terrassentür lag und sie interessiert beobachtete. Sie hockte sich neben sie und strich ihr zärtlich über das Fell. Sie war so glücklich, dass die Hündin bisher keinen weiteren Anfall mehr bekommen hatte. Mit jedem Tag, der verstrich, stiegen die Chancen, dass es auch dabei bleiben würde. Nachdem sie ihr noch einen liebevollen Stups gegeben hatte, griff sie nach ihrem Rucksack und verließ das Haus.

Mats umarmte sie ganz fest, als sie ihn abholte, und Ellas schlechte Laune verflog auf der Stelle.

»Fahren wir jetzt zu den Heulern?«, wollte der Knirps aufgeregt von ihr wissen.

Liebevoll fuhr Ella ihm durchs Haar. »Ja. Die warten sicher schon auf dich.«

»Aber die kennen mich doch gar nicht.«

»Die freuen sich immer über Besuch«, erklärte Ella, während sie ihn anschnallte.

»Dann haben sie Fernsehen, oder? Das sagt Papa immer.«

»Genau. Für die Heuler ist das wie Fernsehen, wenn sie die Leute sehen, die vor der Scheibe sitzen.«

Ella startete den Wagen, und Mats erzählte ihr fröhlich von seinen Erlebnissen im Kindergarten.

»Und dann hat Frau Ubben gesagt, dass wir nächste Woche zu dir in den Wald fahren.«

»Stimmt, das haben Frau Ubben und ich miteinander besprochen.«

»Helfen wir dir dann bei der Arbeit?«

»Natürlich. Ich kann ein paar helfende Hände immer gut gebrauchen. Wir werden genau nachschauen, ob im Kinderwald auch alles in Ordnung ist«, antwortete sie, während sie die Itzendorfer Straße entlangfuhr.

»Ich habe auch schon einen großen Beutel mit Haselnüssen für die Eichhörnchen«, rief Mats enthusiastisch. »Außerdem hat mir Leon erzählt, dass es im Kinderwald auch ein Kühlofon gibt.«

Ella lachte. »Da hat Leon recht, es gibt ein großes Xylofon aus Baumstämmen. Darauf kannst du Musik machen.«

»Ich freu mich schon so!«, krähte Mats von hinten.

»Ich glaube, du freust dich immer, wenn du einen Ausflug machen darfst.«

»Ja, so wie heute. Auch wenn es schade ist, dass Papa nicht mitkommen konnte.«

Allein der Gedanke an Clemens rief ganz andere Gefühle als die des Bedauerns hervor, und Ella genoss das Kribbeln in ihrem Bauch, während sie vor der Seehundstation parkte.

»Alle Mann aussteigen! Der Zug ist angekommen!«, rief sie.

»Ein Auto ist doch kein Zug.« Mats kicherte, während er sich abschnallte.

Ella öffnete seine Tür, und Mats griff ganz natürlich nach ihrer Hand, sowie sie sich auf den Weg zu den Seehunden machten. Kaum dass sie die Seehundstation betraten, überfielen Ella die unterschiedlichsten Gefühle. Zum einen freute sie sich darauf, mit Mats die Heuler zu sehen, und auf seine Kommentare. Zum anderen wurde sie von Erinnerungen aus ihrer Kindheit überflutet, was sie ein wenig melancholisch machte. Damals hatten sie in den Sommermonaten ebenfalls regelmäßig hier vorbeigeschaut, weil Ella so fasziniert von diesen kleinen Schwimmern gewesen war. Eine Leidenschaft, die sie mit ihrer Mutter geteilt hatte, die Ella überhaupt maßgeblich die Liebe zur Natur vermittelt hatte. Ihr Vater hatte sie zwar oft begleitet, war aber doch eher jemand gewesen, der sich mehr für Zahlen denn für Tiere und Pflanzen begeistern konnte. Doch da er sie und ihre Mutter liebte, war er bei ihren Ausflügen in Watt, Marsch und Wäldern trotzdem meist an ihrer Seite gewesen.

Mats zog sie ungeduldig hinüber zum Zuschauerraum, und Mats hüpfte die Stufen hinunter. Schnell lief er direkt bis an die große Glaswand, hinter der sich zwei Heuler im Wasser tummelten.

»Guck mal, es sind zwei Stück.« Zur Bekräftigung seiner Aussage hielt er zwei Finger hoch.

»Ich sehe es«, antwortete Ella. Sie setzte sich auf die unterste Bank und schaute den beiden Jungtieren zu.

»Die beiden haben jetzt keine Mama mehr«, sagte Mats plötzlich.

Als Ella die Traurigkeit in seiner Stimme vernahm, stand sie auf, legte ihm ihren Arm um die schmalen Schultern und zog ihn an sich.

»Aber hier haben sie es doch gut«, erklärte sie mitfühlend.

Mit einem Arm umklammerte Mats ihr Bein und schaute traurig zu ihr hoch. »Aber ihre Mama ist weg. Bestimmt haben sie geweint.«

Wie sollte sie darauf reagieren? Wollte er damit andeuten, dass er selbst immer noch unglücklich darüber war, dass seine Mutter ihn verlassen hatte? Ella fühlte sich gerade komplett überfordert.

»Guck mal, wie die beiden herumschwimmen«, versuchte sie mit fröhlicher Stimme die gedrückte Atmosphäre aufzulockern. »Sie sind Freunde geworden und können zusammen spielen.«

»Aber sie haben ihre Mama verloren.« Mats blieb hartnäckig beim Thema. »Papa hat mir gesagt, dass das passieren kann, wenn es große Stürme gibt. Gab es einen großen Sturm?«

»Das weiß ich leider nicht«, antwortete Ella hilflos.

Mats schaute wieder zu den beiden Heulern hinter der Scheibe. »Die sind bestimmt immer noch ganz traurig, dass ihre Mama nicht mehr auf sie aufpasst.«

Ella nickte. »Vielleicht. Jetzt haben sie ja einen neuen Freund. Außerdem passen die Tierpfleger gut auf sie auf und geben ihnen leckere Fische zu fressen.«

»Emmas Mama legt ihr immer bunte Obstspieße in die Brotdose.« Als wäre damit alles gesagt, schaute er sie fragend an.

Ella zwang sich zu einem aufmunternden Lächeln. »Das ist aber nett von Emmas Mama. Dein Papa legt doch bestimmt auch immer Obst in deine Brotdose, oder?«

»Ja. Aber er macht mir keine Spieße. Ich will auch eine Mama, die mir Spieße macht.«

Ella fühlte sich, als habe sie einen Schlag in den Magen bekommen. Sie hockte sich vor ihn hin und überlegte, wie sie am besten darauf reagieren sollte. Klar ging es ihm nicht um die Spieße. Aber wie sollte sie einem Vierjährigen erklären, dass man nicht einfach so eine Mama kriegte. Vor allem wenn man eigentlich schon eine hatte. Zwar hatte diese ihm bereits unmissverständlich klargemacht, dass sie ihn nicht wollte, dennoch blieb sie seine Mutter.

Ella spürte, wie ihr der Schweiß ausbrach. Sie räusperte sich, um Zeit zu schinden, und wäre am liebsten Mats' intensivem Blick ausgewichen.

»Ähm …«

Doch ehe sie weitersprechen konnte, betraten weitere

Gäste der Seehundstation den Zuschauerraum, und eine piepsige Mädchenstimme rief: »Mats!«

Mats wandte sich von ihr ab und schaute über die Schulter nach hinten. Sein Gesicht hellte sich schlagartig auf. »Greta!«, schrie er dann.

Er riss sich von Ella los und rannte die kurze Strecke zu seiner kleinen Freundin. »Was machst du denn hier?«

»Wir wollen Heuler gucken«, erklärte sie ihm das Offensichtliche.

Dann stellten sie sich nebeneinander vor die Glaswand, drückten sich die Nasen platt und diskutierten darüber, welcher der beiden Seehunde wohl der ältere wäre.

»Hallo!«, begrüßte Ella den Vater des Mädchens, der in einem Tragesack ein Baby vor sich hertrug.

Ella war einen Moment versucht, darüber nachzudenken, für welche Variante er sich entschieden hatte und ob das Baby auch wirklich gut darin saß, riss sich dann aber zusammen. Sie brauchte keine weitere Ablenkung von Mats' bohrenden Fragen mehr, die angespannte Situation hatte sich glücklicherweise mit dem Auftauchen von Greta gelöst.

Und so gab sich Ella dankbar freundlichem Small Talk hin, der sich um Seehunde, die Station und die Frage drehte, wann dieses Jahr wohl die Auswilderungsphase beginnen würde.

Trotz der netten Unterhaltung und einem anschließenden Rundgang mit den Kindern durch die Ausstellungsräume, fühlte sie sich völlig ausgelaugt, als sie wieder allein in ihrem Häuschen ankam. Sie warf den Rucksack in die Ecke, ging hinüber ins Wohnzimmer und ließ sich aufs Sofa fallen. Wie machten das nur die Eltern, fragte sie sich. Sie war nur drei Stunden mit Mats unterwegs gewesen, hatte aber das Gefühl, ihr Tagwerk bereits vollbracht zu haben. Dabei lagen noch fünf Stunden im Laden vor ihr.

Sie rappelte sich hoch, da Paula nachdrücklich gegen ihr Bein stupste und die fehlende Begrüßung einforderte.

»Entschuldige«, sagte sie zu ihr und kraulte sie hinter den Ohren. »Irgendwie fühle ich mich gerade etwas überfordert.«

Wobei sie überhaupt nicht verstand, was eigentlich mit ihr los war. Schließlich hatte sie schon so manchen Abend mit Mats verbracht, ohne dass sie hinterher so erschöpft gewesen wäre. Allerdings hatte sie da auch nicht jede Sekunde damit rechnen müssen, dass der Knirps wieder davon anfing, eine Mama zu wollen, die ihm Obstspieße machte. Die Erinnerung an seinen sehnsuchtsvollen Blick ging ihr durch Mark und Bein.

»Ella, wem willst du eigentlich etwas vormachen?«, fragte sie sich selbst.

Sie stand auf, schenkte sich ein Glas mit Orangensaft ein und trank einen kräftigen Schluck. Der einschießende Zucker in ihren Blutkreislauf fühlte sich fast an wie ein Tritt in ihren Allerwertesten, denn plötzlich wurde ihr klar, was sie sich nicht hatte eingestehen wollen: Am liebsten hätte sie Mats vorhin in den Arm genommen, ihn hin und her gewiegt und ihm erklärt, wie liebend gern sie die Mutterrolle bei ihm einnähme.

Sie schlug sich mit der Hand gegen die Stirn und schnaubte. War sie jetzt total durchgeknallt? Wo kamen bloß solche Anwandlungen her? Bisher hatte sie sich nicht einmal auf einen Wohnort festlegen wollen, geschweige denn auf einen Partner. Und ein Kind? Das war noch mal eine ganz andere Hausnummer. Sie war eine unabhängige Frau, die ihr Singleleben genoss. Sicher hörte sie schon bald etwas von der Forstverwaltung und würde sich auf den nächsten Job vorbereiten. Neue Aufgaben, neue Herausforderungen, neue Abenteuer.

»Völliger Quatsch«, schimpfte sie mit sich selbst.

Sie stellte das leere Glas in die Spülmaschine und schloss die Klappe mit mehr Elan als nötig. Wem machte sie hier etwas vor? Der kleine Knirps mit den seelenvollen braunen Augen hatte schon längst Einzug in ihr Herz gehalten. Sie würde alles dafür tun, dass es ihm gut ging, dass sie seinen Kummer lindern könnte. Aber heute waren ihr in dieser Hinsicht deutliche Grenzen aufgezeigt worden.

Und das tat weh.

Kapitel 18

Am darauffolgenden späten Montagnachmittag saß sie an ihrem Laptop, nachdem sie ihre Försterinnenpflichten für heute erledigt hatte, und arbeitete Unterlagen für das Modehaus auf. Dazu hatte sie sich am Sonntagmorgen doch nicht aufraffen können. Stattdessen war sie am Vormittag nach Emden in die Kunsthalle gefahren und hatte sich eine Ausstellung über Tiere in der Kunst angesehen. Ganz erfüllt von den ausdrucksstarken Bildern hatte sie, sobald sie zu Hause gewesen war, noch im dazugehörigen Katalog geblättert und nach den verschiedenen Künstlern gegoogelt, bis es bereits Zeit fürs Abendessen war. Danach hatte sie auch keine Lust mehr gehabt, sich noch an die Unterlagen zu setzen.

Vielmehr zog es sie wieder einmal zu Clemens, der zwar wegen einer großen Veranstaltung keine Zeit für sie hatte, aber so ganz hatte sie an diesem Tag nicht auf ihn verzichten wollen. So hatte sie sich Paula geschnappt und war, in der Hoffnung, ihn zumindest aus der Ferne zu sehen, langsam an der Scheune entlanggeschlendert, bevor sie zu ihrem abendlichen Spaziergang aufbrach. So weit war es schon mit ihr gekommen, dass sie einen Hundespaziergang unternahm, um einen Mann zu sehen. Was machte das aus ihr?

Eine glückliche Frau, dachte sie und grinste von einem Ohr bis zum andern. Denn sie hatte Clemens nicht nur gesehen, er hatte ihr auch eines seiner sexy Lächeln geschenkt, das ihre Vorfreude auf das nächste Treffen ordentlich befeuerte.

Doch auch wenn allein bei der Erinnerung daran angenehme Hitzeschauer über ihren Körper rannen, bemühte sie sich doch, sich wieder auf ihre Aufgabe zu konzentrieren. Leider bezog sich einer der nächsten Posten, die sie buchen musste, auf eine Lieferung von Freizeitkleidung. Augenblicklich schweiften ihre Gedanken zu der Wohnungsbesichtigung, die sie in ihrer Mittagspause noch hinter sich gebracht hatte.

Ärgerlich klappte sie den Laptop wieder zu. Da hätte sie sich doch lieber weiterhin mit ihren Gefühlen für Clemens von der Arbeit ablenken lassen, als sich an die Leute zu erinnern, denen sie die Wohnung sowieso nicht vermieten wollte. Wenn sie ehrlich war, hatte sie ihnen von Anfang an keine Chance gegeben, einen guten Eindruck zu machen, sodass die ganze Aktion schlichtweg verlorene Zeit gewesen war. Sie würde sich wohl jemanden schnitzen müssen, der in ihr altes Zuhause einziehen durfte.

»Eleonora Vanbrecht!«, ermahnte sie sich selbst. »Es ist nur eine Wohnung. Es ist schon lange kein Zuhause mehr.«

Aber auch wenn ihr Kopf das wusste, in ihrem Herzen war das längst noch nicht angekommen.

Genervt von sich selbst stand sie auf und lief hinüber zur Küchenzeile. So ging das nicht weiter, sie brauchte einen Tee, damit sie sich endlich auf ihre Arbeit konzentrieren konnte. Vor allem die kleine Zeremonie des Zubereitens entspannte sie und half ihr, sich zu sortieren. Sie füllte Wasser in den Wasserkocher, nahm ihre heiß geliebte bauchige Teekanne aus dem Schrank und wärmte sie mit heißem Wasser aus der Leitung vor. Als das Wasser kochte, leerte sie die Kanne aus, gab acht Löffel ihrer Ostfriesenblattmischung hinein und bedeckte sie mit dem kochenden Wasser. Während die Mischung exakt vier Minuten zog, nahm sie die feine Porzellantasse aus dem Schrank, die Connie ihr letztes Jahr zu Weihnachten geschenkt hatte, und stellte sie samt Kluntjepott und Sahne auf dem Couchtisch bereit. Anschließend füllte sie die Teekanne mit dem restlichen Wasser auf und brachte sie mitsamt dem Stövchen ebenfalls hinüber ins Wohnzimmer. Dann setzte sie sich zurück auf das Sofa.

So blieb sie einen Moment still sitzen und betrachtete ruhig das Stillleben, das sie vor sich aufgebaut hatte. Natürlich erinnerte sie die Tasse mit der ostfriesischen Rose gleich wieder an Connie. Bilder vom vergangenen Weihnachtsfest tauchten vor ihr auf. Ihre Pflegemutter hatte es schon immer verstanden, diese Tage zu etwas ganz Besonderem zu machen. Seitdem Ella bei ihr lebte, hatte sie sie in ihre Vorbereitungen stets eingebunden und sie mit kleinen Arbeiten überhäuft. Wahrscheinlich weil sie vor allem in den ersten Jahren wusste, wie schwer dieses Fest für Ella nach dem Tod ihrer Eltern zu ertragen gewesen war.

Natürlich konnte sie sich die letzten Jahre nicht mehr so stark an den Vorbereitungen beteiligen, aber das Fest als solches verbrachten sie nach wie vor gemeinsam. Connie war wie immer bemüht gewesen, es Ella so schön wie möglich zu machen, und so war auch dieses Mal das Haus liebevoll geschmückt gewesen, als sie einen Tag vor Heiligabend bei ihr eingetroffen war. Der Duft nach Grünkohl, Speck und Pinkel, einem ihrer winterlichen Leibgerichte, stieg ihr zur Begrüßung gleich in die Nase, und die große Blechdose, die mit goldenen Engeln verziert war, war bis zum Rand gefüllt mit Nussmakronen. Es war wieder dieses Gefühl einer wohligen Umarmung gewesen, auf die sie sich seit vielen Jahren verlassen konnte. Warum hatte Connie sich jetzt nur so von ihr zurückgezogen?

Ella seufzte auf, verbot sich aber jeden weiteren Gedanken in diese Richtung, weil sie jetzt in Ruhe ihren Tee genießen und an gar nichts denken wollte. Zumindest an nichts, was sie belastete. Sie gab zwei große Stücke Kandis in die Tasse, begoss sie mit dem heißen Tee und erfreute sich an dem leisen Knistern, das kurz darauf zu hören war. Dann nahm sie das Sahnekännchen und gab mit dem Löffel einen Schuss Sahne zum Tee, die untertauchte und einen Moment später als kleine Wolke wieder an die Oberfläche trieb. Eine perfekte Tasse Tee. Eine wohltuende kurze Auszeit von den Widrigkeiten des Lebens.

Ella seufzte zufrieden. Sie schaute hinüber zu Paula, die in ihrem Körbchen lag und leise vor sich hin schnarchte. Jetzt fehlte nur noch ein Feuer im Kamin, und das Idyll wäre perfekt, überlegte sie, während sie vorsichtig an ihrem Tee nippte. Aber auch wenn der lang ersehnte Regen kräftig gegen die Scheiben schlug, war es doch zu warm für ein Kaminfeuer im Wohnzimmer.

Ella zog die Beine unter sich. Nur noch gut zwei Wochen, dann wäre ihre Zeit hier vorbei. Gerade erst heute Morgen hatte sie mit dem Personalmanagement der Niedersächsischen Landesforsten in Braunschweig telefoniert, aber die hatten noch kein weiteres Angebot für sie. Insgeheim regte sich in ihr die Hoffnung, dass auch in den nächsten Wochen kein neues Angebot kam, sodass sie ihre Zeit hier oben noch ein wenig ausdehnen konnte. Auch wenn sie dadurch nicht die Möglichkeit hatte, Connies Drängen wieder auszuweichen, könnte sie dafür mehr Zeit mit Clemens verbringen.

Allein der Gedanke daran ließ einen ganzen Schwarm Schmetterlinge in ihrem Bauch flattern. Entspannt lehnte sie den Kopf gegen die Rückenlehne des Sofas und gab sich ihren Gefühlen hin. Gefühle, die sich wieder einmal nur um

Clemens drehten. Um die Stunden, die sie mit ihm im Bett verbracht hatte, die Zeiten gemeinsam mit ihm und Mats bei ihren Ausflügen oder beim Aushelfen auf verschiedenen Veranstaltungen. Seitdem sie auf dem Hof der Niehusens gelandet war, hatte sich ihr Privatleben komplett verändert.

Eigentlich hatte sie überhaupt jetzt erst wieder so etwas wie ein Privatleben, dachte sie spöttisch.

Dann kam ihr der Abend auf der Koppel in den Sinn, an dem sie mit Anne über Philipp gesprochen hatte. Der Abend, an dem sie darüber nachdachte, wie sehr sie sich jemanden wünschte, der ihr nahestand. Und jetzt?

Ella setzte sich so schnell auf, dass der Tee überschwappte und ihre Jeans durchnässte. Doch das kurze Brennen des heißen Getränks nahm sie gar nicht war, sondern strich automatisch mit der Hand über die Stelle. Sie war viel zu überwältigt von der plötzlichen Klarheit in ihrem Kopf. Sie war verliebt.

Ihr Herz raste und unterstrich dramatisch diese neue Erkenntnis. Sie war tatsächlich verliebt. Etwas, das nie wieder passieren sollte, vor dem sie sich so viele Jahre geschützt hatte, war einfach geschehen. Clemens und Mats hatten sich nicht nur in ihr Herz geschlichen, sie hatten sich regelrecht eingenistet. Ein Umstand, der in keiner Weise in ihren Lebensentwurf passte. Ein Umstand, der auch überhaupt nicht zu der Vereinbarung passte, die Clemens und sie miteinander getroffen hatten. Keine tiefen Gefühle, nur eine kurze Affäre für die Dauer ihres Jobs hier, das war die Devise.

Ella stellte die Teetasse auf den Tisch, stand auf und lief im Zimmer auf und ab. Sie hatte es nicht kommen sehen und konnte es auch nicht gebrauchen. Sie musste sich rasch wieder entlieben, damit sie ihr Leben so weiterführen konnte, wie sie es geplant hatte.

Fahrig strich sie sich durchs Haar. Sie brauchte jemanden, der ihr half, dieses Chaos zu ordnen. Sie brauchte jemanden, der ihr sagte, wie sie nun weitermachen sollte. Britta! Sie würde Britta anrufen.

Als sie nach ihrem Handy griff, klopfte es an der Tür. Am liebsten hätte sie nicht aufgemacht, aber entgegen ihrer üblichen Art bellte Paula freudig auf, sodass der Besucher annehmen konnte, dass sie ebenfalls daheim war. Mist.

Sie legte das Smartphone beiseite, wischte sich die feuchten Hände an ihrer Jeans ab und bemühte sich, ihren kräftig schlagenden Puls zu beruhigen. Doch als sie die Tür öffnete, waren all diese Bemühungen umsonst, denn niemand anderes als Clemens lehnte am Türrahmen, ein träges Grinsen auf den Lippen.

»Hallo, meine Schöne. Das ganze Haus ist ausgeflogen, wir beide sind ganz allein auf dem Hof. Hättest du vielleicht eine Idee, wie wir diese einsame Zeit überbrücken können?«

All ihre Ängste verflüchtigten sich augenblicklich. Energisch griff sie nach seiner Hand und zog ihn hinter sich her die Treppe hinauf. Er kam gerade noch dazu, mit dem Fuß die Tür ins Schloss zu schubsen, so eilig hatte sie es. Aber kaum dass sie ins Schlafzimmer gekommen waren, wandte sie sich zu ihm um, und mit einem Mal war alles Drängen aus ihr verschwunden.

Sie schaute ihm in die strahlend blauen Augen und spürte ein seltsames Ziehen über ihrem Magen. Doch statt weiter darauf zu achten, atmete sie tief ein und hob die Hand. Zärtlich strich sie ihm eine störrische Strähne aus dem Gesicht, fuhr anschließend langsam mit ihrem Zeigefinger über die Konturen seiner Wangenknochen und genoss das Piksen der Bartstoppeln unter ihrer Fingerspitze. Clemens erwiderte ihren Blick genauso intensiv, wie sie ihn bei sich selber wahrnahm, bewegte sich jedoch um keinen Zentimeter. Nur mit seinen Händen umschloss er ihre Hüften, als müsse er sich irgendwo festhalten.

Ella umfasste dagegen seine Schultern, strich an seinen starken Oberarmmuskeln entlang nach unten, um schließlich auf seinen Händen innezuhalten. Sie fühlte die Schwingungen, die zwischen ihren Händen den Anfang zu nehmen schienen und von dort aus jede einzelne Zelle ihres Körpers in Bewegung setzten. Das Gefühl war so intensiv, dass ihr schwindlig wurde. Ihr Atem stockte und ihr Puls raste, obwohl sie sich doch nur gegenüberstanden.

Später wusste sie nicht mehr, wer den ersten Schritt gemacht hatte. Sie wusste nur, dass sie plötzlich auf dem Bett lagen und sie ihre Lust nicht länger bändigen konnte. Es konnte ihr kaum schnell genug gehen, bis sie nackt waren, bis sie Haut an Haut lagen und sie endlich die ganze Kraft seines Körpers auf, neben und in sich spüren konnte.

Irgendwas war anders, schoss es ihr durch den Kopf, während sie noch ineinander verschlungen dalagen und darauf warteten, dass sich Atmung und Puls wieder beruhigten. Clemens strich ihr federleicht über den Rücken, und Ella hätte am liebsten geschnurrt wie eine Katze. Ließ sich nur zu gern ablenken von dem Gedanken, der sie eben noch vor Clemens' Auftauchen beunruhigt hatte. Und so schickte sie ihre Hände ebenfalls auf Wanderschaft, presste sich an seinen festen Körper und fühlte, wie sich die Spannung zwischen ihnen sofort wieder aufbaute.

Doch plötzlich löste sich Clemens von ihr, küsste sie kurz auf die Stirn und sprang aus dem Bett.

Verwirrt schaute sie ihm hinterher. »Was ist los?«

»Sorry, ich muss gehen. Wahrscheinlich sind Femke und Mats schon vom Einkaufen zurück. Ich muss mich ums Abendessen kümmern und ihn ins Bett bringen.«

Ella kam sich vor, als hätte ihr jemand einen Eimer Wasser über den Kopf geschüttet. Sie warf einen Blick auf ihren Wecker neben dem Bett. 17:34 Uhr. Okay, sicher wurde es langsam Zeit, den Abend einzuläuten, aber das war doch kein Grund für einen dermaßen überstürzten Aufbruch.

Clemens allerdings war bereits wieder komplett angezogen und schloss den Gürtel seiner Hose.

»Denkst du an Claras Geburtstag nächsten Montag?«, fragte er, während er sich die Schuhe schnürte. Eine Antwort schien er nicht zu erwarten, denn bevor sie überhaupt reagieren konnte, hatte er ihr schon kurz zugenickt und war verschwunden. Sekunden später fiel die Haustür krachend ins Schloss.

Ella ließ sich völlig perplex auf den Rücken fallen und starrte an die Decke. Was war das denn gewesen? In der einen Sekunde liebten sie sich leidenschaftlich und in der nächsten konnte er nicht schnell genug verschwinden? Deutlicher hätte er ihr wohl nicht machen können, dass er bloß an einer kurzen Affäre Interesse hatte. Keine Gefühle, so hatten sie es abgesprochen. Sie war selbst schuld, dass sie sich nun fühlte, als hätte jemand auf ihrem Herzen herumgetrampelt. Und dieser Jemand hieß Clemens Niehus.

Sie rollte sich zusammen und zog sich die Decke über den Kopf. Nichts hören und nichts sehen, vielleicht würde es so ja auch mit dem nichts Fühlen klappen. Doch das war reines Wunschdenken, denn das Gefühl der Geborgenheit unter der Decke führte ihr nur wieder deutlich vor Augen, wie sehr sich ihr Verhältnis zu Clemens verändert hatte. Sie war in ihn verliebt. Aber anstatt in diesem Empfinden schwelgen zu können, machte es ihr jetzt noch größere Angst als vorhin, denn er hatte ihr mit seinem Abgang deutlich gezeigt, dass er an keiner intensiveren Beziehung interessiert war.

Auch wenn er sich mehr als schofelig verhalten hatte, dachte sie gekränkt. Schließlich gab es gewisse Regeln der Höflichkeit, wenn man gerade miteinander im Bett gewesen war.

Doch diese Regeln einzufordern hätte nur einen Sinn, wenn es ein nächstes Mal gäbe. Und im Moment war sie überhaupt nicht sicher, ob sie das wollte.

Bedrückt stand sie auf, schlüpfte in eine alte Jogginghose und streifte sich ihr Lieblingsshirt über. Wollte sie sich wirklich antun, jedes Mal unter seiner Zurückweisung zu leiden? Wäre es nicht besser, gleich reinen Tisch zu machen, ehe sie sich noch mehr in ihre Gefühle für ihn verstrickte?

Aber wie sollte sie mit ihm umgehen, nachdem sie die Affäre beendet hatte? Sie lebten hier so dicht beieinander, dass es kaum möglich war, ihm auszuweichen. Und sollte sie das tun, würde er vielleicht wissen wollen, warum. Was sollte sie ihm dann sagen? Sollte sie sich ihm offenbaren? Sich verletzlich machen?

Fragen über Fragen, die sie allein nicht beantworten konnte. Beherzt griff sie zum Handy und wählte doch noch Brittas Nummer.

»Hallo, Ella«, meldete Britta sich gut gelaunt.

»Hallo, Britta. Hättest du Zeit?«

»Jetzt sofort? Klar. Alles gut bei dir?«

Ella schossen die Tränen in die Augen. Britta hatte schon früher nur an der Stimme eines anderen erkannt, wie es ihm ging.

»Nein, nichts ist gut, deshalb würde ich ja gern vorbeikommen.«

»Menno. Männerkram? Soll ich dann nicht besser zu dir kommen? Wir machen uns eine Tote Tante, auch wenn ich den Kakao heute ohne Rum genießen muss. Den Rum bringe übrigens ich mit, uns hat nämlich ein Kunde gerade eine gute Flasche geschenkt. Dann musst du nachher nur noch die Treppe hoch in dein Bett. Was meinst du?«

»Würdest du das für mich tun?«, brachte Ella schluchzend hervor. Brittas einfühlsame Stimme hatte bewirkt, dass die Tränen nun in Strömen flossen.

»Gib mir zehn Minuten. Du kannst ja schon mal den Kakao ansetzen.« Britta legte auf, ohne dass Ella noch etwas erwidern konnte.

Schniefend schleppte sie sich nach unten. Sie fühlte sich, als habe jemand den Stecker gezogen. Alle Energie war verpufft. Sie war es so gewöhnt, sich um sich selbst zu kümmern, dass ihr Kummer sie durch Brittas Fürsorge förmlich überrollte. Sie wünschte sich wirklich nur noch aufs Sofa, eine Großpackung Taschentücher neben sich und dann den Tränen freien Lauf zu lassen. Währenddessen eine Freundin bei sich zu haben, war eines der Sahnehäubchen im Leben einer jeden Frau.

Kaum war sie in der Küche angelangt, erhob sich Paula von ihrem Logenplatz vor der Terrassentür und kam zu ihr hinüber. Besorgt leckte sie ihr die Hand.

»Alles gut«, beruhigte sie die Hündin. »Nachher geht es mir sicher wieder besser.« Zumindest müsste sie sich nach einer ordentlichen Portion Rum nicht mehr mit diesem nagenden Gefühl in ihrer Brust auseinandersetzen.

Sie hockte sich hin, kraulte Paula hinter den Ohren und kuschelte ihren Kopf an ihr warmes Fell. Wie schon früher in solch trübsinnigen Momenten, ließ die Hundedame es geduldig über sich ergehen.

Als Britta kurze Zeit später vor der Tür stand, war der Kakao bereits gekocht und stand samt zwei großen Porzellanbechern auf einem Stövchen auf dem Couchtisch.

»Im Eichenfass gereift, der wird dir richtig gut schmecken«, sagte Britta zur Begrüßung und hielt ihr die Rumflasche unter die Nase. »Was dir heute völlig egal ist«, stellte sie nach einem kritischen Blick auf Ella fest.

Sie ging in ihrem Schwangerschaftswatschelgang an Ella vorbei ins Wohnzimmer. »Wer hat dir was angetan?«, fragte sie, als Ella ihr folgte.

Sie stellte die Flasche neben die Kakaokanne und ließ sich umständlich in den Ohrensessel sinken.

»Clemens ist so ein Idiot!« Ella zog die Nase hoch, schenkte beide Becher voll, ließ bei ihrem allerdings Platz für einen großzügigen Schuss Rum.

»Dachte ich mir doch, dass du mehr für ihn empfindest, als du vorgegeben hast. Was hat er getan?«

»Er hat mich verlassen.« Ella schniefte in ein Taschentuch.

»Er hat Schluss gemacht?«

Ella zuckte mit den Schultern.

»Wieso weißt du nicht, ob er Schluss gemacht hat? Was hat er denn gesagt?«, fragte Britta.

»Dass er jetzt gehen muss.«

»Ich verstehe kein Wort. Vielleicht fängst du einfach von vorn an. Wann habt ihr euch wo getroffen?«

»Er kam vorhin zu mir.« Ella trank einen Schluck des warmen Gebräus, schloss die Augen und spürte dem wohligen Gefühl nach, als sich der Alkohol unmittelbar in ihrem Körper ausbreitete.

»Ach Mensch, Ella, jetzt lass dir doch nicht jedes Wort aus der Nase ziehen.«

Da Ella sah, dass Britta sie immer noch fragend anschaute, seufzte sie auf und fuhr fort: »Ich fürchte, ich bin solcherart Unterhaltung überhaupt nicht mehr gewohnt. Wieso habe ich eigentlich sechs Jahre darauf verzichtet, meine Ängste und Sorgen jemandem anzuvertrauen?«

»Weil du getrauert hast. Und damit geht jeder anders um. Du brauchtest diese Zeit für dich, doch jetzt hast du mich ja wieder an deiner Seite. Wenn du es denn willst.«

Ella stand auf, ging hinüber zu Britta und nahm sie fest in den Arm. »Natürlich will ich. Ich bin so froh, dass ich dich wiederhabe.«

Sie ließ sich auf die breite Armlehne des Ohrensessels sinken, ihren Arm immer noch um Britta gelegt. »Ich wollte dich eigentlich schon heute Nachmittag anrufen. Ich hing dermaßen in meinem Gedankenkarussell fest, dass ich gern mit dir darüber gesprochen hätte. Aber in dem Moment, als ich dich anrufen wollte, kam Clemens, und schnell führte eines zum anderen.«

»Ihr hattet Sex«, stellte Britta nüchtern fest. »Wie war es? Bedenke bei deiner Antwort bitte, dass ich hochschwanger bin und bereits seit Wochen keinen Sex mehr hatte.«

Widerwillig musste Ella lachen. Dann wurde sie wieder ernst. »Es war einfach atemberaubend. Und wenn ich das so sage, meine ich das im wörtlichen Sinne. Es hat mir dieses Mal wirklich den Atem geraubt. Anfangs war es wie immer: wild und leidenschaftlich. Als könnten wir einfach nicht genug voneinander bekommen.«

Britta fächerte sich Luft zu. »Das klingt ziemlich heiß.«

»Sex mit Clemens ist heiß«, bestätigte Ella. »Und trotzdem war es dieses Mal anders. Ohne dass die Leidenschaft dabei abgeflaut wäre, ließen wir uns heute mehr Zeit. Zumindest hatte ich den Eindruck. Ich habe all seine Berührungen noch intensiver als sonst wahrgenommen. Fühlte mich mit ihm auf eine Art verbunden, die ich bisher nur einmal erlebt habe.«

»Mit Philipp«, stellte Britta leise fest.

Ellas Kehle war wie zugeschnürt, deshalb nickte sie nur. »Es war wunderschön«, brachte sie dann gepresst hervor. Nun gab es kein Halten mehr, und sie begann erneut zu schluchzen.

Britta zog die Augenbrauen hoch. »Du hast dich in ihn verliebt?«

»Diese Erkenntnis war mir auch schon heute Nachmittag gekommen. Ich bin so blöd!«

»Was ist denn daran blöd? Sich zu verlieben ist doch wunderschön!«

»Ich will mich aber nicht mehr verlieben und schon gar nicht in Clemens!«, rief Ella aus. »Das macht mir Angst! Wir hatten abgemacht, keine Gefühle ins Spiel zu bringen. Nur eine kurze Affäre für die Zeit, die ich noch hier oben bin. Ich führe kein Leben, in das eine feste Beziehung passt. Ich habe keine Ahnung, wo ich in drei Wochen sein werde, geschweige denn in einem halben Jahr. Außerdem hat Clemens heute ganz deutlich gemacht, dass er auch nicht in diese Richtung denkt.«

»Weil er gegangen ist?«

»Er ist nicht einfach nur gegangen. Er ist in dem Moment, in dem wir uns nach einer kurzen Atempause wieder aufeinander zu bewegten, quasi aus dem Bett gesprungen und geflüchtet. Nicht ohne mich nüchtern an den Geburtstag seiner Nichte zu erinnern. Ich dusselige Kuh schwelge in verliebten Gefühlen, während er bereits die nächsten Termine im Kopf hat.«

Da die Tränen weiterflossen, setzte Ella sich zurück aufs Sofa und öffnete eine weitere Packung mit Taschentüchern.

Britta richtete sich auf, soweit es ihr voluminöser Bauch

erlaubte. »Nur, damit ich es richtig verstehe. Ihr hattet leidenschaftlichen Sex, wart auf dem Weg zu einer zweiten Runde, und Clemens hat dich weggeschoben und ist aus dem Bett gesprungen.«

Ella schniefte. »Genau. Deutlicher konnte er mir gar nicht zeigen, dass es ihm nur um eine schnelle Nummer zwischendurch geht.«

»Und was, wenn es ganz anders ist?«, fragte Britta sanft. »Was, wenn er nicht vor dir, sondern vor seinen Gefühlen geflohen ist?«

»Vor seinen Gefühlen?« Jetzt verstand sie gar nichts mehr.

»Du sagst selbst, der Sex hätte sich für dich dieses Mal anders angefühlt. Intimer. Intensiver. Atemberaubend. Was, wenn es für ihn genauso war? Vielleicht hegt er auch Gefühle für dich, will sie sich aber nicht eingestehen.«

Ella ließ sich perplex zurücksinken. Könnte das wirklich sein? Sie versuchte sich an seinen Gesichtsausdruck zu erinnern, als er sie verlassen hatte. Hatte es irgendwelche Anzeichen romantischer Gefühle gegeben? Nein. In keiner Weise. Im Gegenteil. Er hatte wieder diese störrische Falte zwischen den Augenbrauen, die darauf hinwies, dass er sich über irgendetwas ärgerte.

»Ich fürchte nicht«, erwiderte sie deshalb.

Britta nippte an ihrem Kakao. »Wenn du meinst.«

»Könntest du mir nicht ein wenig mehr zureden, dass ich mich irre?«, fragte Ella, enttäuscht über das rasche Nachgeben ihrer Freundin.

»Warum? Könnte ich dich denn davon überzeugen? Außerdem war ich ja nicht dabei. Und du sagst selbst, dass eure Beziehung keine Chance auf eine Zukunft hat. Da ist ein kurzer, wenn auch schmerzhafter Bruch doch besser als ein langwieriges Dahinsiechen.«

»Meinst du nicht, dass Clemens ein Mann wäre, um den es sich zu kämpfen lohnt?« Ella spürte, wie ihre Energie zurückkehrte. Am liebsten hätte sie die Fäuste geballt.

»Du musst einfach wissen, was du willst: dein Leben weiterleben wie bisher oder es verändern. Andere Möglichkeiten hast du nicht.«

»Dann will ich es lieber weiterleben wie bisher. Da weiß ich wenigstens, was kommt.«

Obwohl sie mit diesem Satz all das aussprach, was ihrer Überzeugung entsprach, hinterließen die Worte einen bitteren Nachgeschmack auf ihrer Zunge. Irgendetwas gärte in ihr, doch sie bekam es nicht zu fassen. Es schien, als müsse sie sich erst noch selbst davon überzeugen, dass ihr bisheriger Lebensweg für sie der einzig richtige sei.

Kapitel 19

Als sie sich Freitagmorgen ihr Frühstück machte, war sie noch genauso schlecht gelaunt wie die Tage zuvor. Seit ihrer letzten Begegnung mit Clemens schien ihr, als würden die Tage gar nicht mehr richtig hell, obwohl der Regen sich bereits am Dienstag wieder verzogen hatte und die Sonne vom Himmel strahlte.

Missmutig schaufelte sie sich ihr Müsli rein. Nicht einmal mit Backen konnte sie ihre Stimmung heben. Sie hatte einfach zu nichts Lust. Sie erledigte ihre Pflichten im Wald und im Geschäft, konnte sich aber nicht einmal dazu aufraffen, abends an den Strand zu gehen, um sich aufzumuntern. Ausgerechnet heute Nachmittag war der Termin mit Mats' Kindergartengruppe. Sonst gehörte der Umgang mit den Kindergruppen für sie eigentlich zu den absoluten Highlights in ihrem Beruf. Die Kinder waren meist schnell zu begeistern, stellten wissbegierige Fragen oder machten lustige Bemerkungen. Doch selbst die Aussicht darauf verursachte keinen Stimmungswandel. Nicht heute. Nicht morgen. Was wusste sie schon, wann sie wieder gut drauf sein würde. Vielleicht wenn Clemens mal wieder mit ihr sprach? Er schien ihr aus dem Weg zu gehen. Oder sie ging ihm aus dem Weg? Auf jeden Fall hatten sie sich seit Montagabend nicht mehr gesehen. Es gab auch keine sexy Nachrichten mehr. Sie hatte nur eine kurze WhatsApp bekommen, in der er ihr schrieb, dass Thees inzwischen wieder entlassen sei, es ihm den Umständen entsprechend gut ginge und sie keine Anzeige erstatten würden, da die Schläger sich reumütig entschuldigt hätten. Das war alles.

Genervt von ihrem ewigen Wühlen in schlechten Gedanken stellte sie die leere Müslischale in die Spüle und ging nach draußen zum Briefkasten. Nach der Post zu sehen hatte sie auch bereits seit Tagen vor sich hergeschoben, da sie befürchtete, eine weitere Postkarte von Connie darin zu finden.

Beherzt griff sich nach dem kleinen Stapel Briefe und brachte ihn rein. Bevor sie ihn auf dem Weg ins Wohnzimmer durchblätterte, hätte sie sich am liebsten selbst in den Hintern getreten, um endlich wieder etwas von der Energie zu spüren, die ihr abhandengekommen zu sein schien.

Als sie dann tatsächlich auf eine Postkarte stieß, die ein idyllisches Bild aus der Toskana zeigte, stöhnte sie laut auf. Hatte sie es nicht gewusst? Das war doch schon so früh am Morgen das Sahnehäubchen für einen beschissenen Tag.

Ella zögerte einen Moment. Dann drehte sie die Karte um und las:

Die Zeiten ändern sich – und wir mit ihnen.
Ovid

Mir geht es prima!
Connie

Ella warf die Postkarte einem Diskus gleich durchs Zimmer, wo sie neben dem Ohrensessel landete. Sofort stand Paula auf, schnüffelte an der Karte und schaute anschließend fragend zu Ella auf.

»Ja, ja, ich hebe sie ja schon auf. Aber muss es wirklich sein, dass mir Connie jetzt auch noch kryptische Postkarten schickt? Was will sie mir damit sagen?«

Leider konnte Paula ihr diese Frage nicht beantworten, sondern setzte sich stattdessen auffordernd an die Haustür.

»Ich weiß, ich weiß. Bin schon auf dem Weg.«

Ella legte die Karte zurück zu der anderen Post, griff nach Rucksack und Schlüsseln und verließ mit ihrer Hündin das Haus. Nicht dass Connies Karte ihr die Laune vermiest hatte, die war schon vorher im Keller. Aber sie hatte sie auch nicht unbedingt gehoben. Bei ihr hatte sich nichts verändert, und so sollte es auch bleiben. Ärger rumorte in ihrem Bauch. Wieso hatte sie bloß gedacht, es sei eine gute Idee, mal wieder in heimischen Gefilden zu arbeiten? Seitdem sie hier war, hatte sich ihr bisher so ruhiges, wohl überschaubares Leben komplett auf den Kopf gestellt.

Frustriert schlug sie auf das Lenkrad. »Ich brauche keine Belehrungen mehr! Mein Gott, ich bin einunddreißig Jahre alt. Kein Teenie mehr, dem man mit weisen Sprüchen kommt. Ich kann die Verantwortung für mein Leben sehr gut allein tragen.«

»Ach ja?«, tauchte plötzlich eine Stimme in ihrem Innern auf. »Bist du dir sicher? Bei dem ganzen Chaos?«

»Überhaupt kein Chaos«, murmelte sie trotzig. Schließlich war sie auf dem Weg zu ihrem Job, den sie seit etlichen Jahren zuverlässig erledigte. Sie wusste, was sie tat.

Genervt, weil sie keinen Gedanken vernünftig zu Ende denken konnte, schaltete sie das Radio an. Als *Kings and Queens* von Ava Max erklang, sang sie den Refrain mit lauter Stimme mit.

Ella traten die Tränen in die Augen. Nein, auch sie war nicht länger allein. Sie hatte Britta wieder an ihrer Seite, und das fühlte sich unendlich gut an. Sie bewegte ihren Oberkörper im Rhythmus des Songs, bis auch die letzte Spannung von ihr abfiel. Ihr Leben war schön, so wie es war. Okay, es herrschte zurzeit ein wenig Chaos. Aber das würde sich schon lichten, und dann konnte sie ihren Weg wie gewohnt fortsetzen.

Sie seufzte befreit auf, während sie weiter in Richtung Dornum fuhr, da sie im Schafhauser Wald den Vormittag über Markierungsarbeiten zu verrichten hatte. Sie spürte, wie zumindest ein Teil ihrer Energie wieder vorhanden schien und die Freude auf die Kindergartengruppe heute Nachmittag in den Vordergrund trat. Nicht nur weil Mats dabei sein würde, sondern auch weil die Arbeit mit Kindern ihr immer Spaß machte. Ella war der Meinung, dass es eine wichtige Aufgabe sei, Kinder schon früh an die Natur heranzuführen. Nur der, der überhaupt einen Zugang zur Natur erfuhr, war später bereit, diese zu schützen. Zu schützen und sie pfleglich zu behandeln. Es erfüllte sie zu sehen, wie die Kinder mit großen Augen vor ihr saßen und spielerisch Gegebenheiten des Waldes kennenlernten. Wie sie begeistert Aufgaben lösten und sie endlos mit Fragen bombardierten. Sie liebte den Wald mit all seinen kleinen und großen Lebewesen, seien es Pflanzen oder Tiere, und freute sich, wenn sie bei dem einen oder anderen Kind einen entsprechenden Funken entzünden konnte.

Nachdem sie sich im Forsthaus einen Mittagssnack gegönnt hatte, ging sie mit Paula hinüber zum Kinderwald, der in direkter Nachbarschaft zum Forsthaus lag. Ihre Vorfreude auf die Kinder hatte sich den Vormittag über noch gesteigert, sodass sie, inzwischen gut gelaunt, die letzten Vorbereitungen treffen konnte. Sie öffnete das Tor zum eingezäunten Gelände und lief direkt hinüber zum Waldhäuschen, um ihren

Rucksack abzustellen. Dort leinte sie Paula an, nahm ein großes Baumwolltuch aus ihrem Rucksack und hielt Ausschau nach ein paar Blättern, Zapfen und Ähnlichem, von denen sie die Kinder später ein Pendant suchen lassen wollte. Sie war gerade fertig, da hörte sie schon die ersten Kinderstimmen.

Ella holte Paula und ging hinüber zum Tor, um ihre Besucher einzulassen.

Mats rannte sofort auf sie zu und schloss seine Arme fest um ihre Hüften. »Hallo, Ella, ich habe dich so vermisst!«

Sie legte ihre Hand an seinen Kopf und drückte ihn sanft an sich. »Ich dich auch.«

Mats löste sich von ihr und hielt einen Beutel hoch. »Schau mal, ich habe ganz viele Nüsse für die Eichhörnchen mitgebracht.«

»Prima. Den Beutel kannst du erst einmal drüben ins Waldhäuschen bringen. Den nehmen wir später mit, wenn wir nach den Eichhörnchen sehen.«

Mats stob davon, und Ella hatte Zeit, Frau Ubben, die Erzieherin, und ein paar Mütter zu begrüßen, die die Gruppe begleiteten. Die Kinder hatten sich bereits auf dem Gelände verteilt. Manche waren noch dabei, ihre Umgebung zu erkunden, während andere bereits auf den gesicherten Baumstämmen balancierten oder am Schwingseil hin und her schwangen.

Mats dagegen hatte schon das Holzxylofon entdeckt und erfüllte die Luft mit dessen dumpfen Klängen.

Zuerst einmal ließen sie die Kinder frei spielen. Die Betreuer verteilten sich auf dem Gelände und standen manchen der Kleineren zur Seite, die noch ein wenig unsicher beim Balancieren waren, oder anderen, die sich mit geschlossenen Augen an dem langen gespannten Seil festhielten und von dort aus langsam ihre Umgebung ertasteten.

Ella lief mit Paula hinüber zu Mats, zu dem sich bereits ein paar weitere Kinder gesellt hatten. Sie würde ihnen zeigen, welche Töne die große Zwille erzeugte, wenn man an den Klaviersaiten zupfte, die zwischen die Enden gespannt waren.

Zuerst waren die Kinder skeptisch und trauten sich nicht, ihren Kopf in den Winkel der Baumzwille zu legen, damit ihre Ohren die Schwingungen im Holz wahrnehmen konnten. Aber dann kam ein Mädchen hinzu und machte es ihnen vor. Als die anderen ihre Begeisterung sahen, wollten sie natürlich auch mal diese seltsamen Geräusche hören.

»Wenn ihr noch mehr hören wollt: Sollen wir hinüber zum Baumtelefon gehen?«

»Was ist ein Baumtelefon?«, fragte einer.

»Haben die auch Funk?«, rief ein anderer.

Ella lachte. »Nein, die haben keinen Funk. Den brauchen wir hierbei auch gar nicht.«

Sie ging mit ihnen hinüber zu dem zehn Meter langen Baumstamm und demonstrierte ihnen die besondere Leitfähigkeit von Holz, indem sie ein Kind anwies, sein Ohr an das eine Ende des Stammes zu pressen, während sie ein weiteres Kind an die andere Seite schickte und es aufforderte, dagegen zu klopfen.

So verging die Zeit, indem sie von Gruppe zu Gruppe ging, immer begleitet von Paula und Mats, der ihre Hand seit der Erforschung der Zwille nicht wieder losgelassen hatte. Es gab ihr ein warmes Gefühl, den süßen Knirps die ganze Zeit so nah bei sich zu haben. Am liebsten hätte sie ihn zwischendurch immer wieder geknuddelt.

Nachdem die Kinder im Waldhäuschen ein kurzes Picknick gemacht hatten, legte sie ihr Tuch auf einen der Tische und bat die Kinder, sich rundherum zu stellen. Sie breitete das Tuch auseinander, und zum Vorschein kamen Eichen- und Buchenblätter, Fichtenzapfen, Moosstückchen und eine Vogelfeder.

»Wer von euch kennt das Spiel Memory?«, fragte sie ihre Zuschauer.

»Ich! Ich! Ich!«, riefen die Kinder, und etliche Hände schossen hoch.

Ella zeigte auf einen etwas größeren Jungen. »Kannst du mir erklären, wie das geht?«

»Man muss immer zwei Karten finden, die zusammenpassen.«

»Genau«, meinte Ella. »Beim Memory muss man immer zwei Karten finden, auf denen die gleichen Bilder zu sehen sind. Und dasselbe machen wir jetzt auch. Nur dass wir keine Karten haben, sondern Dinge, die man im Wald finden kann. Jeder von euch nimmt sich jetzt ein Teil und sucht ein entsprechendes hier auf dem Spielplatz.«

Blitzartig schnellten die kleinen Hände vor und griffen zu, bis alle Stücke verteilt waren. Dann flitzten die Kinder los.

Ella schaute ihnen lächelnd hinterher. Auch Frau Ubben und die drei Mütter, die sie begleiteten, schienen ihre Freude am Enthusiasmus der Knirpse zu haben.

»Eine gute Idee mit dem Memory«, sagte die Erzieherin dementsprechend. »So begreifen sie es im wahrsten Sinne des Wortes.«

Ella nickte. »Die Natur spricht unsere Sinne an. Im besten Fall finden wir dort die Balance, die uns im Alltag so oft fehlt. Kindern schon früh Freude im Umgang mit der Natur zu vermitteln, ist eine wunderbare Aufgabe.«

»Und das geht am besten spielerisch«, beendete Frau Ubben ihre Ausführungen.

»So sehe ich das auch«, stimmte Ella ihr zu.

Nach und nach kamen die Kinder wieder zurück und zeigten ihr all die Schätze, die sie auf ihrer Suche gefunden hatten. Selbst das Kind, das sich die Vogelfeder ausgesucht hatte, war erfolgreich und zeigte ihr voller Stolz die kleine braune Feder, die es unter einem Baum gefunden hatte.

»Sie haben es gut«, sagte eines der Kinder, nachdem sich alle wieder gesetzt hatten. »Sie dürfen immer Ihren Hund mit zur Arbeit nehmen.«

»Ich hätte auch gern einen Hund«, erklärte ein anderes. »Ich auch! Ich auch!«, riefen alle durcheinander.

»Dürfen wir ihn mal streicheln?«, fragte ein kleines Mädchen.

»Leider nicht«, erklärte Ella. »Bei so vielen Kindern wird das Paula zu viel.«

»Ich habe Paula schon gestreichelt«, warf Mats stolz in die Runde.

»Ja, du hast sie schon gestreichelt. Du bist ja auch Paulas Freund«, erklärte Ella. »Aber die anderen Kinder kennt Paula noch nicht, deshalb ist es besser, wenn ihr sie in Ruhe lasst.«

»Paula ist ein Arbeitshund«, erklärte eines der älteren Kinder. »Das habe ich schon mal im Fernsehen gesehen.«

Ella nickte. »Paula hat eine lange Ausbildung gemacht wie in einer Schule, damit sie mir bei der Arbeit im Wald helfen kann. Wenn zum Beispiel bei einem Autounfall ein Wildtier angefahren wird. Kennt ihr schon Wildtiere?«

»Ein Reh! Ein Wildschwein! Hirsche! Der Fuchs!«, schallte es durcheinander.

»Was ihr schon alles wisst«, lobte Ella. »Falls also zum Beispiel ein Reh angefahren wird und verletzt zurück in den Wald läuft, bringe ich Paula zum Unfallort, damit sie von dort aus das Reh suchen kann. Wisst ihr, wie sie das macht?«

»Mit ihrer Nase!«, rief ein kleines Mädchen. »Hunde können ganz toll riechen.«

»Genau«, bestätigte Ella. »Paula nimmt den Geruch des Rehs auf und folgt seiner Spur in den Wald, bis sie es gefunden hat.«

Nachdem sie noch weiter über Paulas Spürnase gesprochen hatten, erzählte sie den Kindern von dem Fund des verletzten Bussards. Von seiner Pflege im Waloseum und seiner baldigen Auswilderung. Mit großen Augen hörten die Kinder ihr zu, und Ella genoss das warme Gefühl, ihnen heute die Natur ein ganzes Stück nähergebracht zu haben.

Eine gute Stunde später war sie gemeinsam mit Mats auf dem Weg nach Hause. Femke war am Abend zuvor mit einem Autositz bei ihr aufgetaucht und hatte gefragt, ob sie ihn nach dem Termin im Kinderwald mitbringen könne, weil Mats darum gebeten habe. Natürlich hatte sie dem zugestimmt, wobei es sie schon ärgerte, dass nicht Clemens vorbeigekommen war. Ein weiterer, keineswegs subtiler, Hinweis darauf, dass er keinen weiteren Kontakt mehr wünschte? Sie verstand einfach nicht, was falsch gelaufen war.

»Ist der Eichelhäher wirklich wie eine Sirene?«, ertönte von hinten eine weitere Frage. Seitdem sie losgefahren waren, rekapitulierte Mats all die Dinge, die er im Kinderwald erlebt und erfahren hatte. Und Ella war froh, dass er sie immer wieder von ihren unfruchtbaren Gedanken ablenkte.

»Nun, der Eichelhäher klingt natürlich nicht wie eine Sirene. Aber er ist genauso wichtig wie eine Sirene für seine Freunde, denn er warnt sie vor Gefahr. Außerdem ist er ein richtig guter Kletterer.«

»Ich bin auch ein guter Kletterer«, erklärte Mats im Brustton der Überzeugung. »Die Sprossenwand im Kindergarten kann ich bis ganz oben.«

»Wow! Und hast du von da oben eine gute Aussicht?« Ella zwinkerte ihm im Rückspiegel kurz zu.

»Von ganz oben könnte ich allen auf den Kopf spucken. Aber das mache ich nicht. Das ist unhöflich.«

Ella grinste. »Da hast du recht.«

Sie setzte den Blinker und bog ab auf den Hof. Als ihr Blick auf Clemens fiel, der eben aus der Scheune kam, stockte ihr das Herz, um direkt darauf kräftig zu pochen. Wie sollte sie bloß mit ihm umgehen? fragte sie sich. Ob er überhaupt noch mit ihr sprach?

Sie parkte ihren Offroader und stieg aus.

»Hallo, Ella«, erklang es hinter ihr.

So cool wie möglich wandte sie sich um und schloss die Tür. »Hallo, Clemens.«

Ihn so dicht vor sich stehen zu sehen, löste so viele verschiedene Emotionen in ihr aus, dass sie ein sehnsuchtsvolles Seufzen eben so noch unterdrücken konnte.

Clemens machte Mats die Tür auf.

»Papa!« Mats sprang ihm aus dem Stand in die Arme und presste sich an ihn. Dann befreite er sich aus dem festen Griff seines Vaters und begann aufgeregt von seinen Erlebnissen im Wald zu berichten. »Und dann haben wir auch noch Eichhörnchen gesehen. Die haben die Nüsse gefressen, die wir ihnen mitgebracht haben. Das muss ich gleich Oma Femke erzählen.«

Er kam zu Ella, drückte sie kurz und rannte hinüber zum Haupthaus.

»Er scheint einen schönen Tag gehabt zu haben«, meinte Clemens.

Sein Lächeln ging ihr durch und durch. Es wirkte so, als

habe es die Situation am Montag überhaupt nicht gegeben. Ella war verwirrt. Sollte sie sich dermaßen geirrt haben?

»Er, … ja, … das glaube ich auch«, stammelte sie.

»Wie wäre es, wenn ich dir deinen Rucksack nach Hause trage?«

Sie hatte inzwischen Paula rausgelassen, und Clemens griff nach ihrem Ranzen, der neben der Box gestanden hatte.

»Das ist nicht nötig«, erklärte sie verlegen. »Da ist nichts Schweres drin.«

»Ich denke doch«, meinte er. Er schulterte den Rucksack, der kaum mehr als ein paar Unterlagen und ihre leere Snackdose enthielt, und fixierte sie mit einem intensiven Blick aus seinen blauen Augen.

Bis Ella es endlich kapierte, dauerte es trotzdem noch einen Moment, den er nutzte, um sein Ansinnen zu unterstreichen, indem er ihr sanft über die Wange strich. Das Gefühl seiner kräftigen Finger auf ihrer Haut sandte einen aufregenden Schauer durch ihren Körper – und dann war ihr auch klar, warum er ihr den Rucksack nach Hause tragen wollte. Ganz offensichtlich hatte er doch nicht vor, den Kontakt zu ihr abzubrechen. Anstatt sich jedoch innerlich darauf vorzubereiten, ein ernstes Gespräch über seinen letzten Abgang zu führen, spielten ihre Hormone verrückt und ließen ihren Magen Purzelbäume schlagen.

Trotzdem ging sie ein Stück nach hinten, um Abstand zwischen sich und Clemens zu bringen. So schnell würde sie nicht einknicken. Erst verließ er sie Hals über Kopf, dann meldete er sich tagelang nicht, und jetzt tat er so, als wäre gar nichts geschehen? Nicht mit ihr.

Doch hier war nicht der richtige Ort, um ihn zur Rede zu stellen, weshalb sie ihm schweigend folgte, bis er vor ihrer Haustür stand.

Als er sie dort an sich heranziehen wollte, schob sie ihn von sich und verschränkte ihre Arme vor der Brust. »Was ist das jetzt für ein Spielchen?«

Clemens wirkte irritiert. »Spielchen?«

»Erst flüchtest du, als sei der Leibhaftige hinter dir her, dann meldest du dich tagelang nicht. Was soll ich deiner Meinung nach davon halten?«

Mit zerknirschter Miene ließ er den Rucksack sinken und stellte ihn neben der Haustür ab. Dann schaute er sie an. »Ich bin ein Idiot.«

Ella entschlüpfte ein Grinsen. »Das werde ich nicht korrigieren.«

»Du hast mir gefehlt.« Erneut streckte er die Hand aus und streichelte über ihre Wange.

Ella spürte, wie etwas in ihr nachgab. »Du mir auch«, gab sie mit leichtem Widerwillen zu.

Er trat einen Schritt auf sie zu, zog sie zu sich heran und streichelte ihr sanft über den Rücken.

Tief holte Ella Luft. »Kommst du mit rein?«

»Ich kann nicht.« Clemens löste sich von ihr, und augenblicklich waren die flatternden Schmetterlinge in Ellas Bauch wieder verschwunden. »Es tut mir wirklich leid, aber ich habe gleich noch einen Beratungstermin.«

Er musste die Enttäuschung in ihren Augen gesehen haben, denn er zog sie erneut an sich und drückte sie innig. »Es tut mir wirklich leid«, wiederholte er.

»Ist schon gut«, beschwichtigte sie ihn halbherzig.

Er schaute ihr tief in die Augen. »Wir feiern morgen einen sechzigsten Geburtstag, deshalb bin ich auch da den ganzen Tag verplant. Würdest du abends rüberkommen? Du brauchst auch nichts zu tun«, sagte er. »Ich reserviere dir einen der Barhocker an der Theke. Dann könnten wir uns zumindest sehen.«

Jetzt musste Ella doch lachen, und die Anspannung legte sich. »Quatsch, ich brauche keinen Barhocker. Ich packe gern mit an. Vor allem wenn ich dadurch Zeit mit dir verbringen kann.« Sie fasste ihn am Revers, zog ihn erneut zu sich heran und stahl ihm noch einen leidenschaftlichen Kuss.

»Bis morgen«, brachte sie heiser hervor, nachdem sie sich von ihm gelöst hatte.

»Bis morgen.« Er strich ihr zärtlich durchs Haar und verschwand in Richtung Haupthaus.

Ella atmete tief durch und verharrte noch einen Moment an der Stelle, die eben noch vor sexueller Energie geflimmert hatte. Dann seufzte sie verliebt auf, griff nach ihrem Rucksack und betrat mit Paula das Haus. Sie würde sich jetzt einen Prosecco aufmachen, sich damit auf die Terrasse setzen und in aller Ruhe darauf warten, dass sich ihr Pulsschlag wieder normalisierte.

Kapitel 20

Auch wenn sie sich ein wenig abgehetzt fühlte, konnte die letzten drei Tage nichts und niemand Ellas Stimmung vermiesen. Selbst Britta nicht, die ihr bei ihrem gestrigen Telefonat eine Standpauke gehalten hatte, dass sie Clemens gegenüber eingeknickt war, ohne vorher mit ihm über seine »Bettflucht« zu sprechen. Doch Ella hatte nur darüber gelacht und geantwortet, sie wolle die wenigen Wochen noch genießen, die sie mit Clemens hätte. Zum Wundenlecken hätte sie danach genügend Zeit. Genauso hatte sie der Fahrer des Holztransporters, der sich vorhin nicht nur verspätet hatte, sondern auch äußerst schlecht gelaunt gewesen war, nicht aus der Ruhe bringen können. Sie hatte gut gelaunt das Aufladen überwacht, die entsprechenden Papiere geprüft, unterschrieben und ihm anschließend sogar noch fröhlich eine gute Fahrt gewünscht. Sie selbst konnte es dadurch zwar auch nicht mehr pünktlich zu Claras Geburtstagskaffee schaffen, aber sie wusste, dass ihr das niemand verübeln würde.

Ella schloss die Haustür hinter sich, stellte ihren Rucksack auf einen der Stühle am Esstisch und ging wieder hinaus, um sich die Hände zu waschen. Dass sie währenddessen vor sich hin summte wie ein hormongeschwängerter Teenager, störte sie überhaupt nicht. Die letzten beiden Nächte waren einfach fantastisch gewesen, und sie hoffte für die nächsten Nächte auf eine Fortsetzung.

Zurück in der Küche gab sie Paula ihr Futter und packte danach die Kekse in Fischform ein, die sie heute Morgen vor der Arbeit noch verziert hatte. Die Farbe Türkis dominierte nicht nur die Kekse, sondern auch die Geschenkverpackung. Das T-Shirt, das sie für Clara ausgesucht hatte, war natürlich ebenfalls türkis. Zu nachdrücklich hatte der frischgebackene Teenie sie in den Wochen zuvor auf seine Lieblingsfarbe hingewiesen.

Ja, Clara wusste genau, was sie wollte, dachte sie, als sie nach oben lief, um noch kurz unter die Dusche zu springen. Sie erinnerte sich mit einem wehmütigen Lächeln an die Zeit, als sie selbst dreizehn Jahre alt gewesen war. Ihre Eltern lebten noch, und ihr Gefühl von Selbstbehauptung bestand darin, nachmittags mit Britta durch die Innenstadt zu schlendern und über die Jungs aus ihrer Klasse zu kichern. So konnte sie sich Clara überhaupt nicht vorstellen. Annes Tochter wirkte ihrem Alter ein ganzes Stück voraus. Sie hoffte nur, dass Clara genauso viel Spaß mit ihren Freunden hatte wie sie selbst mit ihrer Clique.

Sie föhnte sich die Haare und dachte darüber nach, dass sie Britta beim nächsten Mal unbedingt danach fragen müsste, wer von den damaligen Leuten noch in der Gegend wohnte und ob sie noch irgendwelche Kontakte pflegte. Vielleicht könnten sie noch ein Treffen organisieren, bevor sie wieder weiterzog, das wäre sicher lustig.

Ein unangenehmes Gefühl drückte ihr auf den Bauch. Den Abschied konnte und wollte sie sich noch nicht vorstellen. Im Moment war sie hier, und das würde sie in vollen Zügen auskosten.

Sie zog sich an und nahm kurz entschlossen noch ihr Medaillon aus der Nachttischschublade. Das war ebenfalls ein Geschenk von Connie gewesen und beinhaltete Bilder von ihren Eltern und ihrer Pflegemutter. In schwierigen Situationen tat es ihr gut, das Schmuckstück auf ihrer Haut zu spüren. Und heute wollte sie sich von nichts und niemandem, auch nicht von überflüssigen Gedanken, ihre Stimmung vermiesen lassen.

Beschwingt hüpfte sie die Treppe nach unten, griff sich die beiden Pakete für Clara und verließ das Haus.

In Niehusens großer Küche herrschte bereits fröhliches Chaos. Das Geburtstagskind war gerade dabei, das letzte Geschenk auszupacken. Berge aufgerissenen Geschenkpapiers bauschten sich rund um ihren Stuhl. Als Clara sie nicht weiter beachtete, sondern etwas bestaunte, das wie ein überdimensionaler Kugelschreiber aussah, begrüßte sie die Runde mit einem allgemeinen Hallo und legte ihre Pakete einfach neben ihrem Teller ab.

Clara schaute mit leuchtenden Augen zu ihr auf. »Sieh mal, Ella, ein Lötkolben mit austauschbarer Spitze und regelbarer Temperatur. Ist der nicht mega?«

Da sie sich mit Lötkolben nicht unbedingt gut auskannte, blieb sie in ihrer Antwort eher vage. »Sieht klasse aus.«

Doch Clara schien damit zufrieden. Sie blickte noch einmal verliebt auf ihren neuen Lötkolben und bedankte sich freudig bei Clemens, ehe sie sich des ersten von Ellas Geschenken annahm. »Cooles Papier.«

Erfreut über die Zustimmung der Dreizehnjährigen umrundete Ella den Tisch. Femke hatte ihr den leeren Stuhl zwischen Anne und Clemens zugewiesen, woraufhin Mats Anne lautstark drängte, mit ihm den Platz zu tauschen und sich neben Leon zu setzen. Während die beiden Stühle rückten, setzte Ella sich auf ihren Stuhl, nicht ohne wie zufällig Clemens Oberarm zu berühren. Hitze schoss durch ihren Körper ob der Berührung und zugleich wegen des Geheimnisses, das sie mit Clemens teilte, denn die Affäre vor den anderen zu verbergen, gab der Sache noch einen Kick von Abenteuer.

Während sie das wunderbare Knistern zwischen ihr und Clemens genoss, hatte Clara die runde Keksdose ausgepackt, die mit Delfinen bedruckt war.

»Lauter Backfische«, rief der Teenie ekstatisch bei dem Blick in die Dose.

»Im wahrsten Sinne des Wortes«, ergänzte Femke und zwinkerte Ella zu.

Ella griff nach dem Kandis und legte sich zwei Stücke davon in ihre Teetasse. »Ich hoffe, sie werden dir schmecken.«

»Die nehme ich morgen mit in die Schule«, erklärte Clara. Sie ließ Levke, die neben ihr saß, daran schnuppern, schloss dann aber rasch die Dose, bevor Leon hineinlangen konnte. Schon griff sie nach dem zweiten Paket.

Während Ella sich Tee einschenkte, zerfetzte Clara gnadenlos das eben noch gelobte Geschenkpapier und hielt das T-Shirt hoch, das Ella für sie hatte anfertigen lassen. Es zeigte ein Porträt von Marie Curie, unter dem zu lesen war: *Träume dir dein Leben schön und mach aus diesen Träumen eine Realität. Marie Curie.*

»Wow!«, hauchte Clara. »Das ist so was von megacool! Das muss ich gleich anziehen.« Sie sprang auf und rannte hinaus.

»Du scheinst ihren Geschmack voll getroffen zu haben.« Anne klopfte ihr über Mats' Kopf hinweg auf die Schulter.

»Das freut mich«, meinte Ella ein wenig verlegen.

Da stürmte Clara zurück in die Küche. »Wie sehe ich aus«, rief sie.

»Wie ein hübsches junges Mädchen«, erklärte Stefan, was ihm eine überschwängliche Umarmung seiner Tochter einbrachte.

Ella wurde erneut ein wenig nostalgisch und dachte an ihren Vater zurück. Wie stolz sie immer gewesen war, wenn er sie wegen etwas lobte oder ihr zeigte, wie lieb er sie hatte. Bevor sie noch tiefer in die Vergangenheit vordringen konnte, riss Femke sie aus ihren Gedanken.

»Möchtest du ein Stück Geburtstagstorte?« Sie zeigte auf ein zweistöckiges Prachtstück, das Ella bisher noch gar nicht beachtet hatte.

Natürlich war die Fondantdecke in einem leuchtenden Türkis eingefärbt und strahlte Fröhlichkeit und Urlaubsstimmung aus. Darauf hatte sie mit feinen Strichen und Punkten in Schwarz, Silber und Gold das Innere eines Computers dargestellt. Schade, dass sie nicht dabei gewesen war, als Clara die Torte zu sehen bekam. Sie war mit Sicherheit begeistert gewesen.

»Das Innere besteht aus Schokoladenböden und Erdbeersahne. Es gibt aber auch noch Himbeertörtchen und einen Nusskuchen mit Glasur.«

Ella grinste. »Wie viele Gäste erwartet ihr denn noch?«, fragte sie neckend.

Femke winkte ab. »Clara geht nachher in der Nachbarschaft rum, verteilt die Reste und lässt sich von allen herzlich gratulieren. Das hat hier schon Tradition.«

Tradition. Etwas, das man nur pflegen kann, wenn man in festen Strukturen lebt. Am schönsten erlebte man Traditionen mit Freunden und Familie. Ein Gefühl von Sehnsucht durchströmte sie. Sie hoffte mit der Geburt der kleinen Elisa neue Traditionen für sich selbst zu schaffen. Doch jetzt war nicht der richtige Zeitpunkt, um weiter darüber nachzudenken. Sie fühlte sich wohl in der Runde mit Levke und Niehusens und wollte diesen Nachmittag in vollen Zügen genießen.

Nach einigem Überlegen entschied sie sich für die Geburtstagstorte und hätte fast vor Behagen aufgestöhnt, als sie den ersten Bissen nahm. Der fruchtig-säuerliche Geschmack der Erdbeeren umhüllt von cremiger Sahne und süßer Schokolade ermunterte ihre Geschmacksknospen zu Höchstleistungen. Als wäre das noch nicht genug an Sinnlichkeit, streifte Clemens' Hand wie zufällig ihren Oberschenkel. Hitze schoss durch ihren Körper, und fast hätte sie sich an Femkes Köstlichkeit verschluckt. Sie griff rasch nach ihrem Tee und spülte den Kuchen mit einem großen Schluck hinunter. Dann schaute sie hinüber zu Clemens, der so tat, als wenn gar nichts wäre, und sich weiter mit Stefan über ein Computerspiel austauschte, von dem sie noch nie gehört hatte. Wenn sie seinen Gesichtsausdruck richtig deutete, hatte er dabei jedoch ein ganz feines Lächeln auf den Lippen, das sie geradezu dazu einlud, ihn zu küssen.

Levke allerdings warf ihr ein süffisantes Grinsen zu. So ganz unauffällig schien Clemens' und ihr Verhalten wohl doch nicht zu sein.

Sie lächelte unverbindlich zurück und wandte sich betont lässig ihrem Kuchen zu. Sie würde die Situation genießen und keineswegs an irgendwelche Konsequenzen denken. Sie war eine erwachsene Frau, und wenn sie eine Affäre hatte, dann war das völlig in Ordnung. Deshalb würde sie einfach nur das Prickeln genießen, das Clemens' Finger auf ihrer nackten Haut auslösten, und sich darauf konzentrieren, trotz allem ihren Kuchen zu essen.

»Papa?«, rief Clara, und ihre Augen strahlten. »Arbeiten wir nachher weiter an dem Apparat für die Wiege? Vielleicht könnte ich schon meinen neuen Lötkolben benutzen.«

»Wir sind nämlich schon richtig weit«, erklärte sie Ella. »Von uns aus kann das Baby nächsten Monat kommen.«

»Von mir aus aber noch nicht!«, mischte sich Anne ein. »Ihr werdet euch noch ein paar Monate gedulden müssen, bis ihr prüfen könnt, ob eure Programmierung passt.«

Clara machte eine wegwerfende Handbewegung. »Ach, wir werden das einfach mit Mats ausprobieren. Wenn der sich klein macht, passt der immer noch in die Wiege.«

»Gar nicht!«, rief Mats entrüstet. »Ich bin doch kein Baby mehr.«

»Nein, bist du nicht mehr«, beschwichtigte ihn Clara. »Aber du bist wichtig für unser Projekt. Das ist doch toll.«

So ganz überzeugt schien Mats nicht zu sein, denn er schaute Clara weiterhin grimmig an.

»Für Tests ist es noch viel zu früh«, ertönte nun Stefans ruhige Stimme. »Bis dahin werden wir noch ein paar Wochen brauchen«, fügte er hinzu und bedachte Clara mit einem mahnenden Blick.

Die seufzte tief. »Okay. Aber ich möchte heute auf jeden Fall noch meinen neuen Lötkolben benutzen.«

»Dafür habe ich mir schon etwas überlegt. Und nein!« Er hob abwehrend seine Hände. »Das machen wir nicht gleich.«

Clara, die sich bereits aufgeregt nach vorn gebeugt hatte, ließ sich mit einem dramatischen Stöhnen zurück gegen die Stuhllehne fallen.

Clemens lachte. »Ich freue mich schon darauf, wenn Mats mal so alt ist.«

»Das wird bestimmt lustig«, bestätigte Mats, ohne zu wissen, worum es eigentlich ging.

Ella lachte und wuschelte ihm über den Kopf. »Ganz bestimmt!«

»Du siehst heute schön aus«, erklärte der Kleine ganz gentlemanlike.

Sie warf einen kurzen Blick auf ihr waldgrünes Leinenkleid. Es hatte einen Stehkragen und war von oben bis unten geknöpft.

»Die Knöpfe glitzern so schön.« Mats berührte mit seinem Finger vorsichtig einen der Knöpfe.

»Das ist Perlmutt«, erklärte Ella ihm. »Das ist das Innere einer Muschel.«

»Warum glänzt eine Muschel denn innen?«, fragte er. »Da kann das doch keiner sehen.«

Hilfesuchend schaute Ella zu Anne, die jedoch auch nur die Schultern zuckte.

»Das weiß ich auch nicht«, antwortete Ella von daher. »Vielleicht möchte die Muschel den Glanz einfach nur für sich allein.«

»Du hast eine schöne Kette an«, fuhr Mats fort, ohne auf ihre unbeholfene Erklärung weiter einzugehen.

Offenbar war das Thema Muscheln und Knöpfe für ihn beendet. Ella griff nach ihrem Medaillon und öffnete es. »Boah!«, rief Mats staunend aus. »Da sind ja Fotos drin. Wer ist das?«

Ella wies mit ihrem Finger auf die rechte Seite des geöffneten Medaillons. »Dies hier sind meine Eltern. Und auf der anderen Seite, das ist meine Pflegemutter Connie.«

»Was ist eine Pflegemutter?«

Ella wurde mulmig, als sie in Mats Augen das Interesse für dieses Thema sah. Jetzt wäre der richtige Moment für eine Zeitmaschine, mit der sie das Medaillon zurück in ihre Schmuckschachtel legen könnte.

»Ähm. Eine Pflegemutter kümmert sich zum Beispiel um ein Kind, wenn seine Eltern gestorben sind.«

Am liebsten hätte sie sich die Ohren zugehalten in der Hoffnung, dass Mats nun nicht das sagen würde, was sie befürchtete. Doch natürlich erklang die vorhersehbare Frage nur Sekunden später an ihrem Ohr: »Kannst du nicht meine Pflegemutter sein?«

Glücklicherweise musste sie ihm nicht darauf antworten, da Clemens ganz ruhig sagte: »Pflegemütter brauchen nur Kinder, die keine Mama und keinen Papa haben, die sich um sie kümmern können. Aber du hast ja mich. Ich habe dich lieb.«

Die Atmosphäre im Raum hatte sich deutlich verändert. Die Gespräche rundum waren verebbt, und alle konzentrierten sich auf sie. Ella fühlte sich total unbehaglich, vor allem weil sie spürte, wie sehr sich Clemens in diesem Moment von ihr zurückgezogen hatte. Nicht nur dass seine Hand nicht mehr auf ihrem Bein ruhte. Das Prickeln war verschwunden, und stattdessen fühlte sie sich wie in einem wohltemperierten Kühlschrank.

»Ich will aber auch eine Mama, die immer bei mir ist«, erwiderte Mats. Sein Gesicht hatte einen störrischen Ausdruck angenommen, der sie schmerzlich an Clemens' Mimik erinnerte, wenn dieser etwas überhaupt nicht wollte.

»Weißt du was?«, versuchte Ella einzulenken. »Deine Pflegemutter kann ich nicht werden, aber was hältst du davon, wenn ich deine Pflegefreundin bin?«

»Pflegefreundin?«

»Das ist doch eine gute Idee«, stimmte Femke zu.

»Wir könnten uns auch ein Freundschaftsband machen«, schlug Ella vor, als ihr Blick auf den Papierwust fiel, der auch rund um Claras Teller lag.

Das schien Mats' Aufmerksamkeit zu erregen. »Ein Freundschaftsband?«

»Ja.« Sie zog ein langes Stück dunkelblaues Geschenkband aus dem Wirrwarr hervor.

»Hier. Siehst du? Gefällt dir die Farbe?«

Mats nickte.

»Also gut.« Ella wickelte ein Stück Band um Mats' Handgelenk, verknotete es und schnitt das lange Ende ab. Dann wiederholte sie den Vorgang an ihrem linken Handgelenk, machte mühsam mit Fingern und Zähnen einen Knoten und hielt ihren Arm anschließend neben den von Mats. »Was hältst du davon?«

Mats' Augen strahlten. »Jetzt bist du meine Pflegefreundin.«

»Jetzt bin ich deine Pflegefreundin«, bestätigte Ella und zog den Knirps an sich.

Erleichtert, diese Klippe noch einmal umschifft zu haben, wandte sie sich um in der Hoffnung, von Clemens ein Zeichen der Zustimmung zu bekommen. Dieser jedoch hatte seinen Mund zu einer grimmigen geraden Linie verzogen, und seine Augen hatten jeglichen liebevollen Ausdruck verloren.

Daher war sie froh, als sie sich eine Stunde später verabschieden konnte, ohne unhöflich zu erscheinen. Sosehr sie die lustvollen Berührungen von Clemens zu Beginn des Treffens genossen hatte, sosehr sehnte sie in der letzten Stunde die Verabschiedung von der fröhlichen Runde herbei. Denn obwohl sich die Stimmung nach dem Zwischenfall mit Mats wieder erholte, lag ihr Clemens' Gesichtsausdruck von vorher immer noch schwer im Magen. Sie wusste, dass er heute Abend noch einen Kundentermin hatte, weshalb sie sich nicht sehen konnten. Allerdings hoffte sie, dass vorher noch Zeit für ein klärendes Gespräch blieb, da ihr ansonsten wohl eine unruhige Nacht bevorstand.

Als sie nach Hause kam, wurde sie überschwänglich von Paula begrüßt. Ella kraulte sie kurz hinter den Ohren, wohl wissend, dass ihre Labradordame jetzt weniger Streicheleinheiten als vielmehr ihr Fressen im Kopf hatte. Deshalb füllte sie ihr die Schüssel, ging anschließend hinüber ins Wohnzimmer und griff nach ihrem Handy, das auf dem Couchtisch lag. Obwohl die Familie eben noch gemeinsam am Tisch gesessen hatte, als sie ging, ritt sie die vage Hoffnung, dass Clemens ihr bereits eine Nachricht geschrieben hatte.

Sie öffnete ihr Handy und sah, dass sie innerhalb der letzten anderthalb Stunden fünf Anrufe von Britta bekommen hatte. Alle Gedanken an Clemens waren wie weggewischt. Fünf Anrufe? Ellas Herz klopfte. Hoffentlich war nichts passiert! Sie drückte auf die Rückruftaste und wartete beklommen darauf, dass Britta sich meldete.

»Ella? Wo warst du? Warum hattest du dein Handy nicht dabei?«, fragte Britta am anderen Ende.

Ella hörte keinerlei Panik heraus und war spürbar erleichtert. »Ich war doch bei Clara Niehus zum Geburtstagskaffee eingeladen. Was gibt es denn so Dringendes?«

»Du bist Patentante geworden!«, jubelte Britta.

Freude blubberte in ihr hoch. »Was? Herzlichen Glückwunsch! Wann? Wie geht es dir? Seid ihr beiden gesund?«

»Uns geht es bestens.«

Ella lachte. Britta klang so gut drauf, als wäre sie auf einer Party. Gar nicht so, als hätte sie gerade eine anstrengende Geburt hinter sich gebracht. Aber was wusste sie schon, wie man sich nach einer Geburt anhörte.

»Hast du Lust vorbeizukommen?«, wollte Britta wissen.

»Jetzt? Wohin?«

»Zu mir nach Hause!«

»Mein Gott, gut, dass ich sitze. Du bist schon wieder zu Hause? So schnell?«

»Was heißt so schnell? Du warst ja stundenlang nicht zu erreichen. Elisa wurde sieben Minuten nach zwölf geboren. Da es keine Komplikationen gab, konnte ich kurz nach fünf wieder gehen. Nun, was man so Gehen nennt, wenn man gerade einen Kopf von der Größe einer Honigmelone aus sich herausgepresst hat. Aber jetzt liege ich, von Jon wohlversorgt, auf dem Sofa, halte meine wunderschöne Tochter im Arm und bin dermaßen aufgekratzt, dass ich mich wirklich freuen würde, dich noch zu sehen.«

»Und deine Eltern? Die wollen doch sicher noch vorbeikommen.«

»Meine Eltern waren schon im Krankenhaus, um ihre erste Enkelin zu bestaunen, und die Schwiegereltern schauen erst morgen vorbei.«

Angesteckt von Brittas guter Laune sagte Ella, sie sei in ein paar Minuten da und stürmte, das Geschenk für ihre Patentochter unterm Arm, aus dem Haus.

Britta und Jon wohnten in einem kleinen Backsteinhaus aus dem frühen 20. Jahrhundert am Rande von Neßmersiel. Ella war früher öfter hier gewesen und hatte gemeinsam mit Britta deren Großmutter besucht. Sie liebte dieses Häuschen, das bereits von außen Wärme und Gemütlichkeit ausstrahlte.

Ella klingelte, und kurz darauf öffnete Jon die Tür. Ein glückseliges Grinsen zog sich bei ihm von einem Ohr bis zum anderen.

»Herzlichen Glückwunsch, Papa«, sagte Ella und nahm ihn stürmisch in den Arm.

»Danke.« Jon trat einen Schritt zurück und ließ sie rein. »Ich kann es noch immer gar nicht fassen.«

»Das glaube ich gern. Und, bist du umgekippt?«, fragte sie ihn neckend.

»Nein, er war mir eine große Hilfe!«, erklang Brittas Stimme aus dem Wohnzimmer.

Jon schüttelte den Kopf. »Zwischendurch habe ich gedacht, ich schaff das nicht. Britta hatte solche Schmerzen, und ich fühlte mich absolut nutzlos. Hilflos. Es war schrecklich. Und gleichzeitig ein Wunder.«

Zärtlich strich Ella ihm über die Wange. »Du hast das sicher ganz toll gemacht.«

Dann ging sie durch den kleinen Flur ins Wohnzimmer, wo Britta eingekuschelt in eine leichte Decke auf dem Sofa lag. Erst als sie näher herankam, entdeckte Ella das kleine Bündel, das fast unter der Decke verschwand und schlief.

»Mein Gott, wie süß«, hauchte sie.

»Ich kann mich gar nicht sattsehen«, sagte Britta. Sie hatte ein ähnlich breites Grinsen wie Jon auf den Lippen, während sie den Blick auf ihre kleine Tochter richtete.

Ella hockte sich vor die Couch und betrachtete das kleine Wesen, das von nun an den Haushalt ihrer besten Freunde gehörig durcheinanderwirbeln würde.

»Herzlich willkommen in unserer schönen Welt«, murmelte sie und strich dem Baby ganz sanft über den zarten blonden Haarflaum.

Dann schaute sie zu Britta auf und konnte sich ein breites Grinsen ebenfalls nicht verkneifen. »Herzlichen Glückwunsch, Mama. Wie fühlst du dich?«

»Einfach gigantisch. Ich bin total aufgedreht, gleichzeitig völlig erschöpft und kann nach wie vor nicht fassen, dass dieses kleine Wesen aus mir rausgekommen ist. Ich bin jetzt schon völlig verliebt in sie.«

Sie nahm die Kleine hoch und reichte sie zu Ella hinüber. »Willst du sie mal nehmen?«

Ella legte das Geschenk beiseite und ließ sich Elisa in die

Arme legen. Was für ein Gefühl! Dieses zarte Persönchen, die Wärme, die es ausstrahlte, dieser ganz besondere Duft. Eine diffuse Sehnsucht drohte Ella zu überwältigen. Sie blinzelte die Tränen weg, die aufstiegen, und atmete tief ein, um den Impuls, weinen zu müssen, zu unterdrücken. Schließlich räusperte sie sich, ehe sie Elisa ihrer Mutter zurückgab. Sie musste sehen, dass sie wegkam.

»Leider kann ich nicht bleiben, ich habe noch eine Menge zu tun.« Sie griff nach dem Geschenk, drückte es Britta in die freie Hand, sprang auf und strich fahrig ihre Kleidung glatt.

»Wahrscheinlich bist du auch froh, wenn du jetzt deine Ruhe hast«, fuhr sie fort, ohne Britta in die Augen zu schauen.

»Da könntest du recht haben.« Britta gähnte ausgiebig. »Trotzdem möchte ich mir noch anschauen, was du uns mitgebracht hast. Kannst du mir das Geschenk noch auspacken? Mit einer Hand ist das schwierig.«

Ella fetzte das Papier herunter und zeigte Britta das bunte Tiermobile, das sie für Elisa gekauft hatte.

»Ach, das ist aber schön! Und vor allem nicht rosa«, fügte sie augenzwinkernd hinzu. »Das werden wir über ihr Bettchen hängen. Vielen Dank!«

»Gern geschehen. Ich muss jetzt wirklich los. Wenn es dir recht ist, komme ich die Tage wieder vorbei.«

»Ich freue mich immer, dich zu sehen. Das weißt du doch.«

Wie Britta sie anschaute, machte Ella deutlich, dass ihre Freundin sehr wohl wusste, dass irgendetwas nicht stimmte. Aber sie ließ Ella den Raum, den sie brauchte, was diese ihr hoch anrechnete.

Sie umarmten sich kurz, aber herzlich, bevor sich Ella noch überstürzt von Jon verabschiedete, der inzwischen zu ihnen gestoßen war. Mit einem letzten Blick auf das Baby verließ sie das Wohnzimmer und eilte aus dem Haus.

Kapitel 21

Nach einer anstrengenden Nacht, in der sie sich schlaflos hin und her gewälzt hatte, saß sie im Büro des Forsthauses und bemühte sich um Konzentration. Doch je mehr sie sich zwang, desto weniger schien es zu funktionieren. Immer wieder schaute sie auf den Wald hinter ihrem Fenster, in den es sie zog. Ihr schwirrten so viele Sachen durch den Kopf, die sie am liebsten mit körperlicher Arbeit zum Verstummen gebracht hätte. Aber da nächste Woche neue Rückegassen im Revier Berumfehner Moor angelegt werden sollten, musste sie dringend die Planungen vervollständigen. Bisher war sie allerdings nicht besonders weit gekommen, auch dank ihrer Gedanken rund ums Geschäft.

Genervt stand sie auf und schenkte sich ein Glas Wasser ein. Sie war froh, dass es dank Astrids Organisationstalent und dem Zusammenhalt der anderen Angestellten im Laden rundlief und sie sich eigentlich keine Sorgen machen musste. Trotzdem nagte an ihr natürlich die Gewissheit, dass dies kein Dauerzustand war. Sie seufzte schwer und nippte an ihrem Wasser. Dann zog ein Lächeln über ihr Gesicht, als ihr plötzlich Britta und das Baby in den Sinn kamen. Die kleine Elisa war aber auch zu süß. Britta hatte ihr schon am frühen Morgen Bilder aus der Nacht geschickt. Offenbar hatte ihre Freundin auch nicht viel Schlaf gefunden, wenn auch aus anderen Gründen. Das Kind im Arm zu halten, hatte Ella komplett aus der Bahn geworfen. Gar nicht so sehr, weil sie selbst unbedingt ein Baby wollte, sondern eher, weil ihr in diesem Moment bewusst geworden war, dass sich Brittas Lebenssituation jetzt komplett verändert hatte. Jon und sie waren mit Elisa zu einer kleinen Familie geworden. Fest verankert in ihrer Heimat, umgeben von Freunden und Großfamilie. Ella hatte gespürt, dass ihr genau das fehlte. Dass dieses Gefühl der Unzufriedenheit, das sie seit Monaten umgab, hier seinen Ursprung hatte. Sie sehnte sich nach dieser Art Geborgenheit, nach dem Gefühl, irgendwohin, irgendwo dazuzugehören.

Sie leerte das Glas und stellte es neben der Wasserflasche ab, bevor sie sich zurück an den Schreibtisch setzte. Durch das gekippte Fenster hörte sie Kinderlachen. Für heute hatte sich eine Grundschulklasse für den Waldspielplatz angemeldet, die das bereitstehende Material allerdings selbstständig nutzen wollte. Eigentlich schade. Sie hätte große Lust, ein wenig mitzumischen. Aber nein, sie musste sich heute ja um Rückegassen kümmern.

Wider Willen musste Ella lachen. Sie benahm sich selbst wie ein Grundschulkind. Eigentlich mochte sie diese Planungsarbeiten, eigentlich mochte sie alles, was an Bürotätigkeiten zu tun war. Seien es Ertragsberechnungen oder Verhandlungen mit potenziellen Holzabnehmern. Aber heute war einfach nicht ihr Tag.

Unkonzentriert rollte sie mit ihrem Bürostuhl hin und her. Griff nach dem Kugelschreiber, der neben der Tastatur lag, und knipste die Mine rein und raus. Heute Morgen hatte sie eine weitere Karte von Connie in der Post gefunden, auf der nur gestanden hatte:

Was wäre das Leben, hätten wir nicht den Mut, etwas zu riskieren?
Vincent van Gogh

Offenbar war Connie auf dem Heimweg, denn die Karte zeigte ein Motiv des Viktualienmarkts in München.

Sofort erinnerte sie dies an die früheren Reisen, die sie mit Connie unternommen hatte. Unter anderem waren sie regelmäßig in München gewesen. Natürlich hauptsächlich wegen der Modemesse, aber immer wenn die knappe Zeit es erlaubte, hatten sie es sich auch gut gehen lassen. Sie hatten ein kleines Café direkt am Viktualienmarkt entdeckt, in dem es die beste Schokoladentorte überhaupt gegeben hatte. Gemeinsam dort zu sitzen, sich mit guter Schokolade zu verwöhnen und zugleich die Leute zu beobachten, die auf dem Markt ihre Einkäufe tätigten, das hatte ihr großen Spaß gemacht. Überhaupt hatte sie an ihr Leben mit Connie viele positive Erinnerungen. Wäre nicht der Druck wegen des Geschäfts, könnten sie hervorragend miteinander auskommen.

Ella seufzte, legte den Kugelschreiber beiseite und rollte sich vor den Monitor. Es nutzte nichts. Sie müsste langsam in die Puschen kommen, sonst würde das nichts mehr mit dem Backen heute Abend. Voller Vorfreude leckte sie sich die Lippen. Einen Teil des Rums, den Britta ihr mitgebracht hatte, wollte sie nachher zum Backen ostfriesischer Prüllkers verwenden. Die hatte sie schon viel zu lange nicht mehr gegessen. Frisch ausgebacken und noch warm bedeuteten sie einen wahren Festschmaus. Ein wenig motivierter machte sie sich wieder an die Arbeit.

Es war erst kurz nach vier, als sie auf dem Hof in Hilgenriedersiel parkte. Zu guter Letzt hatte sie sich doch aus dem Gedankenwirbel lösen und vernünftig arbeiten können, wozu sicher auch der Hundegang durch den Wald in ihrer Mittagspause beigetragen hatte.

Jetzt ließ sie Paula aus ihrer Box und griff nach ihrem Rucksack mit den Einkäufen. Auf dem Rückweg hatte sie noch Butter, frische Milch und Eier in einem Hofladen gekauft, sodass sie nun voller Vorfreude aufs Backen hinüber zum Altenteilerhäuschen ging. Sie hatte sich fest vorgenommen, sich heute nicht mehr von irgendwelchen unerwünschten Sehnsüchten, Ärgernissen oder sonstigen schwierigen Überlegungen die Laune vermiesen zu lassen. Sie würde sich gleich ein Gläschen Portwein einschenken und während des Backens die Terrassentür weit öffnen. Denn die Luft roch herrlich frühsommerlich frisch und verstärkte ihre gute Stimmung.

Sie legte ihre Einkäufe auf die Arbeitsplatte, bevor sie ihr Handy mit der Lautsprecherbox verband und ihre Playlist startete. Zu den Klängen von Johnny Cashs *Ring of Fire* tanzte sie zurück zur Küchenzeile und wusch sich die Hände. Ja, sie brannte wirklich, die Liebe. Allein bei dem Gedanken an Clemens überflutete sie eine Hitzewelle. Das gleichzeitige sehnsuchtsvolle Ziehen in ihrem Bauch ließ sie tief aufseufzen. Sie hoffte wirklich, ihn heute endlich zu sehen, damit sie sich aussprechen konnten.

In diesem Moment klingelte es an der Tür. Ihr Herz schlug schneller, und ein breites Lächeln erschien auf ihrem Gesicht. Tatsächlich stand Clemens vor der Tür, als sie öffnete. Allerdings ließ sein Gesichtsausdruck ihr Lächeln prompt gefrieren.

»Hallo?«, begrüßte sie ihn fragend. Sie trat einen Schritt zurück und ließ ihn ins Haus.

»Hallo, Ella.« Er machte keine Anstalten, sie zur Begrüßung in den Arm zu nehmen, ging einfach an ihr vorbei ins Wohnzimmer.

Hatte sie sich eben noch verliebt im »Ring of Fire« bewegt, störte die Musik sie nun, und sie schaltete sie aus. Die folgende Stille fühlte sich bedrückend an, doch es blieb ihr nichts, als abzuwarten, was Clemens ihr zu sagen hatte.

»Können wir miteinander reden?«, fragte er sie schließlich.

Anstatt sich aufs Sofa zu setzen, tigerte er im Raum hin und her.

Ella umschlang mit den Armen ihren Oberkörper. Sie wusste intuitiv, dass sie Halt brauchte für das, was jetzt kam.

»Sicher«, antwortete sie. »Willst du dich nicht setzen?«

»Nein, ich stehe lieber.«

Die Antwort, dass von Stehen keine Rede sein konnte, verkniff sie sich, und lehnte sich an die Arbeitsplatte.

»Ella«, begann Clemens und strich sich fahrig durchs Haar. »Ich mag dich wirklich.« Er schaute zu ihr herüber. »Aber das geht so nicht.«

»Was geht so nicht?«, fragte sie, auch wenn sie wusste, was er meinte.

»Wir können so nicht weitermachen.«

»Warum nicht?«, erwiderte sie.

»Mats hat sich einfach schon zu eng an dich gebunden. In gut zwei Wochen bist du weg von hier und lässt einen kleinen Jungen zurück, dem es das Herz brechen wird. Das hat Mats schon einmal erlebt, das soll er nicht noch einmal durchmachen müssen.« Jetzt blieb er doch stehen und sah sie durchdringend an.

Ella schluckte. All die Traumschlösser, die sie in den letzten Tagen errichtet hatte, stürzten mit einem lauten Krachen in sich zusammen. »Sicher verstehe ich das.« Dann atmete sie tief durch und bemühte sich um eine lockere Stimme. »Wir hatten ja sowieso entschieden, dass diese Beziehung keine Zukunft hat. Dann ist sie eben schon etwas früher zu Ende.«

Irrte sie sich, oder wirkte Clemens tatsächlich irritiert?

Es dauerte einen Moment, ehe er ihr antwortete: »Sicher. Sicher, du hast recht. Es sollte sowieso nicht von Dauer sein. Ein sauberer Schnitt. Gut, dass du das auch so siehst.«

Bei Ella bildete sich ein eiskalter Knoten im Bauch. Sie wollte, dass Clemens so schnell wie möglich ging. Sie wollte allein sein, sich auf dem Bett zusammenrollen und darauf warten, dass der Schmerz, der in ihr tobte, nachließ.

Bevor sie ihn jedoch dazu auffordern konnte, sprach er weiter. »Ich möchte dich darum bitten, den Hof so schnell wie möglich zu verlassen.«

»Die überschüssige Miete zahlen wir dir natürlich zurück«, fügte er hastig hinzu, da sie merklich zusammenzuckte.

Den Gutshof verlassen? So weit hatte sie noch gar nicht gedacht. Sie würde Femke und Anne nicht wiedersehen? Und hätte keine Zeit, sich seelisch darauf vorzubereiten. Sie hatte ihren Abschied vom Hof gedanklich immer weit von sich weggeschoben, obwohl sie regulär sowieso nur noch ein paar Tage hatte, die sie an der Küste bleiben sollte. Trotzdem dachte sie, sie hätte noch viel Zeit, um sich mit Femke und Anne darüber auszutauschen, wie sie den Kontakt zueinander halten könnten. Daran war nun nicht mehr zu denken.

Und Mats? Bei dem Gedanken, neben Clemens auch den kleinen Kerl nie wiederzusehen, stiegen ihr die Tränen in die Augen. Energisch wischte sie sich eine von der Wange, die sich nicht mehr zurückdrängen ließ.

»Also gut«, meinte sie schließlich mit zittriger Stimme. »Ich werde den Hof noch heute Abend verlassen. Ist das früh genug?«

Verlegen breitete er die Arme aus. »Es reicht völlig, wenn du morgen abreist. Heute Abend werde ich mit Mats noch einen Ausflug an den Strand machen, und morgen ist er im Kindergarten. Es besteht also kein Grund zur Eile.«

»Wie großzügig von dir«, stieß sie hervor. Wut war deutlich besser als Tränen. Die hob sie sich für später auf. Sie ging zur Tür, riss sie weit auf und gab Clemens ein Zeichen, das Haus zu verlassen. Das Haus, in dem sie so glücklich gewesen war.

Bevor die Stimmung erneut kippen konnte, ging Clemens. Den Bruchteil einer Sekunde schien es so, als wolle er sich ihr zuwenden, aber dann lief er doch weiter, ohne ein weiteres Wort zu sagen.

Gute drei Stunden später hatte sie ihre Sachen in die Schränke ihres Wohnwagens zurückgepackt, das Altenteilerhäuschen geputzt und war auf dem Weg zum Campingplatz in Dornumersiel. Zum Glück war noch Vorsaison, sodass sie problemlos einen Platz bekommen konnte. Anfang Juli hätte das deutlich anders ausgesehen.

Was habe ich doch für ein Glück, dachte Ella zynisch. Dann hielt sie mit ihrem Gespann vor der Rezeption des Platzes, um sich anzumelden. Sie leinte Paula an, ließ sie aus der Box und betrat mit ihr gemeinsam das Gebäude.

»Guten Abend, was kann ich für Sie tun?«, begrüßte sie eine freundliche Frau.

»Hallo. Ich hatte vorhin angerufen, Vanbrecht. Mir wurde gesagt, Sie hätten noch einen Platz für mich?«

Die Rezeptionistin schaute in ihren PC und fand direkt den Stellplatz, der Ella zugewiesen werden sollte. »Wie lange wollen Sie denn bleiben?«

»Schätzungsweise um die zehn Tage, vielleicht ein wenig länger.« Wenn ich nicht direkt eine weitere Vertretungsstelle bekomme, bleibe ich vielleicht noch ein wenig hier, um in der Nähe von Britta und Elisa zu sein, ergänzte sie im Stillen.

»Ich kann Ihnen den Platz längstens für zwölf Tage anbieten. Würde das ausreichen?«

»Sicher. Zwölf Tage sind okay.« Bis dahin hatte sie hoffentlich einen Schimmer, wie es weitergehen sollte.

Die Frau zeigte ihr auf dem Parkplan den ihr zugewiesenen Stellplatz und klärte sie über die Möglichkeit auf, mit Paula auf dem Hellerpad spazieren zu gehen. Auf dessen Weg befand sich auch ein Ort, an dem die Hunde in der Nordsee planschen konnten, was am regulären Strand natürlich verboten war.

Ella nickte nur, nahm den Plan entgegen und verließ die Rezeption, nachdem sie noch ein paar Duschmarken erstanden hatte. Es tat ihr leid, dass sie mit der Frau kaum ein Wort mehr wechselte, als unbedingt nötig war, aber sie hatte heute einfach keine Kraft mehr für lockeren Small Talk.

Sie ließ Paula zurück in den Wagen springen und verschloss die Box, ehe sie im Schritttempo zu ihrem Stellplatz fuhr. Er befand sich tatsächlich in der ersten Reihe zum Meer, und an anderen Tagen hätte sie wohl verzückt aufgeseufzt. Heute registrierte sie lediglich, wo sie war, ehe sie sich dranmachte, Karlchen in die richtige Position zu bringen. Danach holte sie Paula aus dem Offroader und leinte sie an den Wohnwagen, um in Ruhe die wesentlichen Dinge auszuladen. Das Vorzelt aufzubauen, dafür fehlte ihr heute die Kraft. Sie stellte der Hündin nur noch eine Wasserschüssel hin, ehe sie ihren Rucksack einfach auf den Esstisch stellte und sich selbst erschöpft auf ihr Bett fallen ließ.

Endlich konnte sie den Tränen freien Lauf lassen.

Wie hatte Clemens sie nur so kalt abfertigen können? Ella schluchzte so sehr, dass sie einen Schluckauf bekam. Sie hatten sich die letzten Wochen so gut verstanden. Ella war richtig glücklich gewesen. Ein Gefühl, das sie seit vielen Jahren nicht mehr kannte. Hätte sie nicht gespürt, wenn diese Empfindung einseitig gewesen wäre? Clemens war so entspannt gewesen, wenn sie zusammen waren. Sie hatten den gleichen Sinn für Humor und waren beide in der Lage, dem anderen geduldig zuzuhören. Sie hatten sich über alles unterhalten können, was ihnen in den Sinn kam, hatten beide ein ausgeprägtes Naturbewusstsein, und beide liebten sie Mats. Von Tag zu Tag hatten sie mehr voneinander kennengelernt, und doch hatte er sie einfach abserviert, als wäre das alles nur ein ganz nettes Geplänkel gewesen.

Sie musste an den Ausflug zum Oldtimertreffen denken. Den Spaß, den sie zusammen gehabt hatten, und an Clemens' Zärtlichkeit, als er sie an der Haustür zum ersten Mal geküsst hatte. Sie erinnerte sich an die Nacht am Strand, als sie völlig erschöpft von dem Geschehen auf der Hochzeit dort gesessen und aufs Meer hinausgeschaut hatten. Er hatte so viel Feingefühl gezeigt, als sie ihm von Philipps Tod erzählte. Jetzt noch spürte sie die Wärme seiner Hand, die sie fest an ihn zog.

Erneut brachen sich Tränen Bahn, wenn auch ruhiger als zuvor. Es tat gut, dem Schmerz ein Ventil zu geben, ansonsten hätte sie das Gefühl gehabt, zerrissen zu werden. In dem Moment, in dem sie nach frischen Taschentüchern suchen wollte, klingelte ihr Handy. Ein paar Sekunden spielte sie mit dem Gedanken, nicht dranzugehen. Sie hatte keine Lust, mit irgendwem zu sprechen. Aber dann schoss ihr durch den Kopf, dass es vielleicht Probleme bei Britta gab, weshalb sie vom Bett sprang und nach ihrem Rucksack griff, um das Smartphone herauszuholen.

Es war nicht Britta, die anrief. Es war Connie.

Einen weiteren Augenblick haderte Ella mit sich, ehe sie sich dazu durchrang, das Gespräch anzunehmen. Sie räusperte sich kurz, ehe sie die Rufannahmetaste drückte. »Hallo, Connie.«

»Ella-Schatz, wie schön, dich zu hören.«

Connie schien im Gegensatz zu ihr bester Stimmung zu sein.

»Bist du wieder zurück?«, meinte Ella.

»Ja. Seit gestern. Ich wollte dich fragen, ob du am Donnerstag zum Abendessen kommen möchtest. Ich mache uns einen Matjestopf mit Äpfeln und Zwiebeln. Dazu, dachte ich mir, Pellkartoffeln und Lollo rosso. Was meinst du?«

Eigentlich hatte Ella dazu überhaupt keine Meinung. Ihrem Gefühl nach müsste sie die nächsten Wochen überhaupt nichts essen. Aber sie war erwachsen und wusste, dass nach all den Wochen des Denkens und Haderns nun endlich der Moment kam, an dem sie sich mit Connie aussprechen musste. Egal, ob es dabei etwas zu essen gab oder nicht.

»Klingt gut«, antwortete sie daher sehr neutral. »Dann bin ich gegen fünf bei dir und kann noch etwas helfen.«

»Ich freue mich schon auf dich. Bis übermorgen!«

»Bis Donnerstag.« Irritiert legte Ella auf. Connie klang überhaupt nicht mehr genervt. Im Gegenteil, ganz offensichtlich war sie bester Laune. Ob ihr bloß Erholung gefehlt hatte? Das bezweifelte Ella allerdings sehr. Warum wirkte sie dann überhaupt nicht mehr sauer? Darauf würde sie wohl erst übermorgen eine Antwort erhalten.

Sie packte das Handy auf den Tisch und schaute hinaus, um nach Paula zu sehen. Die lag völlig zufrieden, alle viere von sich gestreckt vor dem Wohnwagen und schlief. Ein kleines Lächeln zuckte um ihren Mund. Ein Blick auf die Hündin reichte, um das Leben wieder aus einem anderen Winkel zu betrachten. Okay, es gab wirklich einiges, was nicht gut lief, aber auch einiges, das ihr Leben wirklich bereicherte.

Sie griff erneut nach ihrem Smartphone und scrollte durch die Fotos, die Britta ihr heute geschickt hatte. Elisa war wirklich zu süß, und Ella ging das Herz auf, als sie sie jetzt betrachtete. Natürlich hatte sie das Bedürfnis, ihrer Freundin ihr Leid zu klagen. Am liebsten verbunden mit einer gehörigen Portion Eis und Alkohol. Aber das konnte sie Britta heute auf gar keinen Fall zumuten. Stattdessen würde sie noch eine kleine Runde mit Paula drehen und früh ins Bett gehen. Auch wenn sie sich nicht vorstellen konnte, heute Nacht viel Schlaf zu finden.

Kapitel 22

Der Mittwoch war irgendwie vorübergegangen. Sie hatte sich gefühlt, als stände sie neben sich, war fahrig und unkonzentriert gewesen. Was sie vor allem bei den Gesprächen mit ihren Mitarbeitenden merkte, die sich von Zeit zu Zeit verwunderte Blicke zuwarfen. Auch als sie am Abend endlich das Vorzelt aufbaute, war sie dermaßen abgelenkt, dass sie mehr als eine Stunde daran herumpuzzelte, obwohl sie das normalerweise in knapp dreißig Minuten erledigt hatte. Doch so sehr sie sich auch bemühte, ihre Gedanken schweiften immer wieder aufs Neue zu Clemens und Mats, zum Hof, Anne und Femke. Sie konnte einfach nicht begreifen, dass sie nie wieder bei ihnen sein sollte. Dass sie Clemens nie wieder in den Arm nehmen, Mats nie wieder über den Kopf wuscheln sollte. Allein die Vorstellung, dass sie ihr Leben jetzt wieder ganz allein leben sollte, ließ Übelkeit in ihr hochwallen.

Zu allem Überfluss stand heute noch das Abendessen bei Connie an. Sie hatte noch keine Ahnung, was sie ihr sagen sollte, wenn sie das Thema Modehaus aufbrachte.

Frustriert schlug Ella gegen das Lenkrad ihres Offroaders, als sie den Parkplatz am Nordener Rathaus verließ. Gerade hatte sie einen Termin mit Mitgliedern verschiedener Ausschüsse gehabt, um mit ihnen über das Projekt *Schulwälder gegen Klimawandel* zu sprechen. Ein Thema, das ihr sehr am Herzen lag, das ihr vertraut war und zu dem sie bereits etliche Gespräche geführt hatte. Und doch hatte sie sich eben so gefühlt wie ein absoluter Anfänger.

Bisher war sie immer stolz darauf gewesen, fundiert informiert zu sein und ihre Kenntnisse verständlich vermitteln zu können. Von dieser Leistung fühlte sie sich heute allerdings meilenweit entfernt. Immer wieder war sie mit ihrem Kopf bei jemand anderem gewesen, weshalb ihre Präsentation holprig gewesen war.

Sie war dermaßen mit den verfehlten Ansprüchen an sich selbst beschäftigt, dass sie nicht einmal den kleinen Umweg wählte, um einen Blick auf die stolze Deichmühle zu werfen, als sie in Richtung Norddeich fuhr. Anstatt wie sonst ihre Sinne auf das Schöne um sie herum zu richten, um sich wieder abzuregen, haderte sie weiter mit sich selbst, bis sie schließlich in Norddeich ankam. Sie parkte ihren Wagen direkt am Deich vor dem Hundestrand, holte Paula aus der Box und schulterte ihren Rucksack. Erst als sie auf dem Deich ankam, atmete sie tief durch und genoss wie immer den Blick aufs Meer. Die Flut war fast auf ihrem höchsten Stand. Paula würde nach Herzenslust durchs Wasser toben können. Die Hündin tänzelte bereits voller Vorfreude auf der Stelle.

»Wir gehen ja schon.« Ella tätschelte Paulas Hals und setzte den Weg fort. Nachdem sie das Tor zum Hundestrand sorgfältig hinter sich verschlossen hatte, leinte sie die Hündin ab und schaute hinter ihr her, sowie diese lossprintete.

Eigentlich liebte sie den Hundestrand in Norddeich ebenso sehr wie Paula. Als Labrador fühlte sich der Hund hier voll in seinem Element und planschte nach Herzenslust. Ein Bündel purer Lebensfreude. Erneut überfiel sie ein Gefühl tiefer Dankbarkeit, dass es der Hündin offenbar wieder gut ging. Trotzdem konnte ihr heute selbst Paulas Ritual, sich vor dem Sprint ins Wasser erst einmal einem Schneepflug gleich mit der Nase voran durch den Sand zu schieben, kaum mehr als ein müdes Lächeln entlocken. Sie fühlte sich von dunklen Wolken umgeben, obwohl die Sonne hoch am Himmel stand.

Aufseufzend ließ sie sich auf den warmen Sand plumpsen. Während sie Paula im Blick behielt, holte sie ihre Wasserflasche aus dem Rucksack und trank einen großen Schluck. Ihre Kehle war wie ausgedörrt. Wie auch gestern hatte sie über Tag das Trinken vergessen. Appetit hatte sie sowieso keinen. Sie wusste noch nicht, wie sie das Abendessen bei Connie bewältigen sollte, ohne sie zu verletzen oder ihr die ganze Geschichte von Clemens zu erzählen. Und danach stand ihr gerade überhaupt nicht der Sinn.

Sie schloss die Flasche und stellte sie neben sich in den Sand. Dann schaute sie aufs Meer und ließ ihre Gedanken treiben. Es roch nach Salz und ein bisschen nach Fisch. Die Möwen kreischten über ihr. Ein Stück weit von ihr entfernt zankten sich zwei von ihnen um irgendeinen Leckerbissen, den sie am Strand gefunden hatten. So hätte sie stundenlang einfach nur hier sitzen und die Welt um sich herum beobachten können, aber sie hatte sich vorgenommen, noch einmal konzentriert über ihre Zukunft nachzudenken. Selbst ihr war klar, dass sie Connie heute nicht mehr mit Ausflüchten kommen konnte. Ihre Pflegemutter hatte es verdient, dass sie endlich Antworten erhielt.

Dazu fielen ihr Connies kryptische Postkarten ein. Was hatte sie ihr damit sagen wollen? Was bedeutete ein guter Kopf? Ja, die Zeiten änderten sich – na und? Und was versäumte sie Connies Meinung nach zurzeit?

Ihrer Meinung nach hatte sie ihren Kopf schon ausgiebig gebraucht. Sie hatte die Frage nach ihrer Zukunft aus allen Blickwinkeln beleuchtet und war doch kein Stückchen weitergekommen. Obwohl das nicht so ganz stimmte. Besonders in den letzten Wochen hatte sie einschneidende Erlebnisse gehabt, die ihren Blick noch einmal in eine ganz bestimmte Richtung lenkten.

Sie dachte an den Abend letzte Woche zurück, als sie mit ihrem Tee auf dem Sofa saß und ihr plötzlich bewusst wurde, dass sie sich in Clemens verliebt hatte. In den Tagen darauf hatte sie sich immer wieder bei der Überlegung erwischt, wie es wäre, nicht weiter umherzuziehen, sondern ihre Bleibe wieder in Ostfriesland zu haben. Deshalb hatte sie wohl auch dieses tiefe Sehnsuchtsgefühl am Tag von Elisas Geburt dermaßen überfordert. Seit Philipps Tod hatte sie sich eine eigene Familie, Freunde und einen sicheren Hafen nicht mehr vorstellen können.

Bis heute. Heute konnte sie sich gut vorstellen hierzubleiben. Ihr unstetes Leben aufzugeben. Sie spürte wieder den Wunsch, Wurzeln zu schlagen. Die Sehnsucht nach einer Heimat. Nach Menschen neben Connie, die sich wirklich dafür interessierten, wie es ihr ging.

War das nicht viel wichtiger als die Frage, wie sie ihr Geld verdiente?

Es war ja nicht so, als wäre die Arbeit im Modehaus eine große Strafe für sie. Auch dabei konnte sie Freude empfinden, das hatten ihr die letzten Wochen mehr als deutlich gemacht. Sie mochte den Umgang mit den Kunden, beschäftigte sich gern, wenn auch nicht ausschließlich, mit Mode und konnte der Buchhaltung einiges abgewinnen. Natürlich würde sie ihren Wald vermissen. Den Wind, der ihr bei der Arbeit oft um die Nase wehte. Den ständigen Kontakt mit der Natur. Doch ein Wechsel des Arbeitsplatzes war nicht gleichbedeutend mit einem Ende ihrer Arbeit für den Naturschutz. Da konnte sie auch außerhalb ihrer Beschäftigung als Försterin aktiv bleiben. Zum Beispiel an der Küste. Direkt vor ihrer

Nase lag der Nationalpark Wattenmeer. Dort freute man sich immer über Freiwillige, die ihre Arbeit unterstützten.

Schweren Herzens packte sie die Wasserflasche zurück in ihren Rucksack. Sie würde Connie mitteilen, dass sie das Geschäft übernehmen würde, dann wäre endlich ein Schlussstrich unter diesem ständigen Hin und Her. Sie konnte verstehen, dass ihre Pflegemutter den Laden nicht mehr führen wollte. Sie hatte sich ihren Ruhestand wahrlich verdient. Ohne ihre Hilfe hätte Ella diese schönen Jahre im Wald gar nicht erst erleben können. Jetzt war es an der Zeit, ihre Pflicht zu erfüllen und Verantwortung zu übernehmen.

Ella hob den Kopf und blinzelte in die Sonne. Sie hatte gerade ein Problem gelöst, an dem sie seit Wochen herumkaute. Warum fühlte sie sich jetzt nicht besser?

Sie pfiff nach Paula, die mit einem Golden Retriever herumbalgte, und machte sich auf den Weg zurück zum Auto. Als sie die Hündin trocken gerubbelt, ihr frisches Wasser gegeben und sie anschließend in ihre Box verfrachtet hatte, klingelte ihr Handy. Ella schaute aufs Display, Herr Bruckmann vom Personalmanagement der Niedersächsischen Landesforsten in Braunschweig rief sie an.

Ellas Herz pochte. Ob er ihr eine neue Vertretungsstelle anbieten wollte? Was sollte sie dazu sagen? Sollte sie ihre Entscheidung direkt mitteilen und erklären, dass sie nicht weiter als Försterin arbeiten wollte? Dafür fühlte sie sich noch nicht bereit.

»Vanbrecht?«, meldete sie sich nervös.

»Frau Vanbrecht, hallo, hier ist Bruckmann. Störe ich gerade, oder hätten Sie einen Moment Zeit für mich?«

»Nein, Sie stören nicht. Alles gut.« Ella lehnte sich haltsuchend an den hinteren Kotflügel des Offroaders.

»Ihr Vertrag für Aurich läuft ja in den nächsten Tagen aus, und ich weiß, dass Sie eigentlich nur Vertretungen machen wollen. Allerdings hat uns Revierleiter Olthoff heute Morgen mitgeteilt, dass er nun doch schon in den Ruhestand gehen wird, weshalb das Revier ab Oktober vakant sein wird. Nun haben wir uns überlegt, dass wir Ihnen das Revier trotz ihrer Vorliebe für Vertretungen gern anbieten möchten. Sie stammen doch aus diesem Gebiet, und mit ihrer umfangreichen Erfahrung wären Sie für uns die erste Wahl.«

Ella stockte der Atem. Ein eigenes Revier? In Aurich?

»Hallo? Frau Vanbrecht? Sind Sie noch da?«

»Äh, ja, ich bin noch da.«

»Was sagen Sie dazu?«

»Nun, äh, ich fühle mich gerade etwas überfordert, offen gestanden.«

»Sie müssen sich nicht direkt entscheiden«, erklärte Herr Bruckmann. »Denken Sie in Ruhe darüber nach und sagen Sie uns bis Ende nächster Woche, wie Sie sich entschieden haben. Wir würden uns wirklich freuen, wenn Sie die Stelle antreten würden.«

Irgendwie schaffte es Ella noch, das Gespräch zu beenden, ehe sie sich fassungslos neben der Hundebox niederließ. Ein eigenes Revier. Jetzt. Hier. Wo sie sich gerade dazu durchgerungen hatte, zukünftig im Laden zu arbeiten. Wenn das nicht Ironie des Schicksals war, dann wusste sie es auch nicht.

Es dauerte noch ein paar weitere Minuten, bevor Ella sich imstande sah, wieder aufzustehen. Mit zitternden Händen schloss sie den Kofferraum und fuhr in Richtung Westerholt davon. An ihrem Entschluss würde Bruckmanns Anruf nichts ändern, denn es war die richtige Entscheidung. Trotzdem fühlte sie sich, als habe ihr jemand ein tonnenschweres Gewicht auf die Schultern gelegt.

Als sie bei Connie ankam, hatte sich ihr Herzschlag wieder normalisiert. Sie führte Paula ums Haus und ließ sie in den Garten. So nass und verdreckt, wie sie war, konnte sie den Hund ihrer Pflegemutter nun wirklich nicht zumuten. Sie gab ihr Futter, füllte mit dem Gartenschlauch Wasser in die mitgebrachte Schüssel und ging zurück zur Haustür. Kaum hatte sie geklingelt, öffnete Connie auch schon die Tür.

»Kind! Wie schön, dich zu sehen«, begrüßte sie sie herzlich. »Hast du Paula gar nicht dabei?«

»Doch. Die habe ich hinten in den Garten gebracht. Wir waren eben noch am Hundestrand, und sie sieht entsprechend aus. Kann ich mir ein großes Handtuch nehmen? Dann dusche ich ihr noch rasch den Sand und das Salzwasser ab.«

»Sicher, du weißt ja, wo alles ist.«

Connie eilte zurück in die Küche, und Ella nahm sich ein großes Duschhandtuch, ehe sie durchs Wohnzimmer wieder in den Garten ging. Während sie den Hund sauber machte, dachte sie ein weiteres Mal über das Telefonat mit Herrn Bruckmann nach. Aber so reizvoll das Angebot auch war, sie hatte ihre Entscheidung getroffen.

Nachdem sie abgetrocknet war, legte Paula sich auf die warmen Terrassenfliesen, seufzte einmal tief durch und schloss die Augen. Ella tätschelte ihr zärtlich den Bauch. Ihr selbst lag das Gespräch mit Connie schwer im Magen, allerdings nicht, weil Connie ihren Entschluss nicht verstehen würde. Die Ursache war die Entscheidung an sich.

Auch Ella seufzte, wenn auch aus anderen Gründen als der Hund. Sie hängte das nasse Handtuch über einen Gartenstuhl und machte sich auf den Weg ins Haus. Im Wohnzimmer war der Esstisch bereits hübsch eingedeckt. Heute stand das weiße Porzellan auf einer beerenfarbenen Tischdecke, die zusammen mit dem Blumengesteck aus Bartnelken einen wunderschönen Kontrast darstellte. Ella überkam ein warmes Gefühl von Geborgenheit, während sie das hübsche Ensemble betrachtete. Connies Haus war über die Jahre auch zu ihrem Zuhause geworden, und auch wenn sie und ihre Pflegemutter nicht immer einer Meinung waren, so hatte sie sich doch immer geliebt und umsorgt gefühlt.

Sie betrat ebenfalls die Küche und legte Connie eine Hand auf die Schulter. »Es ist schön, dass du wieder da bist.«

»Ich freue mich auch, wieder daheim zu sein, Kind. So gern ich auch unterwegs bin, so gern komme ich wieder zurück.«

Connie strahlte sie an, und Ella fiel auf, wie erholt sie aussah. Sofort meldete sich ihr schlechtes Gewissen. Ihre Pflegemutter war tatsächlich nicht mehr die Jüngste und schaffte nicht mehr alles so locker wie vor zwanzig Jahren. Das hätte ihr auch schon früher auffallen müssen, wenn sie nicht immer nur mit sich selbst beschäftigt gewesen wäre. Nun, das würde sich jetzt ändern. Sie würde das Ruder übernehmen, und Connie könnte endlich kürzertreten.

»Kann ich dir noch etwas helfen?«, fragte Ella und schaute sich in der Küche um.

Der Matjestopf stand bereits in einer hübschen Glasschüssel angerichtet auf dem Tisch. Ebenso der Lollo rosso, der so frisch wirkte, als käme er gerade aus dem Garten. Die Pellkartoffeln dagegen kochten noch vor sich hin, während Connie dabei war, Erdbeeren zu entstielen.

»Es gibt Erdbeeren?« Ella nahm sich eine rote Frucht und steckte sie sich in den Mund. »Mmh, lecker.«

»Ich dachte zum Nachtisch? Ich habe uns Joghurteis dazu gemacht. Aber setzt dich doch und erzähl mir was.«

»Wahrscheinlich wirst du mich nachher zum Auto rollen müssen«, scherzte Ella, nachdem sie auf einem der Stühle Platz genommen hatte. Über die Zukunft des Modehauses wollte Ella jetzt aber noch nicht sprechen. Das konnten sie gleich beim Essen in aller Ruhe machen. Von ihrer Beziehung zu Clemens würde sie schon gar nichts erzählen, weder jetzt noch später. Sie war froh, dass sie gerade jeden Gedanken daran verdrängen konnte. »Wie war dein Urlaub?«, fragte sie daher einfach.

Ihre Pflegemutter strahlte sie an. »Einfach herrlich. Ich habe die Tage so genossen! Zunächst bin ich schnurstracks in Richtung Süden gefahren. Frankreich ist im Frühling wunderschön«, schwärmte sie.

»Ich habe gesehen, du warst in der Provence? Übrigens danke für die Karten.«

»Gern geschehen. Ja, ich war fünf Tage dort und habe einige neue Rezepte mitgebracht.«

»Hast du wieder mit den Truckern gegessen?«, fragte Ella grinsend.

»Aber sicher! Da, wo die ganzen Trucker essen, kannst du sicher sein, dass es schmeckt. Regionale Hausmannskost. Du wirst begeistert sein.«

Das konnte Ella sich vorstellen. Connie sprach recht gut Englisch und Französisch, und ihr Italienisch reichte immerhin dafür, sich mit Händen und Füßen zu verständigen. Zudem war sie sehr kontaktfreudig und in Restaurants immer schnell im Gespräch mit dem Servicepersonal und letztlich auch oft mit den Köchen. Rezepte zu sammeln war ihre Leidenschaft, und Ella hatte besonders früher davon profitiert, dass sie sehr abwechslungsreich bekocht wurde. Inzwischen genoss sie es, wenn Connie ihr Leckereien aus der ostfriesischen Küche servierte, wenn sie ein paar Tage hier war, aber in den ersten Jahren, die sie bei Connie verbrachte, staunte sie noch über die verschiedenen Genüsse, die die französische und italienische Küche für sie bereithielten. Da ihre Eltern beide voll berufstätig gewesen waren und sich nicht gerne in der Küche aufhielten, waren Ellas Erfahrungen beim Essen bis dahin meistens auf einfache und vor allem schnelle Gerichte begrenzt gewesen.

Bis die Pellkartoffeln gar waren, plauderten sie weiter über Connies Urlaubserlebnisse, ehe sie die Leckereien hinüber auf den Esstisch stellten und daran Platz nahmen. Ella füllte ihren Teller und nahm einen ersten Bissen vom Matjestopf.

»Mmh, so gut«, kommentierte sie den süßsauren Geschmack. »Das habe ich wirklich lange nicht mehr gegessen.«

»Ich freue mich auch immer wieder auf die Matjessaison. Da kann man so viel draus machen.«

»Ich habe übrigens eine Entscheidung getroffen.« Ella legte Messer und Gabel beiseite.

Connie schaute auf und lächelte sie an. »Das freut mich für dich. Und?«

»Ich werde meinen Job kündigen und das Geschäft übernehmen.«

»Was?« Nun legte auch Connie ihr Besteck beiseite, ihr Blick verdüsterte sich. »Wieso?«

Ella war verwirrt. »Aber das ist doch genau das, was du wolltest!«

»Kind, es geht hier doch überhaupt nicht darum, was ich will. Was du willst, darüber solltest du dir Gedanken machen.«

»Habe ich doch auch«, erwiderte Ella. »Ich werde das Modehaus führen.«

»Aber deine Leidenschaft liegt im Wald! Haben dir meine Postkarten denn gar nichts gesagt?«

»Was hätten sie mir denn sagen sollen, außer dass ich endlich in die Hufe kommen und Verantwortung übernehmen soll.«

Connie schüttelte den Kopf. »Auf den Karten stand, dass du deinen Fokus verändern solltest. Du hast immer nur darüber nachgedacht, wie du das Modehaus mit deinem Beruf vereinbaren könntest, weil du nicht das Risiko eingehen wolltest, dich vom Geschäft deiner Eltern zu lösen. Aber dein Leben findet jetzt statt, nicht irgendwann in der Zukunft, und deshalb solltest du endlich eine Entscheidung treffen. Natürlich für deinen Beruf als Försterin und nicht als Geschäftsführerin des Modehauses.«

Nun verstand Ella gar nichts mehr. »Aber du hast mich doch immer dazu gedrängt, es endlich zu übernehmen. Endlich Verantwortung zu tragen.«

Abwehrend hob Connie die Hände und schüttelte den Kopf. »Es ging mir aber immer nur darum, dass du endlich eine Entscheidung triffst, wie es mit dem Modehaus weitergehen soll. Dieses Hin und Her war doch kein Dauerzustand. Du hast dermaßen am Geschäft deiner Eltern gehangen, dass ich wirklich versucht habe, es dir so lange wie möglich zu erhalten. Ich habe gehofft, dass du irgendwann merkst, dass dir dieses Hin und Her selbst zu viel wird und du das Geschäft in andere Hände gibst. Deshalb habe ich versucht, dir auf diese Art und Weise Druck zu machen. Doch trotz allem, was ich dir aufgebürdet habe, hast du immer nur weitergemacht. Aber jetzt ist für mich Schluss, das hat mir spätestens dieser Urlaub deutlich gezeigt, also solltest du dich endgültig entscheiden. Aber doch nicht für das Geschäft. Du solltest dich endlich nur noch auf das konzentrieren, was deine Berufung ist, nämlich Försterin zu sein!«

Ella war sprachlos. Sie hatte das Gefühl, eine völlig neue Connie säße vor ihr.

»Ella«, sagte Connie nun ein wenig ruhiger. »Das Modehaus war der Lebenstraum deiner Eltern, aber es ist nicht deiner. Vielleicht noch in den ersten Jahren nach ihrem Tod, doch dann hat sich das geändert. Du musst dich endlich davon frei machen, dass sie von dir erwarten würden, dass du das Geschäft weiterhin führst. Sie würden wollen, dass du glücklich bist. Dass du dein Leben lebst, so wie sie ihres gelebt haben.«

»Aber ich lebe doch mein Leben«, erklärte Ella. Allerdings merkte sie selbst, dass sie eher trotzig, denn überzeugt davon klang.

»Du. Musst. Eine. Entscheidung. Treffen«, entgegnete ihre Pflegemutter streng.

»Habe ich doch!«

Der Blick, den Connie ihr nun zuwarf, erinnerte sie an Zeiten, als sie ein aufmüpfiger Teenager gewesen war. Und so wie damals war Connie im Recht. Sie hatte eigentlich schon wieder keine wahre Entscheidung getroffen. Sie hatte resigniert. Und wäre das etwas, was ihre Eltern ihr gewünscht hätten?

»Ich habe ein Angebot bekommen, das Auricher Revier zu übernehmen«, platzte es plötzlich aus ihr heraus.

Connie schossen die Tränen in die Augen. »Ach Kind, das ist ja traumhaft. Herzlichen Glückwunsch!«

»Ich habe noch nicht zugesagt.«

»Aber das wirst du.« Ihre Pflegemutter nickte entschlossen mit dem Kopf. »Das wirst du auf jeden Fall.«

Jetzt musste Ella lachen. »Ich dachte, ich solle eine Entscheidung treffen.«

»Eben. Und das ist die richtige.« Auch Connie verzog die Lippen zu einem breiten Grinsen.

Erleichtert griff Ella nach Messer und Gabel und nahm noch einen Bissen von dem Matjestopf. »Aber was machen wir mit dem Geschäft?«, fragte sie, nachdem sie geschluckt hatte.

»Du stellst einen Geschäftsführer ein, oder du verkaufst es.«

»Nein, verkaufen werde ich es auf keinen Fall. Wir müssten jemanden einstellen. Hast du eine Ahnung, wie wir das anstellen können?«

Kapitel 23

Erst am Samstagmorgen machte Ella sich auf den Weg nach Neßmersiel. Nachdem sie vorgestern ein wirklich gutes Gespräch mit Connie gehabt hatte und sie gemeinsam über den weiteren Weg des Modehauses nachgedacht hatten, hatte sie einen weiteren Tag gebraucht, um sich die Sache gut zu überlegen. Den Schritt, die Leitung des Modehauses in fremde Hände zu geben, fürchtete sie zwar immer noch, aber sie war inzwischen fest entschlossen, ihn zu gehen. Sie redete sich selbst gut zu, indem sie sich sagte, dass sie diese Entscheidung jederzeit revidieren könnte. Ganz anders, als wenn sie das Gebäude samt Geschäft verkaufen würde. Die Chance, ein eigenes Revier in ihrer Heimat angeboten zu bekommen, war dagegen dermaßen gering, dass es unverzeihlich wäre, es nicht zumindest zu versuchen. Natürlich bestand die Gefahr, dass das Geschäft sein familiäres Flair verlieren würde, wenn sie die Leitung in fremde Hände gab. Aber jetzt, nachdem die Entscheidung getroffen war, bestand kein Grund zur Eile, jemanden zu finden, der das Modehaus in ihrem Sinne weiterführen würde. Gemeinsam mit Connie würde sie jeden Bewerber sehr sorgfältig prüfen und während einer ausgiebigen Einarbeitungszeit begleiten.

Nachdem sie den jungen Eltern drei Tage lang ihre Ruhe gelassen hatte, obwohl sie ständig versucht gewesen war, sich hilfesuchend in die Arme ihrer Freundin zu werfen, freute sie sich, dass Britta heute Zeit und Lust zu einem Gespräch mit ihr hatte. Ella drängte es, ihr mitzuteilen, dass nun tatsächlich eine Entscheidung gefallen war.

Sie parkte den Wagen vor Brittas Wohnhaus, ließ Paula aus der Box und klopfte leise an die Haustür. Wieder einmal öffnete Jon.

»Hi!«, begrüßte er sie strahlend. »Du darfst ruhig klingeln. Bis jetzt hat Elisa einen festen Schlaf.«

»Warum bist du so pessimistisch? Meinst du, das ändert sich noch?«, fragte Ella und nahm ihren Freund herzlich in den Arm.

»Bisher sagen alle, dass es nicht so ruhig bleiben wird. Außerdem haben wir schon bei den Kindern meiner Schwester gesehen, was sie innerhalb kürzester Zeit aus dem Nervenkostüm ihrer Eltern gemacht haben. Und das über Jahre hinweg«, betonte er grinsend.

»Aber jedes Kind ist anders«, beschwichtigte Ella. »Wer weiß, vielleicht schläft sie schon ganz früh durch.«

Jon wischte ihre Aussage beiseite. »Egal. Es kommt, wie es kommt, und deshalb genießen wir erst einmal diese ruhige Anfangszeit. Meine beiden Frauen sind im Wohnzimmer.«

Ella wies Paula nach Betreten des Wohnzimmers an, sich hinzulegen, und ging hinüber zur Sitzecke, um auch Britta herzlich zu umarmen.

»Hi! Wie geht es der jungen Mutter heute?«, fragte sie.

»Bestens. Elisa ist bisher absolut pflegeleicht, und bis auf leichte Schwierigkeiten beim Sitzen habe ich keine Probleme.«

Ella betrachtete Britta ausgiebig und fand, dass die junge Mutter tatsächlich sehr fit wirkte.

»Möchtest du etwas trinken?«, fragte Jon, der hinter ihr das Zimmer betreten hatte.

Er stellte einen weiteren Porzellanbecher auf den Tisch. »Ich habe frischen Fencheltee gekocht.«

Sie ließ sich auf den Sessel fallen, der gegenüber der Couch stand, auf der Britta lag. »Vielen Dank, aber im Moment bin ich total zufrieden.«

Jon schenkte Britta und sich selbst duftenden Tee in die Becher und gab für seine Frau noch etwas Honig hinzu.

»Gib die Kurze bitte mal zu ihrer Patentante«, meinte Britta zu ihm und reichte ihm das Baby.

Ellas Herz ging auf, als er ihr die Kleine in den Arm legte. Dieses Mal kam es zu keiner Panikreaktion. Einzig liebevolle Gefühle dem kleinen Wesen gegenüber erfüllten sie. Sie beugte sich über das Baby und schnupperte an seinen Haaren. Selbst ihr Duft wirkte zart und zerbrechlich.

»Du scheinst heute deutlich entspannter zu sein als bei deinem letzten Besuch«, bemerkte Britta.

»Das bin ich auch«, bestätigte Ella. »Ich hatte vorgestern ein wirklich gutes Gespräch mit Connie und bin, nachdem ich gestern noch einmal in Ruhe darüber nachgedacht habe, zu dem Schluss gekommen, dass ich hierbleiben werde.«

»Yeah!« Britta reckte die Fäuste in die Luft.

»Wie toll!«, sagte Jon erfreut und klopfte Ella auf die Schulter.

»Und wie willst du das organisieren?«, wollte Britta wissen.

Ella lehnte sich entspannt zurück und machte es der kleinen Elisa noch bequemer in ihrer Armbeuge. »Ich habe tatsächlich das Angebot bekommen, die Revierleitung hier in Aurich zu übernehmen.«

»Das gibt es doch gar nicht«, erwiderte Britta staunend.

»Ja, ich war auch total überrascht. Aber der Kollege, den ich hier vertreten habe, solange er in der Reha war, hat sich nun wohl doch dazu durchgerungen, in den Ruhestand zu gehen, weshalb ich zum ersten Oktober hier anfangen kann.«

»Und das Geschäft?«, fragte Jon.

Britta funkelte ihn an, aber er zuckte nur mit den Schultern.

»Kein Problem«, beschwichtigte Ella. »Es wird sicher nicht einfach, aber ich habe mich tatsächlich dazu durchgerungen, jemanden einzustellen, der den Laden führt.«

Britta machte große Augen. »Wow. Ich hätte nicht gedacht, dass ich dich das jemals sagen hören würde.«

Ella lachte. »Connie war da sehr deutlich, und ich habe endlich verstanden, was sie mir eigentlich sagen wollte. Indem sie mich zunehmend ins Geschäft eingebunden hatte, wollte sie mir drastisch vor Augen führen, dass die Geschäftsleitung eines Modehauses überhaupt nicht in mein Lebensbild passte. Es wird mir zwar nach wie vor schwerfallen, den Laden in andere Hände zu geben, aber natürlich hat Connie recht, wenn sie sagt, dass meine Eltern nicht von mir erwartet hätten, dass ich meinen Lebenswunsch hintanstelle. So ist es die richtige Entscheidung. Jetzt heißt es nur noch, jemanden zu finden, der zu uns passt.«

Britta griff nach ihrem Teebecher. »Ich wüsste vielleicht jemanden.«

»Echt?«, fragte Ella überrascht.

»Du kennst sie auch. Erinnerst du dich an Svea Sanders?«

»Klar erinnere ich mich an Svea. Sie ist nach dem Abitur nach Hamburg gegangen, um Ergotherapeutin zu werden.«

»Stimmt. Allerdings ist sie umgeschwenkt und hat Modedesign studiert. Hat direkt nach ihrem Abschluss geheiratet und, statt Mode zu designen, in der Firma ihres Mannes mitgearbeitet. Ich glaube, die haben irgendwelche Kunststoffrohre produziert. Kannst du dir Svea in einem Büro vorstellen, in dem sie die Buchführung für gehandelte Rohre macht?«

Ella schüttelte den Kopf.

»Nun, sie wohl auch nicht. Inzwischen ist sie nämlich geschieden und mit ihren beiden Kindern wieder zurück nach Aurich gekommen. Sie arbeitet Teilzeit in einem Geschenkeladen, würde sich aber gerne verändern. Am liebsten natürlich irgendwas mit Mode.« Britta schaute Ella bedeutungsvoll an.

Doch die hatte Bedenken. »Bist du sicher, dass sie auch Vollzeit arbeiten würde?«

»Ganz sicher, denn sie arbeitet jetzt auch schon nachmittags, also nicht sehr familienfreundlich. Außerdem braucht sie das Geld. Da ihr Ex selbstständig ist, rechnet er sein Einkommen wohl immer heftig nach unten. Zum Glück hat sie die Unterstützung ihrer Eltern.«

»Das klingt äußerst unfair«, sagte Ella voller Mitgefühl.

»Nun ja«, bemerkte Jon. »Mit der Wahl ihres Mannes hatte sie kein gutes Händchen, deshalb wünschen wir ihr sehr, dass sie jetzt, nachdem die Scheidung durch ist, endlich wieder eine Perspektive hat. Eine Stelle bei euch im Modehaus klingt in meinen Ohren optimal.«

»Habt ihr ihre Nummer?«, wollte Ella wissen.

Britta verdrehte die Augen. »Klar haben wir ihre Nummer. Was meinst du, woher wir ihre Geschichte so gut kennen. Wir haben guten Kontakt, treffen uns ein paarmal im Monat. Ich könnte mir vorstellen, dass sie sich ein Loch in den Bauch freut, wenn du ihr ein gutes Angebot machst. Ich habe dir bisher nur noch nichts von ihr erzählt, weil ich wusste, wie sehr du an deinem Geschäft hängst und mit einer endgültigen Entscheidung haderst. Ich wollte dich nicht auch noch unter Druck setzen.«

»Du bist die beste Freundin überhaupt«, sagte Ella mit Tränen in den Augen. »Danke.«

Da Elisa ein wenig unruhig wurde, legte Ella sie sich auf den anderen Arm. »Ich würde mich jedenfalls total freuen, wenn es mit Svea klappt. Warum war ich nur so blöd, die ganzen Kontakte einfach einschlafen zu lassen?«

»Weil du damals nicht anders konntest und es dir als das einzig Richtige erschien, also lass es gut sein. Da du jetzt hierbleibst, wird es ein Leichtes für dich sein, die Kontakte aufzufrischen, an denen dir gelegen ist«, meinte Jon und tätschelte ihren freien Arm.

»Wie ist das eigentlich mit Connie«, wollte Britta nun wissen. »Wird sie weiterhin im Geschäft mitarbeiten, oder zieht sie sich völlig raus?«

»Nein. Falls es mit Svea klappt, wird sie sie erst in Ruhe einarbeiten, ehe sie ihre Arbeitszeit reduziert. Während Connie sie zu Beginn auch zu den Messen begleiten wird, werde ich sie in unser Buchführungsprogramm einarbeiten. Wir haben glücklicherweise keinen Stress, da prinzipiell alles gut läuft.«

»Das klingt danach, als hättet ihr bereits alles Wesentliche geplant«, stelle Britta fest.

Ella nickte. »Und weißt du, was das Sahnehäubchen ist? Connie wird in unsere alte Wohnung in Aurich ziehen.«

»Echt?« Britta riss die Augen auf.

»Klingt doch vernünftig«, meinte Jon. »Sie ist schließlich auch nicht mehr die Jüngste. So ein großes Haus mit Garten macht doch viel Arbeit.«

Wieder nickte Ella. »So ist es. Ich bin auf jeden Fall heilfroh, dass ich keinen neuen Mieter suchen muss. Und für Connie ist die Wohnung ideal. Es gibt einen Fahrstuhl, und sie hat dann künftig alles auf einer Ebene. Außerdem kann sie auf der Dachterrasse ihren grünen Daumen ausleben.«

Jetzt war das Baby deutlich unzufrieden und begann zu quäken. Ehe Ella handeln konnte, sprang Jon aus dem Sessel und nahm sie ihr ab.

»Ich denke, sie braucht eine frische Windel«, erklärte er, legte sie sich an die Schulter und verließ leise singend das Wohnzimmer.

»Wow«, stieß Ella staunend hervor. »Jon ist ja schon ein Musterpapa.«

Britta strahlte. »Ja, oder? Er macht das richtig toll. Ich will mir noch gar nicht vorstellen, wie das wird, wenn er nächste Woche wieder arbeiten geht.«

»Kommt deine Mutter?«

»Worauf du dich verlassen kannst!«, meinte Britta lachend. »Aber apropos Männer. Was macht denn dein Clemens? Habt ihr endlich über alles gesprochen?«

Allein die Erwähnung seines Namens ließ Ella die Tränen in die Augen schießen.

»Oh nein, das tut mir leid! Was ist passiert?«, fragte Britta teilnahmsvoll.

»Er hat Schluss gemacht«, brachte Ella schniefend hervor.

Britta richtete sich auf und verzog sofort schmerzvoll das Gesicht.

»Bleib liegen, alles gut.« Ella wischte sich mit beiden Händen die Tränen vom Gesicht.

»Ich möchte dich aber drücken. Es tut mir so leid.«

Britta stand auf, kam zu ihr rüber und nahm sie tröstend in den Arm. »Männer können so unbeschreiblich dumm sein.«

Ella strich ihrer Freundin über den Rücken und genoss einen Moment die Wärme, die Britta ausstrahlte.

Dann löste sie sich von ihr und schlang die Oberarme um ihren Körper. »Er hatte doch recht.«

»Du verteidigst ihn auch noch?«, fragte Britta angriffslustig, ging zurück zum Sofa und ließ sich vorsichtig darauf nieder.

»Wir haben nie von Liebe oder längerfristiger Beziehung gesprochen. Wir hatten eine Affäre, und die ist nun beendet. Er hat mir sogar schon die zu viel gezahlte Miete zurückgezahlt.«

»Nun, das ist mal ein deutlicher Schlussstrich«, meinte Britta. »Nur dass es für dich mehr als eine Affäre war, oder? Er hat dir das Herz gebrochen.«

»Ich liebe ihn.« Ella bemühte sich, ihrer Stimme einen festen Klang zu geben. »Ihn und Mats, der so unfassbar niedlich ist. Aber Clemens hat recht. Es ist unfair dem Kleinen gegenüber, den Kontakt noch länger zu halten. Er hat mich an Claras Geburtstag gefragt, ob ich nicht seine Pflegemutter sein könnte.«

Jetzt traten auch Britta Tränen in die Augen. »Ach Gott, wie süß.«

»Von außen betrachtet, sicher. Aber das macht deutlich, dass die Beziehung zwischen uns schon viel zu intensiv geworden war.«

»Und jetzt bricht es dir das Herz, weil du den Knirps nicht wiedersehen wirst.«

Ella nickte und biss sich auf die Unterlippe, um nicht zu weinen. »Ich werde schon darüber hinwegkommen«, sagte sie, nachdem sie sich wieder gefasst hatte.

»Aber du hast dich doch entschieden hierzubleiben. Es spricht jetzt doch nichts mehr dagegen, dich weiterhin mit Clemens und Mats zu treffen.«

Ella blieb der Mund offen stehen. Daran hatte sie noch überhaupt nicht gedacht.

»Du bist einfach genial«, meinte sie zu ihrer Freundin.

Britta grinste selbstgefällig. »Da bist du nicht die Erste, die das zu mir sagt.«

»Aber was ist, wenn Clemens doch nur eine Affäre wollte? Vielleicht ist er ja ganz froh, dass er elegant aus der Nummer rauskam.«

»Das wirst du wohl nie rauskriegen, wenn du nur darüber nachdenkst. Wenn du den Mann und das Kind willst, dann musst du auch etwas dafür tun.«

Britta hatte recht. Sie würde nicht kampflos aufgeben. Sie würde später nach Hilgenriedersiel fahren und Clemens zur Rede stellen. Sie hatte nichts zu verlieren.

Traurig schaute Britta sie an. »Ich wünschte, ich könnte dir dabei helfen.«

Ella strahlte sie an. »Du hast mir schon unfassbar viel geholfen, einfach weil du wieder für mich da bist. Ich hoffe, dir ist klar, dass ich dich und Elisa ganz oft besuchen kommen werde? In den nächsten Monaten werde ich sehr viel Zeit dazu haben, da ich das Revier erst im Oktober übernehme. Wahrscheinlich wirst du das Gefühl bekommen, du hättest einen weiteren Mitbewohner.«

»Wir zwei in einer WG? Das stelle ich mir lustig vor«, erwiderte Britta lachend.

Ella griff zur Teekanne und schenkte sich ebenfalls einen Becher Fencheltee ein.

Dann prostete sie ihrer Freundin zu. »Auf die Freundschaft.«

»Auf die Freundschaft«, stimmte Britta ihr mit erhobenem Becher zu.

Gut zwei Stunden später war Ella dabei, das Vorzelt wieder abzubauen. Connie hatte ihr vorgestern angeboten, bei ihr einzuziehen, bis sie eine eigene Bleibe gefunden hatte, und

Ella hatte freudig zugestimmt. Jetzt, wo die Differenzen ausgetragen worden waren, fühlte sie sich in Connies Gegenwart wieder so entspannt wie früher. Überhaupt ließ der Gedanke, von nun an wieder in ihrer Heimat leben zu können, immer wieder Glücksgefühle in ihr hochschießen. Als sie gestern die ungeliebte Wohnung in Oldenburg kündigte, hatte sie nach dem Verlassen der Poststelle auf dem Bürgersteig getanzt. Dass die vorbeigehenden Leute sie deshalb freundlich anlächelten, hatte ihr noch zusätzlich den Tag versüßt.

Ihr Blick fiel auf Paula, die, alle viere von sich gestreckt, in der Sonne vor sich hin döste. Wieder einmal ging ihr das Herz auf, während sie ihre Hündin betrachtete. Diese kleinen Momente, in denen sie die innige Liebe spürte, die sie für Paula empfand, und das Wissen, dass die Hündin ihr ebenso zugetan war, gaben ihr schon die ganzen Jahre hindurch so viel Kraft. Sie hatte vieles geschafft und würde auch mit den neusten Herausforderungen zurechtkommen. Selbst wenn das Gespräch mit Clemens schlecht verlaufen sollte, würde sie auch mit diesem Schmerz fertigwerden. Obwohl sie es sich im Moment überhaupt nicht vorstellen konnte.

Sie zog weitere Heringe heraus, mit denen das Vorzelt im Boden verankert war, und dachte an den Abend zurück, als sie auf der Oldieparty gewesen war. War er auch anfangs sehr ruppig mit ihr umgegangen, hatte sie sich doch rasch zu ihm hingezogen gefühlt. An diesem Abend und bei dem gemeinsamen Essen mit Mats hatte Clemens ihr erstmals seine andere Seite gezeigt. Die weiche Seite, die er gern hinter seiner wortkargen Art verbarg. Die ihr zugewandte Seite und die nachdenkliche. Er war genau der Mann, den sie in ihrem Leben haben wollte.

Und das würde sie ihm nachher sehr deutlich machen. Trotzig wischte sich Ella eine Träne von der Wange. Sie würde nicht schon wieder anfangen zu heulen. Das brachte sie kein Stück weiter. Sie hatte auch ohne Clemens und Mats so viel Positives in ihrem Leben. Besonders die letzten Wochen hatten ihr auch jenseits der Niehusens so viel gegeben.

Der Gedanke an die kleine Elisa ließ sie wieder lächeln. Sie freute sich schon auf die Zeit, die sie mit ihrem Patenkind verbringen würde. Britta würde sich auf einiges gefasst machen müssen.

»Du baust ab?«

Erschrocken wandte sie sich um und sah Clemens hinter sich stehen. »Clemens«, sagte sie nur. Achtlos ließ sie die Heringe fallen, die sie bisher herausgezogen hatte, und stand auf.

Paula war aufgesprungen und wuselte erfreut um ihn herum, sodass ihr ein Moment Zeit blieb, um sich zu sammeln. Gut sah er aus. So gut, dass die Schmetterlinge in ihrem Bauch wild zu flattern begannen. Sie liebte es, wenn er einen gut sitzenden Anzug trug, aber so leger in Jeans und T-Shirt kamen seine breiten Schultern noch besser zur Geltung und weckten in ihr das Bedürfnis, ihm in die Arme zu fallen und ihren Kopf an eben jenen anzulehnen. Um nur keine Peinlichkeiten aufkommen zu lassen, trat sie einen Schritt zurück.

»Du bist doch gerade erst seit vier Tagen hier!«, stieß Clemens erschrocken hervor.

Ella sagte nichts weiter zu dieser Feststellung. Stattdessen kämpfte sie mit ihren Gefühlen. Clemens' Anziehung war so stark, dass sie nicht wusste, ob sie sich an ihm festklammern oder besser weglaufen sollte.

Jeder Gedanke daran, dass sie später am Tag sowieso zu ihm hatte fahren wollen, war wie weggewischt, da er so überraschend vor ihr stand. »Was willst du hier?«

»Ich verstehe nicht, wie du einfach so zusammenpacken kannst, als wäre nichts gewesen.« Auch Clemens' Tonfall war nun weit von sanft entfernt.

»Ich kann machen, was ich will«, antwortete Ella, da sie Clemens' Einwurf total aus der Bahn brachte. »Ich bin an niemanden gebunden.«

»Das hat sich aber noch vor ein paar Tagen völlig anders angefühlt«, entgegnete Clemens heftig.

»Ach ja? Und wer hat das unterbunden?« Statt um ihn zu kämpfen, kochte doch der Ärger über seine Zurückweisung in ihr hoch. Sie machte wieder einen Schritt auf ihn zu und stach ihm ihren Zeigefinger in die Brust. »Du hast mir mehr als deutlich gemacht, dass du nichts mehr mit mir zu tun haben willst.«

Nun blitzten auch Clemens' Augen wütend auf. »Und du hast mir sofort beigepflichtet. Nicht nur das: Du hast mir sogar deutlich zu verstehen gegeben, dass dir das zwischen uns beiden nicht sonderlich viel bedeutet hat.«

Ellas Stimme wurde lauter. »Wir hatten abgemacht, dass es nur eine kurze Affäre sein sollte. Und du warst derjenige, der mir deutlich gezeigt hat, dass er nichts mehr in unserer Beziehung sieht.«

»Ach ja?«, stieß Clemens schnaubend hervor. »Und wann soll das gewesen sein?«

Ella stemmte die Hände in die Hüften. Die Wut auf Clemens verlieh ihr plötzlich eine Energie, wie sie sie seit letztem Dienstag nicht mehr gespürt hatte. »Du bist doch derjenige gewesen, der mein Bett letzte Woche gar nicht schnell genug verlassen konnte.«

»Und es ist dir nicht in den Sinn gekommen, dass das auch andere Gründe gehabt haben könnte?«, fragte er harsch.

Inzwischen hatten sich einige Schaulustige eingefunden, sodass Ella Clemens an der Hand fasste und hinter sich her in den Wohnwagen zog.

»Vielleicht sollten wir mal ein bisschen runterkommen

und wie normale Menschen miteinander reden.« Sie setzte sich in die gepolsterte Sitzgruppe und wies ihm den Platz ihr gegenüber zu.

Clemens fuhr sich durchs Haar und folgte ihrer Aufforderung. »Es tut mir leid«, sagte er deutlich ruhiger. »Das hier läuft irgendwie überhaupt nicht so, wie ich es mir vorgestellt hatte.«

»Und was hattest du dir so vorgestellt? Dass ich dir direkt um den Hals falle?«, fragte sie immer noch gereizt.

»Das trifft es ganz gut.« Er schenkte ihr ein vorsichtiges Lächeln.

Sofort verpuffte ihre Wut, doch sie ließ sich nichts anmerken. »Also?«, fragte sie stattdessen. »Was willst du?«

»Ich will nicht, dass du abbaust. Ich will nicht, dass du weggehst.«

»Wenn du vernünftig mit mir gesprochen hättest, statt herumzuschnauzen, wüsstest du bereits, dass ich abbaue, um nach Westerholt zu meiner Pflegemutter zu fahren. Sie hat mir angeboten, vorläufig bei ihr zu wohnen.«

»Ihr habt euch wieder vertragen?« Das Lächeln, das Clemens ihr nun schenkte, war herzlich und voller Freude.

Es fiel ihr nicht schwer, darauf einzugehen und ihn ebenfalls anzulächeln. »Ja, das haben wir tatsächlich.«

»Das freut mich wirklich.«

Ein wenig unbehaglich rutschte er auf der Bank herum. »Ella, es tut mir so leid. Es war ein Fehler.«

Ellas Herz klopfte schneller. »Was war ein Fehler?«

»Einfach alles. Nein!« Er hob die Hand, ehe sie etwas sagen konnte. »Nein, natürlich nicht alles. Nur der Schluss, der war verkehrt.«

»Der Schluss war verkehrt?«

»Nun lass mich doch mal ausreden«, bat er sie. »Ich habe

mir die letzten Tage gut überlegt, was ich sagen möchte, aber du lässt mir keine Chance.«

»Also gut. Ich halte jetzt den Mund.« Ella lehnte sich zurück, überkreuzte die Arme vor ihrem Oberkörper und schaute ihn erwartungsvoll an.

»Ich hatte Angst«, begann er zu erzählen. »Ich hatte Angst, als ich neulich so schnell verschwunden bin. Ich war einfach überwältigt von dem, was ich an jenem Nachmittag gefühlt habe. Ich hatte mir geschworen, mich niemals wieder auf eine Frau einzulassen, geschweige denn, mich in sie zu verlieben. Niemals wieder wollte ich mich der Gefahr aussetzen, dermaßen verletzt zu werden wie von Valerie. Und bisher hat das auch ganz gut geklappt. Ein paar nette Bekanntschaften, schöne Stunden im Bett, nicht mehr und nicht weniger. Aber dann bist du im wahrsten Sinne des Wortes in mein Leben gestürmt. Vom ersten Moment an habe ich mich zu dir hingezogen gefühlt. Wie damals zu Valerie. Dieser Vergleich hat mich damals zu Tode erschreckt, und deshalb habe ich mich nach Kräften bemüht, dich nicht an mich heranzulassen. Es hat nichts genützt. Du hast dich in mein Herz geschlichen, und das ist das schönste Gefühl, das ich je hatte.« Er griff mit seiner Hand nach ihrer, zog sie an seine Lippen und küsste sie zärtlich. »Du machst mich glücklich, Ella. Mich und Mats. Der kleine Kerl hat mich seit Dienstag ununterbrochen damit gelöchert, dass er dich besuchen will. Ich gebe zu, seine Aussage an Claras Geburtstag, du solltest doch seine Pflegemutter werden, hat mich ins Mark getroffen. Irgendwie ging alles so schnell, ich kam mit dem Nachdenken überhaupt nicht mehr hinterher, und ich wollte auf keinen Fall, dass Mats erneut verletzt wird. Also habe ich erst einmal das Erste getan, was mir eingefallen ist: Ich habe Schluss gemacht. Aber gestern hat meine Mutter mich beiseitegenommen und ein ernstes Wörtchen mit mir gesprochen.«

»Femke hat mit dir über mich gesprochen?«, fragte Ella überrascht. »Woher wusste sie von uns?«

»Mütter halt, nehme ich an. Sie meinte, jeder, der gemeinsam mit uns in einem Raum war, hätte die Spannung zwischen uns bemerkt. Ungefähr dasselbe hat Anne mir ein paar Stunden später auch gesteckt mit dem Hinweis, mich schnellstens auf die Socken zu machen, um dich zurückzuholen.« Er zuckte mit den Schultern.

Ella wusste nicht, was genau sie davon halten sollte, dass Femke und Anne ihnen auf die Schliche gekommen waren, aber im Moment blieb ihr keine Zeit, länger darüber nachzudenken, da Clemens weitersprach.

»Im Prinzip haben also beide gesagt, dass ich ein kompletter Idiot und nicht der Sohn beziehungsweise Bruder sei, den sie mühevoll, wenn auch mit viel Liebe, aufgezogen hätten, wenn ich dich wieder gehen ließe. Sieht so aus, als hättest du auch ihre Herzen im Sturm erobert.«

Ella fühlte Wärme in sich aufsteigen. Tatsächlich lag auch ihr die gesamte Familie Niehus am Herzen.

»Auf jeden Fall bin ich jetzt hier, um dich zu bitten, den Kontakt zu uns zu halten, wenn du wieder in die Welt hinausziehst. Ich weiß, so eine Fernbeziehung ist schwierig und stellt uns beide vor Herausforderungen, aber ich bin nur zu gern bereit, mich ihnen zu stellen.«

Ella öffnete den Mund, um etwas zu sagen, doch erneut ließ Clemens sie nicht zu Wort kommen.

»Ich kann mir schon vorstellen, was du jetzt sagen willst, aber ich habe bereits mit Thees gesprochen, dass er während der Hochzeitssaison einige Wochenendveranstaltungen mehr übernimmt und wir das im Winter wieder ausgleichen. Mats und ich werden dich regelmäßig besuchen kommen, und das eine oder andere Wochenende könntest du vielleicht auch zu uns hoch kommen. Was meinst du?«

Er sah sie so flehend an, dass sie wie von selbst aufstand, zu ihm hinüberging und sich auf seinen Schoß setzte. Der Raum in ihrem Wohnwagen war nun einmal recht begrenzt, was dieser Situation auf keinen Fall schadete, da Clemens sofort beide Arme um sie schlang.

Sie strich ihm mit den Fingern durchs Haar und drückte ihm einen sanften Kuss auf den Mund. »Ich werde überhaupt nicht weggehen.«

»Du wirst nicht weggehen?«, fragte er irritiert.

Sie nickte. »Ich werde hierbleiben.«

»Du übernimmst doch das Geschäft? Ich glaube nicht, dass das gut für dich ist«, erwiderte er ernst.

»Nein, ich übernehme das Revier von Herrn Olthoff. Das ist der Revierleiter hier in Aurich.«

Clemens grinste übers ganze Gesicht. »Du übernimmst das Revier? Das ist ja unglaublich. Wahnsinn!«

»Ja, ich kann es selbst kaum fassen. Es ist so viel passiert in den letzten Tagen.«

Sie erzählte ihm ausführlich von dem Angebot der Forstverwaltung, von Elisas Geburt und von ihrer Aussprache mit Connie. »Und dann hat mir Britta auch noch die Kontaktdaten einer ehemaligen Schulkameradin gegeben, die eventuell Interesse daran hätte, die Geschäftsführung zu übernehmen. Nächste Woche werde ich bei ihr anrufen, und dann sehen wir weiter.«

Clemens drückte sie. »Ich sage ja immer: Am Ende wird alles gut, und wenn es nicht gut ist, kann es das noch nicht gewesen sein.«

Ella küsste ihn auf die Nasenspitze. »Ich denke zwar, dass

das eher so ähnlich Oscar Wilde oder ein anderer Oscar gesagt hat, aber es aus deinem Mund zu hören, tut auch gut. Es fühlt sich im Moment tatsächlich so an, als wäre alles gut.«

Sie lehnte sich ein Stück zurück und zwinkerte ihm zu. »Was hältst du davon, wenn wir das ein wenig feiern?«

Clemens schaute zerknirscht. »Führ mich bloß nicht in Versuchung. Thees wartet schon auf mich. Wir haben heute eine große Veranstaltung. Aber wie wäre es, wenn du uns später helfen kommst?«, fügte er grinsend hinzu.

»Ganz sicher, wenn auch erst gegen Abend, denn ich bin nachher noch für ein paar Stunden im Laden. Aber danach werde ich vorbeischauen und dich ein wenig von der Arbeit ablenken.«

Sie sah Verlangen in seinen Augen aufsteigen, und er strich zärtlich an ihrem Rücken entlang. »Wie wäre es mit dem Kleid, das du auf der Hochzeit von der Zickenbraut anhattest? Du hast ausgesprochen sexy darin ausgesehen mit all der Haut, die man durch die Löcher sah.«

Ella schlug ihm spielerisch auf den Hinterkopf. »Das sind keine Löcher, das ist Spitze, du Banause.«

»Mir egal, wie man das nennt. Auf jeden Fall siehst du darin unglaublich sexy aus.«

Er umfasste ihren Kopf mit seinen Händen, zog sie zu sich heran und beendete das Geplänkel mit einem leidenschaftlichen Kuss, den Ella, voller Vorfreude auf ihr künftiges Leben, von ganzem Herzen erwiderte.

Epilog

Eine gute Woche später stand Ella am Sonntagnachmittag neben einem großen blau blühenden Hortensienstrauch in Annes Garten und beobachtete das gesellige Treiben um sie herum. Femke hatte es sich nicht nehmen lassen, ein großes Willkommensgrillen für sie zu veranstalten. Schon als sie letzte Woche Samstag mit ihrem Wohnwagen auf dem Hof angekommen war, hatte es trotz der Veranstaltung ein großes Hallo für sie gegeben.

Ella wurde warm ums Herz, als sie daran zurückdachte, wie sehr Mats sich gefreut hatte, dass sie wieder da war und vor allem, dass sie von nun an bei ihnen wohnen sollte. Auch heute kam er immer wieder angerannt, um sie kurz zu drücken, ehe er sein Spiel mit Leon fortsetzte. Die Männer standen als Gruppe um den Grill herum und prosteten einander mit ihren Bierflaschen zu. Daneben hatte Femke einen großen Tisch stellen lassen, auf dem Salate, Brot und Schüsselchen mit verschiedenen Dips standen. Nun saß sie mit Connie auf der Bank an der Hauswand und schien sich gut zu unterhalten. Obwohl sie sich heute erst kennengelernt hatten, schienen die beiden Frauen direkt einen Draht zueinander gefunden zu haben. So hatte Femke Connie schon eine Führung durchs Haupthaus, insbesondere durch ihre Backstube gegeben, und ihre Pflegemutter freute sich bereits darauf, demnächst gemeinsam mit ihrer neuen Freundin eine Hochzeitstorte zu backen.

Ella trank einen Schluck von ihrem Wein und lächelte bei dem Gedanken, dass die Familienzusammenführung so gut geklappt hatte.

»Zufrieden?«, fragte Anne, die sich neben sie stellte.

»Mehr als das«, bestätigte Ella glücklich. »Mir wird jetzt erst bewusst, wie sehr ich es vermisst habe, Mitglied einer solchen Gemeinschaft zu sein.«

»Deine Freundin ist wirklich sehr nett«, erklärte Anne, während sie auf Britta zeigte, die im Gespräch mit Levke war.

»Ja, sie ist die Beste«, antwortete Ella schlicht und beobachtete Britta, die, während sie mit der einen Hand wild gestikulierte, mit der anderen den Kinderwagen schaukelte.

»Die Kleine ist zum Anbeißen.«

Ella grinste Clemens' Schwester an. »Kleiner Hormonschub?«

»Wohl eher ein großer«, stellte Anne lachend fest. »Übrigens«, fügte sie hinzu. »Der beste Ehemann von allen hat gestern Abend noch über den Grundrissen gebrütet. Er meinte, wenn wir eh mehr Platz brauchen, und ihr jetzt zusammenwohnt, sollten wir endlich in Angriff nehmen, das Dachgeschoss auszubauen.«

»Was?«, fragte Ella überrascht. Über solch weitreichende Änderungen hatte sie sich noch überhaupt keine Gedanken gemacht.

Nun war es an Anne, breit zu grinsen. »Clemens meinte, das sei eine gute Idee!«

Ella spürte leichte Übelkeit aufwallen, die sofort wieder verschwand, als sie Clemens Arme spürte, die sie von hinten umfassten.

»Was ist eine gute Idee?«, fragte er.

»Der Ausbau des Dachgeschosses«, antwortete Anne fröhlich. Dann winkte sie ihnen zu und ging hinüber zu

Levke und Britta, um erneut einen Blick in den Kinderwagen zu werfen.

»Dieses Biest«, raunte Clemens Ella ins Ohr. »Hat sie die Bombe einfach schon platzen lassen. Eigentlich wollte ich dir das schonend beibringen.«

»Dass ihr ein neues großes Projekt habt, das ihr in Angriff nehmen wollt?« Ella wandte sich zu ihm um und schlang nun ebenfalls ihre Arme um ihn.

»Wie findest du das?«, fragte er zögernd.

»Je länger ich darüber nachdenke, desto besser gefällt mir die Idee. Ich wollte schon immer mal ausprobieren, wie das mit dem Fliesenlegen funktioniert.«

»Wie konnte ich nur so viel Glück haben, dass du ausgerechnet unser Ferienhaus als Domizil gewählt hast?«

»Das war wohl Schicksal«, raunte sie, ehe sie ihre Lippen auf seine legte.

In diesem Moment spürte sie, wie sich zwei kleine Ärmchen um ihren Oberschenkel schlangen, weshalb sie eine Hand von Clemens löste und Mats liebevoll über den Rücken strich.

Sie war angekommen.

Danksagung

Ein weiteres Buch ist fertig geworden, wofür ich mich bei einigen Unterstützern gern persönlich bedanken möchte.

Zuerst einmal ein großes Dankeschön für meine wunderbare Agentin Elisabeth Botros, die mich auch bei diesem Manuskript mit ihren kreativen Ideen und ihrem besonderen Talent, den Finger immer genau auf den wunden Punkt zu legen, begleitet hat.

Ebenso herzlich möchte ich mich bei meiner Lektorin Mareike Müller bedanken. Es war mir eine Freude, mit dir zusammenzuarbeiten, und ich freue mich schon auf unser nächstes Projekt!

Ein weiteres dickes Dankeschön geht an Herrn Rainer Städing, den ehemaligen regionalen Pressesprecher für die Forstämter Ankum, Ahlhorn, Neuenburg und Nienburg, der meine vielen Fragen stets geduldig und auch für einen Laien verständlich beantwortet hat.

Auch der interessante Film von Dr. Roland Doerffer *Im Wald von Tesperhude – Traumberuf Förster* hat mir bei meinen Recherchen sehr weitergeholfen. Obwohl Dr. Doerffer leider bereits verstorben ist, möchte ich doch an dieser Stelle meine Dankbarkeit für seine rege Unterstützung bei der Entstehung einiger Forstszenen zum Ausdruck bringen.

Ein ganz besonderer Dank gilt unserer Tierärztin Frau Bianca Benz, die mir meine tiermedizinischen Fragen ausführlich beantwortet hat. An dieser Stelle auch ein ganz persönliches Dankeschön für die stets liebevolle Betreuung unserer Hündinnen Paula und Tilla durch Sie und Ihr kompetentes Team!

Alle Fehler, die sich bezüglich fachlicher Sachlichkeiten in diesem Roman trotz eingehender Recherche eingeschlichen haben, gehen natürlich voll auf mich.

Auch wenn ich mich trotz schwieriger Coronasituation bemüht habe, die regionalen Besonderheiten korrekt darzustellen, habe ich mir bei einigen Örtlichkeiten ganz bewusst künstlerische Freiheiten erlaubt, damit sie besser zur Geschichte passten. Wie zum Beispiel das Reiten entlang des Strandes, das eigentlich nicht gestattet ist.

Nun möchte ich noch meiner Familie und meinen Freunden für ihre Unterstützung danken, allen voraus meinem Mann, meinen Kindern, Schwiegerkindern und Enkeln. Es ist solch ein großes Geschenk, euch um mich zu haben!

Nicht zuletzt möchte ich auch meinen Leserinnen und Lesern ein großes Dankeschön aussprechen. Es macht so viel Spaß, miteinander im Austausch zu sein. Im Laufe der Jahre sind daraus bereits einige sehr schöne Kontakte entstanden. Unter dem Namen Jule Böhm Autorin bin ich bei Facebook und Instagram zu finden.